清粥几许

魅丽文化　桃天工作室

每天都为你心动

清粥几许 著

江苏凤凰文艺出版社

图书在版编目（CIP）数据

每天都为你心动 / 清粥几许著 . —— 南京：江苏凤凰文艺出版社，2020.11
ISBN 978-7-5594-4994-8

Ⅰ．①每… Ⅱ．①清… Ⅲ．①长篇小说 – 中国 – 当代
Ⅳ．① I247.5

中国版本图书馆 CIP 数据核字 (2020) 第 110519 号

每天都为你心动

清粥几许 著

责任编辑	张 倩
特约编辑	曾 枰
装帧设计	熊 婉
出版发行	江苏凤凰文艺出版社
	南京市中央路 165 号，邮编： 210009
网 址	http://www.jswenyi.con
印 刷	湖南关山美印有限公司
开 本	880mm×1230mm 1/32
印 张	10.5
字 数	306 千字
版 次	2020 年 11 月第 1 版
印 次	2020 年 11 月第 1 次印刷
书 号	ISBN 978-7-5594-4994-8
定 价	38.00 元

江苏凤凰文艺版图书凡印刷、装订错误，可向出版社调换，联系电话 025 – 83280257

CONTENTS

001	第1章	他的名字
011	第2章	奇怪的房东
022	第3章	我家藤藤
044	第4章	你暗恋谁?
056	第5章	不小心的心动
071	第6章	她喜欢陶也
084	第7章	第一个秘密
096	第8章	藏不住的心跳
107	第9章	偷拍计划
118	第10章	戒不掉的你
132	第11章	布朗熊之吻

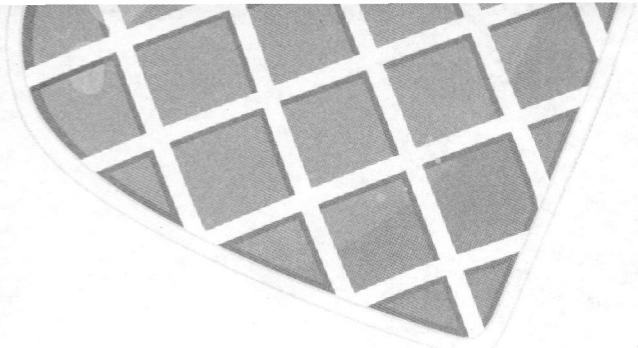

CONTENTS

141 •	第 12 章	想起我了吗?
154 •	第 13 章	小朋友长大了
169 •	第 14 章	醉酒之后……
186 •	第 15 章	我的心上人
202 •	第 16 章	不想放开你
216 •	第 17 章	空调与遥控器
229 •	第 18 章	喜欢得要命
248 •	第 19 章	养了个植物
264 •	第 20 章	想去无人岛
279 •	第 21 章	与君初相识
295 •	番　外	

第1章
他的名字

A市的夏天，雨总没完没了地下，空气潮湿得在头上撒点儿木屑都能冒俩蘑菇。一辆长途汽车拖着尾气摇摇晃晃地穿过收费站，前挡风玻璃上放着一张红底白字的手写牌，笔迹歪歪扭扭的。

司机的脖子跟着雨刷扭了两下，仍旧目不转睛地注视着前方。

车上的人大多都睡了，放眼望过去，只有中后排一盏橘黄色的夜灯还亮着。灯下坐着一个少女，穿鹅黄色卫衣，兜帽盖着大半张脸，头微微侧靠着车窗，依稀可以看见她的睫毛随着浅浅的呼吸微微颤动。

刺耳的鸣笛声突然响起，抬头是刺眼的灯光，一辆汽车朝着她飞速驶来……

她的呼吸越来越急促，眼皮直跳，然后醒了。原来只是一个梦。

下雨路况不好，前面的交警频繁地挥动着手臂，遇见红灯，车停了下来。

叶藤揉了揉有点儿发酸的眼睛，看着头顶的小夜灯，觉得它就是刚刚那个噩梦的罪魁祸首，带着几分愤怒地把它拍灭。

四十分钟后，车进站，叶藤从车上跳下来，白色的板鞋上顿时溅上了泥水。但她顾不上，随手拉上卫衣的兜帽，绕到后面去取行李箱。

夜深了，雨还没停。一拨人从车上涌下来，有的人侥幸地撑开伞，有的人气急败坏地骂娘，吐槽这鬼天气。

叶藤也没带伞，推着箱子一路小跑到出站口。车站门口亮着稀稀拉拉的霓虹灯，门口叫卖的摊贩都收了摊。有出租车司机在揽客，她舔了舔有些发干的嘴唇，看着这座还稍显陌生的城市，面无表情地把背后鼓囊囊的双肩包移到胸前。

"妹妹，去哪儿啊？拼车吗？"有几个出租车司机过来搭话。叶藤打了个哈欠，摇了摇头，接着往前走。

车站拐角处有几个流里流气的小伙子，嘴里叼着烟，被雨幕中的少女吸引了视线。

她的骨架很小，个子大概有一米六，少女玲珑的曲线裹在鹅黄色的卫衣下依然可见峰峦，浅蓝色牛仔短裤下是一双又细又白又直的腿。走近了可以看见她白皙的脸上有三三两两被晒出来的淡褐色的斑点，但并不碍事，反而显得她那双玲珑剔透的眼睛更好看，即使冷着脸的时候也让人觉得明媚动人。

"远哥，瞧。"一个黄毛小子歪着嘴看着那个在雨里小跑的背影笑，露出一嘴被烟熏黄的牙。

被他唤作远哥的人穿着一件黑色的工字背心，文了两条大花臂，脸上仿佛印了四个大字：我是流氓。

半夜三更，一个小姑娘自己下车，应该有人来接。车站附近人太多，他们不好轻举妄动，但很快他们就扔了烟头，跟了过去。

叶藤到 A 市是一个月以前的事情，她那会儿刚办好领养手续，搬进养父母的家里。这次回去是赶在开学前把最后一点儿东西都收拾过来。

她没带伞，雨又大，很快就会把她从头往下浇个透。但她一只手拖着箱子，一只手放在书包上挡着，好像丝毫不顾及自己。她在路边的公交车站躲了一会儿，随手从旁边捡了一张硬海报纸挡在头上。可是雨实在是太大，一张纸好像完全无济于事。

手机屏幕闪了闪，备注是"许敬尧"——她的新养父。

"叶藤？到了吗？我已经在路上，这边堵车了，你在车站里不要出来，我到了再给你打电话。"

"嗯，好的，开车慢点儿。"叫爸爸还不太习惯，她一般直接省去称呼。

少女收起手机，眯了眯眼，看见马路对面有全家，于是决定先去买把伞，顺便买点儿东西填填肚子。她在车上晃了一天，早就饿得前胸贴后背了。

全家熟悉的开门铃声一响，一阵暖意袭来，她感觉周身暖和多了。她一眼就瞄中了柜台上保温箱里的最后一个饭团，还是她最喜欢的口味，于是小步跑过去。

她刚要开口，一根骨节分明的手指毫不留情地点了点保温箱的玻璃："再加一个这个。"

　　叶藤眼睁睁看着自己喜欢的饭团被小姐姐拿了出来，然后装好袋递到了那个人的手里。

　　叶藤皱着两条细长的眉，抬头看了一眼抢走她的饭团的男人。他长得很高，她要仰着头才能看清那张脸，皮肤白皙得近乎透明，眉眼却是那样锋利。他身穿宽大的白T恤和灰色的休闲裤，脚上踩一双人字拖，右手随意地插在裤口袋里，闲适中又透着些许不耐烦。

　　他低垂双眸，看了叶藤一眼，微微皱起眉。他明明什么都没说，深棕色的眸子只望她一眼，就让她的后背陡然升起一股寒意。

　　惹不起，惹不起……

　　叶藤往旁边闪了闪，盯着他手里的饭团，眼神里满是依依不舍。

　　他悠然地走过去结账，全家的小姐姐应该是见过的，软声搭话："你自己怎么不做饭呀？天天吃这些不太好吧？"

　　头一次看见人把生意往外推的……长得帅也不能这么区别对待吧？

　　那个人从裤口袋里掏出钱包，叶藤注意到他的右手戴了黑色的半指手套，很薄的材质，但这种天气看着就觉得闷热，不透气。

　　他说话也简单："做饭太麻烦。"

　　哟，您怎么不嫌活着麻烦呢？

　　叶藤一边挑着关东煮，一边在心里吐槽，为他抢走了自己最喜欢的饭团而耿耿于怀。

　　结完账，他端着东西去旁边的小桌子上吃。叶藤路过的时候，想起他刚刚那个眼神，打了个寒战，看了看周围已没有其他位子，干脆走出去。

　　还是离这种人远一点儿比较安全。

　　从全家出来，她手上多了一把透明的雨伞，手里端着关东煮，嘴里又叼着一根海带串儿，即使电话响了也没手去接，只得急急忙忙回到全家的廊下，恨不得让自己变成八爪鱼："喂？哦，还有半个小时啊，那不急的，您慢慢来。"

　　"这边出了点儿事故，车都走不动，你要是饿了就先自己买点儿吃的。"

　　"嗯嗯，好的，知道了。"

叶藤挂断电话，三两下把关东煮给解决了，擦了擦脏兮兮的手，撑开伞往垃圾桶那边走去。突然，从她身后蹿出来几个男的，那个黄毛还钻到她的伞下："小姐姐，带我一段呗，我想去车站前面的路口。"

他身上的烟味熏得她直想吐，却又怕浪费了刚刚吃下去的两根串串，硬生生地憋住："不顺路。"

"小姐姐，助人为乐嘛，只过个马路就行。"他伸手来抓她手里的伞柄，她往后躲闪，伞又碰到后面那个大花臂。垃圾桶摆放的位置有点儿偏，从全家那边几乎看不到，是个黑黢黢的角落。

她看着这几个人，不耐烦地皱了皱眉，将手里的伞扔到地上，一只手仍旧挡在自己胸前的书包上，然后戴上兜帽："伞给你们。"

"呵！小姐姐脾气挺大啊。"黄毛拦住了她的去路，挑眉道，"包里装的是什么？这么宝贝？给哥哥们看看？"

半夜三更被几个流氓围住，要是平常的女孩早就被吓破胆了，可叶藤的脑子里还在想着刚刚那两根串串没吃饱，都怪刚才那个人抢走了最后一个饭团。

要是放在以前，就这几个干干瘦瘦的像鸡崽子一样的人，她一脚可以踢飞一个。旁边那个大花臂可能有点儿麻烦，却也不是不能试一试。但现在是在 A 市，她不再是父母双亡的小野猫，挠完人跑了也就跑了。

她的养父母是一对大学教授，当初看中她就是因为她聪明漂亮、乖巧听话，和他们之前病逝的女儿有几分相似，所以才会选择一个已经十六岁的孩子。就她这个年纪，放在孤儿院里都已经不紧俏了。

大家心知肚明，孩子大了，养不熟的。

叶藤念着他们的这份情，不想给养父母惹麻烦，打算夹起尾巴做人。但她脾气不好，能不能忍得住，全看心情。

全家门口，刚刚和她抢饭团的男人手里撑着一把黑色的大伞，嘴上叼着烟，摸口袋的时候打火机掉到地上，他弯腰捞起来，"吧嗒"一声点燃了嘴边的烟，刚准备走的时候瞥见了放在门口的行李箱。

他的视线上移，眼睑上有浅浅的褶皱，平静如水的墨色眸子在夜色中搜寻着。

黄色卫衣，牛仔短裤……

几秒钟后，他径直提着箱子往全家旁边的一个黑黢黢的角落走去。

嘴边的火光闪了闪，脚下的人字拖发出细微的声响。

走近一点儿能听见一个男生的声音，轻浮得让人觉得有点恶心。

"妹妹，老实点儿，乖乖跟远哥走，躲得过初一，躲不了十五，只要远哥想找你，你天涯海角都跑不了！"

"你要是敢叫，就别怪哥哥们不温柔了。"

然后他就看见了那片淡淡的鹅黄色，在雨中，紧贴着墙，一直低着头没说话，倒是挺镇定的。

叶藤最先注意到有人来了，望向来人的方向，目光一凛。

这不是刚刚那个做个饭都嫌麻烦，还抢了她饭团的男人吗？

嘴边的火光随着他吸烟的动作变亮了一些，天色太暗，即使走近了也不太能看清他的脸，只能看出一个大概的轮廓。

他的声音像是带了毛边，淡淡的，在雨夜里有一种独特的质感。

"当街耍流氓？"

为首的那个大花臂认识陶也，他虽然不是混混，却也是不太好招惹的人物。

他瞳孔一紧，本来想喊"也哥"的，但不知道是本来就结巴还是被那个人震住了，说话都不利索，磕磕巴巴挤出两个字来："也……也……"

虽然知道不合适，但叶藤还是差点没绷住笑……

这儿的流氓可真有意思，别人都是叫爸爸，他们倒好，一步到位，直接喊上爷爷了？

"也……也哥……您怎么在这儿？"

那个大花臂总算是把话给说全了。

听他这称呼，敢情这位也是个流氓啊？叶藤想想刚才在全家碰见他的样子，瞬间联想到什么黑手党之类的，觉得自己今天实在是时运不济。

旁边几个刚刚还很张狂的小混混自动散开，给他让出一条路来。

捏着伞柄的手煞是好看，从手套里露出来的手指骨节分明，叶藤想到就是这只手抢走了自己的饭团，好感度直线下降。

然后那把伞就被递到了她的面前："拿着。"

"我……不用了……吧。"叶藤抬头瞥了他一眼，然后乖乖地接了过来,"谢谢。"

这种关心让她觉得自己像一只被挑中的竹鼠,还是马上就要下锅的那种。

她感觉伞的边缘被往下压了压,视线被挡住一大半,只能看见他灰色的休闲裤。

一个利落的转身,"咚"的一声,那个大花臂貌似被摁到了墙上,听声音就挺疼的,叶藤微微替他咧了咧嘴。

旁边的小弟蠢蠢欲动,却没敢动手。

叶藤举起伞,想偷偷观战,却被他伸手按了下去。

他还知道未成年人不能看暴力场景,真讲究……

她没敢再偷看,不得不承认,这个人身手不错,她怕自己也被"咚"的一声按在墙上。就自己这小身板,估计可以直接去评残了。

"远哥今儿兴致不错啊。"他的声音里带着毛毛的尾音,听起来像是刚被人从床上拉起来,懒懒的。

"也哥!不敢,不敢!哥几个就是跟这位妹妹开个玩笑,弄错了!弄错了!"

叶藤这会儿听大花臂说话挺流利的,所以他刚刚还真不是结巴,就是被吓的。

尿!真尿!叶藤站着看戏不腰疼,完全忘了自己的处境。

"错了?"那个人的声音缓了缓,慢悠悠地说,"《弟子规》都知道吧?都蹲在这儿背一遍再走。"

一遍,弟子规?他是魔鬼吗?

他说得轻描淡写,镇定自若。那群混混你看看我,我看看你,没人敢动。

"不会?小孩儿,你背一遍给他们听。"

叶藤手中的伞被抬起来一点,猝不及防对上那双冷淡的眸子。

她?小孩儿?

叶藤在心里默念了两遍"莫生气",然后开始不带感情地背诵了一遍弟子规。

背完抬头正好看见街道对面被雨水冲刷的幼儿园墙壁上的文字,揣测这就是他的灵感来源。

不得不说,这个人可真够损的……

然后她就听见那群混混一个个乖乖地蹲在雨中,满脸不乐意地背诵"弟子规,圣人训,首孝悌,次谨信……",整个场面透出和谐味。

"饭团哥"把烟头扔到垃圾桶里,顺手捡起那把透明伞。可怜的雨伞刚刚不小心被踩烂,骨架都散了一半。

叶藤悄悄准备跑路,被他抓了个正着,两人的视线在空气中相遇,气氛陡然变了味,有点尴尬。

"过来。"他的声音夹杂着弟子规的背诵声传到叶藤的耳朵里,她不确定他是不是在和自己说话,有点发愣。

"嗯?"

那个人看她半晌不动弹,径直拿着那把透明伞走了过来。叶藤突然很紧张,刚刚面对那么多人她都没觉得自己这么怂。他身上有一种盛气凌人的压迫感,叶藤想到什么,突然扔了手里的伞,拔腿就跑。

路过他身边的时候,被人拎着书包带子给揪了回来:"你跑什么?"

对啊,她跑什么?她一个散打十级选手,她跑什么?

"我……我没钱。"

叶藤看多了社会新闻,反诈骗意识特别强。电视里都是这么播放的,一伙人合作,先是英雄救美让受害者疏于防备,然后趁受害者不注意,轻则劫财劫色,重则挖心挖肝……

叶藤看着眼前的"嫌疑人",他正在摆弄那把破破烂烂的透明雨伞,试图把伞骨弄得平整些。叶藤看了他一眼,感觉有点不寒而栗。她就不该去那家便利店,也不该扔什么垃圾……

"我要你钱了?"

叶藤紧张兮兮地抱着自己胸前的书包,挪动着脚步想溜:"那……再见?"

"等等,"他扯了扯那把破伞,勉强能用,但估计遮不住她那大包小箱的,便弯腰捞起自己的黑伞递过去,"雨没淋够?"

叶藤无语,最怕流氓突然的关心。

叶藤觉得许敬尧差不多快来了,管他是好人还是坏人,也不跟他客气,拉出箱子的拉杆:"谢谢。"

叶藤想挪动两步,结果可能是刚刚突然发力,腿发麻,半天走不动,感觉自己像突然中了风,只能拖着一条腿前进……

她尴尬地笑了笑:"腿麻了。"

那个人的眼神终于有了点变化,她盯着他看了几秒,从他的眼神里读出了一丝嘲笑……

他可能觉得自己屈服于他的淫威之下,腿都吓软了。

叶藤刚准备为自己辩解,手机先响了。她顺手接了电话:"哦,我在……对面,我饿了,出来买了点吃的,就在对面的全家。"

叶藤拿着电话,急急忙忙拖着箱子一瘸一拐地往外走,找了半天才看到车,停在对面,还打着双闪。

"稍等一下,我刚刚……"叶藤回头扫了一眼,刚刚那男人已经朝着另一个方向走了,背影融进夜色下的雨幕里,很快就找不到了:"没什么,我过来了。"

"藤藤!"许敬尧从车上下来,手里拿着一把伞。

她其实一直不太喜欢许敬尧夫妇这么叫她,总感觉有点傻里傻气的。

"一路坐车累了吧!妈妈做了你最喜欢的菜,咱们赶紧回去吧。"许敬尧把她的行李塞进后备厢。

"这雨也太大了,你都淋湿了吧?"

"嗯,没事。"叶藤觉得还是不要跟他说刚刚的事情为好,免得牵扯出更多不必要的解释。

"转学的事情我都帮你安排好了,过几天开学了我就送你过去。你成绩好,那些老师都抢着要呢。"许敬尧笑着说这话的时候语气里透着几分骄傲,"就是学校离家不是很近,你早上可能稍微要起早一点,我会送你过去。"

"谢谢。"叶藤笑起来的时候眼睛弯弯的,一副人畜无害的纯真模样。

"跟爸爸不用这么客气。"

叶藤听见"爸爸"两个字,心里"咯噔"一声。

她的亲生父亲就是在这样的一个夜里出车祸去世的,转眼已经三年。

叶藤心事重重地转头去看外面绵密的雨幕。

车子拐弯的时候,一个熟悉的背影吸引了她的目光,是刚刚那个人。

他手里还撑着她从全家买的那把透明伞,骨架有点歪了,在这样风雨飘摇的夜里,浑身散发着一种"我风餐露宿,我无家可归,但我一定要坚强淡定"的凄惨感受。

叶藤看着他那副凄惨样，嘴角上扬，没想到他还真是个好人。

"怎么了？"许敬尧看叶藤探着脑袋往外看，问了一句。

"没事。"叶藤收回视线，突然很好奇那个人到底叫什么名字？

刚刚那些人喊他 yě 哥，yě 是哪个 yě？姓什么？他天天来这里买东西吗？为什么大夏天还要戴多余的手套？他到底是不是流氓？他为什么要救自己？

好奇心让她很想要了解这个陌生人。

叶藤到家后，方淑珍已经做好了一桌子饭菜，见到他们回来就笑着问："外面雨很大吧？琪琪没淋着吧？"

许敬尧的脸色一僵，看向自己的妻子。

她已经不是第一次叫错名字了，琪琪是他们亲生女儿的名字。

叶藤拍了拍自己身上的水珠，看了一眼手里的黑色雨伞，像没事人一样笑道："没，我跟人借了一把伞。"

准确一点儿说，是跟一个很奇怪的流氓。

洗漱完，叶藤回到房间，目光落在被她撑开放在房间里的雨伞上。

水都已经干了，可该收起来放在哪儿呢？这把伞的颜色显得太突兀，和她粉色调的房间不搭，好像放在哪里都不对，她觉得最好能把这把伞给还回去。

正当她在房间里绕着圈找地方放伞的时候，有人来敲门了，是她的养母方淑珍。

方淑珍是典型的女知识分子，浑身透着优雅和清高。她总喜欢穿着一身优雅的淡色系长裙，笑起来温柔又恬静，手里端着牛奶杯对叶藤说："睡前喝一杯牛奶。"

"谢谢。"叶藤接过温热的牛奶杯，端在手上。

"乖。"方淑珍满意地摸了摸她的头发，在床沿上坐下来。

"明天我带你去见见你刘阿姨。你以后在那边上学，离家远，我和你爸爸想着你要是在学校临时有什么急事，可以联系她，她家两个孩子都在那所学校，好有个照应。"

"不用麻烦了吧，我在学校还能有什么事？"叶藤笑着喝了一口牛奶，想起前几天她的确提过这事儿。

"你是小孩子,不懂,转学生,尤其是你这种漂亮的女孩,万一有人欺负你可怎么办?有个照应也好。"

"好。"叶藤长长的睫毛扇动了两下,乖巧地点了点头。她不太忍心告诉方淑珍,她不欺负别人就算好的了……

一时无话,方淑珍帮她关了灯,带上门走出去:"你早点休息吧,晚安。"

叶藤钻进被子躺下,看她走了才把手臂从被子里拿出来,摸过桌上的手机搜了一下百家姓。

"我去……"

中国光是单姓就有六千九百三十一个,yě 的同音字有七个,这也就是说,在四万八千五百一十七种组合里,只有一个会是他的名字。

改天再去那个全家撞撞运气吧,说不定还能碰上。

叶藤这么想着,沉沉地睡去。

那天晚上,她做了一个"有毒"的梦,梦里那个人还执拗地打着那把破伞,她死乞白赖地追着他问名字:"你到底叫什么 yě 啊?"

他就是不说,冷着脸让她把《弟子规》背一千遍。

这个魔鬼……

在梦里纠缠了那么久,竟然连个名字都没套出来,叶藤是被气醒的,早上吃了两个奶黄包才好。

许敬尧随手翻着报纸:"一会儿我送你们俩过去吧?"

"去哪儿?"叶藤揉了揉惺忪的睡眼,两条腿在高脚凳下晃了晃。

"你忘了?昨天妈妈不是跟你说了吗?去你刘阿姨家。"方淑珍帮她把土司抹好果酱递过来。

"谢谢。"叶藤突然想起来昨天她说那个刘阿姨住在学校附近,"学校是不是离汽车站不远?"

"怎么了?"许敬尧眼神中带着质疑,叶藤觉得他肯定是怕自己哪天不高兴了会坐车逃跑。她可没那么傻。

"我好像有个东西丢了,想去找找。"叶藤垂眸喝了一口牛奶,"倒不是什么重要的东西,不去找也行。"

不过是个陌生人,她也不知道自己究竟是着了什么魔。

第2章
奇怪的房东

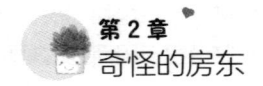

许敬尧一路开车送她们到刘阿姨住的小区门口,路上叶藤听了个大概。这位刘阿姨是个高中老师,今年身体不好,休了病假,在学校附近租了房子来照顾两个孩子。

他们家有一对龙凤胎,和叶藤一样的年纪,都在二中上高二。

这是一个挺新的小区,环境还算清幽。叶藤今天穿了条薄荷绿的裙子,略带自然卷的及肩发扎成了丸子头,看起来颇像个书香门第的大小姐。

八月底的热风吹过,裹挟着一阵浓郁的芬芳。

"桂花?"

方淑珍抬手指了指前面的一棵桂花树:"嗯,要不要去看看?"

叶藤弯了弯眼角,跟着去了。风扫过去的时候有细碎的桂花飘下来,她捡起一两朵花瓣放在手心闻了闻。

"琪琪最喜欢桂花了。"

叶藤的动作一滞,手指慢慢收拢,将那几朵桂花握在手心。

方淑珍也意识到了自己的失态,自从她的亲生女儿去世后,有很长一段时间她的精神状态都不是很好,也正是因为这个原因,叶藤才会来到她身边。

自己不过是一味药引,叶藤心里比谁都清楚,反正都是各取所需,也没必要太真情实感了。

"我们走吧,刘阿姨该等着急了。"叶藤撒开手,桂花跌落到她脚边的泥土里。

进了电梯,方淑珍像想起什么似的突然问:"藤藤,你上学期是不是参加过全市的数学竞赛？"

"嗯，怎么了？"叶藤顺手按了电梯的关门键，就在电梯门快要合上的时候，她突然看见一个侧影从电梯口路过。她脑子里一闪而过的是昨天那个人笑吟吟地嘲笑自己的模样。

她不过脑子似的伸手想要去阻挡电梯关门，却被方淑珍一把拉回手来："危险！"

"你干什么！"方淑珍一直有点神神道道，或许是太害怕再失去现在的这个女儿，她看见叶藤做出这么危险的举动，面带愠色。

"对不起，我……刚刚好像看见了一个熟人。"叶藤又想起自己在这个地方除了养父母，几乎没有熟人，便道，"好像是我以前的同学，可能是我看错了。"

方淑珍抓着她的手看了看，确认没受伤才放开："以后要注意，知道吗？"

"嗯。"叶藤感觉方淑珍的手是温热的，软软的，只是她不太习惯和人亲昵，更不适应这种来自妈妈的关怀。

趁着电梯到了楼层，她赶紧缩回手，可惜今天穿的裙子连个口袋都没有，手都不知道该放在哪里。

迎接她们的是一对母女，小姑娘个子没叶藤高，长得也瘦小，看着像个小学生。旁边那个应该就是刘阿姨了，有点微胖，脸上挂着和蔼的笑容，眼神倒是很直接，像 X 光一样把叶藤从头到脚扫了一遍。

"还真是……"

叶藤听出了她这句话的后半句：还真是挺像方淑珍的女儿。

"叶藤，不会是那个叶藤吧？"刘阿姨突然拍了一下沙发，"上次和小初一起参加数学竞赛的那个，第二名！不会这么巧吧？"

方淑珍笑得欣慰，叶藤这才明白她刚刚问自己那个数学竞赛是什么意思。

上学期她代表学校去参加过市里的数学竞赛，以两分之差败给了一个二中的学生，对方叫林初，原来是刘阿姨的儿子。旁边那个小姑娘冲着她眨了眨眼，她是林初的双胞胎妹妹，叫林末。

"小初没在家吗？"方淑珍优雅地喝了一口咖啡。

叶藤和那小姑娘面对面坐着，她时不时地冲叶藤笑笑。这种尴尬，谁经历过谁知道，仿佛过年过节跟着父母走亲戚。

她们俩算是同病相怜，陡然生出一点儿革命友谊。

"小初啊，从来不让我操心，连放假也不放松，自己去补习班补课了。"刘阿姨笑着说，末了还剜了旁边的女儿一眼，"不像这个丫头，学习不行也就算了，整天就知道玩。"

"末末也很优秀的，对不对？"方淑珍一如既往地温柔。

叶藤百无聊赖地打量着沙发、茶几，包括茶几上的碟子，听着她们讨论林初、林末这对性格迥异的龙凤胎。

"她要是有她哥哥三分之一聪明，我也就不至于这么操心了。"刘阿姨叹了口气，"还是你有福气，藤藤这么漂亮，学习成绩还这么优秀。"

她们俩的目光移过来，叶藤配合地笑了笑，接着打量桌子上的杯碟。

房间里的空调突然响了一下，"叮"的一声，然后便悠然地合上了盖子。

"怎么回事？"刘阿姨起身去检查了一下，这才想起自己在厨房炖了东西，本来是想留叶藤母女吃午饭的。可她刚刚见了老朋友，光顾着聊天，忘了这件事，一推开门，厨房里果然传来一阵焦煳的味道。

"电路都烧坏了！看我这记性！"

"现在怎么办！"林末也"噌"的一下从沙发上站起来。

叶藤和方淑珍对视一眼，到人家家里做客碰上这种事儿，只能先找个借口离开了。刘阿姨像看透了她们似的，一进来就说："你们俩可别走啊，我让末末去叫房东过来修一下，你们今天一定要留下来吃午饭！"

"你跟我一起去吧？"林末过来拉叶藤一起。

刘阿姨又坐下去挽留方淑珍，刚到玄关，林末回头看了一眼正在兴头上的两个女人，松了一口气，细声细气地说："总算不用坐在那儿听着了。"

叶藤对这个皱着眉抱怨的小姑娘莫名有好感，怎么都不能把她和林初那张狂傲自大的臭脸联系起来，这两人真的是双胞胎吗？

"你们房东住哪儿啊？"

"一楼。"

一楼？叶藤的脑子转得飞快："这栋楼都是他的？"

"不是，好像就两套。"林末帮她按着电梯门，"我听我哥哥说起过你。"

"他说我什么？"叶藤有点好奇地挑眉，一双灵动的眸子跟着闪了闪。

"说你……聪明。"林末低声说，有些吞吞吐吐。

叶藤顺口接话:"但不如他,对吧?"

俩小姑娘说完就笑了。

有句话说得没错,两个女人的友谊始于对同一个人的讨厌,看来这个林末并不怎么喜欢她那个学霸哥哥。

"我们房东挺奇怪的,我没见过他几次。听我妈说他年纪好像也不大,买这么多房子,挺奇怪的。"

"是吗?"叶藤看着电梯里快速变动的数字,想起刚刚那个侧影,心不在焉地回答,"说不定是个富二代呢。"

"不是!"林末一副非常笃定的样子,又小声在她耳边说,"上次我看见他跟人打架,特别可怕……"林末咬了咬嘴唇,"你说他会不会是黑社会呀?"

叶藤看着林末的眼神,心里揣摩着这个人到底是何方妖魔,这么可怕……

一楼的套房带院子,从单元楼出来,要绕个弯才到。林末摁了门铃,然后紧张地往后缩了缩。

叶藤往前站,看林末这个动静,觉得出来的一定是个虎背熊腰的男人,指不定脸上还有一道刀疤,再不济也会有几处大文身。

可门铃响了老半天,里面也没人回应。

院门是那种铁栅栏门,叶藤扒着门,探头进去看:"该不会是出去了吧?"

"你别……"林末话还没说完,叶藤已经把头伸了进去。就在此刻,人出来了。

看见来人,叶藤愣在原地。

那个人换了淡蓝色的衬衫和熨帖的西装裤,脚上穿着皮鞋,貌似是要出门。他看见叶藤的时候微微顿了一下,也没吭声。

"怎么是你!"叶藤的反应比他的大多了,甚至带了一点儿她自己都没发觉的欣喜。

"你们认识?"林末有点蒙,还站在叶藤身后不远处。

小姑娘身上有淡淡的桂花香,头发里藏着小朵金色桂花。他这个高度正好瞧见,估计她自己都不知道,看着怪让人难受的。

另外……她把头卡在栅栏里干什么?

"找我？"他低头整理了一下自己的袖口，一如既往地惜字如金，且面无表情。

"我家电路坏了，我妈妈说能不能麻烦你去修一下。"林末躲在后面，说话的音量都降低了，她可能是真的害怕。

他挽起手腕上的衬衫，看了看表。

说实话，他这个模样看起来像商业精英，和上次叶藤看见的完全不像是同一个人。

"不走？"他看叶藤还贴着门站着，没有半分要挪动的意思，"还是，腿又麻了？"

叶藤这时才想起往后退，结果发现自己好像高估了自己的头。刚刚可能是角度巧合，不知怎么的就挤了进来，但是，现在出不去了！

"等等……"叶藤左右晃了晃头，"我好像……被卡住了。"

"啊？"林末惊讶地看着叶藤。

叶藤从来没有想过这种事情会发生在自己身上……

她突然想起之前那则熊孩子的头卡在阳台护栏里的新闻，自己当初看新闻的时候嘲笑当事者有多欢快，现在就有多痛苦。

都是报应……

尤其是看见那个男人眼里浮起笑意……想骂人……

为什么自己一见到他就倒霉？上次是腿麻了，神似中风，这次是……叶藤只想当场去世。

"怎么办啊？"林末是真的慌了，"你等一会儿，我上去叫妈妈她们。"

"别……别……"叶藤根本来不及阻止林末去叫围观群众的脚步。

"你别笑了，能不能帮我一下？"叶藤看了看周围，还好没有路过的人，这也就意味着只能向他求救了。

"你别动。"那个人的脸上带着淡淡的笑意，看起来没那么冷了，"侧过身试一试，你是怎么进来的？"

"我怎么知道？"叶藤也纳闷。

叶藤这个角度看不见他的脸，视线被迫落在他领口的扣子上。他扣子也没好好扣上，露出一片结实的胸膛，叶藤尴尬地挪开视线，听了他的话微微侧身，试图找到一个可以挣扎出去的角度。

她突然想起自己昨晚做的那个未果的梦："你叫什么 yě 啊？"

那个人顿了两秒，顺手把她头上那朵碍眼的桂花给摘下来："现在是问这个的时候吗？"

叶藤这个人没有什么别的特点，就是好奇心强。

小时候在放学的路上看见一只死老鼠，因为好奇，闹着要她爸爸带回家。可她这个人又爱干净，自己死活不肯碰，最后她爸爸只好弄了一根绳子给她系着那只死老鼠，她硬是一路拖回了家。

这么一说，叶藤又觉得把人比成死老鼠不太好，毕竟他可比死老鼠要好看太多了。

叶藤感觉自己的头被他使劲推了一下，以一种很怪异的角度从铁栅栏门里出来了。她的脸都涨红了，总算是长舒了一口气："谢谢。"

方淑珍她们此时已经从楼上赶了下来，叶藤一看她的脸色就知道她又被吓得不轻。她当真不是故意让方淑珍担惊受怕的，这次妥妥的是个意外。

"藤藤！你没事吧？"

叶藤尴尬地看了一眼旁边的男人："我没事，就是不小心。"

"疼吗？我看看，耳朵都红了。"方淑珍拉过她的手来检查她刚刚不小心刮到的耳朵。

陶也闻声也看了过去，少女的耳垂薄薄的，近乎透明，有点发红，但没有伤口。

"真是多亏了陶先生，孩子们太淘气了。"刘阿姨客套地说。

那个人的视线从叶藤身上收回，似是而非地点了点头。

原来他姓陶，叶藤自然而然地联想到了"陶冶"，觉得这个名字还挺特别的，不知道有没有人叫情操。

大家一起上楼，他快速地检修了一下电路，很快就找到了被烧坏的地方。

刘阿姨从杂货间里翻出一个工具箱："也不知道有没有电笔和电线什么的，陶先生，你看看这里有没有用得上的。"

他蹲下来，翻开箱盖，在里面翻拣着，找到了一支透明电笔。

叶藤和林末在旁边看着，像两个好奇宝宝。

他的动作看起来格外熟练，因为配电箱有点高，他得踩把凳子。他的衬衫袖子被挽起，叶藤注意到他的右手果然还戴着手套，仍旧是黑色的半指手套，柔软的布料不会限制他的活动，那戴着又有什么意义呢？

"末末，帮陶先生扶着点儿凳子。"刘阿姨忙着收拾刚刚弄得一团乱的厨房，方淑珍也跟着帮忙。刘阿姨回头看了一眼玄关那边的林末，"你这丫头一点儿也不懂事。"

林末有点不太乐意，她胆子真的很小，叶藤不知道她曾经看见了什么，导致她这么害怕这位房东先生，但第一印象对一个人是真的很重要，她能理解。

"我来吧。"叶藤上前去帮他扶着凳子，"末末，你去帮刘阿姨吧。"

林末如释重负地离开了。

叶藤仰头看着他把电闸给拆开，换掉一段烧坏的电线。他的手臂很结实，有好看的肌肉线条，随着动作偶尔鼓起几条青筋，叶藤不自觉地看了几眼。他突然垂眸看向她，她被抓了包，莫名地觉得耳根有点发热。

"绝缘胶带。"

"哦！"叶藤蹲下去在工具箱里翻找，举起一卷黑色的绝缘胶带和一把剪刀，"要多长？"

"十厘米左右。"

叶藤随手剪了一段递过去。

"螺丝。"

"哦。"

"这是螺帽。"他看着叶藤手心里那个圆圆的东西，眼神里写着：这个世界上怎么会有认不清螺丝和螺帽的人？

叶藤感觉自己现在很憋屈，他嫌弃谁？认识螺帽了不起吗？

线路很快就修好了，送上电的那一瞬间，大家的眼神里都是发自内心的感激，毕竟这种天气，没空调真的没法过。

刘阿姨千恩万谢，非要留陶也吃饭。但他好像是真的有约，说要赶时间，就走了。

人一送走，刘阿姨关上门就开始感叹："你们说这人比人啊，真的是气死人。这个陶先生，才二十多岁的人，平日里也不见他出门，也不知道有没有工作。好好的一个年轻人，就这么整日里游手好闲。别看他长得人模人样的，其实就是个无业游民。可人家生得好啊，手上有房子，就我们这个房子月月交租，估计他不工作也够花了。"

方淑珍不是那种会在背后说长道短的人，听着刘阿姨的长篇大论，倒也没说什么。

"二十多？"叶藤看他那模样倒是看不出年纪来。

"好像才二十四，整天也不见他有份正经工作。有时候吧，看着穿得挺随便的，有时候又穿得一本正经，不知道到底是干什么的。"刘阿姨似乎对这个房东很感兴趣，无奈知道的信息也不多。

"他为什么戴着手套呀？"叶藤这个人有一种打破砂锅问到底的精神，她实在是很好奇。

"哦，你这么一说我倒是想起来了，我也不知道，就没见他摘过手套。"

"那……"

叶藤话还没说出来，方淑珍就从桌子上拿起水杯递给她："喝点水，你瞧你刚刚晒得，都出汗了。"

这是不让她再问了，叶藤于是接过来喝了两口。她们在刘阿姨家吃了午饭才走，林初沉迷于学习无法自拔，直到她们离开也没回来。

叶藤路过一楼的时候还看了看刚刚卡住过自己头的铁栅栏门，门紧闭着，他应该是出去了，穿得那么好看是去见谁呢？

叶藤觉得自己现在都快赶上闲人马大姐了，关不关她的事儿啊？

叶藤还想着去还伞，开学前去了一次，他没在。很快，便是开学了……

开学那天是个大晴天，太阳都快把人晒化了。

叶藤的新班主任叫王文卓，是个数学老师。他可是花了九牛二虎之力才把她弄到了自己班上，为的就是和林初他们班的班主任叫板。

叶藤跟着他一路往教室走去，听着他在自己耳边唠叨："我看了你们上次数学竞赛的题目，其实我觉得你输给林初完全是个意外！我也看了你平时的成绩，你只要努把力，下次一定会超过他的！"

叶藤看他一副斗志昂扬的样子，微微点了点头："好。"

"到了。"班主任一脸喜气地站在教室门口，刚刚还一片混乱的教室立马安静下来。王文卓带着叶藤走上讲台："同学们，我们班今天来了一位新同学。这位叶藤同学上学期曾获得全市数学竞赛的第二名,仅次于三班的林初。"

叶藤先是看见了坐在后排的林末,没想到误打误撞地分到了一个班,便冲着她笑了笑。可她听到王文卓的最后一句话后,又微微皱了皱眉。

下面噼里啪啦响起一阵掌声,后排的几个同学歪着身子看着她,原本在交头接耳的男生也都转过头来。只见讲台上的女孩穿着一套红白相间的运动服,微卷的头发随手扎了个马尾,笑起来的时候眼睛贼好看,清爽得像夏日午后的穿堂风。

"好漂亮。"几个男生发出由衷的感叹。

"叶藤同学作为我们班集体的新成员,我希望同学们以后可以多多关照她,也多像叶藤同学学习……"

女孩的脸上没有多余的表情,很松弛地站在讲台上,等着班主任结束他的长篇大论。她注意到教室正对面有一棵高大的银杏树,却没有注意到全班男同学的视线几乎都被她吸引了过去。

"下面欢迎叶藤同学做一下自我介绍。"

叶藤微微一愣,睨了班主任一眼,半开玩笑地接过班主任的话:"我是仅次于林初同学的叶藤,希望大家多多指教。"

下面的男生笑着小声议论:"哟,挺牛啊,第一天来就敢跟老王开玩笑?"

班主任有些不悦,但这不过是个玩笑,他也不好计较什么,咳嗽了两声,清了清嗓子:"希望下一次数学考试,叶藤同学能努力超过林初同学。大家也都要努力,良性竞争嘛。"

"谢谢老师的鼓励。"叶藤笑着应和。

"好了,你就先坐到后面那个空位子上吧。"王老师指了指后排,林末身旁还有个空位。

班主任一走,教室里一下子活跃了不少,后排有几个男生冲着叶藤吹口哨,嘴里低声喊着:"新同学,认识一下?"

这一节是中午的自习课,班主任离开后就换了一个年纪轻一点的女老师过来,完全压不住场子。前排的学霸区都在因为新学霸的到来而感到紧张,后排的同学们则因为来了个美女而感到激动,教室里的气氛躁动不安。

没一会儿，就有好几个纸团从旁边扔过来。前几次叶藤都没理会，突然，有个纸团正好从侧面打到她的额头上，她本来翻着书的手突然停下来，然后举起了手。

"这位同学，你有什么问题？"坐在前面的老师站了起来。

"不会是要告诉老师吧？没劲。"刚刚扔纸团的几个男生窃窃私语。

打中她额头的那个男生没穿校服，一身运动服在校服堆里格外惹眼。他兴许也有点儿心虚，但还是梗着脖子装镇定，把凳子往后挪了挪："老子怕她？"

叶藤看着他的小动作，掀了掀眼皮，露出一个浅浅的笑，低声说："老师，我想去卫生间，可以吗？"

"去吧。"老师也松了一口气，毕竟要是真发生什么矛盾，她也不好应付。

刚刚那个"运动服"暗自骂了一句："耍老子！"

叶藤从厕所回来，她的同桌偷偷把草稿纸递到她的面前，上面写着：不要惹冯天，他是个校霸。

叶藤抽出笔，龙飞凤舞地画了一个Thanks，一双狐狸眼笑得狡黠，她在林末耳边低声说："巧了，我也是。"

叶藤和校霸的小矛盾似乎很快就平息了下来，一整天都相安无事。林末一向胆子小，放学收拾东西的时候还吐着舌头感叹："好奇怪哦，要是以前，说不定他们会……"

"会怎么样？"叶藤看她的神情，觉得这个叫冯天的同学可能以前也这么逗弄过其他女生，林末说不定也是其中之一。

"可能会找你麻烦的。"林末小心地瞥了一眼左后方，冯天和几个男生吊儿郎当地背着斜挎包踢了一脚凳子，就从教室后门出去了。

"他们是不是总做这种事？"

叶藤最讨厌那种走在路上很轻浮地对着女生吹口哨的人了。

"倒也不是，"林末摇了摇头，"他们专挑好看的。"

叶藤表示无语。

又有一种好看的竹鼠会被先吃掉的感觉，长得好看难道也犯法？

叶藤和林末一路从学校出来，在校门口碰见了一个中年男人，平头，微胖,穿着很常见的那种蓝条纹的短袖,大腹便便。

"小叶子!"他笑着跟叶藤招手。

"这是谁啊?"林末畏畏缩缩地看着那个陌生男人。

"乔叔!"

第3章
我家藤藤

这可能是到 A 市以来，叶藤的脸上第一次呈现出这样的表情，欣喜且带着依赖。

"末末，这是乔叔，是我爸的好朋友。"叶藤说完想了想，又补了一句，"我亲爸。"

林末乖巧地问候了一下就和两人分开了，关于叶藤的身世，她早就从自己那个热衷于八卦的妈妈那里听说了，所以很清楚叶藤的过往。对她来说，那是没有办法想象的，所以第一次见叶藤，她就对叶藤有一种莫名的好感，因为叶藤看起来坚强又乐观。

"乔叔，你怎么有空过来？"

乔正阳是她父亲的好朋友，也是她以前学校的体育老师，和她另一个爸爸差不多，叶藤从小就跟他很亲近。

"你乔叔要是不过来，你是不是打算连个电话都不给我打呢？"男人笑起来有两个酒窝，中年发福让他年轻时的好身材一点儿也没剩。

"我这才走了几天，您看看您这肚子！"叶藤没接他的话茬，机智地换了一个话题，"任谁看了都不相信您以前是练散打的！"

叶藤的散打就是他教的，乔正阳年轻的时候是专业的散打运动员。按照他自己的说法，风光也是风光过，只可惜风光一去不复返，空留肥肉在人间。

乔正阳了解这个孩子，她看起来什么事都不怕，面上嘻嘻哈哈，其实心里主意多，又敏感，他问："你在这儿过得怎么样？有什么事就联系我，过不惯我就来接你。"

"我能有什么事？"叶藤垂头，拉了拉书包带子，"他们都对我很好。"

叶藤看着乔叔不相信的眼神，又强调了一遍："真的很好！不信您自己看。"

她掏出手机，是刚刚方淑珍发来的消息，说要来接她放学。

"对你好就行。"乔正阳笑了笑。

叶藤有个舅舅，是个浪荡子，叶藤的父亲去世后，她舅舅就一直想霸占她的那笔赔偿金。多亏有乔正阳照顾，这两三年她才能躲过那个人的纠缠。

"你说你就住在乔叔家里不好吗？非要去找什么养父母。"乔正阳看着眼前的小女孩，语气里带着些许无奈。

"乔叔，我就是想换个环境，再说我现在不也很好吗？这边的爸爸妈妈对我都很好，您就别担心了。我带您去吃个饭吧。"叶藤拉着他的手臂要走，她刚刚跟方淑珍说了自己坐地铁回去。

如果她一直住在乔正阳家里，她那个极品舅舅一定会常去骚扰他们。一年前发生的那件事，她现在想起来还是会觉得后怕。

叶藤不想给他们添麻烦，也不想他们因为自己整天心惊胆战。换个环境对于她来说，的确是一件好事。

"不吃了，我就是过来看看你。你早点回家吧，改天有空也回去看看我和你阿姨。"乔正阳是打心底里把叶藤当自己的孩子一样看待，但他也理解叶藤的心思，更尊重她的选择。

她值得有一个机会，从以前泥淖一般的生活里爬起来，她值得更好的人生。

末了，乔正阳还是说不过她，和她在学校附近吃了饭才走。

叶藤和他在学校附近的地铁站分了手，她不怎么想回家，随便晃悠了一会儿，不知不觉就晃悠到了学校后面的林荫路上。

她坐在长椅上，盯着天边的晚霞，云都镶了金边，看起来特别贵。她的脸也染上了橘红的色调，略微有些暗沉。

她拍了拍手，撑着椅子起身准备回家。突然，她看见五六个男生从拐弯处走过来，为首的就是他们班的那个冯天。

本来以为他们有多大度呢，结果是在这儿等着呢。

冯天其实也没想怎么样，只不过他今天在班上被一个女生下了面子，这可怎么过得去？他准备吓唬吓唬这位新同学，顺便找回面子。结果自放学起叶藤就磨磨叽叽的，到现在才落单，等得他一肚子火。

"新同学，认识一下？"冯天长得其实不是很难看，看起来挺爱运动的一个男孩，高高大大的，穿着运动服总给人一种傻大个的感觉。

"叶藤，你呢？"躲是躲不过了，干脆顺着他们来好了。

"冯天，咱们二中的天哥！"旁边一个男生叫得比冯天还要大声。

"说声'天哥我错了'，今天的事天哥就不跟你计较了。"另外一个用着恶心的语调捏着嗓子说话，"要是喊得天哥高兴，以后在二中，有天哥罩着你。"

冯天伸手拍了那个人脑袋一下："我可没你这么恶心。"

叶藤本来就没心情，转身就走，她可没时间和这群垃圾对话。

冯天见她要走，伸手就去抓她的肩膀。叶藤侧脸看了一眼那只放在自己肩膀上的手，直接一个过肩摔把他摔到了地上。

一群人都蒙了……

刚刚发生了什么？

"都愣着干吗！给我上啊！"冯天躺在地上喊了一句。

他们平常哪会跟女生动手啊？这还是头一回。再说跟女生打架，传出去多丢人啊！这时上也不是，不上也不是。

叶藤用脚踩着冯天的一条胳膊，他疼得"哇哇"乱叫："别别别，别动！"

旁边的一群人都蒙了，也不敢动了。

叶藤没使劲，就是不想让他动弹，突然想起什么，轻声笑了："《弟子规》会背吗？"

一群人一脸蒙，啥？

"小兔崽子！都给我站着，一个都不许动！"

这群人一听声音，一抬头就看见一个熟悉的身影，隔了老远，正朝着这边跑过来，一看那被风吹乱的地中海发型就知道是他们的教导主任。

这个人是加班上瘾还是怎么着？放学都这么久了，还在抓学生！

叶藤转身就跑，这个时候谁不跑谁傻。才开学就被请家长，那她在养父母面前的"乖乖女"人设岂不是要崩？

那群人也都跟着跑，她见前面正好是林末他们家的小区，于是赶紧蹿了进去。

那群男生呜里哇啦一阵你追我赶，教导主任觉得自己追不上，就往叶藤的方向来，一边跑还一边喊："你给我站住！二中的学生是吧！别跑！"

叶藤回头一看，没想到这个老师的体力还不错，跟着她跑了这么久竟然还在追。

她四下看了一眼，不知不觉跑到林末家所在的单元楼，一楼就是陶也的院子。她不管三七二十一，把书包往里面一扔，飞快地按了几下门铃。

陶也出来后隔着栅栏门看见了她，她的书包正面朝下躺在了院子里。

叶藤时不时回头看一眼身后，急匆匆地道："我刚刚不小心把书包掉在你院子里了，我进去捡一下行吗？"

"掉进来的？"陶也不知道这个小姑娘三番两次来找自己到底是出于什么目的，好整以暇地看着她胡说八道。

书包距离门口好几米，她非说是掉进来的。

叶藤看见教导主任已经站在不远处的路口气喘吁吁，眼看着就要追上来了，急得直跳脚。

陶也懒洋洋地打了个哈欠，眼看着小姑娘水光闪闪的眼睛直勾勾地看着自己，双手合十，一脸虔诚地道："哥哥，江湖救急！！"

三秒钟后，门刚被打开一条缝，叶藤"嗖"的一下窜进来，身子贴着墙，像小偷一样屏息凝神，食指放在嘴边，长长的睫毛闪了闪："嘘。"

不知道为什么，陶也也不自觉地跟着她贴着墙站好。她的手紧紧地拉着他的袖口，好像生怕他一不留神就会跑过去把教导主任喊过来。

陶也不经意间低头看见了她的脚踝："你的脚好像流血了。"

叶藤低头一看，只见自己脚踝的皮肤不知道被什么刮破了，此时血肉模糊。估计是刚刚转弯的时候不小心刮的，那会儿就感觉到有点疼，不过她没空注意。没发现还好，现在在发现了就感觉一阵疼痛传来："嘶，没事儿，可能是擦破了皮。"

"伤口很深，最好去医院处理一下，应该要打破伤风。"陶也蹲下去看了一眼，不知道她一个小姑娘为什么这么不爱护自己，而且好像还不怕疼。

"啊？要打针？"叶藤从小到大什么都不怕，唯独怕打针，"不打的话会怎么样？"

陶也平静如水的眸子对上她心惊胆战的眼睛："必死无疑。"

叶藤对于打针的回忆还停留在小学，那时还是叫社区医生到家里来打，针还没挨着她的屁股，她就死命地往外跑，那个医生举着针筒追了她两条街……

她从小好像就是一个怪小孩，和文静乖巧的女孩形象搭不上边。

"走了吗？"叶藤探头去看。

陶也感觉自己胸口处一颗毛茸茸的脑袋晃来晃去，突然顿住。

"老……师……好。"

"我都看见你了，还跑？"教导主任掀了一下自己头顶掉下来的几缕头发，"出来，来，叶藤是吧？前两天在校长办公室还见过我吧？刚转学过来是吧？来来来，先出来。"

费了这么大的劲，还是被抓住了。她往前走了几步，看着自己面前这道铁栅栏，再回头看着陶也，感觉马上都能唱出一首《铁窗泪》。

"老师，您听我解释，我……"

"这位是？"老师看见从她身后走过来的陶也，以为是叶藤的家长，语气客气了不少。

叶藤一看，有转机！最重要的是不能请家长，否则她真不知道该怎么跟方淑珍交代。她立马一把抓过陶也的胳膊，笑嘻嘻地说："这是我哥哥。"

"哦，叶同学的哥哥是吧？"老师准备跟他握个手，结果一伸出去，发现自己隔着那扇栅栏门，姿势特别像到监狱去探视，又缩了回去。

陶也看了叶藤一眼，她讪讪地把手从他的手臂上松开，顺势给老师开了门，那眼神里写满了"我什么都没做，我就是个无辜的小可怜"。

"老师，刚才是个误会。是那几个男同学刁难我，我害怕，所以就跑了。我不知道是您在追我，我就是害怕。"

教导主任的脸都僵了："刚刚把那个冯天一下摔翻，还让人家背《弟子规》的不是你？"

这天真的没法聊了……揭短就算了，还是当着陶也的面，他肯定知道自己是学他的……

叶藤的眼睛往侧上方看了一眼，陶也的表情不知道是不是在笑。

"这件事性质比较严重，我要好好了解一下情况。顺便……既然家长在,最好也去学校一趟,配合一下,好吧?"教导主任自顾自地说着。

"能不能……明天?今天有点晚了。"叶藤觉得陶也是不会配合的,最起码现在不会。

"那明天抽个空带家长来学校一趟吧。"

好不容易把教导主任打发走了,叶藤松了一口气,转过头看着陶也:"不好意思,给你添麻烦了,但是……你能不能……"

"不能。"陶也知道她打的是什么主意,一口拒绝,掏出手机准备打电话。

"等等,你给谁打电话?"

"刘女士。"

"等等!你别跟刘阿姨说,我这就走。"叶藤一瘸一拐地去拎自己的书包,一挪步就感觉钻心地疼。

陶也看着血把她的裤腿都染红了,场面看起来血腥又凄惨,略一皱眉,伸手拉住了她的书包带子:"等着。"

"哦。"叶藤四下打量了一下这个小院,院子里清清爽爽,有张小桌子,旁边是一张很大的藤椅,坐起来一定很舒服。

陶也从屋里拿出一个小医药箱,放在藤椅旁边的茶几上,随手打开盖子,从里面翻出消毒水和纱布:"自己能处理吗?"

"不用了,小伤。"

陶也举起手里的手机对着她晃了晃。

叶藤乖乖地坐下来,自己消毒,疼得直咧嘴。她弯着腰处理脚踝的伤口,一侧头就看见房间里的男人侧身站着,好像在接电话。

她感觉口袋里的手机突然也开始振动,兴许是家里来电话了。今天实在是太晚了,天都快黑了,于是她赶紧放下手里的东西,接了电话。

陶也闻声看过来,嘴边还挂着笑:"我晚点过来,这边出了点意外。"

他的电话里传来一阵喧闹的男声:"又是什么意外?找你吃个饭怎么这么麻烦?"

他的身材很好,靠着中岛台像个慵懒的模特,随手拍都能拍出好看的角度,眼帘低垂,笑着对电话那头说抱歉:"院子里来了只流浪猫,脚受伤了,总不能见死不救吧。"

"我们风神什么时候这么热心了？您不是吃个饭都嫌麻烦的吗？现在怎么着？什么猫猫狗狗的都要管了？"

"缺德事干太多，积德行善保平安。"

"哟，您还有思想觉悟这么高的时候啊？"对方一听陶也这话就笑了。

思想觉悟？陶也想起刚刚那个教导主任说的话，自己那天也就是随口折腾一下那几个小子，没想到她学得还挺快。

陶也侧头看见那个小姑娘正在认真地处理着脚踝上的伤口。她长得瘦，皮肤又白，兴许是因为疼，感觉背都绷直了，但没出声。

叶藤转头过去，两人的视线相撞。叶藤先避开，低下头去，把裤管卷起来一段，站了起来："谢谢，我要先回去了。改天……你什么时候在家，我把你的伞送过来。"

"再说吧。有人过来接你吗？"

"嗯，一会儿有人过来。"不仅要过来，方淑珍一听她受伤了立马就让她待着别动，一会儿带她去医院，估计今天这针是不得不打了。

叶藤脑子里想着明天请家长的事情，觉得自己还可以挣扎一下。又觉得他毕竟只是一个陌生人，自己已经给他添了很多麻烦了，实在是不好意思再张口，便道："你……算了，我先走了。"

陶也看着她有点丧气的背影，那简直就是一个被生活压垮的表情包。他莫名地笑了笑，回屋去拿车钥匙，准备出门。

车开过拐弯的地方，从后视镜里还能看见叶藤站在路边等着，卷起的裤腿下露出一截细白的小腿，纱布像是胡乱缠上去的，倒是很认真地打了一个蝴蝶结。

这姑娘可真逗。他突然想起刚刚那个老师叫她的名字。

叶藤，让人想到努力朝着阳光攀爬的爬山虎，绿得耀眼。

走到半路，他的电话响了，他随手按下方向盘上的接听键："又怎么了？"

"您老怎么还不来啊？"

"在路上。"陶也打着方向盘，"大概十分钟就能到了。"

"您那猫呢？没事儿了？"

"嗯，走了。"

他刚刚随手拧开的车载广播里传出一个激情满满的男声："今年的比

赛可谓是万众瞩目，小雪啊，你最喜欢的车手是谁？"

"我啊？我最喜欢秦君啊！十五岁开始，到现在一路披荆斩棘，我差不多是看着他一路走过来的呢！"女孩的声音听起来很激动。

"看不出来，原来小雪是秦君的粉丝啊，哈哈哈。那你应该还记得之前和秦君同属一个车队的风神吧？这次比赛我最先想起来的其实是他，当年……"

陶也随手关了广播，车里一片安静。

电话那头传来尴尬的咳嗽声："喀喀，其实这次比赛，前段时间老教练还跟我提过，你……"

"没什么事我就挂了，一会儿到了再说。"

"得得得，不提了。你先等等再挂啊，反正就十分钟，我就提前跟你说了。"电话里的声音突然变小，"一会儿你来了我就不好说了，我先跟你说件私事。"

陶也叹了口气："说。"

"哎，你帮我找个模特呗！"

"模特？"顾逸尘退役之后就开了摄影工作室，努力追求他的艺术梦想。虽然没有以前挣得多，但他也不差钱，就图个开心，所以陶也从来也没把他摄影的事当正事。

"我最近不是参加一个摄影比赛吗？没找到合适的模特，就问问你有没有什么合适的人选。你不是在学区住着吗？我想找个学生，女孩，十六七岁，最好是有点气质的，长得好看的。"

陶也的脑海里闪过一个身影，随后及时打断自己的想法："童工犯法。"

顾逸尘咆哮道："我又不给钱，犯什么法？就是帮忙拍个照！"

顾逸尘以前在他们车队是老小，最依赖陶也，也和他走得最近。其他人现在几乎都不怎么联系了，但他还是一如既往地跟狗皮膏药一样黏着陶也。

"你肯定认识，对吧？我记得你那租户家里不就有个小姑娘吗？我见过的那个，你帮我介绍一下！我觉得她就挺合适的。"

"不行。"陶也一口回绝。

"怎么不行？就让你介绍一下，我自己去说。我要是认识合适的小姑娘，也就不找你了。"顾逸尘噼里啪啦说了一大堆，听对面没一点儿动静，貌似已经在停车了，他又问了一句，"风神？"

对面传来欠揍的哂笑:"求我。"

这边丝毫没有反抗的意思,秒回道:"也哥,求你。"

陶也没想到顾逸尘这么没脸没皮,现在不帮他都说不过去了:"那你明天中午过来,我带你去问问。"

顾逸尘屁颠屁颠地回:"谢主隆恩!"

医院里,叶藤紧张兮兮地看着护士端过来一个小铁盘,里面放着注射器等东西:"其实我觉得我这伤口也不太严重,应该不需要打破伤风吧?"

方淑珍是一路唠叨着过来的,此刻还是眉头紧皱:"医生建议还是要打一针,比较放心。"

叶藤咬咬牙,脸色有点苍白。

"不用怕,很快的。"护士姐姐温柔地笑道,"上高中了吧?这么大了,还怕打针?"

方淑珍倒是没想到叶藤会怕打针,此刻低头看了看她,见叶藤似乎真的挺害怕的,就伸手过去摸了摸她的头:"没事,很快就好了。"

叶藤很怕自己一会儿看见针头会控制不住地拔腿就跑。平日里她有个什么感冒发烧的,几乎都是吃药,死活不去医院打针,没想到有朝一日会栽在一针破伤风上。

护士小姐姐看着她那赴死一般悲壮的表情,像安慰幼儿园的小朋友一样笑着安慰她:"没事,就像被蚂蚁咬一下,不疼。"

叶藤才不信她的鬼话,就算是蚂蚁,那也是牛头犬蚁,几分钟就能让人死亡!

叶藤闭上眼睛,然后感觉手臂一阵刺痛……她有点头晕目眩,感觉自己要死过去了。

方淑珍看着她的状况不太对劲,急忙扶住了她:"护士,孩子这是怎么了?"

护士笑着拔出针,有条不紊地收拾东西:"没事,应该是有点晕针,一会儿躺着打就好了。"

叶藤挣扎着拉了一下护士的衣角,听了她刚刚的话感觉都快奄奄一息了:"一会儿?"

护士姐姐收好东西，拉开她的小手："这个只是皮试，等二十分钟后结果出来了，还要打破伤风抗霉素。"

叶藤晕了过去。

"藤藤？你怎么了？你醒醒！"

从医院出来，叶藤感觉自己的人生得到了新的升华，克服艰难险阻，重获新生的感觉不过如此。临走的时候，那个护士姐姐还特地跟她说拜拜。

回去的路上，车里一阵死寂。

"好点了吗？"兴许是叶藤的示弱让方淑珍觉得自己的存在感更强了，她的心情反而不错。作为一个母亲，她希望自己能被需要。

"嗯，好多了，让您担心了。"她总是习惯性客气，虽然是一家人，却也不过才在一起生活了一个多月而已。

"以后要保护好自己，不然爸爸妈妈都会担心的。"方淑珍叹了口气，"今天你乔叔叔过来了？"

"嗯，他就是过来看看我，很快就走了。"

方淑珍点了点头，似乎不太相信叶藤的腿是自己不小心刮伤的，又不甘心地问了一句："在新学校还适应吗？要是有什么困难，可以跟妈妈说。"

叶藤转头看了看车外："挺适应的，不能再好了。"

有人关心，又有人爱护，不用考虑家里的钱够不够花，也不用被人指指点点说是父母双亡的可怜孤儿，再不用装出一副凶神恶煞、生人勿近的模样。

这一切似乎都很好，好得不能再好了。

可她总觉得一切都很不真实，像是在过别人的生活。或许她就是一个彻彻底底的小偷，偷走了那个叫琪琪的姑娘的一切。

她满怀感激，也心生愧疚，所以决定，最起码要好好照顾她的爸爸妈妈。

第二天一到学校，叶藤就和冯天一起被叫去班主任的办公室。

前后座，甚至很多前排的人都纷纷跟林末打探："怎么回事？新同学怎么和冯天一起被叫去谈心了？"

林末在班上还没被如此关注过，一脸茫然地摇了摇头："我也不清楚。"

后面那几个平日里跟冯天混得比较熟的男生你看看我，我看看你，鸦雀无声。

早自习结束后的课间,班里的"小灵通"也不知道从哪里打探来了消息:"哎!哎!哎!最新消息!最新消息!好像是昨儿放了学,冯天在学校外面为难新同学,被教导主任抓住了!"

"真的?你听谁说的?消息靠谱吗?"

"刚刚隔壁班课代表去办公室听见的啊。冯天自己都承认了,说他欺负人家叶同学,他平时不就是这样的吗?""小灵通"同学说得唾沫横飞,颇为叶藤鸣不平的意思,"人家一个女孩,还是新来的,他也太过分了吧!"

旁边的同学们纷纷称是,欺负女生也太过分了。本来大家对于有点张扬的叶藤是没什么好感的,可如今都觉得她挺可怜的,纷纷倒戈。

林末听了有点担心,怪不得刚刚看叶藤的脚上还缠了纱布,八成就是那个冯天做的好事!她胆子小,也不敢说什么,只是回头瞪了一眼旁边那几个男生。

那几个男生倒是没注意她,头对着头在小声讨论。

"不对吧……怎么倒成了天哥欺负她了?"

"对啊,昨天不是她把……"这个人话还没说完就被旁边的同桌生生捂住了嘴。

"别说了,说出来天哥的面子还要不要了?你小子就等着挨揍吧!"

几个人都讪讪地闭嘴,再次安静。

快上课的时候,冯天和叶藤一起进了教室。叶藤走在前头,冯天跟在后面。

大家都屏息凝神,等着看好戏。结果这两位各自回了座位,好像没事发生一样。

林末看了看那边的冯天,又看看叶藤:"他们打你了?"

叶藤看了一眼斜后方的冯天:"算是吧。"

"啊?你没事儿吧?"

"没事,就是擦破了点皮,不是被打的。"叶藤笑着敷衍过去。

刚刚在外面他们俩都商量好了,这件事冯天自己扛了,条件就是叶藤不能出去说是她一个过肩摔把他摔翻在地的。

死要面子活受罪,说的就是他。

不过叶藤也乐得答应,顺便还加了一个附加条件——从此以后冯天都不能找她的麻烦。

虽然他们统一了口径，但这件事还不算完。教导主任非要让他们的家长下午来学校一趟，要签一份什么保证书。尤其是冯天，因为他在学校惹事已经不是一次两次了，还得另外再写一份五千字的检讨。

冯天一看见叶藤那双狐狸眼就一肚子火，斜着身子往后靠在后排的桌子上，内心愤恨不平。

"天哥，这件事就这么算了？要不我们多叫些人，她就一个黄毛丫头，又不是叶问！"

"算了。"冯天憋着一肚子火。

"天哥……"

"我说算了！"冯天一扭头，那几个男生都吓得噤了声。上课铃已经响了，听见他突然大声嚷嚷，所有人都扭过头来看。他不耐烦地又嚷嚷了一句："看什么看！"

叶藤看着他气急败坏的样子，抿着嘴笑了。这一幕刚好落在冯天的眼里，他干脆趴在桌上，眼不见为净。

"末末，你房东今天在家吗？"叶藤的桌边挂着那把黑色的大伞，被她仔仔细细地卷得工工整整。

"嗯，应该在吧，怎么了？"

"我找他有点事儿，一句两句说不清，回头再跟你讲。"

叶藤趁着中午午休的时间拿着那把伞去找陶也，手里还拎了一个袋子。

她快走到院门口的时候，碰见一辆宝蓝色的车，那车转弯的时候开得挺快，她下意识就往旁边躲。

车子带起的风把她的校服裙摆和微卷的头发吹得扬起来。她带着点怒气看着那个"罪魁祸首"。

司机从后视镜骤然瞥见了，立即减速，又把车给倒了回来。

顾逸尘从车窗里探出头来，找了个话头搭讪："不好意思啊，请问一下，你知道陶也住在哪儿吗？"

"就在这儿。"叶藤用雨伞指了指不远处的院子。

顾逸尘扒拉了一下鼻梁上的墨镜，他认识这把伞，因为这把伞是他的。

当初掉在了陶也家里，一直懒得拿，伞柄那个地方缺了挺大一块漆。

"这把伞是陶也的吧？"顾逸尘瞬间来了兴趣，"你也是来找他的？"

"嗯。"叶藤感觉这个人看着有点不太正经，好像老在打量自己，奇奇怪怪的，她不想和他多说，径直往前走。

顾逸尘开着车子慢慢地跟着她，一只手臂耷拉在车窗外面："我是陶也的朋友，他跟你说了吗？模特的事，是我拜托他的。"

"什么？"叶藤不清楚他到底在说什么。

陶也本来和顾逸尘约好了时间，见他还没来就出来看看，结果看见他正把车开成千年老龟，跟着一个小姑娘。他站在门口眯了眯眼，看清了那个穿校服的女孩的脸。

她怎么又来了？

顾逸尘眼尖，挥手冲着陶也打招呼："风神！"

陶也听见这个称呼，习惯性地皱了皱眉，却还是伸手很敷衍地回应了他一下。

叶藤抬头，看见站在门口的人，冲着他笑了笑。

陶也看着两人同款谄媚的笑脸，缓缓把手插进裤口袋里，突然发现他们俩竟然莫名有点相似——都像狗皮膏药。

顾逸尘先去停车，叶藤把伞递过去，又把自己手里的小袋子也递了过去："你的伞，还有这个，特地买给你的，谢谢你最近忙了我很多忙。"

陶也打开袋子，里面放着一个小小的罐子，罐子里是两棵多肉，纯绿色的枝丫上有小小的、肉肉的叶子，罐子边缘还趴着一只娇憨可爱的小狗。

"什么？什么？什么？给我看看！给我看看！"顾逸尘转着钥匙圈往这边小跑，接过袋子看了看，道，"挺可爱啊，哈哈哈，送给陶也的？"

叶藤点了点头："谢礼。"

顾逸尘笑着捶了陶也的肩膀一拳："我是不是也该准备一份？我就知道你不会不帮我的！这个不错，我很满意。"

陶也觉得他应该是误会了，以为叶藤是自己给他找的模特："她不是给你找的模特，别胡说。"

顾逸尘耸耸肩，笑眯眯地看了一眼叶藤，心里打定主意就是她了。

他从顾逸尘手里拿回那个袋子塞给叶藤："你的心意我心领了，但这个你还是自己带回去。"

"你不喜欢植物?"因为不知道买什么,所以她就选了一个大家都能接受的东西,觉得应该不会踩雷。

"他不喜欢,我喜欢!不如送给哥哥吧?"顾逸尘嬉皮笑脸地伸手去拿,被陶也抓住了手。

陶也有点烦躁地又把那个袋子拎了起来:"先进来再说。"

"小妹妹,你今年几岁了?"顾逸尘开始和自己的"未来模特"套近乎。

"十六。"叶藤其实不太喜欢这个吊儿郎当的家伙,但碍于他是陶也的朋友也就答了,"那个,其实我有点事想请陶也哥哥帮个忙。"

顾逸尘感觉下巴都要掉下来:"陶也哥哥?"

陶也的脸黑了一个度:"什么事?"

"你一会儿下午能不能去一趟我的学校?就……昨天那件事儿。"叶藤觉得自己的脸皮太厚了,但是也没办法,谁让她昨天作死,跟教导主任说他是自己的哥哥呢?现在也没别人可以帮忙了,干脆麻烦他到底吧。

"可以!"顾逸尘答应得比陶也还快,"什么事?他不去,我可以去啊!我叫顾逸尘,你也可以叫我逸尘哥哥。"

陶也双手抱胸,默默地看着他在那儿瞎闹腾,看着小姑娘一脸排斥的表情,莫名地暗爽:"谁说我不去?"

"真的?"叶藤的眼睛一下子亮了起来,"那就这么说定了!我得先回学校了,五点四十分,我在二中的学校门口等你!别忘了!"

"知道了。"陶也难得冲动,看到小姑娘一脸奸计得逞的表情,觉得自己不该答应的。

叶藤欢天喜地地出了门。没想到这么容易,她这还没卖惨呢。

顾逸尘一屁股坐到一旁的沙发上,低头捡起多肉杯子外面的小狗看了看:"我是不是也得给你买一个这玩意儿?"

陶也懒散地坐在旁边的单人沙发上,拿起那肉嘟嘟的多肉看了一眼:"买了也没用,我不喜欢植物这种东西。"

植物、宠物这类东西,不管你走多远,总会挂念,牵扯不断。

"那你怎么还帮人家?"顾逸尘摸不透眼前这位的心思。

陶也飞过去一个冷淡的眼神:"不想找模特了?"

顾逸尘瞬间明白过来:"感谢风神牺牲自我,回头请你吃饭!要不……我也叫你一声'陶也哥哥'?"

陶也脚一踢,人字拖差点砸着顾逸尘的脑袋,堪堪从他的头旁边飞了过去……

下午五点半,下课铃一响,教室里的人"噌噌"地往外跑,都赶着去食堂吃饭,或是去买零食。

冯天和叶藤一前一后双双下了楼,顺着学校中间的林荫大道朝着校门走去。

冯天的个子很高,一直跟在她后面走。叶藤故意走慢,他也走慢。

她突然回头,冯天下意识地往后闪了一下。

少女眼里的笑意明显,他似乎有点气急败坏:"你有病啊!走路走得好好的,干吗突然转过来!"

叶藤若无其事地转过身去,没看见冯天的耳朵都红了,像只参了毛的兔子。

叶藤在门口等了一会儿,陶也果然如约过来了。她开始还担心陶也诓她,毕竟他这个人看起来也并不是很靠谱。

"陶也哥哥,这里。"叶藤干脆演戏演全套,反正多叫两声哥哥也不会掉层皮。

这声哥哥叫得陶也一愣,片刻后迈着长腿往她这边走来。

冯天暗搓搓地瞄了一眼来人,比他还要高。目光又落在他右手的黑色手套上,再逐渐移到那个人的脸上。片刻后,他默默地把叶藤一家都划为"没事别乱惹"那一类。

叶藤领着陶也去教学楼,赶上有几个学生从食堂回来,看他穿着衬衫和干干净净的休闲裤,以为是哪个不认识的老师。两个女生从他身边匆匆走过去,低着头叫了一声"老师好"。

陶也勾了勾嘴角,他还有被人喊老师的一天,可真稀奇。

"这是新来的老师吗?好帅啊。"

"不知道呀,明天打听一下。"

两个女孩小声嘀咕着上楼,心怦怦直跳。

"所以，为什么请家长？"陶也低头看了看身边低眉顺眼的小姑娘，她脚踝的伤还没好透，用纱布裹着，仍旧打了一个小小的蝴蝶结，一看就是她的杰作。

"我们班有个校霸，叫冯天，我刚转学过来，他欺负我。"叶藤言简意赅地描述了事情的来龙去脉，"总而言之，咱们占理，你不用怕。"

陶也看着她贴心安慰自己的样子，觉得好笑："我为什么要怕？"

"总之……"叶藤看着迎面走来的王文卓，低头咳嗽了一声，拉了拉陶也的袖子，"这就是我的班主任，你就说你是我表哥。记住，大事化小，小事化了，还有……"

她微微侧头看他，表情浅淡却无比真诚："谢谢你愿意帮我。"

陶也的眼睛长得很好看，像书里描写的一样，像个旋涡，不知不觉就会被吸引进去。凌厉的时候像把刀，此刻却让人有一种异常温柔的错觉。

穿着校服的男孩和女孩从他们身边擦肩而过，他的眼睛弯成了温柔刀，在叶藤的心上刻下一个小小的印记。

"别那么早谢。"他似笑非笑地抛出一句她听不懂的话，"小孩，有兴趣当'童工'吗？"

"嗯？"

叶藤还没搞清楚他说的童工是怎么一回事，班主任已经到跟前了。

"是叶藤同学的哥哥吧？麻烦你先跑一趟。"班主任很客气地伸手，看见陶也手上戴着手套，可能是误会了什么，以为他手不方便，又尴尬地自己拿双手在空气里互拍了一下，"来来来，我们去教导主任的办公室再说。"

叶藤："……"

他们先到，过了一会儿，冯天带着他的妈妈来了。一股浓烈的香水味跟着飘进来，叶藤差点打了个喷嚏，揉了揉鼻子后坐到一旁。

那个女人扫了一眼办公室里面的人，看见叶藤就没好气地瞪她一眼，看起来似乎心情不大好。

"既然双方家长都来了，咱们就先把事情的过程给说一下。"教导主任一脸严肃，"冯天，你先说。"

冯天说完，他妈妈似乎很不屑："凭什么说我们孩子欺负她？老师你不是还看见她打了我们孩子吗！"

"我的确是看见了,但鉴于叶藤同学是自我防卫,所以这件事还是归咎于冯天同学。"教导主任有理有据,活脱脱像个公正的法官。

叶藤盯着他头上仅剩的几缕头发,看着它们在微风中舞蹈。

"叶藤,你说一下他是怎么欺负你的。"

"嗯?"叶藤突然被点名,想了一下道,"他冲我吹口哨,往我脸上扔纸团,还带了一群男生拦着我,不让我走。"

"那只是个误会,同学之间相互打个招呼怎么了?"冯天妈妈说得理直气壮,似乎他们家孩子能跟你打招呼是你三生有幸。

从进办公室到现在,陶也似乎没有说超过三句话。教导主任以为他是怒不可遏,怕事情恶化,就把话头抛给他,打算试探一下他的态度:"那……叶藤家长,您怎么看?"

陶也悠然地坐在椅子上,长腿交叠,懒懒地抬头看了一下站在自己身边的叶藤:"我觉得,这位同学的家长可能是误会了。我们家打招呼都是过肩摔,是吧,藤藤?"

叶藤感觉虎躯一震……

老哥,你怎么回事儿?藤藤?Excuse me?!

"嗯,是。"叶藤心里翻了个大白眼,脸上却笑着,"我就是和冯天同学打个招呼。"

冯天妈妈的脸都绿了,教导主任也僵住了,心里嘀咕,这一家人都是什么奇葩啊?

一旁的王文卓笑着打马虎眼,毕竟都是他班上的学生,这件事早点解决才好,免得他也跟着受牵连。

最后该道歉道歉,该写检讨写检讨,该签字签字,这件事就算这么了了。

叶藤从办公室出来后长舒一口气,这一关总算是过去了。

冯天妈妈拎着皮包往外走,可能是因为刚刚口头上没有占上风,所以有些懊恼,走的时候还在念叨:"这年头真是什么人都有,小孩小孩不着调,大人大人不正经。"

冯天看着挺火爆的一个人,到了他妈跟前好像脾气软了不少,什么都没说就跟着走了。

叶藤送陶也出学校,今天她就要开始在学校上晚自习了:"你刚刚说什么童工?"

"不正经"的陶也先生犹豫了一会儿,还是替顾逸尘开了口:"上次在我家碰见的那个人,他想找你拍一组参赛照片,不知道你介不介意?"

"他?"叶藤对那个人印象不太好,"什么照片?"

"主题好像是青春,我也不太清楚。你要是感兴趣,我让他亲自跟你解释。对了,你回去可以和家长商量一下,如果他们同意,报酬也好商量。"陶也一向公事公办,不喜欢进行道德绑架。

"我同意。"叶藤一口应了下来,"不过我有个条件。"

"什么条件?"陶也就知道她不会这么轻易答应,这小鬼头古灵精怪得很。

"你得陪着我一起,你朋友……"她杏目微狭,靠近一步,身上的香甜气袭来。他太高了,叶藤略踮起脚,低声说,"看起来就挺不可靠的。"

晚自习的时候,林末侧过来头低声问:"听说你被请家长了?没事吧?"

"我找的别人。"

"啊?"林末不小心音量大了一点,讲台上的老师不满地看了她们俩一眼。林末捂嘴,换成写字条:谁啊?

"你的房东。"叶藤压低声音,笔尖没停,草稿纸上写满了演算公式。

"他?!"林末写出的连续标点显示出了她内心的震惊。老师从讲台上下来,叶藤迅速把手里的纸拿过来,换了个面接着做题目。

老师双手背在身后,溜达到了后排。也不知是谁推了一把睡得正熟的冯天,他烦躁地皱了皱眉,好像在说梦话:"给老子放下,那个鸡腿是我的。"

大家顿时哄堂大笑,窗外的班主任推开后门直接进来,拎着冯天的耳朵把他叫醒:"梦里还在吃鸡腿?香吗?"

冯天眼神迷离,一脸"你怎么知道我梦见吃鸡腿"的表情。

班主任都快被他气笑了:"到我的办公室去!"

班里死气沉沉的气氛一下子又活跃了起来,叶藤顿了顿笔,侧头问林末:"你为什么那么怕陶也?"

林末一愣,其实这件事还要从她刚搬过来不久说起。有一次放学,她难得跟林初一块回家,路过一楼的时候看见了那一幕——

陶也抓着一个男人的衣领子，一拳打在那个人脸上。那个人的嘴角渗出血来，他用手背擦了一下，吐了一口血沫，抬头恶狠狠地盯着陶也没说话。

"然后呢？"叶藤能想象出那个场景来，还有那令人胆寒的眼神。

"然后他就被房东一只手掐着脖子摁在门上，我还注意到那个人的后脖子上文了一只翅膀。房东的样子特别可怕，我们就听见房东说他要是再过来，就弄死他之类的……"林末说起来还很害怕的样子，"我没敢细看，我哥带着我上楼了，他让我以后少跟房东接触。这件事我们也没告诉妈妈，不然估计她早就带着我们搬家了。"

末了，她还嘱咐叶藤："你也少和他接触吧，我总觉得很危险。"

"嗯。"叶藤点点头。

陶也看起来似乎是个危险人物，但她不觉得一个愿意出手帮助陌生人的人会是什么坏人。或许他只是一个有故事的人，叶藤如是想。

开学第一周很快就过去了，他们班的体育课安排在周五，篮球分组。体育老师看着花名册点到："新来了一个叶藤同学是吧？举个手示意一下。"

"到！"叶藤的个子在女生里还算高，老师看她一眼后摆了摆手："你就和……冯天一组吧，我们这节课要练一下投篮。"

全班同学都扭头过去看叶藤的反应，体育老师有些不明所以："怎么了？不同意？"

冯天瞥了一眼前排叶藤的头顶，她很好认，一头卷毛："我同意。"

冯天旁边的几个男生都以为冯天最近是着了什么魔："你们有没有觉得天哥最近有点不太正常？"

"你们懂什么？这叫牡丹花下死，做鬼也风流。"

后排的男生开始嗤笑，带着吃不到葡萄就说葡萄酸的小心思。

"那叶同学呢？有异议吗？"

叶藤随意地摇摇头："没有。"

投篮练习，两个人一组，一个人投十个球，另外一个人帮忙捡，然后再轮换。

体育老师说这样可以培养他们的合作意识，顺便锻炼一下体力，对身心都有益。

叶藤瞥了一眼坐在阴凉处看着他们"哼哧哼哧"地投球捡球的体育老师，觉得他很可能在胡说八道。

她来来回回捡了十趟球后，一把把篮球砸到冯天面前，他顺手接住了。

"你故意的吧？公报私仇可有点卑鄙了。"叶藤觉得，他就算技术再烂，也不至于一次都投不中吧？就算是随便扔，也该中了。所以原因只有一个，那就是他故意扔得老远，让她去捡球。

"新同学，你可别误会了我们天哥，我们天哥不是这样的人。"旁边的男生投了一个完美的两分球后扭过头来，"他要是能投中，那天那个纸团不就不会砸你脑袋上了吗？"

冯天把手上的球砸到那个人身上："别胡说八道。"

那个男生叫刘畅，在班上也就他和冯天的关系不错，却又不是他的小跟班，别人都不敢拿冯天开玩笑。

刘畅把球递给叶藤："你也可以让他帮你捡球，一报还一报。"

"你敢！"冯天眼看着又要奓毛，看着叶藤刚刚捡球捡得满脸通红，一双水润的眸子瞪着他，气呼呼的，便默默地吐槽，"小卷毛。"

"你说什么？"叶藤要炸了。

"你聋了啊？"

叶藤很想给他一拳，这个人怎么这么欠揍？

"干什么呢！你们这一组？"体育老师远远地指着这边。

叶藤举高手上的球，闭上一只眼，瞄准了冯天的脑袋抛过去："Yes！两分！"

冯天闭了闭眼，球咚的一声落地。

旁边的刘畅笑得上气不接下气："天儿，别气，怪只怪你长得太高，都快赶上球筐了。"

叶藤若无其事地站在那儿，手叉腰看着他："不好意思啊，冯天同学，我不仅聋，我还瞎，没看清楚。"

因为和冯天的恩怨，叶藤上了有史以来最累的一堂体育课，下课的时候感觉自己的手都要废了，捡球捡得腰酸背痛。

他们周五没有晚自习，可以早点下课。上次陶也给叶藤留了电话号码，让她有空就打电话给他，聊一下拍照的事情。

可是从林末那里听说了一些关于陶也的事情后,她一直在犹豫。

放学的时候,她捏着那张写有电话号码的小纸片告诉自己:"就这一次,答应了人家总归是要做到的,拍完照片还了人情就不接触了呗,就这样。"

她拨打电话,突然觉得有点紧张,心脏不听话似的怦怦乱跳。

"喂?"

对面传来熟悉的慵懒的声音,好像比以前还要沙哑,她一下感觉自己仿佛回到了第一次遇见他的那天晚上,心像被猫爪抓了一下。

"是我,叶藤。"

对方好像在喝水,她听见水杯放在桌上的声音,很清脆:"嗯,怎么了?"

"明天周末,你不是说让我联系你吗?"叶藤有点懊恼地抓了抓自己的头发,难不成他只是随口一提,还给忘了?

"你和家里人说了吗?"陶也最近几天重感冒,刚好一点儿,的确是不怎么记得这件事。他清了清不怎么舒服的嗓子,"嗯,那我明天过去接你,你给个地址。"

"你不舒服吗?"叶藤问。

他按了按自己的眉心:"是有点感冒,不碍事的。"

"嗯,明天见。"叶藤挂断电话后有点出神,总觉得自己像是做了什么亏心事。这件事她还没跟家里人说,打算明天先问清楚情况,再回去跟方淑珍解释。

第二天一早,叶藤在约定好的地方等着。陶也是开车过来的,说顾逸尘请吃饭,顺便详细讲一下拍照的事情。

叶藤坐在副驾驶座上,扣好安全带,礼貌性地问了一句他的病情。寒暄两句后好像也没什么别的好说了,她东看看,西看看,只觉尴尬。

"肉肉怎么样了?"叶藤突然找了个话题。

"肉肉是谁?"

"我上次送你的多肉,我给它取了个名字。"

陶也抽空瞥了她一眼:"什么时候取的?"

"这不是重点,"叶藤双手撑着车座,脚在下面摆了摆,"重点是多肉很好养,一点儿也不麻烦。"

像他那样做个饭都嫌麻烦的人，让他照顾植物可能会让他觉得为难，所以她才买的多肉，放在那儿一个月不去理会都不会死的那种，坚强得和她有一拼。

"它现在有名字了，你要是扔了就是抛弃。"叶藤觉得要把性质说得严重一些才行。

陶也听着她胡说八道，"嗯"了一声，无声地笑道："没扔，和玻玻在一起。"

叶藤有点不敢相信自己的耳朵，转头看向开车的人："和谁？"

碰到红灯，陶也把车停下来，阳光刚好从挡风玻璃照进来，她的脸被晒得通红。

他伸手把她面前的挡光板拨下来，一本正经地说："我的茶几，叫玻玻，茶几旁边的藤椅叫什么想知道吗？"

他笑得开心，满眼的少年气。果然，男人不管什么时候总会有孩子气。就像以前乔叔和她爸，没事就凑一块儿研究纸飞机怎么才能飞得远……

叶藤被他开玩笑也不生气，瞪着天真无邪的眼睛，摊开手心怼了回去："叔叔，用我的名字可是要给钱的。"

第 4 章
你暗恋谁？

到那个地方花了半个小时，两人停好车就往里走。街上一溜儿的各色饭店，从土家菜馆到西餐店，应有尽有。

"有什么忌口吗？"陶也有多久没带小姑娘出来吃饭连他自己都不记得了，也完全没头绪。他拿出手机随手打了一行字发给顾逸尘，问他在哪儿。

"没有。"叶藤只觉得有点热，太阳太晒了，她本来皮肤就白，皮肤一晒就容易过敏泛红，不一会儿她的脸和手臂就都有点发红了。

陶也的个子高，她加快脚步走在他的影子里，感觉舒服多了。

"顾逸尘说他找到地方了，好像在……"陶也点开他发过来的定位，突然停下来转了个方向。叶藤刚刚低头在看手机，猝不及防撞到他的身上，没想到刚好磕到他衣服上的一颗铁质扣子，这一下还撞得不轻。

她拿手捂住脑袋："你怎么跟铁板一样？"

"我看看。"他笑着伸手抓住她的胳膊，看了看她的额角，"红了。"

他用的是戴着手套的右手，所以叶藤感觉到的是柔软的布料触感。他那只半指手套很薄，都能透过布料感觉到他掌心的温热。

叶藤把手臂抽出来，揉了揉额头："我没事儿。"

"你们怎么还在这儿啊！没收到我发的位置？"顾逸尘等不及，自己跑出来找人，看见这两人站在拐角处一动不动，就举着手机跑了过来。

"顾逸尘，上次没给你正式介绍，"陶也扬眉，"现在是个摄影师。她叫叶藤，学生。"

顾逸尘压根儿没打算从陶也这中规中矩的介绍里获取什么有营养的信息，笑着对叶藤伸出了手："你好啊，上次我就说了，叫我逸尘哥就行。"

叶藤伸手搭了一下立马就收了回来:"你好。"

"原来你叫叶藤啊,名字可真好听,特别适合你。"顾逸尘这人说话嘴上跟抹了三斤蜜一样,他笑嘻嘻地从陶也身边转到叶藤旁边,"你读高几了?"

"高二。"陶也帮着回答。

顾逸尘一脸"我又没问你,你回答个鬼"的表情看了陶也一眼,立马无缝切换了一脸慈祥温和的笑容低头接着问叶藤:"读文科还是理科啊?平时学习忙不忙?成绩怎么样啊?"

陶也瞥了一眼,小姑娘似乎在克制自己的烦躁。他一抬头,隔空甩过去一句:"闭嘴,吵得我头疼。"

叶藤刚要回答,又默默闭上嘴,松了一口气。

店是顾逸尘挑的,应该这么说,一看就是顾逸尘挑的……

站在店门口,叶藤就感觉……

很迷……非常迷……

一进门,就看见里面到处挂着玉米棒子,然后每个隔间都是窄窄的土炕,上面铺着大花袄同款的坐垫,中间一张大桌子,桌子上一口大铁锅……

招呼的服务员也穿同款花衣服,一进门就喊:"舅舅舅妈里面请!"

陶也的脸色不大好,却也不好发作,转身就要走,被顾逸尘拉住:"别走啊,这家店的东西很好吃的。"

"顾逸尘。"连名带姓。

顾逸尘看了看陶也的眼神,讪讪地松开手:"这不是挺有意思的吗?叶藤,你觉得呢?"

"嗯,是挺有意思的。"叶藤的眼角微微挑起,笑着点头,"我们就在这儿吧。"

"舅舅舅妈定位子了吗?"服务员看他们犹犹豫豫的,又问了一句。

"哈哈哈!是不是很有意思?"顾逸尘一听他们说话就笑得停不下来,"你们应该都没有来过这种东北菜馆吧?听说很好吃,一会儿还有表演呢!你看,也不是我一个人想来。"

叶藤点了点头,其实她觉得最好笑的不是菜馆的装修和风格,能看见陶也在这种地方吃饭,想想都觉得有趣。

可他是一个什么样的人呢?叶藤想到这里,才觉得自己对他知之甚少。

"坐坐坐,舅舅舅妈先嗑点儿瓜子唠唠嗑!"

叶藤"扑哧"一声笑了,顾逸尘笑着接过瓜子就往陶也和叶藤面前推:"舅舅,舅妈,来!"

陶也一脸关爱智障的神情,理都没理他。叶藤拿起两颗意思一下,突然觉得顾逸尘这个人也很有意思。

"哎!一会儿有表演,还有十多分钟就开始了。"顾逸尘端着瓜子盘,一脸期待。

叶藤偷瞄了陶也几眼,看他的样子如坐针毡,感觉他是因为自己才愿意进这家店,总归是他牵的线,还真的是难为他了。

过了一会儿,他去了洗手间。顾逸尘笑着问叶藤:"你跟风神是怎么认识的?"

"风神?"

"哦,就是陶也。"

"就偶然认识的,他帮过我好几次,感觉是个很好的人。不过其实我也不太了解他。"叶藤这话说得很真诚,但对面的人听了这话有些忍俊不禁。

顾逸尘往前凑了凑,主动出卖队友:"你帮了我的忙,就是我的妹妹。你说,你想了解什么,哥哥偷偷告诉你。"

"其实……"叶藤脑子里有个想法一闪而过,"我一直很好奇,他的右手为什么要戴手套啊?不热吗?难道说是像动漫里的那种?"

"什么动漫?"顾逸尘看着她认真的眼神,觉得好有趣。

"就……神之右手……因信任和爱而产生名为信任的力量什么的……"叶藤一说出来就觉得自己脑洞太大了,但好端端的,他戴手套干吗?还是右手。

顾逸尘一听,笑得前仰后合。

陶也这时已经回来了,就站在叶藤身后,顾逸尘示意她往后看。

店里的二人转表演开始,声音响得震天。叶藤看见陶也的嘴唇微微动了动,神情淡然。

"啊?你说什么?"那边已经唱了起来,叶藤什么都没听见。

他略一弯腰,温热的气息喷在她的耳侧。他的感冒还没好全,声音酥到骨子里:"这不是小孩该问的问题。"

不问就不问吧,还拿年龄来压人……

叶藤没多想,跟着顾逸尘一起看表演。环境嘈杂,他们三个人反而安静了下来。只一会儿工夫,菜也上齐了。

"你们尝尝,味道很不错的。"

最后一盘上来的是羊肉,叶藤没沾。她从小就不吃羊肉,一直盯着眼前的凉皮吃个不停。

"小藤藤怎么不吃肉?来,尝尝这个羊肉,你还在长身体呢。"顾逸尘帮她夹菜。

叶藤一听"小藤藤"几个字,差点一口气没上来,呛了一下,抓过旁边的水杯喝了一口水:"谢谢逸尘哥,我不吃羊肉的。"

"哦,那你吃鹅肉,你自己来。"顾逸尘自己把那筷子羊肉吃了,旁边响起掌声,串场节目到此为止,店里总算是安静了。

陶也吃得好像也不多,或许是这里的饭菜不是很合他的胃口,他大部分时间都沉默不语,只有顾逸尘一个人在说话。

从他的摄影室讲到他准备参加的那个摄影比赛,还有他的灵感以及摄影计划。

"我这次的主题就是青春,我要拍一组最纯美的作品。其实我之前还和摄影室的人讨论过,光是这个模特我就找了将近三个月,不然也不会来找他。"

叶藤莫名觉得有点受宠若惊:"我不太会拍照。"

她从小到大,除了证件照外的照片屈指可数。

"没关系,你只要站在那儿就行了,其他的交给哥哥我。"顾逸尘这才注意到旁边的陶也,"你说呢?"

陶也双手拿着手机,拇指按得飞快:"你说是就是吧。"

"这么敷衍?跟谁聊得火热呢?女朋友?"顾逸尘顺手开了一瓶雪碧,"藤藤来点吗?"

陶也眼睛盯着手机,毫不影响他快准狠地伸出一只手按住顾逸尘的胳膊:"未成年。"

叶藤本来在欢快地啃着鹅腿,听见"女朋友"三个字,脑子转得飞快。

陶也有女朋友？他当然可能有女朋友。他都二十四岁了，作为一个生理和心理正常，长得还有点好看的正常的雄性，别说是女朋友了，就是有老婆、孩子都很正常。

鹅腿掉在碗里，她用筷子戳了戳，没有了继续啃的欲望。

"这样吧，你明天要是方便的话，能去一趟摄影室那边吗？我们先试拍一下，等你下个周末有空，咱们换实景拍一下，到时候可能要一到两天的时间，你还得和家里人说一下。要是不放心，也可以找朋友或是家长陪你。"

顾逸尘这个人虽然看着不太靠谱，但还算比较细致。

叶藤听着他噼里啪啦说了一堆，看了看旁边的陶也，他的视线终于离开了手机屏幕，和她对视一眼又很快地低下头去："我也去。"

"你？"顾逸尘貌似很不乐意，"你不忙着陪女朋友？"

陶也摁了手机电源键，随手把手机扔到一旁："我哪儿来的女朋友？"

叶藤低头夹起刚刚剩下的半个鹅腿，咬了一小口。

"我出去抽支烟，你们吃完了直接出来，我在外面等着。"陶也从口袋里摸出烟盒，走了出去。

叶藤的胃口倒是很好，这家店的菜味道的确不错，她吃得比平时稍微多些。顾逸尘又和她说了些有的没的，她都没怎么听进去，只想着回家怎么和方淑珍说这件事。

顾逸尘去结账，叶藤先出来。陶也站在马路牙子边，皱着眉，耳朵里塞着耳机，手机横屏端在眼前，手里的烟快要烧到手指头，他也一动没动。

叶藤走过来他才发现，摘了一只耳机，抖了抖烟灰，随手把烟头摁灭扔进路边的垃圾桶里："走了？"

"嗯，你的朋友还在结账。"

"谢谢你能帮忙。"

白色的耳机线垂在他的肩上，他的神情看起来严肃又认真。

叶藤喜欢他这样说话，不喜欢他管自己叫小孩。

"你看什么呢？视频吗？"叶藤指了指他的手机。

"比赛直播。"

叶藤脑子里想不出来他会喜欢什么比赛，便问："《王者荣耀》？"

他收起手机，随手把耳机塞进口袋里："GT。"

GT？给她？改天？狗头？

叶藤初步感觉到自己词汇量的浅薄："那是什么？"

"超跑锦标赛。"

他又笑！！

超跑锦标赛？那又是什么？叶藤决定不再问他，自己求助度娘，一波操作之后……

哦，China GT，中国超级跑车锦标赛。贫穷使她对这种东西一无所知。顾逸尘付完钱出来了，随手把钱包塞进口袋里。叶藤眼尖地瞄到那编织袋一样的纹理，如果没有认错的话，应该是那个编织豪门品牌——Bottega Veneta。

以上信息还是她偶尔逛微博的时候看到的，感谢互联网。

她瞬间觉得自己和面前这两人之间隔着一条马里亚纳海沟……

"怎么了？"顾逸尘看她的表情好像不太对劲。

"没事，就是有点想不通。"

世界上最远的距离就是我在"王者"，而你在"赛车"……

"哪里想不通？"顾逸尘看着小姑娘一脸的愁眉苦脸的样子，笑着说，"跟哥哥说，哥哥帮你，哥哥可是深藏不露的天才。"

叶藤默默地看了他一眼，随口说了一道数学竞赛题："一个 19×19 的正方形棋盘，任意取两条水平线、两条垂直线围成的图形恰好是正方形的概率是多少？"

顾逸尘尴尬了。

陶也看着顾逸尘的翻车现场，双手交叠抱在胸前，慵懒地笑了，典型的幸灾乐祸。

叶藤径直朝着陶也的车走去，他隔得老远给车解了锁。

顾逸尘一脸蒙："我刚刚说错什么了？我惹她了？"

陶也拍了拍他的肩膀："回见吧，天才。"

回去的路上路过一个商场，叶藤突然想起自己还要去书店买练习资料，便说："你把我放在前面路边就好了，我买点东西然后自己回去。"

陶也没听她的，直接把车开到了商场的车库："我带你出来的，就得负责把你送回去，否则出了事没办法跟你的家长交代。"

叶藤觉得自己在他心里可能就是个幼儿园小朋友,还是回家都不能自己回的那种。不过,他要跟着就随他的便吧。

两人直奔五楼的书店,叶藤找到教辅区,花花绿绿的书架上摆满了各种试卷和习题集。她要找一本很早以前的数学习题集,之前在学校门口的各个书店都找了一遍,没找到,所以今天想着到这里来碰碰运气。

陶也随手捡了一本中学生英语杂志翻了翻,旁边三三两两的女孩的目光都汇聚过来,耳边传来低低的说话声。

叶藤一层一层地扫视书架,感觉脖子都仰得酸痛起来。最里面的一个书架的最上面一层,放着很多老旧的杂志和一些过期的参考书,她看到一个红色书脊,感觉有点像。

她伸手去够,却够不着。

那层估计平时没有人去动,积了一层灰。

"喂,你帮我拿一下那本书行吗?"叶藤扭头去叫陶也。

"喂?"这个小鬼头,无事相求的时候就开始喊他"喂"了。

叶藤下意识地笑道:"哥哥。"

"哥哥怎么了?"他合上书,好像故意跟她过不去。

"哥哥,你能帮我拿本书吗?就在那上面,红色的那本。"叶藤指了指书架的最上层,突然发现上面书脊红色的书大概有十本,而且丧心病狂地连年份都没标,她要找 2015 年的。

"哪本?"

"你随便拿一本看看。"叶藤也不知道是哪本。

陶也轻轻松松抽出一本递给她,2010 年的。

"换一本。"

他又拿了一本下来,是 2012 年的。

"这本也不是。"

"你自己挑?"陶也有些不耐烦地皱了皱眉。

"我这不是够不着吗?"叶藤低声说,她从那头开始数,"一、二、三、四、五、六、七……你要不拿一下第九本……"

她话还没说完,就感觉身体一轻,猝不及防被他举起来:"自己拿。"

叶藤的脸"噌"地红了,火速抽了一本出来。虽然从被举起来到落地,也就十秒钟的事情,但她的心都快跳出来了。

她看了看书皮,"2015"那几个数字红得格外耀眼:"还好对了。"

"是这个吗?"陶也若无其事地问,叶藤觉得自己在他心里或许是根木头还是什么的。可她竟然这么轻易就慌乱了,这还是她吗?

"嗯。"

叶藤转身要离开,眼角的余光瞟到了书架侧边坐在地上看书的人。她觉得好像有点眼熟,又扭过头去看,结果便看见一双乌黑的眸子。

少年板着脸,探出半边身子。他手里捧着一本同样的书,还拿着笔,草稿纸散落在脚边。

林初?

他刚刚都看到了?

陶也回过头,林初快速坐正身子,从他这边只能看见林初的校服裤子和脚边散落的草稿纸。

叶藤心事重重地转过头,不知道为什么有一种被人撞到不该看见的事情的心虚感,可是分明……什么都没有。

她觉得心里酸涩,坐电梯到一楼的时候看见一家糖果店,便道:"等等!我再买最后一样东西!"

叶藤一溜烟地跑过去,把陶也甩在身后。不巧还要排队,他就坐在不远处的长椅上等着。

叶藤看着他搭在椅背上的手臂,脑子里一闪而过他刚刚举起自己的时候,手臂会不会也像那天修电路的时候那样青筋暴起?

她又转念一想:我有那么重吗?

旁边的小孩"哇"的一声哭了,打断了她的胡思乱想。他要吃糖,可他妈妈不让。

叶藤被他吵得头疼,弯腰笑了笑:"小朋友,看见那个人了吗?他小时候很矮,才这么一点高。"

叶藤用手比着自己的膝盖:"后来他不吃糖才长那么高的哦。"

小孩拿肉乎乎的手揉了揉眼睛,看着站起来的陶也,一米八八的高个子在他眼里估计跟铁塔一样。

他奶声奶气地问:"真的吗?"

"当然啦。"他妈妈也跟着忽悠，拉着小男孩赶紧去了别的店。

"小姐，你要哪几种？"刚好排到了叶藤，店员提醒她挑选。

她细长的手指尖戳着玻璃柜："第一排的都要，拼两百克吧。"

店员火速装袋，她付了钱抱着一纸袋的各色糖果跑到陶也面前："好啦，走吧。"

"你刚刚说我什么了？"

叶藤看着他那严刑逼供的眼神，眼神飘忽，塞了颗小熊软糖到嘴里，樱红的小口缓缓嚼着："说哥哥你好帅。"

叶藤和他在商场分开，回到家已经是下午两三点钟。方淑珍和许敬尧平常周末都在家，基本上都是在看书或写论文。

叶藤回来后也没去打扰他们，而是径直回房间去写作业。

她累瘫在椅子上，打开手机看了看，有人给她发了消息，是乔叔的女儿。之前她住在乔叔家里的时候还给她辅导过一段时间的功课，这小丫头今年刚上三年级，玩手机倒是玩得挺溜。

叶藤笑着听完了那条语音："小叶子姐姐，你作业写完了吗？我最近被老师表扬了，数学考了一百分。"

叶藤笑着找了个可爱的表情包发过去，夸她很棒。

她作业的确没写完，而且预感今天连一半也写不完。二中的老师简直丧心病狂，就一个周末，布置的作业都可以绕地球一圈了。

叶藤放下手机，一直写到吃晚饭也才写完一科。

方淑珍敲门进来："藤藤，吃饭了。"

"哦。"叶藤伸了个懒腰，回头应了一声，"那个……我有件事想和你们商量一下。"

总归是要跟家里说一声的，虽然叶藤并不觉得拍几张照片是什么大事，但她也不太了解自己的这对新父母，不知道他们会不会同意。

"下来说吧，"方淑珍顺势也加了一句，"刚好我和爸爸也有事情要和你讲。"

叶藤收拾了一下东西就下了楼，他们家的餐厅很宽敞，三个人坐一张挺大的桌子。以前叶藤在家都是坐在沙发上吃饭，心情好的时候还会和老爸一起看电视，不过现在不行了。

"藤藤说有事要和我们商量。"方淑珍给他们俩一人舀了一碗雪梨汤。

许敬尧最近好像在忙实验室的事情，将近一周都没怎么回家，很多时候都待在学校的宿舍里，下巴上还有没刮干净的胡楂，他问："什么事？"

"刘阿姨的那个房东，他之前救过我。"叶藤觉得还是打感情牌比较有胜算，"就是开学之前我来的时候，在车站，有几个流氓，是他帮我打发走的。"

"你没吓着吧？"方淑珍下意识地放下手里的汤勺，"怎么之前不跟我们说呢？"

"我没事，反正也不是什么大事，就没说。最近他有个朋友要参加摄影比赛，想找我帮忙当模样，我就答应了。"叶藤端正地坐着，看了看方淑珍和许敬尧，"可能明天和下周末要出去拍照，你们不用担心。"

要是亲生父母，可能会直接开骂，或者直接说不许去之类的，但方淑珍和许敬尧对视了一眼，两人都低着头没说什么。

"让妈妈陪你去吧。"许敬尧半响才开腔。

"我叫上林末吧，妈妈不是也有事吗？"叶藤不想让自己显得像个小学生，不管去哪儿都要妈妈跟着，但方淑珍一直把她看得很严。

"嗯，那明天妈妈给刘阿姨那边打个电话，让小初也跟着好了，就你们两个女孩，还是不太放心。"方淑珍做出妥协，"对了，藤藤，最近妈妈看到有个不错的钢琴老师，你想不想去上课？以前是没有条件，现在如果你要学的话，也不晚。"

叶藤觉得他们肯定是仔细研究了她以前的经历，要说才艺，她除了跟乔叔没正经地学了散打，其他的还真没有。他们家以前的确没那个条件，她的生父之前在部队受了伤，回来后成了一名环卫工人，家里的条件不太好。

"现在都是全面发展了，以后你进了大学，有个自己的爱好也会好些。人这一辈子除了学习，有个兴趣爱好也是很有必要的。"许敬尧妇唱夫随。

叶藤一口气喝光面前的那碗汤："你们定吧，我都可以。谢谢，我先上去写作业了。"

她觉得自己就像块橡皮泥，被人捏来捏去，塑造成他们想要的样子。

但她不能生气，她也没有理由生气。作为教授的孩子，学个钢琴、小提琴什么的，好像是应该的。只是没人问她喜不喜欢。

她躺在床上，瞄到回来之后被她随手放在桌子上的那袋糖，抓了几颗出来吃了，感觉好多了。

第二天一早，她先被方淑珍送到刘阿姨家里，和林末、林初会合。

这还是她头一次看见林末和林初待在一起，以前不觉得他们俩有什么相似之处，站在一起的时候才发现他们的五官还是挺相似的。

林末很高兴可以出去玩，林初就不是很乐意了，手里抱着一本书，看到叶藤的时候用怪异的眼神看了她一眼。

刘阿姨和方淑珍亲自把他们交给陶也，仨小孩先挤上了车，林初一个人坐在前面，俩小姑娘坐后头。

"藤藤，听说你是去当模特的啊！会不会穿很漂亮的衣服？"林末激动地拉着她的胳膊问。熟了之后叶藤发现，林末这个人除了胆子小，对其他事情好像都很有激情，尤其是占星，简直是个小神婆。

"不清楚。"叶藤上次没问，今天也是很随便地穿了件日常的衣服就出来了，完全没想过这回事。

林初一直坐在前面，低着头看书，仿佛他身边的一切都不存在似的。

顾逸尘的工作室还挺远的，路上叶藤和林末靠在一起睡着了，林初则一言不发地看书。

陶也看了看后视镜，又看了一眼身边的男孩，没有什么和他说话的欲望。

倒是林初自己合上了书，目光平视前方。

车子抖了一下，叶藤迷迷糊糊地醒了，恰好听见前座两人在说话。

竟然还是林初先开的口，他问陶也："你是叶藤的男朋友吗？"

叶藤心肌梗死……装死没敢睁眼。

陶也瞄了一眼后头，似乎以为这是一出高中生之间的爱恨情仇，笑着打量这个连头发都梳得一丝不苟的少年："怎么着？你喜欢她？"

林初同学以为他是承认了，想着那天自己看见的果然是那么一回事，很认真地说："你不觉得你这样不太好吗？"

陶也左边的手肘撑着车窗，挑眉看了看这个小伙子："我哪样？"

"和未成年人谈恋爱。"

叶藤恨不起跳起来把林初扔出去……她现在是醒也不是，不醒也不是，又怕他们俩一会儿再吵起来。不过林初胆子挺大啊……竟然敢指责陶也……是个狠人。

陶也随手换了个挡位，踩了一脚油门，车子冲了出去。在后座装睡的叶藤往前一扑，脑袋径直扑到了他们俩位子的中间，看起来清醒得很。

"别装了，自己解释一下，我被人当成犯罪分子了。"

叶藤心里想骂人，看了一眼林初："林初同学，真不是你想的那样。"

林初又打开了手里的书，似乎压根儿不相信她的解释："可你上次数学考试比我低了整整五分。"

"所以呢？"这跟那有毛线关系啊！！

林初推了推眼镜："所以我推测，你应该是早恋了。"

第 5 章
不小心的心动

　　叶藤觉得自己跟林初这个书呆子解释不清楚,就干脆放弃了,打算下次直接拿分数说话。

　　车开到目的地,顾逸尘看见一群小孩从陶也车上下来,觉得这画面挺有趣,拍了拍他的肩膀道:"风神,你以后要是真不回车队,不如当个幼儿园老师什么的,现在男幼师挺吃香的,我看你挺合适!"

　　陶也一巴掌拍开他的爪子:"接客。"

　　林末晕车,从车上下来还有点站不稳,叶藤扶着她。

　　林初抬了抬眼镜,用他那严肃认真的眼神扫视了一眼顾逸尘:"请问一下,洗手间在哪里?"

　　顾逸尘随手指了指里面:"进去右拐。"

　　"谢谢。"林初转身就走了,脚步有点快。

　　叶藤"扑哧"一声笑了:"你哥估计憋坏了吧?难为他一路上还看书看得那么认真。"

　　顾逸尘也问陶也:"这小孩怎么看着那么老成?"

　　"聪明孩子都这样,你可能理解不了。"

　　"聪明孩子不这样,"顾逸尘走过去揽着叶藤的肩膀,"聪明孩子是藤藤这样的。"

　　"有眼光。"叶藤跟着附和。

　　陶也看着叶藤骄傲的小眼神,无情地戳破她:"她那不叫聪明,她是贼。"

　　叶藤看着他转身进去的背影发愣:"贼?我偷什么了?"

　　顾逸尘哈哈大笑:"先过来试衣服。"

林末一听见试衣服,好像就好了很多。顾逸尘工作室还有几个工作人员,因为是周末,他只留了一个助理来帮忙。这时人家刚从外面进来,看见独自留在院子里透气的林末。

"你是叶藤吗?"助理一看见小姑娘,下意识地就以为她是今天来的小模特,过来跟她打招呼。

"哦,我……我不是,"林末指了指里面正和顾逸尘说话的叶藤,"她在那儿。"

"哦,是她啊。"助理满意地笑了,"挺漂亮的,你是她的朋友吗?"

正在说话的少女飞扬的笑容那么鲜活,林末把视线拉回来,微微垂了垂脑袋:"嗯。"

"小杨,裙子放哪儿了?"顾逸尘看过来,顺便问了一句。

林末跟着助理姐姐一起进去。裙子被放在里间,叶藤直接进去换,除了顾逸尘,其他人都不知道裙子长什么样。

林末坐到一旁看书的林初身边去:"哥,最近要月考了,你帮我补补数学吧?"

林初的眼睛都没从书上抬起来:"你觉得我会把时间浪费在无效的事情上吗?"

林末早就猜到了这个结果,淡淡地说:"算了。"

"笔记可以借你,有什么不会的可以过来问我。"林初又漫不经心地补上一句。

"哦。"

陶也靠着壁橱站在他们俩坐的沙发后面,听着这俩兄妹的对话,随便瞄了一眼林初手里捧着的书,全英文的,他还看得津津有味。

"小心!"助理姐姐在里面突然喊了一声,叶藤从帘子后面跌了出来,被站在旁边的陶也一把扶住。

纯白的纱裙,裙摆前短后长,锁骨以上是镂空的蕾丝,勾勒出少女姣好的轮廓。她微卷的头发散落在肩头,俏皮的眼睛里带着一点不好意思:"头一次穿成这样,不太习惯。"

陶也抽回手臂,还不忘揶揄地笑她。

林初或许是被她差点摔跤的那一下子吸引了视线,很快又将视线放回到他的书上去了。

"好漂亮啊！"林末的眼里满是欣喜，"裙子超级好看！"

"是吗？"叶藤刚刚在试衣间都听见了，"你是要补数学吗？怎么不来找我？"

"哦，那个啊……"林末腼腆地笑了，"我是怕麻烦你。"

"我们不是好朋友吗？"叶藤一直挺纳闷的，林初自己数学那么好，怎么也不知道帮帮林末？她今天才算是知道了，这个人活得像一台机器，似乎每一分该怎么利用都计算好了。

"尘哥，妆还没思路，就没化。"助理帮叶藤理了理裙摆。

顾逸尘手托下巴仔细打量着小姑娘："不用化了，这样就很漂亮。陶也，你觉得呢？"

正在和林末低语的叶藤抬起头来，一双眼睛看着站在一旁的陶也，内心竟然十分期待。

"小孩化什么妆？"

不说漂亮，也不说不漂亮。

叶藤的眼神里透出一点失落。

拍摄也还算顺利。顾逸尘这个人话很多，又会活跃气氛，所以完全不用担心冷场或是尴尬。俩小姑娘被他逗得嘻嘻哈哈的，很快就搞定了一套样片。

陶也和林初坐在沙发上，一个看视频，一个看书，像两座山。

"你们俩，谁来帮个忙，去楼上拿条板凳下来！"顾逸尘抱着相机冲着这边的"两座山"喊。

林初抬头，两秒钟后又低了下去。

陶也扯了耳机，散漫地上楼，不跟小屁孩计较。

"放到藤藤的脚下垫着，要放中间一点，但是不要距离她坐的位子太远，也不要贴着。"顾大摄影师指挥着。

陶也一个眼神飞过去，顾逸尘迟疑了一下："小杨，你来调一下位置吧。陶大爷，您歇着就好，是小的的错。"

"可是我这边不能……"小杨拿着打光板，腾不开手。

叶藤和林末被逗笑了。

陶也蹲下，伸手去抓叶藤的脚踝。她感觉一阵温热，看着眼前单膝跪地的人，有种莫名的遐想……

陶也把她的脚放在那条板凳上："这样行吗，顾老板？"

"差不多吧。"顾逸尘看了看镜头，"好了，你可以退下了。"

一阵折腾过后，他们中午一起吃了顿火锅，回去已经是快吃晚饭时间了。刘阿姨非要留叶藤吃晚饭，她就打了个电话回家，留了下来。

叶藤这才知道，原来林家本来离学校挺远的，林叔叔又走不开，隔十天半个月才来看他们一次。刘阿姨的手艺很不错，在家没事就常做吃的。

"妈，以后叶藤周五放了学来咱们家给我补数学，我哥都不帮我！"林末趁机告状。

"我帮不了她，她没救了。"林初把吃得干干净净的碗放好，"我回房间了。"

叶藤咂咂嘴，接着吃小龙虾。

"这孩子！"刘阿姨笑着又给叶藤夹了一只，"谢谢藤藤啦，末末这个孩子啊，比较死脑筋，你多费点心思，回头阿姨每周五都给你做好吃的，好不好？"

"妈！"林末不满地看着自己的亲妈。

"谢谢阿姨。"

"对了，我听你妈妈说我们房东还救了你？"刘阿姨的八卦天性让她对这件事情很感兴趣，"到底是怎么回事？"

小龙虾太好吃了，很入味，叶藤正吃得不亦乐乎。她急急忙忙擦了擦嘴，简要地说了一下大概，最后说了一句："他其实人挺不错的。"

"是啊，虽然平时看着不声不响的，其实是挺厚道的一个人，就是年纪轻轻的不务正业。"刘阿姨感叹道，"哟，你们都不吃了？还有这么大一锅呢！阿姨知道你们小孩爱吃这个，特地煮了一大锅呢！就吃这么一点儿啊？"

"反正我是不行了。"林末表示一口也吃不下了。

叶藤揉了揉自己圆滚滚的肚子："不好意思，阿姨，我也吃不下了。"

"这要是不吃完，放冰箱里也不好，太多了。这样吧，"刘阿姨说着就起身去找饭盒，"末末你去给楼下房东送一点儿，上次还是他帮忙修的电路。"

"一会儿我带下去吧，我也该回去了。"叶藤看了看时间，天差不多也快黑了。

走的时候刘阿姨还特意给她也带了一盒，亲亲热热地送她进了电梯。

小龙虾的香味从盒子里钻出来，整个电梯里都是香的。

她到陶也家门口按了按门铃，不一会儿就有人出来。他刚洗完澡，头发还没吹干，湿漉漉地搭在眼前。

"小龙虾，刘阿姨让我给你的。"

陶也开了门。她这会儿倒是学乖了，离门老远，这回肯定夹不住脑袋了。

叶藤看见他拉门的时候是用的右手，奇怪的是这回没戴手套。可能是因为刚洗澡，没来得及，手背上还有水珠。她的目光自然而然地落在他的右手上，只一眼就被那条触目惊心的伤疤吓到了。那是一条大概有十厘米长的疤痕，从手腕到手背，很长的一条，看起来有些年头了。

陶也注意到她的眼神，不自然地把手插回运动裤口袋里，换了左手接过她手里的饭盒："谢谢。"

"你的伤，"叶藤也不知道自己是不是该装成没看见，但话已经脱口而出，"怎么弄的？"

"小孩……"

他话还没说完就被叶藤打断："你能不能别老叫我小孩？"

陶也被她突如其来的脾气弄得有点哭笑不得："那你想让我叫你什么？"

叶藤的脑子卡壳，顿了一下又仰头看他："就叫……叶藤啊，不然你再这么叫我，我每次见你都管你叫大叔！"

他微一低头，两人间的距离猛然缩短，叶藤下意识地往后缩了一下，感觉周身都萦绕着他身上的沐浴露的香气，脑子忽地一片空白。

下一秒，那个人伸手在她的额头上弹了一下，懒懒地笑道："小鬼，都敢跟哥哥谈条件了？"

周末嗨够了，周一到了学校，一个个都跟霜打的茄子似的。下课铃声一响，齐刷刷地趴倒一片。从外面看，教室里仿佛被僵尸攻击过一般。

叶藤手托着下巴望着外面，十月的天气仍然闷热，乌云密布，看起来要下雨了。

她懒懒地打了个哈欠，薄薄的眼皮掀了两下，和旁边趴着的林末有一搭没一搭地聊天。

"藤藤，你几月生日？我给你算算运势吧。"林末突然兴起，为了打发无聊的课间，找了件事干。

"生日啊……"叶藤的眼角微微下耷，"十二月十二日。"

听说那天天气不好，连着好几天都下雨，她爸着急忙慌地出去找车，还摔了一跤，牙也磕掉了半颗，后来就一直那样，也没去补上。

"农历还是阳历？"

"阳历。"叶藤看她翻着一本小书，也不知道她是从哪儿弄来的。

"那你是射手座，射手座……"她突然合上书，"真诚，热情，有突出的精力和智力天赋。我就说嘛，你这么聪明！"

叶藤眯着眼笑："你可真行，都背下来了？"

"当然了，我的梦想是当个占星师。"林末低声说，"十二月十二日的射手座是意志坚强而且特别独立的，你觉得自己独立吗？"

"嗯，独立，我早上都能自己穿袜子。"叶藤双手十指交叉平放在桌面上，下巴磕着指关节，一句也没个正经。

林末咬唇白她一眼："还有，情感炽热，没有友谊和爱情就无法生活。"

叶藤笑着换了个姿势，转头对上侧后方的一双眼睛。像是被她撞破，有点不好意思，冯天随手翻开胡乱堆在面前的课本，佯装看书。叶藤没有在意，转回头去和林末讨论星座。

课间出去的几个男生一溜烟儿地回来，其中那个刘畅从后门进来，走到冯天身边，拍了他的肩膀一下："天儿，你书都拿反了。"

冯天抓着书就打他，刘畅的柔韧性极好，堪堪躲开，又一溜烟儿回了前排。

"这个好像……也没有。"叶藤的眼神有点迷茫，她没什么朋友，以往更多的时候是孤独的。但她的自愈能力挺强的，也就是刚刚林末所谓的"意志坚强"。

"我帮你看看最近的运势！"林末又从书包里摸出一盒塔罗牌。

叶藤对着她竖起了大拇指。

"你抽三张。"林末其实并不精通,就是爱捣鼓这些东西而已,"快,一会儿该上课了。"

叶藤随便抽了三张,林末一看,假意扶了扶并不存在的眼镜。她讲话本来就细声细气的,跟小猫一样,还真有点神婆的味道:"你这个……你最近可能会……"

突然,聒噪的铃声响了,叶藤凑近了一点儿才听清她说的话:"可能会遇见你命中注定的那个人。"

心脏毫无预兆地猛跳了两下,叶藤抽出课本,难得地追问了一句:"还有没有说别的?"

"这张牌的意思是让你主动争取,要勇敢。"林末低声说。

叶藤低头,贝齿轻轻碰了一下下嘴唇,眼带笑意地在课本上胡乱画着下划线。

这节课结束之后就是每周一的班会时间,王文卓拎着文件夹进来,心情看起来很不错。马上就要月考了,二中每次月考都要进行大排名,不光是个人排名,就连班级都会根据学生在全年级的排名进行综合性评比,所以每个班主任都很在意每一次的月考。

王文卓这个人好胜心很强,二中没有设置特殊班,这里的孩子成绩普遍不错,极个别也像林末这样偏科严重,但是还有救。就算是冯天这样的,也不是一点儿也不学习,最起码他考个好一点的艺术类学校还是很轻松的,文化课不至于拖后腿。

"我和班上的各科老师商量了一下,决定根据大家各自的情况,在班级里组建学习小组。"

王文卓的这句话刚说完,底下就一片号叫。

"啊什么啊?尤其是那些单科有缺陷的同学!"王文卓的眼神一扫,林末很主动地垂下了眼帘。

"你们想一想,如果你们把差的学科补上来,自然就不用担心考不上一所好大学了,对不对?同学们啊,就这临门一脚,对你们以后的命运可是起着关键性的作用啊!"

王文卓喜欢胡乱用词,有人在下面小声嘀咕他这个"临门一脚"用得不太对。

"总之,学习小组会根据大家的成绩,在自愿友好的基础上组建。当然了,原则上是不允许不参与的,否则你就不要在我的班上待着,我这里不拒绝不优秀的学生,但不欢迎不上进的学生。"

"他怎么跟我说绕口令似的?"叶藤听他说了大半天,感觉脑子里嗡嗡响。

"藤藤,你一定要和我一组。"林末抓着她的手臂,"班主任刚刚说了,两到三人。"

"好。"

剩下的时间就是组学习小组,王文卓先把全班的前二十名分成了二十个小组的组长,将名字写在一张纸上,每个组长的名字下面都有一段空白,剩下的同学根据自己的偏科科目和组长的人选,自己选择小组,但每个组不能超过三个人。不过大家可以先选,到时候组长就在这些人里面挑三个。

等到那张纸传到叶藤这里的时候,她发现自己的名字下面已经写了超过十个人,几乎都没空处了。

"哇,藤藤,你也太受欢迎了吧!"

叶藤看见上面一水的男生名字,瞬间明白了什么。

林末把自己的名字写在最后面,为自己的"内定名额"感到开心。毕竟和十几个人竞争的事情她还没有经历过。

叶藤把纸传到斜后桌去给冯天,他绷着脸看了一眼,大笔一挥,把自己的名字写在了那十几个男生的名字上面,字还尤其大。

他旁边趴着看戏的男生竖起了大拇指:"天哥超酷。"

最后班主任将那张纸收上去,叫上小组长们去教室外面开会。

他们刚一出门,班里就沸腾了,都在互相交流刚刚自己选的是谁,这个环节好像还挺刺激。

王文卓看了看那张纸,笑嘻嘻地说:"看来我们新同学融入得挺不错的嘛,这么多人选。"

叶藤其实对那些男生都没有什么印象,她倒也不在乎,本来就打算随便在里面挑一个的。

王文卓看着冯天那龙飞凤舞的字迹,手托着下巴,计上心来:"要不你就选冯天和林末吧,我看你们几个人的关系不错。"

什么东西?!

叶藤以为自己的耳朵坏了:"老师,我和冯天……"

"你看看,冯天同学什么时候这么有过这么高学习的热情?我觉得叶同学你一定能给他当一个好的表率。"王文卓笑着点了点冯天那个大大咧咧的名字,"他的学习成绩是差了一点儿,但叶藤同学不会因为这个就拒绝他,对吧?"

旁边的同学都在偷笑,叶藤的脸色不太好看。

王文卓干脆忽略她,先把其他同学分到别的组里,最后又把她留下。

"老师,您明知道我和冯天的关系吧?"

"你先别着急,冯天这个孩子其实人不坏,上次就是个误会。"

其实叶藤老早就看出来了,虽然王文卓经常找冯天的麻烦,但出了事从来都是他顶着,也没有真的把冯天怎么样。

"他挺聪明的,就是脑子不往正处使,我觉得你可以给他做个榜样。同学们之间要互帮互助,早日化解矛盾,不是挺好的吗?这也是一次机会嘛。"不得不承认,王文卓说起软话来完全没有平日里凶巴巴的模样,还挺诚恳的。

过了一会儿,两人进了教室。公布学习互助小组的成员时,大家着实吃了一惊。

"冯天?"林末也吃了一惊,"藤藤,是你自己选的他呀?"

"不是,他就是跟我过不去,你看他笑得多开心……"叶藤气得肝疼。

外面响起一声炸雷,酝酿了一天的雨终于噼里啪啦地倾泻而下。

这场雨一直下到晚自习结束。作为学习互助小组的组长,叶藤伸手跟冯天要他的试卷,首先她也得知道这货到底什么水平吧。

"试卷?扔了。"

叶藤强忍着一巴掌把他打死的冲动,换了一个不怎么友好的微笑:"反正我组长的义务已经尽了,剩下的是你自己的事情。"

叶藤准备把林末的试卷带回去看看,学习这种事,无非就是输入输出、查漏补缺,首先要知道病症到底在哪儿。

"等等,我们总得拉个群吧?老王可说了,周末我们要一起讨论作业的。"

叶藤笑了:"你?作业?"

"万一我心情好,突然想写作业了呢?"冯天拉平了嘴角,抬头看着她。

林末在一旁捏着自己的塔罗牌不敢说话,感觉这两人之间"噜噜噜"地冒着火星。

最后他们到底还是建了群,一开始群名是学习小组,各自散了不久后,群里出现了一条很诡异的通知,冯天把群名改成了"霸霸和仙女们"。

林末离家近,那会儿已经到家了,吃着水果,盯着手机发呆。然而两秒钟之后,她看见群名又被叶藤改成了"霸霸们和仙女"。

林末无语。

冯天正在网吧戴着耳机打游戏,抽空看了一眼QQ群,突然笑了一下,旁边的哥们儿一脸见鬼的表情:"天哥,你被杀了,还笑?"

"我想笑不行啊?"冯天收了笑容,趁着复活读条的时间,随手找了个"好的"的表情包发到群里。

既然那个小卷毛那么喜欢当霸霸,就随她开心好了。

叶藤坐在方淑珍的车上,满意地看着手机,突然想起她还没加陶也的微信,就抱着试一试的心态用他的电话号码搜了一下。搜索框里跳出来一个头像,黑色的头像,什么都看不清。

名字是Aeolus,朋友圈是三天可见,约等于空白。

叶藤做过一个阅读理解,讲希腊神话的,记得Aeolus是风神的名字。

她恍惚记得之前顾逸尘这么喊过他,她抿了抿唇,笃定这就是他,准备发送好友申请过去。她突然想到什么,笑着把刚刚的字删掉,换了一句:亲,帮忙刷个单吧?

没想到他很快就通过了,发来两个字:小鬼。

叶藤看着那两个字,捧着手机笑了。

"什么事这么开心啊?"方淑珍侧头看了看她。

"没什么,看了个段子。"

叶藤收敛了笑意,敲过去一句:"你怎么知道是我?"

Aeolus:我认识的植物人比较少。

经他这么一提醒,叶藤这才想起,自己那个沙雕微信名叫"植物人"。

到底是什么让她当初觉得这个名字极其有趣的?是脑子里的水吗?

"到了。"方淑珍提醒道。

叶藤把手机插到口袋里,刚要打开车门,突然看见车窗外一张熟悉的脸。她感觉一阵虚脱,开门的手一点儿力气都没有了。

"怎么了?"方淑珍转过头去看,见叶藤满脸煞白,眼里满是惊恐地看着车窗外那个叼着烟的男人,便问,"他是谁啊?"

叶藤让自己尽量镇定下来,她早知道会有这么一天,只是她没有想到舅舅会这么快就找来。这个男人就像一个噩梦,从她出生的那一刻起,就把属于她的所有的美好破坏得一点儿都不剩。

她本以为自己已经逃出去了,可原来只是她自己的错觉。

那个泥淖,她从来都没有爬出来过。

那个人叫叶晨,和她同姓,是她嫡亲的舅舅。

但他跟"晨"这个美好的字一点儿关系也没有,他是叶藤在这个世界上最讨厌的人,没有之一。

叶藤是随她妈妈的姓,她爸说姓叶好,好听。这种孩子随谁姓的事情放在其他家庭可能能吵上几年,但在他们家是很简单的一件事情。因为她爸妈都知道,这个世界上有很多事情比一个姓氏要重要一百倍。

叶藤看着那个人冲着自己笑了笑就走了,像是不经意间路过而已。

"怎么了?"方淑珍看她的脸色不对,伸手摸了摸她的额头,"刚刚那个人你认识?"

她脱口而出:"不认识。"

如果真的可以选择的话,她一定选择不认识。

叶藤往楼上走的时候还回头看了一眼,叶晨已经消失不见了。可她的心还在怦怦直跳,他来这里到底是想做什么?

他刚刚为什么什么都不说就走了?如果他是开口要钱,或是扯着她的领口骂她,也许叶藤还会觉得正常一点儿。他就这么悄无声息地走了,她反而有点心悸。

那天晚上叶藤辗转反侧,好不容易睡着了,又开始做噩梦,半夜醒来时身上跟水洗过一样。

梦里,在一条马路边,叶晨和爸爸在吵架。他把爸爸推了出去,然后一辆车开过来,刺耳的鸣笛声,车子失控……一切都陷入黑暗。

梦反反复复的,睁眼已是黎明,她觉得口干舌燥,浑身发冷。等方淑珍过来叫她起床,发现不对劲,找来温度计一量,原来她是发烧了。

叶藤喝下退烧药,裹着毯子坐在沙发上,听着方淑珍跟班主任打电话请假,内心只有一个想法:只要不打针,什么都好说。

她把下巴搁在膝盖上,打开了陶也的微信对话框,最后一句话还是他发的,关于"植物人"的。

她偷偷把ID改成了自己的拼音简写YT,然后发了一条朋友圈:今日新学技能,额头煎蛋。

幸运的是,方淑珍这回没有非要带叶藤去医院。她下午有课,叶藤就一个人在家睡觉,发烧本来就犯困,一睁眼就到了下午两三点。她摸着床头的水喝了一口,爬起来看了看手机。

那条朋友圈下有零星的几句问候,乔叔还打了电话过来,她没接着。最惹人生气的是冯天的评论:厉害啊!

叶藤没搭理他,躺在床上等了一会儿,还是没有陶也的消息。

早知道就不发了,叶藤开始懊恼。她平日里可不会这么叫苦,基本不发朋友圈,只不过想让他看见。他能点个赞也是好的,或许还他会问问自己怎么了……

可是什么都没发生,这让叶藤觉得有点儿难过,她也不知道自己难过什么,就把那条突兀的朋友圈给删了。

周五,叶藤到学校,林末一见她就拉着她问:"你怎么发烧了?现在好了吗?"

"嗯,没事儿了。"叶藤掏出她的卷子递给她,"我帮你看了一下,然后列了一下你不熟的知识点,你自己先对照着课本看一下。"

"藤藤,你太好了!"林末抱着她的胳膊笑,"你知道吗?昨天我们房东家里着火了!"

"啊?"叶藤还真没想到,"严重吗?人没事吧?"

林末摆了摆手:"倒也没那么严重,幸亏消防员来得及时,只是大概要修房子了。"

"嗯,那就好。"叶藤揣测着自己昨天那点小心思,他房子都着火了,没看见自己发的朋友圈,也是情有可原。

叶藤刚坐好,冯天就从外面走进教室,径直坐到了叶藤后面。

叶藤扭头问:"你怎么坐这儿?"

冯天大大咧咧地伸直腿:"我们是一组的嘛,方便讨论学习。"

叶藤一脸见鬼的表情,将信将疑地把头转回去。冯天其实大部分时间都在睡觉,像八百年没有睡过觉一样,只要他不说话,倒也没什么存在感。

放学的时候,叶藤和林末约好了要去她家给她补课。林末一边收拾东西,一边念叨着她妈今天做了什么好吃的:"前两天我爸过来,带的是他自己钓的鱼。我妈做的糖醋鱼那是一绝,你肯定会喜欢。"

冯天也不知道是听了哪句,突然起身伸了个懒腰,拎着一天都没有打开过的书包,跟着她们俩出了门:"带上我。"

林末讪讪地转头。

"你们去学习都不带我,不厚道吧?"

叶藤就纳闷了,到底是什么原因让一个好好的不良少年突然变得这么爱学习了?就跟学习是他亲妈似的,天天挂在嘴边。她说:"你要是被绑架了,就眨眨眼。"

冯天仿佛笑了一下,下一秒又板着脸从她身边走过去:"你就当我是想吃糖醋鱼吧。"

叶藤:"这还像句人话。末末,你说呢?"

林末内心:咱不知道,咱也不敢问……

最后林末还是很没出息地答应了冯天每周也跟着去她家蹭课,顺便去蹭饭。刘阿姨这个人很爱热闹,也不知道这冯天是个不学无术的孩子,被他乖巧的表象所迷惑,竟然还挺喜欢他……

明白人林初很嫌弃冯天,可嫌弃也没用,并没有人在意他的意见……

"小初,你看看人家藤藤,你也跟着他们一起学习,同学之间就应该互帮互助。你连自己妹妹都不管,以后这样可是不行的。到时候你在外面也是要和别人交朋友的,知不知道?"

林初放下碗筷就往房间走,刘阿姨的唠叨也跟着他。

叶藤看着这个场景发笑:"你们家可真有意思。"

"什么啊?我们家整天鸡飞狗跳的。"林末默默吐槽。

"这样才有意思啊。"叶藤低头准备夹虾,被冯天抢了先,他还得意扬扬地冲她挑衅地挑挑眉。

"幼稚……"

在刘阿姨的攻势下，林初最后被迫加入了他们的学习小组，四个人围着客厅的茶几坐着。

"你们哪儿不会？"林初扶了扶眼镜，翻看着课本。

叶藤直截了当地替他们俩回答："别翻了，都不会。"

冯天懒洋洋地趴在桌子上举手："不用管我，我就是来吃鱼的。"

林末也跟着举手："哥，你也不用管我，我有藤藤就好了。"

林初同学最后成了个监工。

一群小孩写作业，场面无比和谐。中途冯天困得头点地，一下磕在桌上，把自己给吓了一跳。

刘阿姨笑着递了水果过来："休息一会儿吧，也都累了。"

这时有人敲门，刘阿姨把手在围裙上擦了擦就走过去开门。叶藤手上举着西瓜，转头去看，来人穿一身浅灰色，并不出挑的颜色穿在他身上却那么好看。他似乎也看见了她，但是没有眼神交流，只跟刘阿姨说了两句什么。

"哦，可以啊，正好孩子们也都在，我让他们下去给你帮忙拿。"

"不客气，不客气。"

叶藤低头啃西瓜，西瓜切得太大块，她从中间咬了一口，甜意直达心底。

原来是他家要重新装修，有些不能放在院子里的东西要寄放在刘阿姨家一下。虽然陶也说不用帮忙，但刘阿姨还是坚持要去帮忙，还拉着一帮孩子下去了。

电梯不大，一群人鱼贯而入。叶藤往后缩了缩，跟最先进来的陶也一起站在最后面。

"陶先生，昨天到底是怎么着火的呀？以后可要多注意。"刘阿姨随口问。

"烟头不小心点燃的。"

"啧。"叶藤没忍住，一抬头看见陶也正看着自己，"大家都会偶尔不小心，也挺正常的。"

"那倒也是，不过年轻人还是应该少抽烟。尤其是你们两个男孩，一个是对身体不好，另外一个就是安全问题，你看看……"

刘阿姨不愧是老师，开始借题发挥揪着林初和冯天好一顿教育。

叶藤默默地把手背放嘴边打了个小小的哈欠，眼睛水汪汪地看了一眼旁边的陶也。他用食指点了点自己的脸颊，靠近下巴儿那里。

干吗？他这是什么意思？

电梯"叮"的一声到了一楼，大家陆续往外走。陶也看她一脸迷茫地看着自己，伸手用拇指帮她擦掉了黏在脸上的那颗西瓜子："还说自己不是小孩？吃块西瓜也吃一脸。"

他一套动作如行云流水，不到三秒钟。

叶藤感觉他手指上的温热滑过脸颊，瞪大了眸子，红着脸埋头跟上去："偶尔不小心嘛，你不是还把房子给烧着了吗？"

他的声音慵懒，是调侃的语气："这么不饶人？以后找了男朋友可怎么办？"

第6章
她喜欢陶也

从大门开始,入眼就是一片狼藉。幸好烧得不严重,不然就连楼上也不能幸免。

火是从卧室烧起来的,从墙根往上,一片焦黑。墙甚至还被火燎出了艺术感,感觉像一幅抽象派画作。

客厅里也是一团糟,因为要装修,很多东西都要先整理出来。他都打包好了,一箱一箱的,放在房间里码着。

陶也的卧室整体是淡灰色调的,现在算是黑灰色调了。但他的品位不错,从家具上就能看出来。内嵌式的衣柜门烧坏了,里面挂着几件幸存的T恤和衬衫,显得格外寥落。

"就这几个箱子是吧?"刘阿姨看了看地上码好的箱子,搬起一个试了试:"不重啊!小初,你帮忙拿一个。"

林初白白瘦瘦的,一看就是平时极度缺乏锻炼。好在箱子的确不重,他双手抱起一个。林末和刘阿姨抬着一个箱子跟在林初身后走了。

叶藤刚要弯腰去拿另外一个,却被冯天抢了先,和下面的一个一并抱着:"都给我。看你跟没吃饭似的,刚才也不知道是谁吃了那么多。"

叶藤先看了旁边的陶也一眼,又恶狠狠地瞪了冯天一眼:"我哪里吃得多了?你别胡说行不行?"

冯天冲她撇了撇嘴,走的时候故意从她身边撞过去。叶藤往后闪了一下,差点摔着。

"有病。"

还剩下一个最重的箱子,陶也是放在房间里的,他趁着叶藤和冯天打闹的工夫搬了出来。叶藤看着空空如也的地板:"那我拿什么?我帮你吧?"

陶也双臂一收,轻而易举地抱起那个箱子,还能腾出一只手来,从箱子里翻出一本书递给她。

陶也见她半天不动,便道:"不是要帮我吗?"

"就一本书?"

"这是前些年我去黎巴嫩时,他们总统送给我的纪念品,里面还有他的亲笔签名,十分珍贵的。"

"总统!?"叶藤瞬间觉得他身上充满传奇色彩,"你去黎巴嫩干什么呀?"

"大学的时候去比赛。"陶也看着她的眸子,淡淡地笑道,"所以要好好帮我拿着。"

"是我的荣幸。"叶藤一脸庄重,仿佛身负重任地双手接过他手上那本纪伯伦的英文散文集。这书看起来有些年份了,纸张已经发黄,看起来就特别有沧桑的美感,每一个字都透着高贵的感觉……

直到她翻到背面,看到出版发行一栏写着"上海宁心出版有限公司"。

"喂!"叶藤看着前面那个人懒散的背影,能想象出他脸上散漫的笑,又被他给耍了!

叶藤追上去,走出客厅的时候,目光落在旁边的冰箱顶上。那里放着她送给他的多肉,一小片的翠绿,在这个被烧焦的房子里显得越发生机勃勃。

少女的气恼消了一半,眼角眉梢都掩盖不住甜蜜的笑意。她自己都没有发觉,小步追上去:"你能不能有一句真话啊?!"

"怎么没有?"陶也顿了顿脚步,玩味地看着她,"我真的去过黎巴嫩。"

还真就一句真话……

周末。

原先就和顾逸尘约好这周要实拍,方淑珍还是先送叶藤来刘阿姨家。她一下车就看见一个大高个儿,是冯天。

"你怎么也在?"叶藤毫不掩饰对他的讨厌,又转头看向林末。

林末往后退了两步:"我不是有意背叛组织的,他非要问……"

"也哥都同意了,还说带我们去吃烧烤,是不是?林学霸?"冯天伸手去搭林初的肩膀，被他躲开，害得他一个趔趄，差点摔个狗吃屎。

叶藤看见他那副狼狈样又笑了："还也哥？你认识人家吗？"

"怎么不认识？也哥还说教我跆拳道呢。"

叶藤看了一眼还在里面跟刘阿姨、方淑珍讲话的男人，不以为意地勾了勾嘴角："你信他的鬼话？我还说教你散打呢。"

"就你？上次是我让着你好吗？"冯天白她一眼，"小卷毛！"

"有病。"

他们上了车，这回多了个冯天，车里坐不下，林初自动弃权，美滋滋地去补习了……

冯天坐在副驾驶座上跟多动症儿童一样，废话还多，一路和陶也聊着天。

"还不如让林初来，最起码他的废话不多。"叶藤在后面默默吐槽。

林末不敢附和，但要是吐槽林初，叶藤可是一把好手。

"哥，你最近住哪儿啊？你的房子什么时候能装修好？"

哥？叶藤默默白了冯天一眼。

"暂时住在朋友那里。"

叶藤知道他住在顾逸尘的工作室那边，顾逸尘上次也加了她的微信。

拍照结束后，陶也请大家一起烧烤，找了个轰趴馆，后院可以BBQ的那种。一群人都过来了，还包括顾逸尘工作室那边的几个工作人员。

"使劲儿吃，你们陶也哥哥有的是钱！"顾逸尘搬来一箱饮料，豪爽得跟请客的人是他一样。

材料都是买的现成的，烧烤食物的工作被几个大人包揽了，冯天也跟着帮忙，也就没这俩小姑娘什么事儿了。

叶藤坐在一旁的小板凳上，棒棒糖把腮帮子撑得鼓鼓囊囊。阳光有点强烈，她微微眯眼看着不远处的陶也。

他的一举一动都透着一股闲适，仿佛做什么都游刃有余。可他也是一个眼神就能冷到人心里去的陶也，也是林末口中那个掐着别人的脖子，红着眼要弄死别人的男人……

他就像一道解不开的数学题。

叶藤手托着下巴出神，听见身后传来"咔嚓"一声，转过头来发现是林末，她问："你拍什么呢？"

"给你看看。"林末跑过来跟她坐在一起。

手机里的蓝天白云格外美,后面还有几张冯天被烟熏得表情怪异的照片,叶藤看得直发笑:"我发现他这个人真有毒。"

"还有呢。"林末往后翻,最后一张是刚拍的,她应该是想拍那个房子,但因为角度的问题,玻璃墙上映出了陶也的身影。

"你能不能也发给我?"

"可以啊,你要哪张?"林末看了看自己刚刚拍的照片。

"就……"叶藤的耳朵微微有些发红,嘴里的棒棒糖带着橘子的酸甜味在口腔弥漫,"所有的。"

"聊什么呢?"冯天可能因为帮忙不力被打发了,他走过来一屁股坐下。

"末末,你给他看看他有多丑。"

林末笑着把手机递过去。

结果冯天都被自己的表情给气笑了:"这……是我?"

"不是你是鬼啊?你要对自己有一个清醒的认知。"叶藤赶在他删除之前抢回手机递给林末,"别吓唬末末,我这里可是有备份的。"

冯天翻了个白眼,躺在草地上。

"林末,你是不是会算命?"冯天嘴里叼着一根草,突然问道。

"那叫塔罗。"叶藤也是上次被林末科普过的人,十分专业地纠正他。

"都一样!"冯天坐起来,"你给我算算?"

林末还真从包里摸出了塔罗牌:"嗯,你想问什么?"

叶藤百无聊赖地刷着手机,把刚刚林末发过来的照片翻到底,下载了最后一张原图。

"算算我的桃花运。"

这边可能是地方太偏,网速贼慢,半天才下了百分之三。

"那你抽三张牌。"

冯天乖乖地配合,感觉模样还挺虔诚。

"这张牌的意思是你最近可能会遇见你命中注定的人。"

叶藤转过头去:"这句话……我怎么好像在哪儿听过?"

"那这张呢?"冯天兴致勃勃。

"这张的意思是让你主动一点儿。"

叶藤想起来了，上次林末给她算的时候就是这套一模一样的说辞……假的，都是假的……

"其实这种牌面是感情不太顺利的象征，最好戴黑曜石开运，就是这种。"林末摸出自己脖子上的链子。

"假的吧……"冯天也不信。

"假的。"叶藤笃定，不然他的牌面怎么会和自己的一样？！

她低头看着手机，百分之九十，卡住了……

她换了个位置，走动了一下，找信号。过了一会儿，总算是百分百了。她点开大图，放大，依稀可以看见陶也姿势慵懒地站着，在翻动着烤串。

"小鬼，偷偷看什么呢？"

叶藤突然听见一个声音从头顶传来，她"噌"的一下把手机藏到身后，仰头看着站在自己面前的男人，脸突然红了。

陶也递给她一个洗干净的西红柿，似笑非笑的眼睛盯着她红红的脸："小孩子要好好学习，别看些不该看的，什么小说、漫画的，知道吗？"

"什么啊！！你别胡说。"叶藤被他一开玩笑，脸红得跟手里的番茄似的，"我看的是刚刚林末拍的照片！"

她气急败坏的样子像个粉包子，陶也看着觉得有趣，慢悠悠地伸手："什么照片能看到脸红？能给我看看吗？"

顾逸尘端来一大盘烤串及时救了场，叶藤的小秘密幸免于难。

一张长条桌，很自然地根据年龄分成了两边，一边是成年人，一边是未成年人。陶也坐在她的斜对角，没怎么吃，但他的手艺还不错，好像经常烧烤的样子。

"哎，你觉不觉得这会儿特别像回到队里？"顾逸尘吃得差不多了，把双臂放在脑后，姿势舒适，"你这手艺一点儿也没退步啊。"

陶也半晌没回应，过了一会儿才"嗯"了一声。

"年轻真好啊。"顾逸尘看着对面几个还在战斗的孩子，仿佛回到了刚进车队的时候。那会儿他跟冯天差不多大，也是横冲直撞的性格。陶也还不像现在这样整天板着一张脸。他那时候是什么样呢？

意气风发，锋芒毕露。

顾逸尘突然幽幽地问道:"你怎么变成这样了?"

"我哪样?"陶也身子往后仰,靠在椅背上。

"老了。"

顾逸尘看到他的眼里毫无波澜,一点儿生气也没有。真变了,这要是搁在以前,肯定是免不了一顿暴打的。

陶也悠闲地起身,跟众人交代了一句:"待会儿洗碗的事顾逸尘说他包了。"

"哦!!"

"老板万岁!"

顾逸尘内心受创。

变个鬼……他果然还是那个陶也,即使到了五十岁、八十岁,他也还是他,更何况他才二十四岁,魔鬼还是魔鬼……

叶藤喜欢吃大年糕,吃得又慢,到最后只剩下她和冯天两人还在吃。她吃完年糕,心满意足地想看还有没有,发现盘子里就剩下最后一根羊肉串了。

冯天看她四处乱瞟,以为她没吃饱,又看盘子里的最后一根羊肉串,竟然好心地推给了叶藤。

"我不吃羊肉。"叶藤又推了回去。

冯天以为她故意跟自己过不去,心里一阵烦躁。他可是把自己最喜欢的东西让给了她!!这个家伙有没有搞错?

"我让你吃你就吃!怎么老跟人作对?"

叶藤一听他这么说话就一肚子火:"你有病吗?我说我不吃羊肉,你没听见?"

林末看着两人瑟瑟发抖,他们俩能不能有一天不吵架?她真的怕他们俩突然打起来,她拉都拉不住。

正当这两人你一句我一句的时候,一条胳膊从叶藤的头顶擦过去,把那根羊肉串拿起来,叼在嘴里,然后跟没事发生一样出去了……

叶藤:"啊?"

冯天一转头看见是陶也,只得算了,嘀咕了一句:"让你吃你不吃,现在没了。"

顾逸尘刚刚还在对面兴致勃勃地看着俩孩子吵架，觉得有意思极了，结果被陶也这一顿骚操作给震住了。

刚刚让这货吃，他一口不吃，现在怎么去抢小孩的东西吃？

"没关系，藤藤想吃，一会儿哥哥再给你烤。"顾逸尘弯了弯眼睛，"我们藤藤还挺能吃的。"

叶藤无言以对。

说了八百遍她不吃羊肉，为什么他们总听不见？顾逸尘也是，上次吃饭的时候就说过了吧……

她想起刚刚陶也的举动，他是因为记得，所以才给自己解围的吗？叶藤揣测着，又觉得自己实在是太自作多情，说不定他只是饿了。

说是让顾逸尘一个人洗碗，洗的时候大家却都跟着去帮忙了。其实也没多少碗要洗，人多力量大，很快就弄好了。

别墅里有很多玩的，KTV、台球、游戏，还有麻将桌。一群人分散着玩，顾逸尘和冯天两人去玩游戏，林末和叶藤被几个姐姐拉着去唱歌。

可能是刚刚年糕吃多了，叶藤感觉有点撑得慌，便说："我出去活动活动。"

林末点点头。

刚刚吃完饭就没见着陶也，她一间间屋子看过去，路过拐角的吸烟室时，看见他正靠墙站着。

他抬头看见门口的小姑娘，把烟头摁灭了出来，顺手带上门："找我？"

"没，路过。"他身上有着淡淡的烟味，叶藤想跟他说吸烟不好，又觉得自己好像管不着。

"怎么不去玩？"

"吃多了，想溜溜自己。"叶藤双手叉腰，头顶刚刚被他手臂蹭到的一小缕头发翘了起来，像一根呆毛。

陶也听见她的话笑了，看向对面的台球室："会打台球吗？"

"不会。"叶藤跟着他进去。

陶也找了一根球杆："想学吗？"

"嗯，你教我。"

"那你把刚刚的照片给我看看。"陶也熟练地给球杆上着巧粉，看着她错愕的眼神。

"那我不学了。"叶藤很果断,"你这叫欺人太甚。"

"我欺负你了?"陶也随手开了球,换了个位置站着,"我从来不欺负……"他想了想,这个小鬼不让自己叫她小孩。

他弯腰快速击球,随着球噼里啪啦落入球袋的声音,叶藤听见他最后说的是"小朋友"。

"我从来不欺负小朋友。"

叶藤坐在旁边的沙发上,打消了让他教自己的想法,捧着脸看着他好看的侧脸:"你十六岁的时候喜欢被人叫小朋友吗?"

"十六岁啊……"陶也仿佛想起了很久前的事情,"不喜欢。"

少年盛名时,但凡了解一点儿赛车的人都知道他的名字,没人会叫他小朋友。

"那他们都怎么叫你?陶小朋友,陶也小朋友,还是小孩?"叶藤气呼呼地问。

陶也见她生气了,拿着球杆站在那儿:"他们叫我大魔王。"

"骗人……"反正他嘴里就没一句真话。

陶也不以为意地笑笑,一副爱信不信的表情,一杆清了球台:"过来,我教你。"

"不学。"叶藤挺有骨气的,坐在那儿不动。

陶也把球杆放回去,半倚着球台。他的腿怎么那么长?感觉轻而易举就可以坐到上面。他陪着别别扭扭的小孩聊天:"这么想长大?"

叶藤有一瞬间的错愕,她以前好像没有这种想法,可能因为爸爸的事情,也可能是因为他。

"对啊,长大了就能保护想保护的人吧?"如果她有能力帮助爸爸摆脱那个人的纠缠,爸爸也不会出意外。

突然被戳中心事,叶藤有点压制不住情绪。或许是她藏了太久,在这个安静的午后,她感觉自己像一个快要决堤的湖。

陶也不知道自己的一句话让小姑娘想到了什么,总觉得她要哭。她可是见了流氓都不形于色的孩子,怎么只听了一句话就要哭了?

他以为她是因为自己叫她小朋友的事情闹别扭,十多岁的小孩总会把一些事情看得比天还大。可长大了生活并没有他们想象中那样好，他只是不忍心告诉她。

他走近了，把衬衫袖子伸过去给她："当小朋友多好，还能哭鼻子。"

叶藤又破涕为笑。他这个人怎么这样？这样坏，又这样好，让她左右为难。

天气渐凉，周二晚上下起零星小雨，早上才停。叶藤早上打着哈欠进校门，一路听着前面两人在讨论王文卓怕老婆的事。

"我也是听别人说的，五班班主任王文卓前两天在商场给他老婆系鞋带，他平常挺凶的，原来这么宠老婆啊……"

叶藤一个哈欠生生给吓了回去。老王给他老婆系鞋带的画面，她还真想象不出来。上楼的时候在门口碰见冯天，他手里拎着牛奶袋子，嘴里还叼着面包片，大步流星地赶上她，拦住了她的去路。

"起开，一大早的，烦不烦？"认识冯天久了，她发现冯天这个人真的就是一个傻大个。当初打中她脑袋八成是因为投球技术太烂，想扔到她桌上没瞄准……上次投篮那件事还真不是报复，听说在二中，他的球技烂得人神共愤。

也不知道他在二中是怎么混成校霸的……可是这并不妨碍叶藤不喜欢他，他简直就是个自大狂，过于招人厌烦。

"给你喝。"冯天把手里的牛奶袋子递给她，还带着温热，"我最讨厌牛奶了。"

"那你还带？你有病啊？"叶藤有点摸不透他，怎么老跟自己过不去？

"我妈给我带的，反正你帮我喝了它。"冯天把牛奶袋子扔到她怀里，以为她会接住，没想到她双手插在校服口袋里，没来得及伸手，牛奶袋子掉在了地上。

"你！"

"你不想喝就给我啊？我是你们家垃圾桶啊？"

冯天有点生气，可能是觉得她说得有理，难得没咋咋呼呼，竟然还弯腰去捡，脖子上藏在衣服里的一个东西因此露了出来。

叶藤一眼就看到了，银色的链子下面坠了一颗极小的黑曜石……

冯天起身时还没意识到，顺着她的视线看了一眼，迅速扯下链子，耳朵都红了。他本来想解释两句的，却又不知该怎么开口，低头咬开牛奶袋子转身就走了。

他干吗要跟她解释？跟她解释什么！

叶藤讪讪地从口袋里拿出手来，晃了晃自己手腕上的黑曜石手链，嫌弃地打了个寒战，赶紧摘下来——差点儿就跟冯天戴情侣款了……

上数学课的时候，叶藤觉得不能直视班主任。她想不明白这么一个严肃的中年男人竟然也会满心温柔地爱一个人，她还想不明白一件事：冯天这个家伙居然也会暗恋别人。

也不知道是谁这么倒霉，被他盯上……

"叶藤，外面有人找！"门口的同学高声喊道。

林末推了推旁边趴在课桌上睡觉的叶藤："藤藤，有人找你。"

叶藤微微皱眉："谁？"

她三天两头有人找，大多是外班男生，来表白的，送情书的，送礼物的，还有莫名其妙来看看她的，加起来都有一打了。

林末探头到窗外去看："我哥……"

叶藤瞪大眼睛："林初？"

林初来找她？聊数学题吗？她可不想课间还讨论学习。

她出去一看，果然是林初。他可真是争分夺秒，这个工夫还手拿单词本……

看见叶藤出来，林初的头抬了一下，面无表情地递上一个袋子："我同学让我给你送个东西，没什么事我就先走了。"

旁边躲在墙根等着看结果的几个男孩都快笑死了。"始作俑者"可能是那个一脸通红的男生，叶藤都看见他了。

"那你的同学估计现在很后悔让你来送东西。"叶藤打开袋子看了一眼，是一些小零食之类的，很用心地挑了不同的种类，还有一封信。

林初看完单词本，道："我跟他们说了你有喜欢的人了，可他们不信，我有什么办法？"

教室里的同学来来去去，大概都听见了——新转来的美女同学叶藤有喜欢的人了。

叶藤一口老血压在喉咙口，差点喷出来，林初估计是上天派来折磨她的吧……

"还有事吗?"林初露出一副嫌弃的表情,似乎在说,"你知道你现在在干什么吗?你在浪费一个未来科学家的宝贵时光。"

抱着不耽误未来科学家时间的叶藤,慷慨地冲他摆了摆手:"慢走不送。"

末了,她又大声补了一句:"顺便跟你的同学说声谢谢,还有抱歉。"

那个男生不知道走了没有,能不能听见,还是躲在墙角?叶藤逐渐明白,每一份喜欢的心意都值得被温柔以待。

月考刚好安排在周五,考完就是周末,大家怀着激动的心情奋笔疾书,不会写的趴在那儿抓耳挠腮。铃声一响,大家都成了自由的小鸟。

"藤藤,周末来我家玩吧?我妈说要回去一趟,我一个人在家好无聊……"

"你哥呢?"叶藤一边收拾一边下意识地问,突然意识到自己问了个智障的问题,又跟林末异口同声道,"学习!"

俩小姑娘面对面傻笑。

"你哥为什么那么努力啊?"叶藤其实一直很好奇。

"他不是努力,他就是喜欢……"林末吐槽道,"他们都说你有喜欢的人了,是真的吗?"

叶藤突然卡壳,其实她也不确定那种心情到底算不算喜欢:"你哥说的,你问他去。"

"我就说你没有嘛。"林末本来就不信,可冯天非要让她来确认。

"那你呢?"叶藤随口一问。

"我?"林末愣住,脸红透了,"我也没有。"

周末去林末家,方淑珍很放心,她很高兴叶藤能和林末成为好朋友。她本来还怕叶藤突然换了新环境会孤单,况且那是自己朋友的孩子,相对安全。

叶藤来这边要坐很久的地铁,人多的时候得站着,一路站过来双腿酸痛。她早上犹豫了半天,还是挑了一双平常上学不穿的,略带一点儿跟的凉鞋,好看,但穿久了会磨脚。

地铁进站的时候,她对着玻璃打量自己今天的穿着。听说陶也的房子装修得差不多了,他周六刚搬回来,说不定能碰见。叶藤咬着嘴唇,莫名觉得有点忐忑。

"你怎么不打车啊?"林末从进门起就有点不对劲,"你的脚后跟磨出血了!"

叶藤脱下鞋看了一眼:"嘶,末末,你给我找个创可贴吧。"

方淑珍的疑心病很重,又爱担心。许敬尧告诉过她,之前他们的女儿琪琪是因为网约车出事去世的,具体情况她不得而知,也不想问,坐地铁正是为了让他们安心。

但她穿这种鞋子坐地铁,竟然是为了一个未知的偶遇?

叶藤想到这里差点被水呛死,林末帮她拍了拍背:"你慢点喝!"

可惜那个偶遇一直没发生。林末觉得外面太过闷热,就在家里看电影。听说林初出去补习了,两人点了外卖的爆米花和可乐,在林末的房间里待了一天。俩小姑娘从喜剧片看到恐怖片,中途还睡了一觉,醒来才发现天都快黑了。

"我得回去了。"叶藤揉了揉眼睛。

"我送你。"林末看了看窗外,"好像下大雨了,要不你今天就别回去了?"

窗外真的下雨了,大雨倾盆,像是要把最后一点闷热的暑气都给冲走。

林末看了一眼手机,她妈给她打了八个电话……她手机设置的是静音,完全没听到,于是她赶紧回了过去:"你不回来啊?好,我哥?"

林末光着脚打开房门出去,看了看林初的房间:"回来了,嗯,我知道了。"

林末挂断电话对叶藤:"我妈说,下这么大雨就别让你回去了。"

叶藤给家里打了个电话,方淑珍说过一会儿就来接她。她挂断电话,无奈地耸了耸肩:"我先收拾一下,下楼去等着。"

天黑了,叶藤就没让林末下来。这里她来过这么多遍,就跟自己家一样。

电梯"叮"的一声到了,其实方淑珍还要一会儿才能到,她不过是提前下来碰碰运气。

她撑开伞,突然又想起什么似的从口袋里摸出那根手链戴上,撑着伞走进雨幕里。

耳机里随机放着歌,她拐了个弯。

陶也好像是出去了,穿着一件宽松的黑色T恤,撑的还是那把伞,手里提着的袋子里不知道装的是不是饭团,就那样突然撞进她的视线。

耳机里的一首歌刚放完,切到一首不知名的老歌,吉他前奏像是在拨动她的心。

他走近了,歌刚唱到开头几句:"穿过运动场,让雨淋湿,我羞涩的你……"

他说了什么,她没听见。

叶藤随手扯下耳机:"你说什么?"

"怎么在这儿?"陶也随手从袋子里拿出一个糯米糍递给她,"便利店送的。"

"我来陪末末。"本来说的就是实话,她却不敢看他的眼睛。

实际上她那一瞬间想说的是:我来见你。

她穿得漂漂亮亮,脚磨出了血,在屋里闷了一天,但见到他的那一瞬间,好像一切都值得。

不得不承认,林初这个犊子可真聪明。

她喜欢陶也,毋庸置疑。

第 7 章
第一个秘密

"你现在要回去？"塑料袋子挂在他的小指上，他打开门，袋子和门摩擦发出"哗啦哗啦"的声音。

"嗯，还要等一会儿，等人来接我。"叶藤的手握着那个糯米糍，冰冰凉凉的。

"先进来等？"陶也推开门，在他家客厅里坐着都能看见路，等有车进来了再出去也不迟，不用站在路边干等，况且雨还这么大。

叶藤收了伞，跟了进去。他果然是去买饭的，这回是便当，被他扔进微波炉里加热："吃饭了吗？"

"吃了。"和他独处的时候，叶藤莫名总有点紧张，"你什么时候回来的？"

"昨天。"陶也坐在她旁边的沙发上，随手打开电视机，不知道是什么频道的狗血剧，男女主人公正在接吻。他瞥了一眼坐在对面正撕着糯米糍袋子的小姑娘，迅速换了个频道。

叶藤一抬头，中央少儿频道的主持人正在用夸张的语调进行节目介绍，皱眉冲着他伸了伸手。

陶也笑着把遥控器从桌子上扔过去，起身去微波炉取便当。

再回来他就看见电视里正在播一档中老年养生节目，嘉宾桌子上放的那个养生壶和他茶几上放的一模一样……

叶藤小口咬着糯米糍，弯起漂亮的眼睛冲着他笑了笑。

陶也用手里还没开封的一次性筷子敲了一下她的脑门："又拐着弯说我老？"

"逸尘哥说你以前是赛车手，是真的吗？"门外雨幕重重，外面的一树桂花早就落尽了。

"嗯，我还有神狂黄黄。"

"什么是神狂黄黄？"

是什么专业的赛车名词吗？怎么听着像狂犬疫苗……

陶也打开便当盖子，一股饭菜的香味在客厅里弥漫开来。叶藤本来吃过东西了，突然又没出息地觉得有点饿了。

"神秘能量，狂热型方向盘，黄金安全轮胎，黄金神秘部件。"陶也一本正经地说了一堆名词，叶藤一个也听不懂。

"听起来好像很厉害的样子。"

陶也看着她那认真的眼神，藏不住笑意。叶藤已经从他的表情看出来了——他又在胡说八道。

"你又骗我的吧！不会是你胡乱编出来的吧？"

陶也没再逗她："我没这本事，神狂黄黄是跑跑卡丁车最好的改装，这些部件都很难拿。"

跑跑卡丁车……那都是多久以前的游戏了？

"不想说就算了，我也不是故意要打听你的。"叶藤总觉得他对自己的身份一直讳莫如深，好像不太喜欢跟别人分享自己的生活，所以她直到现在对他仍是知之甚少。

"顾逸尘还跟你说什么了？"陶也随便吃了几口就没再动筷子了，他吃得好像一直都挺少的。

"没说什么。"叶藤把手里的糯米糍袋子扔进垃圾箱。

其实他还说了陶也现在是在养病，当时叶藤还略紧张地追问是什么病，结果顾逸尘告诉她：脑子有病……

"我的确是赛车手，但三年前已经退役了。"

"那你现在在做什么呀？"好像叶藤每次看见他都是无所事事。

"休假。"陶也简单地收拾了一下桌面。

休假休三年？好吧，有钱任性。

"你还有什么要问的？"

"没有了。"叶藤摇摇头。

陶也浅笑道:"不问问我祖籍什么的?或是身高、体重?"

叶藤白了她一眼,没说话。

其实她好奇的事情还有很多,比如他不工作,怎么养活自己呢?总不能啃老吧?比如他的家人呢?再比如他手上的伤……叶藤感觉自己一直打听别人隐私的行为像个"变态",而且他们的关系好像还没有亲近到可以肆无忌惮地问那些问题。

可是她想要了解他更多,她在网络上搜索过陶也,赛车论坛之类的都去逛了一圈,这才知道,原来他十五六岁的时候真的是"大魔王"。他十五岁刷新F4单圈记录,在赛车界崭露头角,是被誉为"天之骄子"的存在,后来又横扫许多比赛的三甲。他十九岁第一次参加F1就拿到了不错的成绩,当所有人期待着他再次在F1赛事中有亮眼的表现时,等来的却是他退出车队的消息。

当时发生了什么变故,没有人知道。再后来,他就成了人们故事里的人。

她喜欢的人曾经那么耀眼,不管影响他的那件事是什么,她竟然庆幸他退了队,否则她大概永远都不会和他有什么交集吧?

叶藤的手机铃声突然响起,她发现自己忘了还要回家这么一回事了。

"我得走了,谢谢你的糯米糍,改天见。"叶藤站了起来,头顶刚及陶也的肩部。

他眯着眼打量了她一会儿,视线落到她的凉鞋上——怪不得她好像突然长高了。这么一来,也就看到了她的脚后跟磨破了,有一小块血渍,已经干了。可是要是一走动,估计又会被磨破。

"等等,"他从电视柜里摸出几个创可贴递给她,"下次穿舒服一点儿的鞋出门。"

叶藤撕开创可贴,蹲下身去把创可贴贴在脚后跟上:"女生爱漂亮,不怕疼的,你不懂。"

"我先走啦!"叶藤撑开伞,回头冲他挥了挥手,然后小跑着进入雨中。

陶也看着她的背影发笑:"人小鬼大……"

自上次林初来五班找叶藤之后,大家就都流传开了,说新来的那个美女学霸已经有喜欢的人了。

伴随着男生们的哀叹，剩下的就是女生们的八卦，大家都在猜测是谁能有幸打动这位美女学霸。

"天哥，老实说，你是不是和新来的小美女谈恋爱了？"

"肯定是！天哥一出手，就知有没有！"

"上次分学习互助小组的时候我就知道！天哥厉害！"

早上冯天一到学校就被几个男生围住问东问西的。

"都闲得慌是不是？"冯天坐下，顺势瞄了一眼叶藤空荡荡的座位。

虽然让林末问过了，但他还是很不爽，总要亲口听到她说没有喜欢别人才放心，要是听她说出那个人就是自己也不错。冯天勾了勾嘴角，不自觉地笑了。

叶藤一进教室就被那群男生用怪异的眼神盯着看，她低头看了看自己的衣服，好像也没穿反，就把书包塞进抽屉里，没搭理他们。

冯天也不知道是从哪里弄的卷子，从后面递了过来。

"这是什么？"

"我的卷子，你不是要吗？"

叶藤看了一眼每张都没写几道题的卷子，推了回去："你这卷子没有任何参考价值。再说了，你反正也不学习，我为什么要白费力气？"

"谁说我不学习！"冯天还恼了，又压低声音，"我这不是差点儿就及格了吗？"

旁边的同学都在偷笑。

"啧，天哥为爱学习。"

"冯天，和你商量一件事。"叶藤一听他们把冯天和自己扯到一起就烦，"能不能跟他们说一声，别有事没事就把我和你扯到一起，不知道的还以为你对我有什么想法呢。"

冯天没想过她会这么直接地说出来，一时间有些错愕，突然不知道该怎么回应了，反过来问她："我对你有什么想法？我还想问你对我有什么想法呢！"

叶藤觉得自己和他简直是鸡同鸭讲，转身坐了回去："我有病？"

刚刚还在起哄的男生瞬间鸦雀无声。虽然平常见惯了叶藤和冯天吵架，但他们总觉得那是打情骂俏，甚至冯天自己也是那么觉得的。只是今天突然觉得……事情好像不太对劲。冯天的脸色也不对,他踢开凳子,不顾早自习的铃声已经响起,径直出去了。

放学的时候,叶藤在教室门口被刘畅拦住。

"天儿说要跟你聊聊。"

"我赶着回家,有什么事明天在学校说吧。"叶藤觉得自己和他没什么好聊的,反正每次一见面也是不对付,跟他沟通太困难,她特别怕自己哪天忍不住给他一拳。

"就五分钟,门口奶茶店。"刘畅的表情看着挺认真的,"其实冯天这个人跟小孩一样,我和他从小一起长大,我了解他,他人不坏,你不要以貌取人。"

"我也有自己的判断标准,他可以幼稚,但没有道理所有人都要容忍他的幼稚,我应该也没有这个义务。"其实叶藤之前一直对他挺容忍的,但对于他的那些朋友,她是真的讨厌,"况且,尊重也是相互的。"

刘畅笑着点了点头:"行,你走吧。"

林末跟着叶藤小跑着出了教室,下楼的时候悄悄松了一口气:"藤藤,你好厉害啊,说得他都没话说了。"

叶藤冲着她眨了眨眼:"厉害吧?撕遍天下无敌手!"

说这两句真的不算什么,她还有更辉煌的时刻,和一群大人撕都不带怕的。因为她知道,有时候沉默不会保护你,只会让你受更多的伤。

可这些都是对别人的,当你的亲人给你捅刀子的时候,你就算是有三寸不烂之舌,也说不出个所以然来。血缘是洗不清的联系,也是剪不断的孽缘,就像她和叶晨。

她没想到隔了一段时间他又出现了,这次是在学校门口,像个幽灵一样。

自从上次在停车场遇见他,她其实一直在害怕这一天,也有所准备,所以并没有上次那么慌张,只道:"末末,你先走吧,我还有点事儿。"

"嗯,那你要早点回家。"林末揪着书包带子说。

"嗯,知道了。"叶藤的眼睛直勾勾地看着前面不远处的那个人,他胡子拉碴,看着像是在外面鬼混了很久,说不定是在哪个棋牌室鬼混。

叶藤从他身边走过去,假装不认识他。

那个人跟了过来,一身酒气:"见了大人也不知道打声招呼?哦,成了教授的女儿,现在叫什么?许藤吗?"

"滚!"叶藤突然转身,她真的要崩溃了,"我说了,你休想从我这里再拿到一分钱!我一分钱都不会给你!"

学校门口人很多,她这一声吼吸引了很多视线。叶藤这才意识到自己还在学校门口,便低着头往前走了一段路。

"死丫头,成了大小姐,脾气也大了不少啊。我听说你是在别人家里当个替代品,怎么样?当替代品的感觉很好吧?"

"你就算是教授的女儿,不也还是要叫我一声'舅舅'?你是我姐的亲生骨肉,你是害死她的扫把星!"

"你以为换个身份就不是了?你这辈子就算是死了,也还是叶家的人!"

叶藤听着他一句一句地说着,紧咬着唇,心里默念:"我不是!我不是!我不是!"

"这是你们父女俩欠我们叶家的,是你们欠我的!听见了吗?死丫头,趁着我还能好好说话,把你那个没用的爹的补偿金给我交出来!"

叶藤忍无可忍,站在原地没动:"你凭什么说我爸?你这个杀人凶手!"

"我杀人?"叶晨冷笑,"是他自己突然跑到大路上被车撞死的,跟我有什么关系?还不是你这个丧门星,害死了妈,又害死了爸!"

丧门星。

他是自己的亲人,永远知道她最痛的地方在哪里。她的自责成了他无止境地伤害她的利器,百发百中。

最可恨的是,她气哭了都不能动手,上次因为踢了他几脚,被他弄到警察局,他就像块狗皮膏药,碰不得,也扯不掉……

叶藤陷入绝望,她捂着脸蹲在路边。路上人来人往,有车子的鸣笛声和来来往往行人的嘈杂。

"时间也差不多了,这次就算了。死丫头,下次记得把卡带着,我会再来找你的。"

叶藤感觉掌心一片濡湿,过往的人一边绕开她,一边说:"怎么回事儿啊?挡在路中间干吗?"

有人好心过来问:"小妹妹,你没事吧?是不是身体不舒服?要不要叫救护车?"

叶藤拼命摇头,呜咽着,挣扎着站起来。

陶也坐着顾逸尘的车路过这边,放学时人流量大,车子慢慢挪动,等着前面的交警协调。他突然看见有个小姑娘站在路边,看着有点像叶藤。

"停一下,我下车去看看。"

"看什么?"顾逸尘不耐烦地按着喇叭,"还停车?这边连停个车都没地方。"

"那我先下去,你去前面的路口等着我。"陶也打开车门下来,走近了才确定真的是叶藤。

"怎么哭了?"

叶藤听见熟悉的声音抬起头,满脸泪水,一副受尽委屈的模样,像极了那天在台球室时的样子,不过比那天更可怜。

叶藤伸手抱住他,泪水瞬间浸透他胸口的衬衫。她呜呜咽咽的,一句话也说不出来。

就让她任性一下吧,因为她知道陶也不会嘲笑她。

"我再找机会,你以后也对人家客气点行不行?"刘畅和冯天刚好从校门口的奶茶店出来,他劝了冯天半天。

"我也不想啊。她老跟我作对,你看她那个泼辣的样子,哪里像个姑娘?"冯天吐槽道,一抬头就看见那个熟悉的身影。

那个永远坚强伶俐的泼辣女孩正靠在别人怀里,哭得像个孩子一样……

"怎么回事?你要不去看看?"刘畅推了推旁边的冯天,"怎么哭成这样了?旁边那个人是谁啊?"

叶藤痛哭的背影那么单薄,肩膀微微耸动着,像只可怜兮兮的小兽,冯天看着心里一阵抽疼。她抱住的那个人好像轻轻地摸了摸她的头,然后不知道在低声说着什么。

"我怎么知道!不认识!"冯天转身就走。

刘畅迈步跟上去:"你老这样,人家女孩是要哄的。你倒好,整天不是欺负人家就是冲着人家吼,你这样,人家还怎么喜欢你?"

"知道了!知道了!"冯天不耐烦地摆摆手,没忍住回头看了一眼。

"咱们真不管啊?那个人看着可不是学生啊。"刘畅知道他不放心,但他这个人一向喜欢装酷耍狠,也不知道整天到底在和谁过不去。

"不是你说的吗?让我对她好一点儿,那我就不去招惹她,她看见我只会更不高兴。"冯天转头,"那个男的是她认识的一个哥哥,人挺好的,没事。"

"哥哥?"刘畅将信将疑地追上去,把手搭到冯天的肩膀上,"什么哥哥?你确定不是你的情敌?"

"怎么可能?"冯天倒是没有往那方面想过。

"怎么不可能?人家可比你帅多了。"刘畅嘻嘻哈哈地跟他开玩笑,"人都扑到怀里了,你这儿还没进展呢!"

"刘畅,你给我有多远滚多远!"

叶藤那边刚刚收了泪水,感觉那一阵过去了就好多了,伸手接过陶也递过来的纸巾。

她低着头,带着浓重的鼻音说:"谢谢。"然后她展开整张纸巾把脸捂了起来,"你把刚刚看见的都忘了吧,真是太丢脸了。"

陶也轻笑道:"我又不是没见过。"

叶藤露出一双红红的眼睛,脸颊因为刚刚的情绪失控有些泛红:"那不一样。"

哭得太丑了,不想让他看见。

"在学校被同学欺负了?"

"没有。"叶藤不知该如何说起,从她母亲当年难产说起,还是从叶晨纠缠着她要补偿金说起?那些事情压得太深,猛地被翻起来,扬起灰尘,让人喘不过气,"是家里的事,其实也没什么……"

其实也没什么,就是被一个无赖纠缠了。

叶藤放下一直挡在面前的手,露出一个微笑,像是在鼓励自己说:"下一次,下一次我就不会哭了。"

"顾逸尘的车就在前面,顺路送你回去吧。"

叶藤掏出手机回了方淑珍的微信。每次放学,她要是自己回家,总会告诉她一声。

她默默跟在陶也身边往前走,夜风凉凉的,拂过她的耳畔,扬起她的碎发。她收了手机偷偷看了一眼身边的人:"别跟逸尘哥说。"

"说什么?"陶也的手插在口袋里,一脸什么都不知道的表情,"你不是让我忘了吗？"

"嗯，我怕你骗我。"

陶也看见她那怀疑又认真的小眼神，笑着停步，抽出口袋里的左手伸到她面前："那我跟你拉钩？"

"我没那么幼稚……"叶藤嘴上那么说着，却还是伸出手去钩住了他的小指，"但是你太不可信了。"

她的手太小，盖章的时候感觉都不太能够得着，看着他的时候心怦怦乱跳。

顾逸尘看见她的时候还有点吃惊："藤藤？"

"逸尘哥。"

陶也给她打开车门，她赶紧钻进后座。天有些黑了，顾逸尘也没看见她哭得泛红的双眼，只是问她："你怎么还没回家？"

"她身体有点不舒服，你这个做哥哥的去送送。"陶也开始给顾逸尘戴高帽子。

顾逸尘嫌弃地看了陶也一眼："还用你说？藤藤，你家住哪儿啊？"

陶也直接用手机点了导航："照着开。"

叶藤现在不怎么想说话，下了车到车窗边去跟两个哥哥道谢，突然乖巧得顾逸尘都有点不太适应了。

"你有我的电话号码吧？"陶也末了问一句。

"嗯。"叶藤点点头。

"没什么，回去吧。"陶也知道她今天肯定是遇见大事了，但是她既然不愿意说，他也就不问。他本来是想说遇见什么事可以打电话给他，别傻傻地让人欺负，可是又碍着刚刚都拉了钩说帮人家小姑娘保守秘密的，就没开口。

顾逸尘觉得有点纳闷："这孩子今天怎么看着没什么精神呢？"

陶也看着她慢慢往里走的小身影："学习累了吧。"

"我发现你真的是变了。"顾逸尘摇了摇头，"你以前关心谁啊？你整天跩得跟二五八万似的，谁都不管。你还记得吧？那会儿有个女车手，进队的头一天就被你给骂哭了，你还生气了……也是绝了……"

陶也摸了摸下巴："有吗？"

"还跟我装?"顾逸尘"呵呵"一笑,"您现在是修炼了佛法还是怎么着?学会慈悲为怀了?"

"那倒没有。"陶也懒懒散散地往后仰了仰,"可能是年纪大了,见不得小朋友不高兴。"

顾逸尘不屑地白他一眼:"骚里骚气……你怎么不说是为了保护祖国未来的花朵呢?"

陶也毫不含糊地接话:"差不多就是这个意思。"

叶藤从电梯里出来,趴在电梯间的窗口往下看,看见顾逸尘的车闪着灯开出了小区,心里感觉满满的。因为他没有推开自己,也因为他小心翼翼地守护自己的自尊心,还有他不追问原因的温柔。

陶也太好了,每过一天,她就喜欢他多一点儿。

纵使她知道这些对他而言或许并不意味着什么,他不过是顺手帮了一个认识的小孩一点小忙。

方淑珍看见她回来,把切好的水果端过来:"藤藤,饿不饿?先吃点水果。"

她挑了一块哈密瓜放嘴里:"很甜。"

"对了,还记得妈妈跟你说的那个钢琴课的事情吗?妈妈已经和老师约好了,老师这个周六就过来上课,你是想上午上课还是下午上课?"

"上午好了。"叶藤心不在焉地吃着水果。

"好,那我就去安排了。你早点休息,写作业别写得太晚。"

"嗯,好,晚安。"叶藤点点头。

她换衣服的时候,从口袋里掉出来一包纸巾,是陶也给她的,用了一半。

她从地上捡起来,把它放进抽屉里,手指在袋子上点了点。抽屉里放着的黑曜石手链旁边有一张合影,是她和爸爸的照片,照片里的那个男人搂着她笑得十分开怀。叶藤把相框拿出来看了看:"老爸,告诉你一个秘密,我好像有喜欢的人了。"

叶藤给乔正阳打了电话,问了他的近况,其实是想打听一下叶晨有没有去烦他们。

叶藤是乔正阳看着长大的孩子,一听她说话就知道她怎么了。

"是不是那个王八羔子又去找你了?"隔着电话都能感受到乔正阳的

愤怒,"他没怎么你吧?"

"我没事,我就是怕他又去你们家砸东西。上次他去撒泼,差点伤着妹妹。"叶藤想起这件事就觉得对不起乔叔一家。

"我们没事,就是你,你说你这孩子怎么这么倒霉,摊上这么一个舅舅!唉……"乔正阳无奈地叹气,"你有事别瞒着,下次碰见他就跟那边的爸爸妈妈说,听见了吗?大人总有办法解决的。"

"嗯,总有办法的。"

"对了,你婶子最近没事,做了一点你喜欢的酱鸭,过两天给你寄过去,你把地址发过来。"

"真的呀?"

乔正阳听见她声音里的兴奋劲,笑道:"我们小叶子还是个小孩呢。"

怎么大家都这么说?明明再有一年多她就成年了。

在对酱鸭的期待中,时间过得很快,叶藤没有注意到,自从那天她拒绝了冯天的友好谈话,从第二天起,冯天就不跟她讲话了。

每天看见她就像不认识一样,叶藤不知道刘畅是怎么跟他说的,但觉得这样也挺好的。

月考成绩成了班主任验收学习小组成果最重要的依据,王文卓说要根据大家的名次提升情况来给各小组排名,促进大家不断进步。

"我的天!"林末看着那个学习小组的排名,"我们竟然是最后一名!"

"这有什么好惊讶的?"叶藤表示分明是在意料之中——托冯天的福,别人都是进步,这哥们儿不进反退,"我比较惊讶的是,冯天竟然还有退步的空间……"

冯天就坐在旁边,那个排名表就贴在后门附近,他听见了想要反驳,可张了张嘴又没说话。

"你有没有觉得最近冯天有点不太对劲?"林末戳了戳叶藤,低声问。

"有一点儿,废话少了好多。"

"不是,他就是不跟你说话了。"林末虽然不声不响的,但洞察力倒是和她哥一样敏锐。

"喂,我说你们俩能不能别当着我的面讨论我?"冯天终于没忍住,"老子……"

  他盯着叶藤的眼睛,突然想起那天她哭兮兮的样子,不由得皱了皱眉头,改了口:"我想跟谁说话就跟谁说话。"
  "您随意。"叶藤觉得他这个人一直挺不正常的。
  "那什么……一会儿还在林末家里见?"冯天手里胡乱转着笔,有些心烦意乱。
  "嗯,我还要先去拿个快递。"叶藤满脑子都是酱鸭,"末末,你喜欢吃酱鸭吗?"
  "我挺喜欢的。"冯天插嘴。
  "你什么时候改名了?"叶藤白他一眼,"你叫冯末末?"
  刘畅跟他说要对小姑娘好一点,冯天就差在自己胳膊上刺一个"忍"字了。
  叶藤等着他发作,结果他竟然什么都没说。
  叶藤翻微信找快递信息,点开朋友圈时看见了陶也的头像,于是随手点进去。
  他发了一张赛道的照片。
  顾逸尘在下面评论:你真去了?是谁跟我说这辈子都不碰赛车的?真香。
  陶也在下面回复:我跟你拉钩了?
  傍晚柔和的阳光透过窗户照进来,笼罩着少女藏不住的明媚笑容。

第 8 章
藏不住的心跳

因为想着分一点给刘阿姨,叶藤就让乔叔直接将酱鸭寄到了学校。到保卫处的时候,保安叔叔看了她一眼:"是你的啊?你拿得动吗?"

"嗯?"叶藤本以为就是个小袋子,进去一看后傻了眼。乔叔怕是觉得她是一头猪吧……

老大一个箱子,不知道里面装了几只。应该是用真空包装塑封起来了,一只一只叠在里面。看这个量,估计有十只以上。

叶藤试了试,挺重的。

"要不我先打开吧,一会儿让刘阿姨拿几只,然后……"叶藤想着送两只给陶也,"这也太多了。"

"不用拆了,我拿得动。"冯天弯腰从地上捞起箱子抱着,突然觉得还真的有点重,但强撑着没表现出来。

林末和叶藤对视一眼,差点笑出来。

为了减轻重量本来想着,路过一楼的时候就送去陶也家的,但他家的门锁着,好像不在家。

冯天把箱子往电梯里一放,松了一口气,见对面的女生怪异地看着自己,扭过头盯着电梯门。

开门的是林初,他现在也是学习小组的固定成员,也不知道刘阿姨是怎么威逼利诱的,总之他现在每周五都会坐在旁边的沙发上,看着叶藤为这两人的智商抓狂。

"你的脑子还在吗?"冯天换鞋的时候,林初突然问。

"啊?"冯天不知道他到底想说什么。

"没去换不锈钢盆吗？"

叶藤和林末看着林初面无表情地说出这句话，快笑疯了。

"哥，你竟然会讲笑话了！"相处久了，就算是冯天在，林末也没有那么拘谨害怕了，何况她在家一向比较自在。

叶藤笑得肚子疼，上次她可能是气恼了，吐槽了冯天一句，说他的脑子不用不如去换个不锈钢盆，没想到林初听进去了。

"你知不知道，你这种面瘫讲笑话真的很搞笑……"

林初看着他们，一脸的无所谓，回到沙发上接着看书。他不过是想怼一下冯天而已，要不是他，他也犯不着加入这个鬼学习小组。

冯天一脸冷漠地看着他们："笑够了？我发现我现在脾气是真好，要是以前，你们一个都跑不了。"

林末瞬间鸦雀无声，叶藤懒得跟他吵，每天吵都吵烦了，更何况他最近这段时间真的挺好的，比以前安静多了。

每次叶藤都是帮他们讲讲一周的卷子，然后补一补他们不懂的知识点，再吃个晚饭，时间也就差不多了。方淑珍今晚学校那边有工作，没时间来接她，叶藤就打算趁着天没黑早点走。

她估摸着许敬尧和方淑珍不会喜欢吃酱鸭这种东西，就留了好几只在刘阿姨这里，又找了个袋子装了几只准备带回去，还让冯天带走了两只。

叶藤和冯天一起出的门，走到楼下看见陶也家的门还锁着，但门口的走廊上貌似比来的时候多了两件衣服。看来他是刚走，刚好错过了。一周也见不到他几次，好不容易有个借口去见他，还生生错过了。

"上次我让刘畅叫你，你怎么没去？"冯天其实是想问她那天为什么哭，却又不好直接开口。

叶藤手里的塑料袋伴随着她的步子时不时地碰到腿："你有什么事吗？现在说也行。"

"不行，"冯天低头看着她微微卷曲着的，那柔软的头发中间有一个可爱的旋儿，他说："我现在又不想说了。"

"你爱说不说。"叶藤的心思不在他身上。

"你……"冯天被她气到肝疼，"你能不能对我态度好一点？"

"你能不能对我态度好一点？"叶藤原话奉还。

"行吧,"冯天拿她没办法,"上次你哭的时候怎么没见这么厉害?"

叶藤敏锐地转过头去:"你什么时候见我哭了?"

"就约你那天,你没去,后来你不是在路边哭了吗?别跟我说是我看错了。"

"你看错了!"叶藤烦躁地加快脚步。

"你放心,我不会跟别人说,你以后别惹我生气就行。"冯天跟了过去,还跟她讨价还价。

"我惹你?"叶藤觉得他简直是无可救药,每次都是他来招惹自己的好吧,做人也要讲点道理,"行吧,那我以后不跟你说话总可以了吧?"

冯天看着她的背影,烦躁地在原地踢了空气一脚,抓了一把头发,也不知道是气她还是气自己。

叶藤一路走到地铁站,等车的时候看见坐在椅子上的陶也,刚刚还烦躁的心忽地就安静下来,本来以为这周都见不到了。

她在电梯上冲着那边挥了挥手,一下来就跑过去:"你去哪儿啊?"

"去滨湖。你今天自己回家?"陶也知道她每周五都会去林末家。

"嗯,"叶藤仰头找了找滨湖那边的站点,和她是一个方向,中途要转车。

六七点的时候人正多,车门旁边早就排起了长龙。叶藤跟在他后面:"我的一个叔叔给我寄了吃的,你要不要?"

"谢谢,但是不用了,我不做饭。"陶也看着她手里的袋子挺重的,问,"要不要帮你拎?"

"不重,其实你拿回去用微波炉热一下就可以吃了。"

陶也不知道她拿的是什么好东西,非要给他,笑着说:"我这么老了,吃多了也不长个子,你留着自己吃吧。"

站台开始报站,地铁呼啸而来,他们简直是被挤上去的。叶藤跟着他一路挤到车厢接口处,那里有个狭小的空间,他就挨着自己站着。

他靠着车厢壁,地铁开动的时候叶藤没站稳,扶了一下他的胳膊。

他就坐三站,很快就要下车。

"你是不是休假结束了?"叶藤仰头问,"我看到你的朋友圈了。"

男人完美的下颌线几乎就在她的头顶,往下看是凸起的喉结,随着他说话的声音不断地移动:"嗯,还在联系车队,最近都在跑这个事,可能要过段时间吧。"

"那你要走了吗?"叶藤看他以前的比赛,好像就算是进了车队,估计也不会刚好就在A市,那他会不会离开?

"说不好。"地铁到站停车,陶也接过她手里的袋子,"抓好了。"

叶藤也不知道该怎么说,等到车再次启动,她才吭声:"你有粉丝吗?"

陶也被她问住,他都消失三年了,再回去的决定其实还没有定下来。他也在犹豫。粉丝?估计他早就被人遗忘了吧……

"估计没了吧。"陶也换了一个手拎袋子,"不过也不一定,毕竟像我这么帅的车手比较少见。"

叶藤笑着反驳:"都过去三年了,他们估计连你长什么样子都不记得了。"

"我的粉丝可不像你这么没良心,"陶也抬头看了看站点,"才三年就忘了我?"

叶藤垂眸:"我没说我啊。"

"东西拿好,我要换车了。"陶也把东西递给她,往地铁门口挤过去。

叶藤看着他走出去,换到了他刚刚站过的地方,抬头看了看这节车厢的编号,003941。

喜欢你,关于你的一切都想要记牢。

陶也从地铁站出来已经是晚上七八点钟,也不知道是谁挑的鬼地方,非挑在滨湖。

这个点开车过来要堵很久,不如坐地铁。可就算是坐地铁,折腾过来也花了将近一个小时。

店面很大,也很干净,二楼雅间里,就等他了。

陶也还没进去就听见顾逸尘那放浪形骸的笑声,不等服务员指路就冲着那间去了。他推门进去,正对门坐着一个头发花白的精干男人,陶也冲着他点了点头:"教练。"

"来来来,快坐。"这位是他们之前的经理人,也是教练。他看见陶也,冲着他招手,"你最近在忙什么呢?听说你要回来,怎么也不跟我说?"

"没忙什么,还没定下来。"陶也在他旁边的椅子上坐下,顺手给自己倒了一杯茶水。

"他忙着奶孩子呢。"顾逸尘不着调地开玩笑。

"孩子？你有孩子了？"教练一脸震惊。

"没有，别听他胡说八道。"陶也是来聊正事的，他准备回去其实也不容易，一来是他当初说走就走，在业界留下了不太好的印象；二来，时隔三年，他就算是把利刃也锈了，赛车这项运动，体能和灵敏度缺一不可。虽然他这几年一直保持着体能训练，但就算是他自己，也没有什么把握还能不能适应。更何况，他的手有伤。

"怎么想着回来？"教练眯了眯眼，喝了一口茶水。

顾逸尘一边忙活着招呼服务员上菜，一边问："死脑筋转过来了？"

其实陶也曾经想过就这么算了，做什么都好，他前两年甚至还跟着以前认识的朋友做了很长一段时间的汽配生意，做得不错，不过他现在也不怎么管了，只是挂着干股。

陶也想起刚刚在地铁上的对话，垂下眼帘笑道："怕我离开得太久，粉丝见不到我这张脸会难过。"

顾逸尘举起茶杯准备砸他。

教练哈哈大笑，拍了拍他的肩："你小子还是那个样子！"

他们虽然开着玩笑，但心里都很明白，陶也这次回来，不是那么容易的。现在社会发展那么快，各行各业更新换代的速度也那么快，这几年赛车界也出了不少拔尖儿的小孩，再回去会是怎样，没有人能够预料。对于他自己来说，复出性价比也不高，可能要付出更多的努力。

教练沉吟片刻道："你真的想好了？说认真的，你怎么突然想到要回来？如果是因为之前的事情，大可不必。"

陶也看着教练的表情，释然地笑道："您就当我小心眼，不想看见秦君那么自在逍遥，非要回去让他堵得慌吧。"

顾逸尘拍着桌子道："一提到他，我就来气。上次他去找你，你就该直接把他给废了，跟他啰唆什么废话！"

秦君原先和陶也是一个车队的，后来跳槽去了其他车队。目前大大小小的比赛，他也还算活跃，跟赛车迷一提，大家都叫得上号，知名度可见一斑。

当年陶也突然消失，外界闹得天翻地覆。可实际原因，知道的人很少。

"你现在怎么跟流氓一样？整天说些打打杀杀的。"教练不满地看着顾逸尘这个戾气很重的年轻人，悠然地喝了一口茶。

"他当年……"顾逸尘忍不住怒气要说下去，陶也递过去一个讳莫如深的眼神，轻轻地摇了摇头。

当年的事情，教练他们所知道的，不过是陶也在比赛的前夕出了事故，当时坐在车上的还有陶也当年最好的朋友肖扬和陶也的母亲，他们都走了。

赛车手是和车最熟悉的人，车带给他们荣耀。

这种事情搁在谁身上都受不了，顾逸尘理解陶也当初为什么说这辈子都不碰赛车了，但也知道他骨子里对赛车的热爱是变不了的。

送教练走后，顾逸尘从口袋里摸出一包烟，抽了一支递给他。

两人趴在滨湖大桥的栏杆上，看着下面的车来来往往，红绿灯不停地变换，交织的流光在下面变换着不同的线路。

"你刚刚怎么不让我跟教练说？当年扬子的车铁定被人动过。"顾逸尘的表情难得严肃，他平常吊儿郎当惯了，突然正经起来给人一种不怎么适应的感觉。

"有证据？"陶也的嘴里吐出一阵白烟，随着风飘散在夜色里，"当年我花了多少功夫你不是不知道，如果不是我妈，我现在早死了。"

顾逸尘一直觉得他是为了给母亲守孝，这三年他的性子收敛了不少。痛苦吗？还是忍耐？他看着身边这个自己一直最信任和依赖的队长，觉得有些看不透他。但无论如何，不回到赛车场上，风神还叫风神吗？

陶也翻转着自己的右手，戴着手套也挡不住，每次看到那条伤疤，他就会心烦意乱。

顾逸尘恍然大悟："你这次回去是不是还想搞清楚这件事？"

陶也的眸子里有暗流涌动，嘴边突然绽放许久未见的轻狂笑容："也没那么复杂，单纯就是回去赢他。"

周六上午，叶藤的钢琴老师如约而至。是方淑珍从音乐系找来的，听说是个很厉害的研究生，得了不少奖。别看小姑娘年轻，口碑却不错，据说教孩子很有一套。

音乐这种艺术细胞，叶藤自认为自己是没有的，所以老师很关键。她或许藏着一把能打开通往艺术王国之门的钥匙,谁又知道呢?

叶藤坐在钢琴前面,看着她走进来。她穿着淑女的小裙子,瀑布一样的长发披散在脑后,气质出众,一双月牙形的眼睛笑起来甜美可人。叶藤低头看了看自己身上居家的短裤和T恤,觉得艺术王国的国王可能不太喜欢自己的态度。

"你就是叶藤啊,你好漂亮哦。"兴许是教小孩子习惯了,她说话总感觉像在哄人,这可能是家庭教师的职业病。

叶藤听着她有点浮夸的甜蜜的嗓音,突然感觉有一根刺卡在了喉咙里:"谢谢老师。"

"对啦,我听方教授说了,你是没有经验对吗?"钢琴老师和她坐在一张钢琴凳上,"为什么想学钢琴啊?"

"你上一个学生是怎么回答这个问题的?"叶藤伸出一根手指敲击了一下黑键,细腻白皙的手臂伸直了,可以看见关节处一颗淡褐色的小斑。

钢琴老师被她的回答逗笑了。这个少女看起来很特别,她刚刚一进门就被叶藤的气质所吸引,清爽干净,又像朵带刺的小玫瑰,娇艳明媚。她说:"这样吧,我先给你弹一首曲子,你喜欢听什么?"

"钢琴曲吗?"叶藤对这个真的是知之甚少,"《卡农》?"

钢琴老师若有所思地点了点头,和缓的前奏从她的指间流出。

以前叶藤听这种钢琴曲多是用来助眠的,她是第一次认真地听别人现场弹奏,不得不承认,她以前都是暴殄天物,怎么就是没有听出这首曲子里竟然会有这种感受?

最后一个音符落下,叶藤还愣在那儿,她觉得自己可能是疯了,听个钢琴曲都能想到陶也。

"好听吗?"钢琴老师回头看她,"什么感觉?"

"幸福又带着点忧伤,就像……"

就像暗恋。

"我也说不清。"叶藤都不知道自己到底想说什么,"这是考试吗?看我有没有音乐天分什么的?"

"哈哈哈,你真可爱。"钢琴老师笑着说,"学会了就可以弹给你喜欢的人听哦。你有喜欢的人吗?"

叶藤微微低头，耳边的头发垂下来挡住脸："有啊，我最喜欢塞巴斯蒂安。"

"动漫啊？"钢琴老师好像从跟她说话开始就笑个不停，"哈哈哈，那他应该感到可惜，他应该是听不到你的琴声了。对了，最近我的学生送了我两张动漫电影票，好像很出名的样子，你喜欢的话，就找朋友去看吧！"

她从包里翻出两张动漫的电影票，是之前很经典的电影重新上映。最近班上好多人都去看了，QQ空间里到处都是各种秀票根的行为。

叶藤从来都不是坐以待毙的人，她不知道陶也还会留在这里多久，她觉得自己或许应该在他走之前做点什么。到底该做什么她也不清楚，但总归是要做点什么的。

晚上叶藤，躺在床上，举着那张电影票看了将近半小时，决定就从这部电影开始。

她打开手机，找到那个被她备注为塞巴斯蒂安的微信联系人，打开对话框，删删写写好久才发出去：陶也哥，你明天有事吗？

陶也回复得倒是挺快：有事求我？

叶藤觉得自己在他心目中可能是个麻烦精，便回复过去：没事，我有这么多事吗？

陶也：熊孩子突然讲礼貌，非奸即盗。

叶藤都要被他气笑了，勾了勾嘴角，换了个姿势，拍了电影票的照片发给他，又鼓足勇气打过去一句话：我们去看电影吧。

她发过去之后就立即把手机扔到一旁，翻身趴在床上不去看它。等了十几秒钟都没声音，她转过头来盯着手机，眼睛一眨不眨的。

手机"嗡嗡"地振动了一下，她感觉自己要跳起来，抓起手机看，原来是无聊的新闻推送："A市7号地铁线路故障……"

谁关心地铁故障啊？！她感觉自己的脑子快出故障了，他怎么还不回消息？难道他发现了什么？不会吧……还是他根本就不想去？是不想和她去看还是觉得这部电影太幼稚了？

叶藤感觉脑子里闪过一百个答案，每一个都不是她想要的。

"我的意思是，我来了这里这么久，你们都帮了我很多忙，所以我想请你们看电影，还有林末、林初，我们一起。"

103

叶藤噼里啪啦打了一堆字，又觉得这么解释有点欲盖弥彰，刚要撤回的时候，手机又振动起来。

他很简单地回复了一句：刚烧水去了。

叶藤感觉刚刚自己在脑子里可能是演了一部喜剧，结果人家只是去烧水了。

嗯。

叶藤感觉打出一个字的自己很酷，谁关心你是去烧水了还是去烫猪了？所以，你去还是不去呢？

还好这次没等到她再次抓狂，陶也说：好啊，需要我开车带你们去吗？

叶藤捧着手机，都没看清后面说了什么，光看见一个"好"字，瞬间就乐开了花。

过了一会儿，她冷静下来看了看手机，发现他后面还跟了一句：想让我去给你们当司机吧？

他怎么想的不重要，反正她明天就要和陶也去看电影了。

叶藤又掏钱补了两张电影票，带上了林初和林末。

林初看着手上的四张票，推了推眼镜："你这票是分开买的吧？怎么隔那么远？"

因为老师那两张票买得早，所以位置比较好，还靠中间。为了去买一样的纸质票，她一大早就去电影院买票，但那个时候几乎没座位了，只剩下单座，所以后面两张票都是分开的。

"不是。"叶藤把票拿回来，"就是票太火了，我本来想分两次用打折券买的，可再点进去就没了。"

林初将信将疑地看了她一眼，自觉地坐到了副驾驶座上。

电影院离得不太远，他们开车半个小时就到了。

"要饮料和爆米花吗？"

"我来买吧，说好了是请你……们。"叶藤掏出钱包，却被陶也挡了回去，"哥哥可不占小朋友的便宜，你的感谢我心领了。"

不然他今天也不会来，反正过段时间他就要走了。陶也觉得这几个孩子性格都不错，没有印象中的高中小屁孩的那些毛病，再加上又是房客，所以格外关照。

"一会儿咱们怎么坐？"林初哪壶不开提哪壶。

"我看看。"

陶也伸手向叶藤要电影票，叶藤心里"咯噔"一下，还是递给了他。

"你们两个坐前面，我和小初分开坐在后面。"陶也果断地做了决定，且让人无法反驳。

"好啊，谢谢哥哥！"林末挺喜欢这部电影的，所以从一开始就很期待。

"好……啊。"叶藤觉得自己八成是个傻子，为什么事情兜兜转转会变成现在这个样子？

看电影吧，什么都别想了，初步计划就失败了。

他们从陶也的手上接过各自的饮料后进了电影院。

"藤藤，你之前是不是也很喜欢这部电影啊？不然怎么会请我们来看这个？"

叶藤转着脑袋看陶也顺着阶梯一直走向了最后面："嗯，还行吧。"

"你点的什么？我看看。"林末扒开她手里的饮料袋子。

叶藤看着自己手里的柳橙奶茶："好像拿错了，这个不是我的，我去跟他们换一下。"

叶藤起身从座位摸出去，走到最后面，找到陶也。他坐在靠近中间的位置，旁边都是女生……

方才叶藤看着他一路说着"不好意思"往里走，感觉那些女生的眼睛都在放光。

她咬了咬下嘴唇，突然有点后悔，觉得今天来看电影从头到尾就是一个错误的决定。

陶也刚坐下，看见她也跟了过来，站在自己面前，看不清表情，但语气好像有点生气："我好像拿错了，我的饮料不是这个。"

陶也看了看自己手上，他随便点的，不知道是什么，只好随手打开递给她："被一个饮料气成这样？"

叶藤自己都没发觉，这种感觉她没有体验过，有点酸又有点涩，就算想生气也没有资格。

她低头喝了一口奶茶："我没生气……"

"赶紧回座位吧，电影要开始了。"陶也笑着看她否认。

叶藤转身要走，结果进来好几个女生，要去旁边的座位，她只好先靠里站，给她们让路。她感觉自己的小腿贴着一个什么东西，一回头，发现是陶也的腿。

　　她咬着吸管把头转回去，一个女生背的包太大，叶藤下意识地躲开，往后一仰，整个人失去重心，稳稳当当地落进后面那个人的怀里，坐在了他的腿上。

　　她错愕地转头，他的脸就在自己的脸旁，他的手臂挡在她的背后上。

　　电影院那么吵，也藏不住她的心跳声。

第9章
偷拍计划

电影俗套的大团圆结局在少年们的眼里似乎不那么尽如人意。他们还不明白平平淡淡有多珍贵,耳边响起的声音大多都是:"就这样啊?就这么结束了?"

叶藤他们从电影院出来,天已经黑了。华灯初上,门口广场的喷泉旁边围了好多人,喷泉的水柱随着五光十色的彩灯起舞。

"我们也去看看!"叶藤拉着林末往前跑,林初显然没什么兴趣,跟陶也站在不远处等着。

林初随身背着书包,看体量,估计里面有很多书。陶也看他转身打开书包,觉得他可能要掏出一本书来看。

结果他掏出一张照片,是他和叶藤之前去参加比赛,冠、亚、季军站在领奖台上的合影。

"那次比赛的题目很难,她就比我低了两分。"

"所以呢?"陶也看着面前这个高个子男生,心想现在的小孩可真有意思,怎么一言不合就炫耀起来了?还自带道具。他现在有些怀疑他那个书包里是不是他从小到大的获奖证书。

"她错的那道题目我也不会,只不过是凑巧蒙对了,所以本质上我觉得她和我水平相当。她有着异于常人的逻辑思维,而且果断冷静。她以后可以进很好的大学,读数学系,可能会出国,也许会成为数学家。"

陶也不知道他到底在说什么,手撑着身后的栏杆,指尖轻点了两下:"那很好。"

"嗯,所以她现在需要专注。"

四舍五入就等于：你这个狐狸精离叶藤远一点儿，不要耽误她的学习。

"未来的数学家"费力地挤到最前面，和林末一起站在喷泉旁边，满脸兴奋。

叶藤的手机突然响了，她拿出手机接听，对面传来一阵嘈杂的吵闹声，然后是一个男声："喂？你是叶藤吗？"

"我是，你是谁啊？"手机号她不认识。

"天儿，打通了。"

那头的KTV里，刘畅把手机递给冯天。他喝多了，瘫在沙发上起不来，含糊地叫着："喂，卷毛！"

"你有病啊？打电话过来骂我？"冯天的声音还是那么欠揍，叶藤觉得莫名其妙。

"我……"

不知道冯天说了什么，音乐喷泉响了，旁边的人开始惊呼，一下子炸开了锅。

"你说什么！"叶藤抱着手机，什么都没听见。

"我说我喜欢你，我喜欢你啊！"冯天嘟囔着，声音不大。他感觉晕头转向，脑子里一片混乱，又紧张又难受。

"哇！"旁边看喷泉的人一顿吱哇乱叫，不知道是谁家的熊孩子，坐在老爸的肩头，一脚把叶藤手里的手机给踢到水里去了……

"我怎么喜欢你？你问我，我怎么知道？你脾气那么差，动不动就跟我吵架，老子都要被你给气死了！你怎么脾气那么大？你对别人都挺好的，怎么到我这儿就不对了？！"冯天抱着手机嘟囔，旁边一圈鼓动他表白的哥们儿围着看戏，笑他失态，道，"可你是真漂亮啊，一看见你笑，我又不生气了……"

刘畅他们打了个寒战，齐声"咦"了起来，抱住胳膊，只觉得肉麻。

"怎么说的？怎么说的？"冯天突然不吭声了，他们忙围上去问。

冯天的眼皮动了两下，醉倒过去，手机滑落。

刘畅赶紧接住，拿起来放在耳边听，只听见一阵忙音。他看了看旁边那么多双期待的眼睛："挂了……"

叶藤压根儿没听见他说什么，她现在要是有刀，肯定第一个就去跟冯天拼命。音乐喷泉边播着激昂的钢琴曲,她的心情在手机以一个完美的抛物线掉进去的瞬间跌入谷底。

"我手机掉里面去了!!"叶藤冲着林末喊。

"啊?"林末低头看了看,的确就在里面,"要不等会儿找物业吧!"

"不行!"叶藤满脑子都是上次烧烤时的那张照片,脑子瞬间失去了判断的能力,"不行啊。"

本来还围在旁边兴致勃勃地看喷泉,各种拍照、聊天的人们突然尖叫了一声,引发了一阵慌乱。

陶也抬头,看见刚刚林初口中那个逻辑思维异于常人,且果断理智的"未来数学家"一头扎进水里了……

这边两人一阵风似的跑过去,林初常年不运动,体质在这个时候显出劣势,跑两步就开始喘粗气,跟不上陶也的步伐。

陶也排开众人过去的时候,叶藤已经捡起了手机,趴在池子边上,使劲按着开机键,手机屏幕闪了一下,然后又黑屏了。

他提着她的腰把她从水里捞起来,湿漉漉地坐在池子边上。

"藤藤,你没事吧!"林末刚刚看她跳下去,都快吓出心脏病来。

"没事。"其实池子里的水不算深,也就刚到胸口。她刚刚是憋气下去的,所以才全身湿了。

旁边的人刚刚还在看热闹,这会儿又开始说:"神经病啊!"

叶藤他们从人群中出来,坐到旁边的长椅上。叶藤执拗地开着手机,可手机就是没反应。

"进水了,可能要送去修一下。就为了一部手机,你还真是爱财如命啊。"陶也一边说着一边帮她看了看手机。

"你懂什么?"叶藤红着眼睛嘟囔,"你什么都不知道。"

叶藤感觉自己最近变得很情绪化,动不动就会胡思乱想。喜欢他就像走在悬崖边上,想要前进一步,却又怕粉身碎骨。

"怎么动不动就哭?"陶也无奈地抽出纸巾递给她,"不知道的还以为我欺负小孩呢。"

"藤藤,你冷不冷啊?"

不说还好,她一说叶藤还真觉得有点冷,抱着胳膊吸了一口气。她真不是哭,是因为眼睛里进了喷泉水,可能是太脏了,感觉不舒服。她说:"我手机好几千呢,心疼。"

陶也被她逗笑,催着她上车。后备厢里放了一件他的外套。他拿出来,打开后车门把外套披在她身上。外套上带着他身上常有的淡淡的烟味,瞬间把她包裹在里面,周身暖和了不少。

"跳水的时候这么果断,不怕去医院打针?"

一听到"打针"两个字,叶藤浑身直打哆嗦,拉紧了外套:"不至于吧?"

"按照现在的气温,很有可能。"林初淡定地下结论,"所以说你要为你刚刚的冲动付出代价。"

"哥!"林末很无奈。

"我……"叶藤刚要反驳,突然打了个喷嚏,瞬间鸦雀无声。

回去的路上,大家都安安静静的。叶藤感觉自己脚下滴滴答答,一直在滴水,活脱脱像个漏斗……

真是一失足成千古恨,只一张照片而已,就算是没了也不能怎么样吧?再偷拍不就好了!叶藤愤恨地转头看了一眼驾驶室里的男人,觉得自己可能是失了智。

本来要先送叶藤回去的,她怕自己这副模样回去了没法跟方淑珍解释,就坚持要先去林末家,找一套校服换上,之后陶也再送她回去。

回去的路上,她突然想起之前说他或许会走的事情:"你回车队的事情定了吗?"

"差不多一个月之后吧。"陶也调整了一下坐姿。

"要去哪儿?"叶藤觉得忐忑,希望他不要离开这里。

"去S市。"

"哦。"那个地方距离这里坐火车可能要一夜,她突然之间陷入失落的情绪里,一路上再没说别的话。

她喜欢的人要走了,她甚至都还没告诉他自己有多喜欢他。

到了地方,叶藤把刚刚穿过的外套抱在怀里:"我带回去给你洗洗再还给你吧。"

他勾起嘴角:"不用,这件衣服本来也不怎么干净。"

叶藤其实是在想，外套要是带回去可能不太好解释，可是她又想带回去，一时间有点犹豫。

她磨磨蹭蹭不下车，她的头发因为刚被吹干，所以显得比平时更加蓬松，微卷的细碎的发丝软软的，整个头看起来就像棉花糖。

他兴许是以为叶藤因为几千块的手机坏了，所以不敢回家，安慰性地拍了拍那"棉花糖"。

叶藤感觉头顶一阵温热，他垂眸看向她的时候，她感觉自己的心跳都要暂停了——他摸了她的头发。

"害怕的话，我找人帮你修手机，你先回家。"

叶藤把手机递给他，把他的外套并着自己湿漉漉的衣服一起塞进书包里，下车溜了。

她一路跑到转弯处，偷偷探头去看，车已经开走了。她微笑着快步跑到电梯口，不知道是因为跑得太快，还是因为太紧张，心怦怦直跳。

有时候她觉得，光是陶也朝着她的方向走来，就足够让人心跳加速的。

"花痴……"叶藤对着电梯里的镜子默默吐槽自己，眼神里却是掩盖不住的笑意。

"回来了？"进门的时候方淑珍正在家做饭，笑着问，"电影怎么样？"

"嗯，挺有趣的。"叶藤点点头，对着客厅坐着的许敬尧说了声，"我先上楼啦。"

叶藤回到房间，翻出书包里的衣服，把外套裹在自己的衣服里抱到卫生间。下楼的时候被方淑珍叫住，她心里一阵心虚。

"放着吧，先吃饭，一会儿我顺便帮你洗了好了。"方淑珍一边端着饭菜去餐桌上，一边转头跟她说话。

"谢谢，我还是自己洗好了，明天急着穿。"叶藤随便找了个由头，抱着衣服就进了楼下的卫生间，还带关上了门。

外面的两人对视了一眼，方淑珍的表情似乎有些尴尬。许敬尧走过去拍了拍她的背："再等等，她毕竟不是小孩子了，要接受也有一个过程。我看得出来藤藤是个好孩子，她会慢慢接受我们的。"

方淑珍微笑着握了握许敬尧宽厚的手掌，点了点头："坐吧，我还有个汤在火上，我去端过来。"

叶藤把陶也的外套拿出来看了看，随即套在了自己身上。他的衣服怎么那么大？她盯着镜子里的自己，像个偷穿大人衣服的小孩。

"藤藤，吃饭了。"

"哦，来了！"叶藤赶紧把衣服脱下来，和自己的衣服一起放进洗衣机里，放上洗衣液，看着它们在轰隆隆的声音里互相交缠。

"藤藤，妈妈给你找的那个钢琴老师怎么样？"

叶藤和许敬尧的关系就像心知肚明的主顾和老板，他没有像方淑珍那样刻意去亲近她，正因为这样，反倒让两个人之间的关系更加轻松——有时候太多的爱也是一种无形的压力。

"嗯，挺好的，那个老师很厉害。"叶藤说的都是实话，不光是弹琴厉害，对付学生也很有一套。

"那就好，如果有什么不合适的，记得跟我们讲。"许敬尧夹了一筷子菜给她，这是他们日常最亲密的交流。

"谢谢。"叶藤埋头吃饭。

那晚，叶藤找了个借口把衣服晾在了自己房间里，怕放在家里不安全，她又用吹风机对着外套从领口吹到袖口，仔仔细细吹干了，再在窗台上晾了一晚上。第二天一早起床第一件事就是找挂在窗台上的衣服，结果发现空空如也，只剩下一个衣架在晃荡。

叶藤一下子惊住了，往下面看了看，底下的灌木丛里什么都没有。说不定被人捡走了，或是被环卫工人收走扔了也不一定……

叶藤连牙都没刷，一股脑跑到楼下。她先去窗台附近看了看，又去垃圾桶附近看了看。正在收垃圾的大妈瞧她穿着睡衣睡裤出来，在垃圾桶旁边转着，以为她扔错了什么东西："怎么了，丫头？"

"阿姨，你有没有看见一件牛仔外套？"她感觉好气，一件衣服怎么平白无故就消失了呢？

"外套？没有，垃圾车已经走了。丫头，你外套丢了呀？"

方淑珍看她一大早就急忙慌地往外跑，跟着她一路到了楼下："什么丢了？要不要调监控找找？"

"没什么……"叶藤没敢说是一件男人的衣服，还被她带回家洗了。可能是做贼心虚，总觉得这件事说不清楚，"可能是我记错了，我回房间再找找。"

叶藤到了学校,还在为丢了衣服的事情生气,丝毫没注意到后座的冯天今天异常焦灼,尤其是在她来了以后。

过了一会儿,冯天用笔端戳了戳她的后背,像是有什么见不得人的事情一样,压低声音说:"喂,卷毛,昨天的事是个误会,我那是玩游戏输了才跟你表白的。"

叶藤正烦躁,听他说了一句摸不着头脑的话:"什么表白?"

冯天看她一脸迷茫,以为她是故意装不记得:"就昨天给你打电话的事情,我不是说了我……反正就是那句话!不是真的,你可别当真。"

"我的手机掉到水里了……就因为你打的那通电话。"叶藤压根儿没听见他说了什么,她只知道冯天就是罪魁祸首。要不是他突然打电话过来,可能这一切就都不会发生,那件衣服也不会平白无故消失。

"真的?"冯天一阵狂喜。她没听到,那真是太好了!

"我手机掉水里了你这么高兴?"看他一瞬间眼睛都亮了,叶藤简直怀疑这就是冯天的一个阴谋。

"不是。"冯天嘴上说着不是,但嘴角抑制不住地勾起,"我给你买一部手机总行了吧?"

叶藤有些受宠若惊,他今天太正常了,这有点不正常。

"不用你买,已经送去修了。"叶藤转过头去准备早读。

"那要是修不好,我再给你买一部。"冯天趴在桌子上,眯着眼看着她高高的马尾卷翘的发尾,下面是一小段白皙的脖颈,露在校服外面。他心想:老子可真是太走运了,不然就丢脸丢大发了。

衣服丢了,可手机还是要拿的。叶藤趁着中午午休的工夫从学校溜出来,陶也按照头天晚上的约定在校门口等着她。她老远就看见一个修长的身影,在一群赶着回家吃午饭的中学生中格外惹眼。

手机还在店里,陶也陪着她一起去拿,下午顺便带回学校。

"你手机里没什么重要的东西吧?可能里面的东西没了。"

"啊?"叶藤抱着从食堂买的罐装椰奶,下意识有些惊讶。毕竟她跳到水里去就是为了照片,可现在照片也没了,失望道,"算了,反正也没什么重要的东西。"

113

她现在在意的不是照片的事情,而是怎么跟他说他的外套在自己家里莫名其妙就消失了……

"你那件外套是什么牌子的?在哪儿能买到?"叶藤想着,实在不行就赔他一件一模一样的。

陶也摸不透这个小姑娘的想法,笑着问:"怎么?突发奇想想穿男装?"

叶藤:"不是,你的那衣服我可能还不了了。"

"就这么喜欢我的衣服?都舍不得还了?"

叶藤听到"喜欢"两个字,咬着椰奶罐子里的吸管道:"不是……是丢了,好像被垃圾车拉走了。"

陶也不以为意地轻轻点了点头,觉得她就是熊孩子搞恶作剧:"喜欢就跟哥哥说,哥哥的外套还有很多,送给你就是了,小朋友不要撒谎。"

叶藤一口饮料差点喷出来……

把人家的衣服弄丢就算了,还被误会成有男装癖的神经病……她想着自己说的那个理由,觉得的确不能让人信服。但事实就是这么一回事啊!她又能怎么办呢?

他看着她窘迫的眼神,觉得挺有意思,补了一句:"每个人都有点小癖好,我可以理解。"

叶藤盯着他似笑非笑的脸,咬牙切齿地蹦出来四个字:"我谢谢您!"

陶也笑着迈步进了修理店,还顺便让那个人帮她换了张贴膜。原来的贴膜花得实在是让人看不下去了,换了贴膜,手机看起来跟崭新的一样。

陶也似乎和店里的老板挺熟,和他攀谈了几句。叶藤按下开机键,试用了一下,好像是没有什么大碍。

"小姑娘,和以前一样吧?"老板趴在柜台上笑着问。

"嗯,我试试。"叶藤点开摄像头,默默对准了正低头看手机模型的陶也。聚焦的十字架移动,在她要点下拍摄按钮的一瞬间,那个人像是感应到她在偷拍一样,扭头看过来,两人的视线隔着镜头相遇了。

她心里"咯噔"一声,镜头里的人略一弯腰,慵懒的笑脸在镜头里放大,隔着镜头也看向她:"怎么样?镜头还清楚吗?"

叶藤快速点了拍摄键,挪到别的地方拍了几张,低头假装翻看照片。薄薄的唇和带笑的眼睛,连他脸上细小的茸毛都看得一清二楚。

"清楚，和以前一样。"

叶藤在回学校的路上，又觉得心情大好，感觉自己那一跳没白费。她赶在午休前去了一趟卫生间，躲在里面重新看了一眼刚刚拍的照片。

外面一阵水响，几个女生笑着在说话——

"你们听说了吗？新来的那个校花，就五班那个叫叶藤的，原来是被领养的。"

"真的假的？不是说爸妈都是大学教授，她还是什么学霸吗？"

"真的！听说她的亲爸是个环卫工人，出车祸死了。我的消息绝对可靠，你放心吧。"

"切，还以为多厉害呢，整天一副大小姐模样。听说第一天就让班主任下不来台，可跩了，就冯天现在都跟她走前跟前，走后跟后。你说，要是大家知道她是环卫工人的女儿，还会不会这样？"

"谁知道呢？"旁边的几个女生也都跟着笑起来。

叶藤收好手机，刚要出去，听见一个小小的声音："你们胡说些什么！"

一向不敢大声说话的林末站在卫生间门口，看着里面几个张扬的女孩。维护自己最好的朋友，她几乎花光了所有的勇气。

"我们哪里胡说了？你不是叶藤最好的朋友吗？你说说我们哪句话说得不对？"中间一个高个女孩挑着眉问。

厕所的门响了一下，她们回头看了一眼，都僵在了原地。

叶藤去池子边冲了冲手，冷眼看了看镜子里的那群人："怎么不说了？刚刚不是说得挺起劲的吗？"

叶藤和林末是踩着铃声进的教室，桌子上已经发了两张试卷。这一场是单元测试，叶藤一坐下就奋笔疾书起来。

林末还担心刚刚的事情会影响到她，转头看了看叶藤，又放下心来。

卷子交上去之后，叶藤跟林末说出去有点事，说完就要走，不小心磕了一下冯天的桌角，把他从睡梦中拉了起来。

他打了个哈欠，望着前面空空的座位问："她这么着急出去干吗？"

林末犹豫了一下，还是告诉了冯天。她害怕叶藤是出去找那几个女生算账："刚刚课间我们在厕所碰见丁云云她们几个，她们也不知道从哪儿听来的,说藤藤的闲话,被她撞见了。你说她们会不会打起来啊?"

"丁云云?"冯天没想起来这个丁云云是谁。

旁边的男生提醒他:"就个子很高的那个,七班的。"

"哦,她啊,打就打呗。"冯天表示毫不担心,"反正挨打的又不是叶藤。"

林末就知道他不靠谱,打算自己去七班看看。

结果她到了七班门口,发现叶藤根本没在。她站在教室门口看了看,正撞见刚刚那几个女生的眼神,有点怂地缩了回来。她往后退了一步撞到人身上,回头一看,原来是冯天跟过来了。

"你不是说不来吗?"林末小声说。

"我来看看,好戏可不能错过。"冯天趴在七班教室的第一个窗户那儿,冲着里面就喊,"喂,你们班谁叫丁云云啊!出来一下。"

冯天大家都认识,七班的人都看向丁云云,丁云云有点怂了。她早知道冯天和叶藤关系好,只是没想过冯天会来找她。

"云云,你别怕,他不敢在咱们班门口把你怎么样的。再说了,你又不是传谣言,那些不都是你的钢琴老师告诉你的吗?"

"嗯。"丁云云往教室门口走去。

林末以为冯天又要搞事,拉着他的袖子:"你别给藤藤惹麻烦了不行吗?她自己都不在意了。"

"她不在意那是她的事情。"

丁云云这会儿已经走到了冯天面前,她的个子在女生里算是挺高的了,但在冯天面前还是矮了一个头:"你找我什么事啊?"

"听说你动了我的人?"冯天吊儿郎当地斜站着。

"我也没说什么,我说的都是实话。"丁云云反驳。

"我不管你说了什么,以后关于叶藤,还有她,"冯天揽着林末的肩膀把她推到了自己面前,"名字都不许提,明白吗?下一次我可就不会这么客气了。"

林末涨红了脸,她感觉自己的脑子都不是自己的了。她垂着脑袋,一抬头就看见叶藤站在楼梯口那边,一脸迷茫地看着他们俩。

丁云云跑回座位,差点没被气哭。

林末小跑着过去找叶藤："你去哪儿了？"

　　"给教导主任提供情报去了。"叶藤面不改色心不跳。

　　"这么大人了还打小报告？"冯天笑着嫌弃她，"你不嫌丢人啊？"

　　"你一个大男人还去威胁女同学呢，你不嫌丢人？"

　　冯天脸都僵了："喂，你这人的良心让狗吃了？"

　　"不然我能去举报丁云云早恋吗？"叶藤冲他笑了笑，举起手来。

　　冯天伸手过来拍了一下，然后立马把手插进校服裤口袋里："可真缺德啊你。"

　　"彼此彼此。"叶藤现在开始觉得冯天这个人其实还不错，最起码够义气。

　　林末又在一旁目瞪口呆："你们俩可真……"一看他们俩扭头看着自己，又讪讪地笑着举起了大拇指，"牛。"

　　铃声一响，"霸霸和小仙女"三人组便开始往教室里疾速狂奔，三个人又是踩着铃声进的教室，还是比班主任晚了一步。

　　"林末怎么也被你们带得天天踩着铃声进教室了，都什么毛病？"王文卓拍了拍讲桌，"快快快，回座位上去！"

　　叶藤看着窗外那棵叶子已经所剩无几的银杏树，时间过得真快，一晃她到A市也有一段时间了，开学的时候还是满树的叶子，现在都掉光了。

　　"盯着我的脸干什么！我脸上有答案啊！写啊！"王文卓在讲台上一如既往地暴躁。

　　教室里一片静谧，大家开始低头演算练习题，叶藤捡起放在手边的笔。

　　她开始喜欢这个地方了，从一开始的陌生到如今的熟悉。她在这里遇见了陶也、林初、林末和冯天，也许过程有些曲折，但有朋友的感觉原来真的很好。

第 10 章
戒不掉的你

陶也要去 S 市的事情已经定下来，出发日期比原先预计的提前了。本来说好的一个月变成了十天，顾逸尘有出国安排，就提前给他办欢送会，只有两人的欢送会……

他和顾逸尘出来，十有八九是吃饭，两人都不喝酒，边吃边聊。出来的时候天色还早，路过商场游戏厅，看到里面全是一对对的情侣。顾逸尘嘴欠地感叹了一句："我这辈子还能看见你谈恋爱吗？"

"车队里的哥们儿结婚的结婚，脱单的脱单了，我虽然说没脱单吧，但好歹也有目标对象了。陶也，你就跟哥们儿说句老实话，你是不是那什么……"顾逸尘挑眉。

"别废话。"陶也知道他的毛病，没事就喜欢胡言乱语。电梯到了，他径直走了进去。

"你喜欢过姑娘吗？"顾逸尘实在是好奇，陶也这张脸看着就不像是感情史一片空白的人。

陶也转头扫了他一眼："你说得挺对，我得好好想想我是不是……"

顾逸尘吓得往旁边挪了两步："得，我不问了。"

商场门口熙熙攘攘的，大门附近有个醉汉，跌跌撞撞地到处走，一边走还一边念叨："我去找叶藤那个死丫头。"

陶也走了两步突然停下来，转头四处看了看。

"怎么了？"顾逸尘问。

"我……我有钱，都在叶藤那个死丫头手里，我这就去拿，你们等……等着！"

这回顾逸尘也听见了，微微皱眉看着那个醉鬼："同名吧，可能。"

陶也记起上次在校门口，看见叶藤蹲在地上哭的样子。叶藤的事情，他多多少少从林末妈妈那里听她提起过，她每次都只是说这孩子可怜，多半是叹气。

趁着顾逸尘去开车的工夫，陶也顺手拍了一张那个人的照片，准备回去找人查查。

"对了，说起来，上次那组照片我给你看了吗？拍得太好看了，叶藤这个小姑娘可真是好看，笑起来眼睛里有光，以后我闺女要是能这么好看就好了。"顾逸尘一边说一边感叹。

"你也得有这基因啊。"

"你这个人怎么这么说话呢？"顾逸尘没好气地白他一眼，"她什么基因？不就是大学教授的女儿吗？大学教授就高人一等了？"

"她不是。"陶也把那个人的照片发给自己以前认识的朋友，让人帮忙查一查这个人是不是什么犯罪分子之类的，"她好像是被领养的，具体情况我也不清楚。"

"领养的啊……"顾逸尘突然不知该说什么了，叹了口气，"怪不得你这么照顾她。你现在可真是心软，就跟肖扬似的。"

陶也苦笑："以前我妈总说做人要积德行善，我什么时候听过？她那会儿最喜欢肖扬，他是个老好人，跟我妈一样。现在他们俩都不在了，我倒是听话了，越过越像他们俩。"

"他们俩看见你现在这样，在天上也会高兴。现在任谁看了，你都是个好人。"顾逸尘笑着说。

陶也微微眯眼，他走之前还是要去看看老友肖扬和妈妈的，跟他们告个别，顺便也跟这三年告个别，一切都将从头来过。

叶藤感觉自己快要憋不住了，可是她还没有想好要怎么告诉他。

她想找个人商量，掰着手指数了数自己的朋友：冯天，第一个不用考虑；林末平常也是个没主意的人，她可能并不赞同自己喜欢陶也这件事，光是听到这个消息，说不定她都能吓晕过去……

想来想去，竟然只剩下林初那根大木头。

不过他也有他的好处，最起码他不会吃惊，也不会到处乱吆喝。他足够理智，又是个男生，可以帮忙出出主意。

叶藤打定主意。有一天去林末家，她借口要跟林初借书，拉着他单独去了他们家书房。

她没好意思直说，顺着书架上的书脊一本一本看过去，像是不经意间提起："林初，你有没有喜欢的人啊？"

"没有，这种无用的感情只会是一种浪费。"

叶藤回头嫌弃地看他一眼："那你觉得，要是一个女生喜欢你，跟你表白，你会不会觉得很突兀？"

"你要跟谁表白？"林初面无表情地看着她，眼神里带着一点儿不易察觉的失望。

叶藤觉得自己可能是失算了，跟这个人压根儿没法聊："我就随口一问。"

"陶也还有七天就要走了，所以你现在是在做无用功。"

"七天？不是说一个月吗？"叶藤脱口而出，下一秒意识到自己在林初面前貌似没有什么隐私可言，他实在是太聪明了，"你先别告诉别人。"

林初摇了摇头。

叶藤心说她是犯了什么滔天大罪？怎么他看她的那种表情像是看着患绝症的病人……

可能暗恋上一个不可能的人，本身就是一场绝症吧？

"假设你去表白，他答应你的概率会是多少？你考虑过吗？"

一句话就把叶藤给问蒙了。她就是有那种想要告诉他自己喜欢他的冲动，甚至都没有想过要和他在一起，就只是想告诉他而已。

"我们可以来计算一下，假如……"

叶藤打断他："我不去了，别算了。"

不用算也知道，概率是零。可是他再有七天就要走了，她喜欢他，却不能说出来。她随便从书架上抽了一本书就走了。

她回家的时候路过陶也的门口，在门口踟蹰了半天都没进去。来来回回好几遍，最后她还是按响了门铃。

"听说你过几天就要走了？"叶藤没忍住，直接问。

"嗯，下周六的飞机。"

"那……你还回来吗?"这里是他的家,他还有房子在,顾逸尘也在这儿。或许他还有其他家人,怎么着也不会不回来了吧?

"不会经常回来,要训练。"陶也想起上次让人打听到的消息,那个叫叶晨的酒鬼,他已经找了人帮忙处理。像他那样的人,想从他身上找个把柄不是什么难事,只是目前还没安排妥当,他想起来还真有点放心不下。他问:"你真没有什么事情需要我帮忙吗?以后可就没机会了。"

她一个小姑娘,寄人篱下,如果没人帮忙的话,可能又只能蹲在路边哭了。

"嗯?"叶藤心不在焉,满心失落,"我就是……就是想问,那我要是以后也去了S市,你能带我去看比赛吗?"

"王者比赛?"

叶藤想起那天自己问他是不是在看王者视频的事情,又笑了:"都行。"

陶也的衣服下摆垂在手腕上,叶藤注意到他插在口袋里的右手没戴手套。她之前看过陶也的采访,他说自己是那种受了伤会躲到黑暗里,不想被任何人发现的人。

他以前是那样自在随风的少年,如果能早点认识他就好了,就可以陪他久一点儿。

叶藤感觉心里一阵酸楚,挡都挡不住。她觉得自己不能再站在他面前了,再多一秒,都会哭出来:"那我们说好了,你一定要等我!"

再等一等,等到她可以以一个大人的身份站在他的面前。

陶也苦口婆心,像是在嘱咐自家妹妹:"多学习,不要被人欺负,也少欺负同学。"

叶藤快哭的时候又被他气笑了:"我没欺负同学,冯天那件事也是他先动的手。"

陶也看她理直气壮,觉得这孩子没救了:"行,回家吧。"

"陶也哥,"叶藤说不清楚自己现在是什么感觉,她感觉心里有什么东西想要喷薄而出,却又不敢,末了只是说了一句,"一路顺风。"

陶也走的那天找了辆出租车去机场,上车的时候,他手里端着那盆小小的多肉。

"这东西不能过安检吧?"司机是个四十多的中年男人,慈眉善目,

"你这多肉是长期放在阴凉地方的吧？叶子都朝着一个方向长。"

"嗯，准备送去寄快递，您也养了？"

"我们家老婆子爱弄些花草，植物都有向光性，你得挪动，不然长着长着就像你这盆，歪掉了。"司机笑着把车子开出去。

"嗯，我不太懂。"

陶也看着手里的那盆多肉，因为被他放在阴凉的角落里，叶子一直朝着有阳光的地方伸展，如今长成了一棵歪脖子多肉。

不过这样倒有点像那个叫叶藤的小姑娘。

即使是站在黑暗里，也一直努力向着光。

叶藤从乔叔那里得知叶晨犯了事被拘留的消息，是在陶也走了一个多月以后的事。

她的生活变得平淡无波，冯天仍旧每天跟她吵架，林末还是沉迷于占星。林初有几次考试没考过她，最近在加劲努力。

她的钢琴课仍旧每周都会上，已经可以弹奏简单的曲子了，但距离能把《卡农》弹给陶也听还差很远。她每周五仍旧会去林末家蹭吃蹭喝，路过陶也的院子也会习惯性地看一眼，偶尔还会在门口站一会儿。

顾逸尘的那套照片得了奖，还洗了一套出来送给叶藤。提起陶也的现状，顾逸尘说他最近也没怎么和陶也联系。叶藤在微信上联系过他两次，他都是隔很久才简单地回复一句。

他怎么样了，叶藤不太清楚，听顾逸尘的说法，大概是不会太好。

"就像是你在大学玩了四年，让你一下子回到现在的高三，压力能不大吗？况且他这个人就那么个性格，专心做事的时候很少顾及其他事情。"顾逸尘给她打了一个很简单的比方。

叶藤默默地点头，吸了一口冰可乐："我现在上高二。"

高三的紧张气氛还没蔓延到他们身上，相对于高一的散漫，高二的节奏其实也还适中，时间也就在上下课的铃声切换中迅速溜走。

十二月十二日，是叶藤在这里过的第一个生日。因为临近期末考，家里直到前一天都没有提及这件事。生日那天放学，方淑珍和许敬尧特意抽了时间一起过来接她回家。

坐进车里,看到里面放着一个礼物盒子。叶藤打开,看见里面有一双小皮鞋,很符合方淑珍的审美。

"女孩要穿好鞋子,才能去好地方。"方淑珍笑着摸了摸她的头,"藤藤有没有什么想去的地方?"

她有想去的地方,可是还要再等一等。

吃过饭,吹完蜡烛,叶藤收到了乔叔发来的生日红包,嬉皮笑脸地抱着手机跟他说着近况。突然,打进来一个语音电话,是林末发的。

"藤藤,你在房间吗?"

"嗯,在的,怎么了?"叶藤以为她有什么事,从床上坐了起来。

"你到阳台上来。"林末的声音一如既往地轻柔,但可以听得出话里有小小的激动,"你快过来。"

叶藤穿上拖鞋,已经是十二月,天气骤冷,她套了件羽绒外套出去,听见下面噼里啪啦一阵响。

"叶藤,生日快乐!"

他们不知是从哪儿弄来的仙女棒,在黑夜里画出了一个光圈。因为林初的动作慢了,和冯天对应不上,光圈歪歪扭扭对不上,几乎看不出爱心的形状来。

叶藤趴在栏杆上笑:"往后看,保安来了。"

小区里是不准燃放烟花爆竹的,这边一出声,那边保安就打着手电追了过来。冯天骂了一句脏话,拔腿就跑,林末也跟着跑。林初估计人生中还从没有过这种体验,站在那还有点手足无措。

"赶紧下来,晚上出去玩去!"冯天冲着楼上喊,顺手拉上林初:"哥们儿,你愣着干啥?不跑等着被逮啊?"

叶藤裹着羽绒服笑了,转身去套了几件衣服,就准备下楼去找他们。

"这么晚了去哪儿啊?"

"末末他们来给我过生日,我出去一下!"叶藤跑出门,那仨已经被抓住,一个个低着脑袋在保安室挨训。叶藤出面把他们三个人领出来,顺便也跟着赔礼道歉了一番。

"跟训孙子一样,至于吗?"冯天这个人最受不得这种气,一出来就开始叨叨。

123

"林初都没说什么,你还吐槽上了?"叶藤看着林初一脸绝望的神情发笑,"没被人这么训过吧?你的人生缺乏挫折。"

林末笑得挺开心的:"我哥死活不想来的,是被我们拉过来的。"

"你也跟冯天学坏了。"叶藤笑着挽着她的手臂,"不过,谢谢你们给我过生日,我超开心,真的。"

冯天这个"主谋"开始嘚瑟:"不用太感动,还有下一趴!"

冯天那帮兄弟,虽然看着一个个整天吆五喝六,怪讨人嫌的,其实熟了也不至于有多讨厌。他们班的同学感情都不错,尤其是和王文卓作对的时候,特别同心协力。

叶藤生日,他们在 KTV 攒了个局,准备唱歌。冯天怕他们不自在,就叫了刘畅,其他人也没叫。

生日礼物都准备好了,扔在 KTV 包间里,叶藤一进去就被刘畅炸了一头的碎纸片,蛋糕再吃一次,愿望也还是那一个。

叶藤闭着眼睛,郑重其事地默念了一遍陶也的名字。

"许的什么愿啊?"冯天靠在一旁的沙发上,贼兮兮地打听。

"秘密。"

"哼,不说算了!来来,点歌。"

平时看不出来,刘畅这个人还是个"麦霸",唱起情歌来像个经验丰富的老司机。冯天喝了两口雪碧,坐在林末身边,蹭了蹭她的胳膊,盯着坐在另外一个角落的林初笑:"你看你哥,像不像进了盘丝洞的唐僧?"

林末被他逗笑:"挺像的。"

"少欺负人家林初成不成?"叶藤本来想顺手给他一掌的,结果被他反手抓住了手腕,又被他一带,差点跌倒。两人的距离猛地拉近,叶藤感觉自己的鼻子差点磕他脸上,往后稳了一下才站住,吓得不轻。

"背后下黑手,你卑不卑鄙?"冯天收了手,声音也低了些。

刘畅很有眼力见地拉着林末去那边和他对唱,林初不知道拿着手机在看什么,沉浸在自己的世界里。

中间的大沙发上就剩下叶藤和冯天两个人,冯天不自在地调整了一下姿势,咳嗽了一声:"那什么,你以后考大学想去哪儿?"

"干吗?你不是不考大学吗?"叶藤有些诧异。

"谁说我不考？我现在又想考了。"

叶藤知道他没有定性，所以也不怎么相信："你受什么刺激了？怎么突然就改邪归正了？"

"因为你呗。"冯天手捏雪碧易拉罐，微微用力，罐身便有点往里凹陷，就像他的心。

叶藤默默喝了一口饮料，没说话。

"你是真不知道还是装不知道？"冯天干脆破罐子破摔，对上叶藤的眼睛。过了片刻，他从口袋里掏出那条黑曜石的链子放在茶几上推到她面前，"不然我跟'小神婆'要这玩意儿干吗？傻里傻气的。那天被你看见，我都没敢拿出来。"

叶藤下意识地看了一眼那边正在唱歌的林末："这个是末末给你的？"

"嗯，这不是重点吧？"冯天都要被自己面前这个女生给弄疯了。她到底有没有脑子啊？现在是他在表白，她竟然还在计较一条项链的事情。

"对不起，冯天。"叶藤放下手中的饮料，"我已经有喜欢的人了。"

"也哥，是吧？"冯天仰头灌了一口雪碧，脸上仍带着笑，"果然'小神婆'这个玩意儿一点儿用都没有。"

答案其实早就知道了，说出来的时候还是会抱有一丝希望。即使知道不可能，也还是忍不住想要去尝试，万一你有一点点喜欢我呢？万一呢？

喜欢是卑微的心事，也是藏不住的秘密。

"到我了！你们俩还没唱够啊！"冯天起身去拿话筒，面无表情地从叶藤身边走过去。

叶藤收回目光，和林初的视线撞上，露出一个无奈又抱歉的微笑。

那晚除了林初，大家唱了很多声嘶力竭的歌，各怀心事的少年，互相保护着彼此青春里最隐秘的真心。

把叶藤送回家后，冯天跟刘畅的车先来了，他们俩就先走了。林初和林末落在后面等车，风吹过来，林末打了个寒战，林初把脖子上的围巾取下来给她围上。

"哥，我问你一个问题啊。"林末往自己脖子上缠着围巾。

"什么问题？"

"你也喜欢藤藤吗？"林末半晌没听到他回应，以为是自己的问题太过突兀,抬头一看,林初仍旧面无表情。

林初看着自己的双胞胎妹妹,毫不客气地把她的脸捏得老长:"整理好的笔记放在你房间里了,有这个脑子,拿来考试不行吗?"

林末撇撇嘴,跟着他上了车。

叶藤本来以为那晚之后再见冯天会变得尴尬,但第二天一早去学校,预想之中的尴尬并没有来临。冯天扔了一袋牛奶在她的桌子上:"不想喝,给你了。"

叶藤看见他的眼睛里有红血丝,他竟然从书包里掏出了崭新的教科书。

"你……没事吧?"

"别打扰我,老子要学习了。"

叶藤和林末对视一眼,吓得赶紧转过头去。

从那天开始,冯天真的开始学习。虽然效果不尽如人意,但他再没提及那天的事情。

冬去春来,他们从高二的教学楼搬进了高三的那栋小红楼。食堂里的糖醋鱼还是那么多刺,周末的假期又减少了一天。作业越来越多,考试也越来越难,日历上的数字一天天变换,直到高三的冬天,叶藤的第十八个生日……

"霸霸们和小仙女"学习四人小组干了一件大事。

叶藤手握着车票走进车站就开始紧张,头一次感觉这么怂:"要不,我别去了吧……"

"对啊,要不还是别去了,要是被爸妈发现了,估计会出大事。"林末想起后果就觉得他们承受不了。

"看你们一个个怂得!不就是撒了个谎吗?至于吗?"冯天拉着叶藤的书包带子往安检口送,"你现在不去,以后可别后悔,下一次林初就不会帮你说谎了,机会难得啊。"

林初无语地看了他一眼。

他可能是脑子进水了,才会跟着这三个人一起胡闹,竟然和叶藤联合起来骗家里人说要去S市参加数学竞赛……就为了让她在成年礼时去见一眼陶也,再去表个白……

这是放在以前他永远都不会做的事，但现在看起来竟然那样理所当然。

"那我走了。"叶藤一咬牙，抱拳，"兄弟们的大恩大德，回来一顿火锅相报！"

"两顿！"冯天趁火打劫。

叶藤比了个 OK 的手势，忐忑地上了车，踏上了她的表白之路。

冯天看着叶藤的背影，伸手去搭林初的肩膀，被他躲开，他顺手就搭在林末的肩上："你们说，她能成功吗？"

林初好像丝毫不关心结果，他更关心的是："我今天晚上睡哪儿？"

叶藤坐了一夜的火车，感觉自己像个进城务工的童工。她对着车站卫生间的镜子洗了把脸，觉得"童工"这个词不对，她就要成年了。

陶也已经很久不在国内了，他离开 A 市不久就去了国外训练，这次是临时回国，接下来也会有很长一段时间不在国内。所以很幸运的是，赶上了这一年的冬天。

去年过年的时候，叶藤给他发了新年祝福，还收了压岁钱。叶藤说要拿着压岁钱去找他玩，他兴许是没有放在心上，随口就答应了。

时隔一年的再见令人紧张，叶藤在心里揣测着他会不会变。她裹着白色羽绒服，出了站，把帽子戴上，绒绒的白毛被风吹到少女柔嫩白皙的脸颊上，让她感觉有点痒。

她张望了老半天也没看见熟悉的人影，以为他还没到，就在手机上给他发微信：我到了。

手机"嗡嗡"地振动，他发来两个字：回头。

叶藤转身，被人按住了帽子。

"你怎么知道是我啊？"她十分惊喜，最起码他还没忘了自己。

听说澳洲的阳光很好，陶也好像晒黑了，但他本身皮肤就很白，现在也就是刚好。他看起来比以前似乎轻松了很多，穿了件黑色羽绒服，胸前敞开着，里面是一件高领毛衣。

她还是第一次见到冬天里的他的样子，看起来好像更温暖、柔和。

"我又不是失忆了，怎么会认不出？"陶也把她背上的书包接过来，"路上累吗？有没有给家里打电话？"

"你别老把我当小孩，我都知道。"叶藤反驳道，刚掀开的帽子又被他扣上。

"外面冷。"

她往毛衣里缩了缩脖子，抬头有点忐忑又慎重地看着他："陶也哥，其实我明天过生日，十八岁生日。"

"掐着点来的啊？想敲诈哥哥？"陶也笑着跟她开玩笑。两人坐电梯到了地下车库，他随手按开车锁，"想要什么礼物？"

"上次你说带我去看比赛，咱们现在去吧。"叶藤想去看他比赛，但现在没有机会。想要了解他喜欢的东西，想要融入他的世界，她背地里做了很多功课，只是期待能够在看比赛的时候，让他觉得自己和他也能像朋友一样，而不是大人和小朋友之间的关系。

"比赛啊？"陶也想了想，帮她打开车门，"近期这边似乎没有比赛，电竞倒是有，我陪你去看？"

这个梗算是过不去了，叶藤坐车里，眼里满含"善意"。

陶也笑着拉过安全带给她扣上："开玩笑，先去吃饭。"

刚刚靠近的时候，叶藤闻到了他身上熟悉的烟草味，混着洗衣液的清香，和以前一样。

那个夏天像是记忆中模糊的旧照片，本来以为见到了会紧张或是尴尬，可现在觉得一切好像都是那样自然。就像是从夏天进入了冬天，中间没有那沉静如水的一年。

一年的时间，生活中的琐事很多，陶也饶有兴致地听小姑娘讲着，很高兴她可以在新的地方找到自己的好朋友，有了新的家人的关怀。

他看着面前的女孩，想起那天自己在卧室的窗前站着抽烟，猛然看见她撞进视线。那天她穿着裙子，扎着规规矩矩的丸子头，站在桂花树下面，和前一天晚上的模样迥然不同。

一眨眼认识将近两年了，对于他来说，叶藤就像是一个小小的句点。他也不知道为什么，竟然在这个小孩身上找到了回去赛车的理由。一切就如同上天的安排，或许是她让他想起了自己十五六岁的时候。

"你有没有听我说？"叶藤冲着他挥了挥手，"陶也哥？"

"嗯。"陶也点点头。

"那你说我刚刚说了什么？"叶藤举着叉子问。他刚刚分明就是在走神吧？

"你说冯天开始学习了，为了戒掉游戏，用橡皮筋拉弹法，每天在手上绑橡皮筋，想上网的时候就虐待自己。"陶也一字不漏地重复她的话，"考试过关了吗？叶老师？"

叶藤听着他拖腔带调的慵懒的声音，看着他低垂的双眸，感觉自己的一颗心都要跳出来了。她埋头吃东西："嗯，不过这个方法不管用。"

因为我也试过，可还是没有戒掉你。

叶藤怀揣着心事，本来以为时间久了或许就会慢慢不喜欢他，好像每隔一段时间，她都要自己做一次决定——不喜欢了吧。

可第二天还是会沉溺其中，不过是每天从繁忙的学习中抽出一点点的时间来想想，好像也不会有太大的影响。

陶也本来打算带她出去逛逛的，但叶藤坐车太久有点晕，所以决定还是先回去休息。

陶也住的是训练场附近的公寓，那栋楼相当于宿舍，是单间的公寓，大家都住在一起。

在电梯里碰见熟人，叶藤站在陶也旁边，他的手臂上挂着她的浅蓝色书包，感觉像个接孩子放学回家的老父亲。

"也哥？什么时候回来的？"

"昨天。你怎么还在这边待着？"

"腿伤了，在休息。这位是？"那个人盯着他身边的少女，十七八岁的女孩已经长成了大人模样，但浑身上下透着一股和她的长相不太协调的稚气，还带着一点"生人勿近"的疏离。

"我妹妹。"

"我不是。"叶藤立马反驳。

那个人笑了，似乎带着什么不可言说的意味："那我先走了啊。回见，也哥。"

陶也都快被这个小孩气死了，她怎么还那么皮，专业拆台一百年。

"走吧，祖宗。"

叶藤看着他无奈的样子也觉得好笑："我可没那么老……"

叶藤看着这套公寓，不算大，但东西都摆放得井井有条，和她想象中的单身男人的家不太一样,可能是特意收拾过。

几乎没有任何装饰,看起来跟样板间一样,除了桌子上残留了一点烟灰的烟灰缸,几乎看不出住过人的痕迹。

"你晚上自己睡,我去隔壁,厨房里有水。卫生间里准备了洗漱用品,都在上头的柜子里,自己拿。你晚上要是害怕,就把灯开着。"

叶藤才刚把东西放下,就感觉他要走。

"等一下,现在还早,我还睡不着。"叶藤看了看屋子一圈,桌上放了一部投影仪,"我想看电影。"

单独的,两个人一起看的电影。

陶也脱了外套,坐在地板上。空调打开后,整个公寓都变得温暖起来。叶藤抱着膝盖坐在他旁边,看着他在电脑里找片子。

"要看什么样的?"

"搞笑的吧。"

"去把灯关一下。"

叶藤起身去关灯,整间屋子只剩下投影仪的光在墙壁上发散开来。陶也在调整投影仪的角度,叶藤看着他映在墙上的影子,伸出食指跟着描他的轮廓,她和他的影子交织在一起。

陶也回头看她玩影子,伸手比了只兔子。影子在墙上放大,叶藤回头看他:"你还玩这个啊?"

"小时候我妈教过我几个,本来还以为要留着跟女儿一起玩了呢。"

"……"

电影是老电影,百看不厌,还是会让人笑个不停。陶也惊讶于她是如何笑着笑着就睡着的……

可能是路上太累了,叶藤歪着脑袋差点倒下去。他用手托了一下她的后脑勺,拿了一个靠枕,让她就地躺在柔软的地毯上。

手机振动,他到阳台上去接电话。

"叶藤有没有去找你?"顾逸尘的声音听起来很着急,"那丫头离家出走了!"

陶也看着缩成一团睡在客厅的小姑娘。

"这个小骗子。"

"什么啊？那丫头是不是在你那儿？我就知道，她也没什么其他认识的人了。她家里人快急疯了，都拐弯抹角地找到我这儿了。那群小鬼还跟她一起撒谎，打死都不说。现在的孩子可真是鬼精灵啊！"

顾逸尘现在满口的大道理，差点忘了自己当年比这群孩子更调皮。

"是不是她家里出什么事了？"陶也总觉得叶藤不是那种会无缘无故离家出走的孩子，她或许是遇到了什么难处，又或许是在养父母家里过得不开心。

"没有吧？她的养父母两口子看着挺和善的。只要人没事就行，我这边先跟他们说一声，看看他们怎么处理，好吧？你可别轰人家小孩走啊！先别说，看看情况，十七八岁正处在叛逆期，万一再闹出点别的什么动静来就不好了。"顾逸尘苦口婆心地劝道。

"不用你教我。"

顾逸尘感觉自己白费口舌了，说道："行，你只要保证人安全就行，再联系吧。"

陶也进屋去，把叶藤给推醒："小鬼，起来去床上睡，不然该着凉了。"

叶藤迷迷糊糊地揉了揉眼睛，半闭着眼睛摸到床上，趴下去就睡了。

"心可真大……"陶也扯过被子给她盖上，又给她留了一盏床头灯。

被子上满是他的气息，一夜好眠。

叶藤一早醒来，才发觉昨天自己竟然看着电影睡着了，开始后悔自己没出息。她打开手机一看，然后"噌"的一下从床上坐了起来。

她来 S 市的事露馅了……

第 11 章
布朗熊之吻

她急急忙忙准备给冯天打电话,想了想,干脆直接打电话回家。

电话是许敬尧接的,她觉得方淑珍可能已经进医院了……她心里有点愧疚,真的不希望方淑珍因为自己出点什么差错。

"对不起……"坦白从宽,抗拒从严,态度良好,可以减刑。

"是藤藤吗?"方淑珍的声音响了起来,电话被换到她手里,"藤藤,你……注意安全,早点回家。"

或许有无数想要责备的话,但因为不是自己的亲生女儿,所以更加小心翼翼。又或者是他们觉得自己做得还不够好,叶藤才会离家出走。

叶藤听到她的声音就哽咽了,感觉自己就是个没良心的白眼狼、大浑蛋。

"对不起,妈。"

这是她来 A 市一年多时间,头一次喊妈。对面安静了一会儿,传来方淑珍的啜泣声。她真的是一位很好的母亲,也是一个很善良的人。

"没事,妈妈等你回家。"

叶藤感觉自己的运气好像是守恒的,失去的东西很多,但拥有的也是一种莫大的幸福。

叶藤买了当天晚上的车票,无论结果如何,她不过是想要给自己一个答案。

吃早饭的时候,陶也拿出两张票,他真的弄到了王者比赛的票。

行吧,别管是什么比赛了,总归和他一起就是了。

叶藤收拾好东西,跟着陶也出门。去看比赛的路上,他还给她买了一个中号的布朗熊。

"生日快乐，小朋友。"

"我已经十八岁了，"叶藤反复强调，"不是小朋友了。"

"不是小朋友还离家出走？"他低下头，黑色鸭舌帽下的那双眼睛里满含戏谑。

"你就当我叛逆期吧。"叶藤抱着布朗熊回到车上。

叶藤十八岁以前的人生都在努力让自己善良、懂事、勇敢、坚强，偶尔叛逆一次也很好啊，他就是她青春里唯一的叛逆期。

比赛开场。叶藤其实不玩这个游戏的，也不怎么能看懂，看比赛就像一种仪式，她决定看完比赛就跟他表白。

她抱着布朗熊坐在座位上，看着众人欢呼呐喊，听着解说情绪激昂，感觉自己的心潮也跟着澎湃了起来。

陶也微眯着眼睛，双手放在胸前，靠在椅背上看得津津有味，可能所有的竞技运动都有着某种共通之处。

比赛休息时间竟然玩起了 Kiss Cam，叶藤不太熟悉这种 NBA 的经典游戏，一脸蒙地问："什么叫 Kiss Cam？"

陶也怕导播扫到的时候有人会认出他，顺手把她的羽绒服帽子给她戴上，把她的脸挡得严严实实："就是镜头定格到的两个人，要接吻。"

叶藤听到"接吻"两个字，心莫名地一紧，把布朗熊挡在自己面前。

导播的镜头扫过去，也不知道是偶然还是真的认了出来，陶也的脸出现在大屏幕上的时候，下面竟然响起了一阵尖叫。

陶也把鸭舌帽压得极低，主持人倒是没认出他来，叫道："哇哦！是帅哥和美女哦。"

叶藤连眼睛都不敢露出来，也不敢动弹："怎么办啊？"

难道……真的要接吻？

陶也这个时候还有空捉弄她，伸手把她拉了过来："现在知道怕了？"

她感觉他的呼吸就在自己面前，鸭舌帽的帽檐几乎戳到她的额头，还好有布朗熊挡着。他倾身过来，低声说了一句："你别动。"

他说别动，叶藤就感觉自己僵成了一块木头。

大屏幕上看着像是他低头吻了一下旁边那个害羞到用大熊把自己遮得严严实实的姑娘，实际上只有叶藤知道真相。

他的唇只是轻轻地挨了一下布朗熊的侧脸，却像是吻在了她的心上。

比赛结束，叶藤感觉自己还没有从那个突如其来的"吻"里缓过来。离场的时候，她被人群裹挟着往前走，像一条没有灵魂的游鱼。陶也回头拉着她的羽绒服袖子，他的手像根钓鱼线，即使没有鱼饵，她也跟着走。

"你几点的车？"

叶藤拿出手机看了一眼："晚上九点。"

因为时间还早，陶也便带她去附近的西餐厅吃东西，回去再收拾一下，差不多就要去车站了。

因为不是饭点，店里的人特别少。服务员看起来是附近学校过来做兼职的大学生，拿着菜单过来推荐："我们这边新出了一个圣诞节套餐，两位要不要看看？"

叶藤看着她把菜单放在自己面前的桌子上，指着上面的菜品介绍："这个小羊排是我们家的招牌，现在放在套餐里要比单点便宜很多，还送一杯饮料。"

叶藤犹豫地抬头看了一眼对面的陶也："你觉得呢？"

"你不是不吃羊肉吗？"陶也拿过去翻了翻，"有没有不是羊肉的？"

叶藤都快忘了这茬了，她看着时间，心里纠结着一会儿该怎么跟他表白，一颗心从见到他的那一刻起，好像就没放下去过，一直卡在嗓子眼儿。

"因为我们今天的食材有点问题，可能要请二位稍微多等一会儿，这些小食是送给你们的。"服务员点好单后送了两盘小零食过来。

叶藤尝了一口盘子里的腌渍橄榄，感觉味道还不错。陶也去卫生间了，她就一个人坐在那儿看着窗外。貌似是下雪了，来往的行人纷纷打起了伞。

"下雪了啊！"

"快出去看看。"店里的服务员跑出去看，雪很小，一落地就化了。

过了一会儿，陶也回来了，手里拎着一个蛋糕，不是太大。原来他刚刚是出去了，叶藤看他的肩头还有雪花他说："外面下雪了。"

"你去给我买生日蛋糕了？"叶藤十分惊喜。

"隔壁刚好有。"陶也打开蛋糕盒子，插好蜡烛，从口袋拿出打火机点上，"许个愿。"

叶藤的眸子里映着小小的烛火，抬头之后变成他的脸。她双手在自己面前握住，微笑着闭上眼睛。

陶也单手托着下巴，右手的伤疤暴露在外面他好像也毫不在意，有一下没一下地玩着自己手上的打火机："许的什么愿？"

"许的回家不要挨打。"叶藤低下头，小心翼翼地把蛋糕上的两支蜡烛取下来，"还有高考要比林初考得好，嗯……还有……"

陶也饶有兴致地看着这个鬼丫头胡说八道："这么贪心？"

"骗你的。"叶藤盯着蛋糕上的螺旋花纹，感觉心快要跳出来了，"其实就一个。"

叶藤抬起头来，鼓足勇气道："是你，我喜欢你。"

叶藤说完这句话，陶也敛了笑意。做好的牛排刚好端过来，服务员在旁边摆着盘子和配菜，面对面的两个人一言不发，气氛突然变得有些尴尬。

"请慢慢享用。"服务员微笑着点头，转身离去。

叶藤抿着嘴唇，紧张到不能呼吸，等待着对方的回应。她幻想过无数次这样的场景，也幻想过无数次答案，不管结果怎样，她都做好了接受的准备。

她看着旁边放在纸巾盒里的纸巾，心里默默嘱咐自己，一会儿不要哭鼻子。

陶也拿起刀叉，低头笑了笑："那你的眼光可真是差。"

叶藤以为他会假装没听懂，或是随便找个理由搪塞，或是说一些"等你长大了"之类的话，她唯独没有料到他会这么回答。突然之间，她也不知道说些什么好了。

"你……什么意思？"

陶也淡定地切着自己盘子里的牛排："你千里迢迢来跟我表白，可我并不会觉得感动，也不会觉得愧疚，你现在还觉得喜欢我吗？"

叶藤感觉一盆凉水从头浇到脚："那对你而言，我什么都不算吗？"

窗外的雪花漫天飞舞起来，地上已经积了薄薄的一层雪。

陶也把手里的刀叉放在一旁，很认真地看着她："你和小初、小末、小天，于我来说都一样，没什么特别的，明白吗？你优秀、开朗又坚强，才十八岁，还年轻，以后一定会遇见更好的人。"

叶藤感觉眼前升腾起一阵雾气，她全心全意喜欢的人说她和别人没什么不一样，她一出声就带着无限的委屈和不甘："可是我谁也不要，我只想要你。"

叶藤抱着布朗熊跑了出去，她感觉这里太压抑了，不想看到他，不想看到任何人。

她只穿着一件毛衣就冲出了餐厅，陶也拿着她的衣服和书包追了出去。

不熟悉的城市，漫天的雪，旁边来来往往都是不认识的人。今天是她的成人礼，她却没有得到心爱的礼物。

陶也跟在她身后，她走得飞快，他跟上去都气喘吁吁。他一把抓住她的手腕，把外套披到她的身上。

"你别管我行不行！！"叶藤红着眼眶，也不知道从哪儿来的怒，"反正我就是一个不懂事的小孩！反正也没有什么不同！反正……反正……"

陶也伸手帮她擦了脸上的眼泪，真实的触感让她更觉得心痛。喜欢的人就在眼前，可是连一个拥抱都不可以。

她干脆蹲在地上，抱着双膝哭了好久，就像是那天在路边被他发现的时候一样。

过了一会儿，她自己哭够了，挣扎着想从地上站起来，腿有点麻，还是陶也扶了她一下。

她站起来之后，也顾不上腿麻，就开始往旁边走。

"慢点儿，小心摔着。"

"不要，我刚刚太丢脸了。"叶藤后知后觉地想起自己刚刚表白失败，又当街痛哭，这可能是她十八年的生命中最失败、最丢脸的一次经历了。

陶也被她弄得哭笑不得，她像个鬼马精灵，一会儿让人心疼到觉得自己是不是真的不该对她那么好，一会儿又让人觉得她不过是跟自己恶作剧开了个玩笑。

"等等，我叫一辆车。"陶也在路边拦下一辆出租车，她还有东西在他那里，要去把东西拿上，顺便送她去车站。

叶藤掏出手机看自己哭肿了的眼睛："我现在是不是很丑？"

陶也笑道："也没有。"

"无所谓。"叶藤潇洒地收起手机，对着窗户嘟囔了一句，"反正你也不喜欢我。"

陶也无声地笑了笑，两个人没再说话。

叶藤执意不要他送自己去车站，她怕一会儿自己会舍不得走。或者她又会哭，难过得止不住流泪。

"到家了发一条消息，不想说话的话就发个句号。"

叶藤坐在出租车里，乖巧地点了点头。车子要开动的时候，她从窗口伸出一条胳膊："成年人之间的握手。"

陶也欣然伸过手去："你好，叶藤。"

他总算是叫了她的名字，连名带姓的，像是在叫一个大人。

叶藤勾了勾嘴角，露出一个淡淡的微笑，顺手把他拉过来一点点，女孩的声音带着决绝又有点赌气的意味："你放心，我明天就不喜欢你了。"

她飞快地丢开他的手，关上车窗，出租车开了出去。

十八岁的记忆里，叶藤在一辆出租车上哭得昏天黑地，旁边的司机大叔全程叹气。车上的一盒纸巾都被她用完了，下车的时候她非要多给那个司机五块钱，自己都觉得良心不安……

陶也送完叶藤，一转头看见之前的老教练，他好像站在那儿很久了，脸上是说不出的神情："小也，你跟我来一下。"

半个小时之后，他接到了顾逸尘的电话，他打来是想问叶藤的情况："那丫头送上车了吗？"

陶也此刻站在家里的阳台上抽着烟，深色的毛衣和夜色融为一体。雪还在下，远处一片银白。他看了一眼腕表："差不多上车了吧。"

"你没去送一下小孩吗？"顾逸尘感叹，"我就少说了那么一句话，你这个人怎么这么不靠谱？"

陶也掐了掐眉心，他此刻感觉头痛欲裂："你知道这个孩子为什么要离家出走吗？"

"不知道啊，她跟你说了？"

"她说她喜欢我。"陶也轻声笑道，像是在嘲笑自己，抑或是在嘲笑命运。

"啊？"顾逸尘那边一阵响动，像是什么东西掉了下来，"哪种喜欢？不是吧？你这个老东西怎么还老少通吃呢？"

"我的错。"陶也指间的烟头发出亮光，"从一开始就是我的错。"

"所以你就没去送？唉，小姑娘情窦初开，遇见你也算是倒霉。那你是怎么跟人家说的？"顾逸尘想着他以前理都不理人的模样，"不会是你把人家给轰走的吧？"

"没有，我拿她没办法。"陶也叹了口气，"以前我还不明白为什么，总是不忍心。今天送那个小家伙走的时候碰见教练了，他跟我说了一件事。"

顾逸尘的神经一跳，那件事，他知道。

"不会吧……"顾逸尘刚才还吊儿郎当的语气一下子变得紧张起来，"不会这么巧吧？这也太狗血了。"

"是挺狗血的，你们该早点告诉我。"陶也转过身去，背靠着栏杆，看着客厅里那面白色墙壁，昨晚那个小姑娘就是在那儿玩手影。

"当初肖扬和你妈妈都走了，你都那样了，我们怎么忍心告诉你？这件事我也是后来才知道，都是教练一手处理的，他谁也没说。我只知道当初那场车祸还有一个受害者，听说是个环卫工人，我哪儿知道他还有个女儿啊？"

顾逸尘叹气："这也太巧了吧？叶藤怎么会……老天爷可真会开玩笑。"

"兴许本身就是我欠她的。"陶也淡淡地说了一句。

"你别胡说行不行？你当初要不是运气好，你还能活到这会儿？陶也，你给我听着，这件事跟你无关！听到了吗？"

陶也听着对面一阵嚷嚷，垂了垂头，把手上的烟头扔到脚下踩灭："知道了。"

三年的时间已经够了。从一开始，那个小姑娘的出现原来就和他有着千丝万缕的联系。这个世界就像是一个谜团，你永远不知道哪个是因，哪个是果。

"那这件事你觉得有必要告诉她吗？"

"没必要。"陶也很果断地说，"你帮我多看着点，她有什么麻烦，你也多照顾一点，我打算不跟她联系了。"

"我明白，你放心吧。"顾逸尘知道，他一直因为当年的事情感到愧疚。如果当初不是他说让他妈妈去看自己比赛，他妈妈就不会坐上那辆车，肖扬也就不会兴高采烈地当司机。

为了肖扬和他妈妈，他都已经沉寂了三年，如今得知当初的车祸受害者不是两个,而是三个,而且那个无辜的环卫工人还有个女儿,那孩子因此失去了自己的家庭……

顾逸尘挂断电话,随手把手机扔到沙发上,恶狠狠地骂了一句:"哼!都是些什么事啊!"

叶藤不知道这里面有这么多弯弯绕绕,始终沉浸在暗恋告终的痛苦之中。

但她很快就决定振作起来,把所有关于陶也的东西都锁进了那个抽屉里。她再也没有联系过他,而他也没有给她发过一条消息。

她全心全意地学习,努力地爱着身边的每一个朋友和家人。偶尔回想起那个雪天,她还是会觉得心里空落落的。

林末说她很勇敢,韩剧里都说,初雪那天说什么都可以被原谅,很多人在那天表白都失败了,所以也没有什么好丢脸的。

就连童话里都是这样,她凭什么要例外?

青春的尾声永远是高考奋进协奏曲,所有人都把自己磨砺成一台考试机器,麻木地跟每一道题、每一个公式作斗争,把每一秒都填满。那些你喜欢我或是我不喜欢你的小插曲也成了一个个小小的注脚。

高考那天,林末给他们每人弄了一个护身符戴着,结果冯天的刚出门就掉了。最后他把锅全甩给了那个护身符,考完了还耿耿于怀。

考完之后便是全班聚餐,王文卓哭得一把鼻涕一把泪,班上的同学一起唱歌,各种煽情。最后,情绪激昂的班长站起来举着酒杯问:"最后一个游戏啊!所……所有人,每个人用一个词来概括自己的青春!敬青春!"

他刚拿起酒瓶就被一群男生抬起瓶尾,他猝不及防被灌了一大口,大家都笑得东倒西歪的。

不知道是谁放了一首特别燃的歌,叶藤手捧着脸坐在一旁看着大家笑闹,以前在乎的很多东西突然就释怀了。

"哎,林学霸,你呢?什么词?"冯天推了推坐在那儿发呆的林初。

林初的视线一直在叶藤身上,见她神色有异,略垂了垂眸,一只手在口袋里摸着。那里面躺着一张小照,是前些天拍毕业照时,他和叶藤的合照,唯一一张只有他们两个人的合照。

"藤藤,你什么词?"林末凑过来问,"如果真的要概括青春的话。"

叶藤拿手在桌子上沾了水,再在餐巾纸上画了两个字母,拎起来给她看。

"YT?叶藤?"冯天不知道什么时候蹿了过来,双手撑着林末的肩膀站在她身后。林末抬头看了他一眼又垂下眸了,脸有些红。

冯天嫌弃的语气一如往常:"你可真够自恋的!"

"用你管?"叶藤笑着,声音里却带了哭腔。

纸巾朝着她这一面的水渍映出的字母恰好相反——TY,陶也。

"喂,你不会是哭了吧?"冯天看着她,有点手忙脚乱。

"我没哭。"叶藤随手在桌子上抓了一颗糖,看都没看就剥开糖纸往嘴里送。她还随手塞给林末一颗,一入口就让她酸到怀疑人生。

她在最美好的岁月里遇见了一个人,是他用温柔教会了她喜欢,也是他用温柔教会了她放手。

那些藏在青春里的喜欢,她也好,冯天、林初、林末也罢,所有那些微妙的感情、青春的悸动,像是一颗酸酸甜甜的橘子糖,又像是一个甜蜜又温柔的梦。

梦醒了,一切也注定了要向前。

第 12 章
想起我了吗？

高大的香樟树在宽阔的步道两侧整齐地排着队，火辣辣的太阳被茂密的枝叶遮挡，间隙里露出斑驳的光影。自行车的轮子飞速转动，直到宿舍楼门口才缓了下来。叶藤随意地踢了一脚撑架，快步跑过去，趴在小门旁边的值班窗口笑着跟里面的阿姨打招呼："楼妈，能不能借一下打气筒？"

"小叶啊，谢谢你上次的杧果啊！怎么还没回家？暑假不回去啊？"宿舍的楼管阿姨从手边的柜子里翻找出打气筒递给她。

"不客气，我妈从家里寄了好多过来。我暑假留在学校实习，就不回去了。"

这是叶藤来这里的第二个暑假，相对于刚进入学时对周围的陌生和新奇，大二的学习生活要有计划又充实得多。暑假来临之前她就已经找好了实习单位，只不过要等十天以后才能入职。

"男朋友呢？也不回去吗？"楼管阿姨很喜欢这个漂亮又开朗的姑娘，和她也算熟络，就半开玩笑地问。

叶藤踩在脚下的打气筒一下子滑了出去："什么男朋友？"

"就是每次来找你的那个，听孩子们说是数学系的学霸，长得白白的，戴副眼镜。"宿管阿姨八卦脸上线。

"林初啊……"叶藤都不知道自己什么时候交了男朋友，还以为学校里又传起一些莫名其妙的流言，"他不是我的男朋友，他只爱数学。"

叶藤把打气筒物归原主，再把车子停好，然后就站在电梯口等电梯，准备回寝室。

高考的时候，她和林初的成绩仍旧不相上下，顺理成章地进入了同一所大学。林初去了他心心念念的数学系,叶藤却因为不喜欢研究学问选了金融。林末也跟着他们到了S市,都在大学城,学校离得不远,经常一起约饭。

因为有好友在身边,所以换了个地方好像也没有什么不适应的,一群人在这里过得风生水起。手机上刚好进来一条林初的微信,叶藤在电梯里不由得小声惊呼:"啊?"

旁边的人都转过头来看她,她看了看楼层:"不好意思,请让一下。"

出了电梯门,她直接就给林初打了一个语音电话过去,劈头盖脸地问:"冯天来了?这么突然?"

"Hello! My girlfriend!"

冯天这塑料英语一出口,叶藤差点笑喷:"你神经病啊?这就是你在国外进修一年的结果吗?"

"本少爷可是专程顺路来看你们仨的,还不快来接驾?"

"声音小点。"

叶藤从林初的提醒里听出了他的嫌弃。高考之后,冯天跟着他妈一起出了国,每天不是跟他们吐槽国外的饮食有多糟糕,就是感叹国外的妹子有多丰满。没想到他突然回来了,还真是有点猝不及防。

"我就是回来拿点东西,下午还有个翻译的兼职。下午你们先去找末末,晚饭的时候直接在饭店见吧。"叶藤一只手拿着手机,一只手在口袋里找房卡。门"嘎吱"一声打开,帮她开门的室友貌似才刚睡醒,开了门又迷迷糊糊躺了回去。

"谢谢啊。"叶藤抱着手机去了阳台,"我怎么就爱财如命了?这个是之前我室友的兼职,她临时有事回家了,我是为朋友两肋插刀!"

不知道为什么,一跟冯天说话,她就感觉自己在跟人吵架。但这种感觉好像也不错,像是他们还在二中,一起期待着铃声响起,一起跑着去食堂吃饭,一眨眼已经过去一年半了。

叶藤和他们约好了,收拾了一下,拿着包准备出门。她走到室友床边时突然被拉住手腕,吓了一大跳。

"叶子,你还要出去啊?"

叶藤拍了拍她的手背:"你忘了啊?大姐走的时候接的那个兼职,说是什么外国裁判,要陪同翻译一周的那个。刚刚大姐给我发了行程表,他下午有行程,我一点得过去。"

"哦,那个啊!"室友睡得昏天黑地,说话都含含糊糊的,"那你晚上回来吃饭吗?等你一起啊!"

"不回来,有同学过来,我在外面吃,你自己点外卖吧。"

"唉,又独留我一人!嘤嘤嘤。"

叶藤往后面走,拉着她的手做离别状:"我也不想离开你的……"

那姑娘"扑哧"一声笑了,撒了手又躺回去:"拜拜。"

怕时间来不及,她出门打了个车。不过那外国裁判住的酒店离他们学校不是很远,才十分钟车程。到地方后时间还早,她推开转门,约好了在大厅的等候区见,她就坐下一边刷手机一边等。

对面坐着一个妈妈带着一个小男孩,小男孩看见她好像有点怕生,抱着自己手里的小皮球往妈妈怀里靠,眼神闪烁地看着叶藤。她冲小男孩弯了弯眼睛,然后低头看群里的消息。

从电梯里下来两个人,在她背后的前台处问询。其中一个穿着黑色运动裤、白色T恤,黑色的鸭舌帽压得很低,另外一个穿着同款短袖,裤子则是牛仔裤。

"503的空调是不是有点问题?昨天晚上差点没冻死我!"牛仔裤满脸不悦。

戴黑色鸭舌帽的人倚着前台的边缘,百无聊赖地扫了一眼大厅,看到一个清瘦的背影,高马尾扎得很随意,微微卷翘的发尾在空气里微微晃动。她像是在笑,肩膀微微抖动了两下,水蓝色的裙子衬得她白皙的脖颈像一块无瑕的白玉。

"看什么呢?""牛仔裤"貌似是和前台协调好了,转过头来问他。

"没什么。"只是看见一个小卷毛,有点像他以前认识的一个小姑娘。

"走吧。"

从等候区路过的时候,陶也还是没忍住,看向那个有些熟悉的身影。可是他一抬头,刚刚还坐在那里的人已经消失了。他开始怀疑自己是不是得了什么癔症,又或是眼花了。他勾了勾嘴角,垂下了头。

两人一起走出去,外面一阵喧闹。在记者和粉丝的包围下,两人迅速钻进了门口的 SUV。

叶藤把从地上捡起来的小皮球递给那个小男孩："你的皮球，拿好啦。"

"快谢谢姐姐。"小男孩的妈妈笑着说。

叶藤笑着听见外面的动静，转头看了看："外面怎么那么多人啊？我刚刚来的时候就看见了。"

"可能是什么明星吧，这家酒店经常会住一些剧组之类的。"

叶藤看见从电梯那边出来一个高大的又有点肥胖的外国男人，旁边还跟着几个人。她理了理衣服，和这对可爱的母子告别。

下午就是去一个艺术馆看了一个当地的展览，大概持续了两三个小时。一行人回了宾馆后，叶藤就急急忙忙打车去了饭店。林初他们这时已经把菜都点好了，还点了酒，一看就是冯天的馊主意。

叶藤一推开包间门，就被突然跳出来的一个人吓了一跳，她拿起手里的包就往他身上招呼。

"疼疼疼！"冯天抓着她包带求饶，"怎么还这么厉害？"

"你欠揍是不是？"叶藤没好气地坐下，"你怎么还这么皮？"

"藤藤，我点了你爱吃的红糖糍粑！"林末冲她招手，让她坐在自己旁边，"我最近胖了好多，怎么感觉你又瘦了？我上周见你还没这么瘦。"

"有吗？可能是最近太热了，天一热我就吃不下东西。"

"主要是我们学校的食堂不太人性化。"林初默默补充。

"林初，听说你马上就要发 paper 了，恭喜你啊！还是我哥们儿牛！"冯天随手拿了雪碧来开，"我这次是有点事路过，就来看看你们。现在看到你们都这么努力又优秀，我就放心了。"

其他三个人脸上是不同的表情，却是同样的嫌弃。

"怎么了？怎么了！"冯天自己把酒倒满，"以后成了科学家、大老板什么的，都罩着哥们儿一点儿就成。"

然后他戏精上身，擦了擦不存在的泪水："不说了，都在酒里。"

林末和叶藤笑得不行，随手把包扔过去砸他。林初双手抱胸，一脸围观智障的表情。

"我去趟卫生间。"叶藤从包间出来，顺着走廊找洗手间。绕了一圈，她感觉自己都把自己给绕晕了。这里的包间也太多了吧！她一抬头才看见上面原来有指示牌,因为太高了,她没注意到……

她跟着那块指示牌,拐了个弯。从旁边的包间里出来一个人,穿黑色运动裤、白色T恤衫,头上戴的黑色帽子她认识,那年他们一起去看比赛,他的帽檐紧挨着她的脸……

有点出乎意料,但没有她想象中那样难过。她感觉自己的情绪还算平稳,比看见冯天的时候还要淡定,甚至连惊喜都算不上。

就像是一扇陈旧的窗户突然被人推开,灰尘抖落一地,让人觉得无所适从。

"迷路了?我看你在这里来来回回走好几遍了。"他的声音有点沙哑,不知道是不是感冒了。

关你什么事?叶藤心里想,莫名地带着点气愤。她迷不迷路,他感不感冒,好像跟彼此都没有什么关系。

陶也看着面前的小姑娘,她比上次见她的时候好像瘦了一点儿,裙子很淑女,像是那种见男朋友会穿的。她还化了妆,饱满的唇勾起,像只小猫一样露出略微狡黠的笑,眼神里透出迷茫:"叔叔,我们认识吗?"

他的头发貌似剪短了,看起来比以前要利落许多。眉眼和她记忆里一样,只是相较以前,他整个人好像透出一种沁人心脾的清爽,也许因为是夏天。

"藤……藤?"她出去的时间太长,林末不放心,就出来找。没想到误打误撞看见了眼前这一幕,"陶也哥!你怎么也在这儿?"

"最近在这边有比赛。"陶也自然而然地把视线移到叶藤的脸上。

叶藤忘了这里除了她,刚巧老朋友都在,大家都认识陶也。这空荡荡的走廊瞬间变成了大型翻车现场……

"末末,这位……"叶藤迅速给了林末一个眼神,"你认识?"

林末一张黑人问号脸,虽然有些不明所以,但还是莫名其妙地点了点头:"那个……"

"不记得就算了,反正也不是很重要。"陶也淡淡地看她一眼。叶藤感觉后背有点发凉,看着他转身进了包间后,拉着林末往厕所的方向走去。

"你刚刚……干吗装不认识啊?"林末总算是反应过来了。

"反正也不是很重要。"就算是过了那么久,也还是会被他一句话扎到。她记不记得对他来说好像一点意义都没有，果然自己还是自作多情了，他根本就不会觉得尴尬。

她不是生他的气，她是气自己隔了那么久，还是这么没出息。

"一会儿别跟他们俩说碰见陶也的事情。"叶藤冲了冲手，看见自己脖子上起了点红疹。S市的天气向来湿热，她的皮肤又敏感，来了一年多也没怎么适应。可能是刚喝了酒的缘故，现在起了红疹。

叶藤跟着林末回到包间，林初看了两人一眼，没说什么。冯天兴致勃勃地讲了一些趣事，大家又都各自吃了点东西。过了一会儿有服务员进来，送了几道菜。

"是荷花厅的先生送的，这道琥珀核桃仁是咱们家的招牌菜，还有冰糖核桃仁、西芹炒核桃仁。"

"先生？什么先生？"冯天刚要下手的筷子又收了回来，"就这一会儿的工夫，你们俩干了什么？"

林末的眼神闪烁，被林初盯了一眼，求助性地望着叶藤。

"碰见陶也了。"

叶藤看着那盘琥珀核桃仁，送这么多核桃仁，是让她补补脑吗？

"啊？"冯天大惊小怪。林初似乎是验证了自己脑子里的想法，没说什么。

"藤藤还装失忆，说不记得他了。"林末看着桌子上的全核桃宴，小声地补充，"估计是被看出来了……"

"所以就送核桃仁吗？"冯天看着面前的菜忍俊不禁，夹了一筷子到嘴里，"味道不错。叶藤，你尝尝！"

"请你圆润地离开。"

冯天边吃边笑："是你太皮了，你怪谁？也哥牛！"

"有吃的还堵不上你的嘴？"林末小声地吐槽，瞪着杏眼，声音还是软软糯糯的，没有一点威胁感。

"末末，你跟着叶藤都学坏了。"冯天伸手摸了摸她的脑袋。

吃完饭，冯天直接去机场等晚上的飞机，也没让他们送。其他人就直接打车回学校，先把林末送到校门口，车上就只剩下林初和叶藤两个人。

广播里不巧正在播陶也比赛的消息，主持人的话里满是崇拜，"王者再临""王者回归"这种词频繁地冒出来。最近一年里,他在国内还算活跃,好像不用刻意也能关注到他的动态。叶藤其实是知道他近期会来 S 市的,只是没料到会那样突然地遇见。

林初随手把广播给关了。

"怎么关了?"叶藤坐在后排,趴在窗户旁边,朝着玻璃吹了一口气,随手画了一个五角星,"我没那么矫情,我还经常去微博刷他的热搜。"

"然后顺手给黑他的评论通通点个赞?"

她也没那么小心眼。

第二天一早,叶藤被闹钟吵醒。她九点钟要到宾馆,今天的行程有一整天。

她赖了一会儿床,一睁眼发现差点睡过头。她换好衣服立马出门,连早饭都没来得及吃,就在出租车上随便吃了几口面包,到地方时刚好看见他们从宾馆里出来。

"小叶,早啊。"

"李哥早。"叶藤理了理头发,笑着打招呼。

"詹姆斯还要几分钟,我们在这里稍等一下。"

詹姆斯就是那个外国裁判,因为叶藤接手这份工作比较急,她甚至还没了解这个教练到底是做什么的:"李哥,詹姆斯是什么比赛的裁判啊?"

"赛车。你们小姑娘不爱看吧?不认识也是正常。今天还有一个车手跟咱们一起,很有名的,人长得还特别帅!"李哥眉飞色舞地介绍着,"哟,说曹操,曹操就到了!"

叶藤心里升腾起一种不祥的预感。

"Shirley, good morning!"詹姆斯老远就看见了她,他有些胖,艰难地举起手冲着她挥了挥,然后跟旁边的人不知道说了些什么。

叶藤看着他身边西装革履的陶也微笑着冲他点了点头,和她对视的时候顺手理了理自己的袖口。

叶藤移开视线,照常和詹姆斯打招呼。李哥在旁边介绍:"这是我们的翻译小朋友,叶藤。这位是国内著名的帅哥赛车手,陶也。"

叶藤看着他,慢慢悠悠地说:"我认识。"

"是吗？什么时候认识的？"李哥觉得挺有意思，两个八竿子打不着的人竟然认识。

"可能是昨天，也不一定。"

"小心眼"叶藤走的时候小声嘟囔了一句，跟在他们身后往车上去，听着陶也和那个裁判讨论一些她不太能听懂的话题。

他常穿运动款，平时的穿衣风格大多看起来闲适，很少穿得这么正式。袖口露出来的伤疤释放出危险的信号，脸色看起来严肃又认真，都是她没有见过的样子。

因为有陶也在，她今天的工作量并不是很大，心里却莫名紧张。偶尔说错几个词，陶也会在旁边帮着修正。除此之外，他们上午一句话都没说。

"小叶啊，我带詹姆斯去休息，你中午和陶先生一起去餐厅那边解决一下午餐。咱们下午一点接着下一个行程，辛苦啦！麻烦陶先生照顾一下小叶。"

"谢谢李哥。"叶藤乖巧地点头。

电梯门关上，陶也站在她身后，手臂从她的肩头伸过去，按了一下电梯键。

叶藤不自在地缩了一下肩膀，感觉整个人被他的气息包裹住了。电梯一瞬间变得那么小，时间也变得那么慢。

"想起我是谁了吗？"

紧张的空气被打破，叶藤感觉自己有点骑虎难下，干脆死撑："没有，我干吗要记得你？你又不是我的前男友。"

"你怎么知道我不是？"他似乎有意跟她过不去，不是不记得吗？"

陶也低头看着小姑娘绷直的后背。她微微侧过头，长长的睫毛闪了闪，什么都没说，气呼呼地鼓着腮帮子转了回去。

背后的男人无声地笑了。

电梯"叮"的一声到了，叶藤刚要往前，结果电梯出了故障，电梯门突然关闭，差点夹着她。她惊呼了一声，然后闭上眼。只听"咚"的一声，脑后被什么东西给碰了一下，睁眼看见身后的人竟然用双手生生卡住了电梯门。

她就这么贴在他的胸口，电梯门往两边缓缓打开。叶藤慌忙出来，下意识地想看看他的手心，手差点伸出去又悄悄收到身后："你没事吧？有没有受伤？"

他看了看自己的手，轻轻活动了一下："没事。"

"真的没事？"他最近要比赛了，要是手受了伤，后果会很严重。

他把夹得发红的手放进西装裤口袋里，脸上仍旧是不怎么正经的表情："坏丫头，就算是前男友，也不能这么盼着我出事吧？"

跟陶也住同一间套房的李元清前天晚上被空调吹了一晚，到现在感冒还没好，裹着被子在酒店睡觉。本来今天的活动他也要去的，因为他整个人都是晕的，便只好作罢。

他迷迷糊糊地从房间里裹着毯子出来，看见陶也坐在沙发上给自己的手上药，一下醒了："怎么回事？你的手受伤了！"

"没事，就是有点红肿。"他的衬衫袖子卷得老高，西装搭在沙发后背上，正拿着棉签给掌心消毒。

"你疯了吧？"李元清感冒还没好全，说话时带着浓重的鼻音，"明天你就要比赛了，现在给我来这一出？你这手是怎么弄的？他们也太不靠谱了吧！你就不该去陪那个什么老外。"

"跟他们无关。"

"那跟谁有关？你下午别去了啊，不然教练知道了非骂我不可。差点让你重感冒，又差点让你的手受伤，我可担待不起。"李元清怕把感冒传染给他，不敢离他太近。

陶也这时已经收拾好了，要不是因为要参加比赛，他连药都不会上。他拎起外套准备起身，被李元清拦住了去路："你干吗？下午还去？不是说好了就半天吗？就是一个以前认识的裁判，不用你亲自陪一天吧？待会儿我跟李哥说一声就行，你给我老实待着。"

陶也披上外套，看了李元清一眼，他讪讪地靠边让开了路。

叶藤在大厅的沙发上等着，上午走了太久，她感觉穿着带跟的凉鞋脚踝有点承受不住，有点难受，便随手揉了揉。

陶也先下来，给她带了瓶矿泉水，问她："这份兼职要做几天？"

"还有三天。"叶藤接过水来，客客气气地跟他说了句"谢谢"。

"这几天晚上结束了就早点回学校。"

"哦。"叶藤抿了一口凉丝丝的冰水,"你怎么跟我爸一样?"
"……"

李哥和詹姆斯过来的时候,他们俩都默默坐在各自的沙发上玩手机。听见动静,叶藤把手机塞到身后的双肩包里,然后站了起来。

走的时候她没注意后面的书包拉链没拉上,她只感觉身后有人拉了她一下,回头看见陶也顺手帮她把书包的拉链拉好了。

叶藤这才想起,自己出门的时候貌似还在书包里塞了一包卫生巾,他八成是看见了才帮自己拉上的……

为什么每次遇见他,自己的人生都会遭遇滑铁卢?她感觉陶也这个人身上可能带了什么减益魔法。

"上车。"陶也看她半响没动弹,耳尖貌似有点发红,善意地提醒道。

叶藤乖乖地爬到后座上,陶也就顺势坐在她身边。

"小叶啊,下午詹姆斯要去拜访朋友,咱们可能结束得比较早。如果你没事的话,李哥请你吃个饭吧。陶先生要是有空也一起。"

"好啊,谢谢李哥,还是我请您吧,这几天给您也添了不少麻烦。"叶藤笑着应下。这个李哥是负责接待詹姆斯的,从第一天过来就对她很客气,她心里挺感激的。

"客气什么?你们这些小姑娘出来做兼职嘛,都没有经验,就跟我自己的妹妹一样。"

陶也像是没有听见他们的对话一样,跷着二郎腿看着窗外。

叶藤和李哥聊了两句也就没了下文,和詹姆斯说了几家 S 市可以去的餐厅——他说下午要和自己的朋友一起去吃饭。

叶藤眼角的余光看了一眼旁边的陶也,他正低头看手机,突然抬头,又被他抓了个正着。叶藤顺势将目光移到了放在两个人之间的矿泉水上,假装在找水:"今天可真热。"

她刚伸手,就摸了个空——矿泉水被他拿走了。

"你是失忆了还是把脑子给丢了?"他的声音很低,前面詹姆斯在放着车载音乐,叶藤几乎听不清他在说什么。

"我怎么了?"怎么喝个水也不让喝的吗?

"忍一会儿,那边有热水。"

他果然看见了……

叶藤没再坚持，脑子里一闪而过的竟然是：他竟然还知道来例假不能喝凉的？说不定他有女朋友了……狗男人……男人没一个好东西！

叶藤本来没有把李哥随口提到的饭局当回事，没想到事情结束后他真的要请她吃饭。

"陶先生明天还有比赛吧？要是不耽误的话，咱们就一起去吃个饭？"

叶藤不清楚他的行程，只是听说有比赛，具体哪一天，她还真不知道，于是有些迷茫地看着他。

"嗯。"陶也不以为意地点头，把手机放进裤口袋里，"不耽误。"刚关掉的手机屏幕上是李元清发过来的十几条信息，都是让他赶紧回去的。叶藤觉得他今天下午有点奇怪，却又说不出是哪里不对劲，她没有注意到李哥的脸色有些不太好看。

到了餐厅，陶也先坐下，李哥特别绅士地指了指里面的位子："小叶你坐里面吧，我在外面坐好了。"

陶也看了一眼里面座位上方的空调口："风太大，坐我旁边吧。"

没有疑问，也没有客气，像是在下命令。叶藤觉得他今天真的很不正常。再看看李哥，她怀疑自己看错了，好像在他脸上看见了一丝冷笑。他径自坐在了靠外面的位子上。

叶藤只好坐在陶也旁边。

"陶先生和小叶之前就认识是吧？"

陶也："认识。"

叶藤："不认识。"

"我是她的前男友。"

李哥没料到会是这么一个答案，拿着菜单的手一僵，尴尬地笑道："哈哈哈！原来是这样啊……"

叶藤也没料到他会这么说，感觉自己的下巴都快惊掉了。碍着有李哥在，她"呵呵"地干笑了几声，也没解释。

这可能是有史以来叶藤吃过的最最尴尬的一顿饭了，尴尬到夹菜时对上眼神都不知道说什么，吃完后感觉自己耗费了一瓶氧气，实在是太让人难以呼吸了……

"那……我就先走了,明天还是按照老时间过来就行。"李哥看着旁边悠闲的陶也,又看了一眼叶藤,脸上说不出是什么表情。

叶藤感觉自己假笑把脸都要笑僵了,等李哥走了便扭头质问他:"你到底要干吗!"

"记起来我是谁了?"

又是这句?他是不是有什么执念?

"不记得!"叶藤有点生气。他和以前好像很不一样,记忆里的陶也会逗她,但不会刻意刁难,他有的是让她沉溺的理解和包容。

"还那么傻,看不出来这个男人对你不怀好意?"陶也看着面前的小姑娘,为自己的操心感到可笑。明明知道她也不会吃姓李的那个人的亏,可就是放心不下,便干脆让他死心。

"你说李哥?"叶藤的注意力全在他身上,根本没心思去注意李哥的不怀好意。她想起陶也提醒过她早点回家,或许她不答应跟李哥出来吃饭,他也不会来这么一出。

"正常男人不会无缘无故对一个女人好的。"

"那你呢?你现在是在干吗?对'前女友'的礼貌性照顾,还是对一个陌生女大学生的同情和施舍?你不也是男人吗?"

陶也看着她伶牙俐齿的模样,像是回到了三年前。她现在出落得更漂亮了,的确不能像以前那样对待了,随意开玩笑也要注意尺度。她说得没错,他也是个男人。

"我不一样。"陶也拿她没办法。因为叶藤爸爸的事情,内心的愧疚让他不能对她的事情坐视不理。即使是没和她联系的那三年,他也会时不时跟顾逸尘问起她的情况。听说她考上好大学为她高兴,听说她生病了也会担心,好像成了一种习惯。

就像是家里养了一盆植物,不管走到哪儿,都有一份牵挂。那场车祸把他们联系在了一起,扯也扯不开。

"我回学校了。"叶藤垂了垂脑袋,感觉自己有些失态。她本来不想这样的,但她就是忍不住。离他远一点好了。叶藤转身就走,没走几步路,鞋跟卡在井盖的洞里。她气恼地扯了扯,凉鞋从脚上掉下来,卡在洞里死活不再动弹。

她感觉自己快炸了,为什么偏偏是这个时候……

她使劲拔了一下,鞋跟断了,拔起来一个鞋面。她跌坐在路边,简直不能再绝望了。

她突然有点想哭,陶也不在的三年时间里,她一次都没哭过。可一见到他就忍不住,好像有什么魔咒,他就是她人生中绕不过去的坎。

一只手伸到她的面前,她赌气没动。

陶也蹲下来,耐心地看着她:"还是小孩脾气,这么厉害,又不会照顾自己。"

叶藤带了哭腔的声音委屈又软糯:"那也跟'前男友'没关系。"

陶也都快被这个别扭小孩理直气壮的样子气笑了:"脚扭了?要不要我背你?"

"不要你背。"

陶也顾不得旁边有人似乎认出他来,伸出一根食指道:"那抓着我自己起来?"

"我不需要'前男友'的施舍。"叶藤看着他的那根手指,想自己站起来,结果没想到脚踝真的扭了,疼得都动不了。

叶藤看面前的人笑着站起来,恐吓性地随手松了西装扣子:"那你是想撒娇,让哥哥抱?"

第 13 章
小朋友长大了

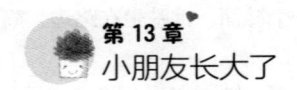

叶藤身残志坚，身手敏捷地抓着他的手指从地上站起来，陶也在路边拦了辆出租车，送她去学校。

一路上车里都很安静，没人说话，只剩下娇滴滴的导航在说着左转或右转。

学校对面的马路边有一家药店，陶也进去买了一瓶云南白药。叶藤看着他站在柜台前低头的侧影，心里涌出一种难以言表的感觉。她低头看了看自己烂掉的鞋，觉得又有点可笑。

他出来后把手里提着的药袋递给她："不要揉，喷点药明天应该会好一点。"

"没那么严重。"叶藤活动了一下，感觉已经比刚刚好多了，"可以走路了。"

从这里到寝室还有一段距离，她想让陶也先离开。今天丢脸已经丢得够多了，更何况他明天还有比赛。

陶也看了一眼附近，大学门口没什么鞋店，只有一些饭店和生活用品店。找了半天他才看到一家名创，低头看了看她的脚："你等我一下。"

叶藤看着他从名创出来，从手中的袋子里拿出一双可爱的人字拖，联名款，白色的鞋底上印满了小熊，还有一袋湿巾。

"谢谢。"叶藤晃晃悠悠地换鞋，一只脚站不住，随手扶住了他的手臂。

夜晚的校园很安静，尤其又是暑假，学校里几乎没有人。偶尔有人骑着车过去，荡起一阵微风。两旁的树荫里藏着昏黄的路灯，有细微的虫鸣伴随着夜风传来。

她跟在他身边走,看着他的影子落在自己的脚边,随着位置的移动变长变短。叶藤脚疼走不快,他便慢下来等她,两个人的脚步刚好错开大概半步远的距离。

"暑假不回家?"

"嗯,过几天要去实习。"叶藤觉得自己这几天的确是有点孩子气,但她在他面前好像一向如此,所以也就无所谓了。她在空气里晃动着手臂,心情竟然莫名地轻松起来,一扫遇见他之后的紧张和尴尬。

"公司在哪儿?可靠吗?"

"正规公司,童叟无欺。"叶藤双手放在一起钩着手指,"你的比赛呢?可靠吗?"

陶也笑着低头:"正规比赛。"

"哦。"叶藤拖着尾音,视线往前,看到路边的隐蔽处有人影。风拨开树叶,只能看见朦朦胧胧的影子,有点诡异,叶藤好奇地盯着看。

走近了才看清楚,原来是一对情侣,女生躺在男生的腿上,头枕着他的大腿,男生低头吻着她,两个人难分难舍……

叶藤正尴尬地愣在原地,感觉有什么东西挡在了她眼前。是陶也的手掌,中间还有一道红肿的伤痕。

叶藤还没来得及害羞,伸手抓住他的手:"这是被电梯夹的?"

女孩的手软得像棉花,带着细腻的触感。她用指尖摸了一下他手心的伤疤,他下意识地收回手去:"不要紧。"

"可你明天不是要比赛吗?要是因为这个伤输了可怎么办?"

他的声音仍旧是低沉的,磁性十足,开玩笑的时候总会带着轻飘飘的尾音:"你想怎么办?"

"我?"叶藤无辜地愣在原地。

"你要怎么负责?"陶也抬头看见对面那对情侣走了,"走吧,吓唬你的,我的字典里还没有'输'这个字。"

叶藤回到寝室,只有许苗苗在。她趴在床上,从蚊帐里探出一颗脑袋:"叶子,你回来啦?"

"嗯。"叶藤把东西放在桌子上,走到阳台上向下面看了看,已经找不到陶也的身影了。

"看什么呢？"

叶藤被突然出现在自己身后的许苗苗吓了一跳，推着她的肩膀往里走："没看什么。你吃饭了吗？"

"吃啦。你都不在，我一个人超无聊。你今天怎么样？"许苗苗最近在找实习单位，就是为了暑假跟男朋友一起留在学校。

"倒霉透了……"叶藤伸展胳膊趴在桌子上，手里拿着那瓶云南白药，"不过也还好。苗苗，我问你一个问题。"

"什么问题？"许苗苗抱着床上的铁栏杆，眨巴着大眼睛冲着她笑，"你改变主意要找男朋友了？"

"不是，你和你的男朋友是谁先追的谁？"

"宝宝！"许苗苗冲过来捧着她的脸，"你总算是开窍了！我还以为你被那个林初带得一心只知道学习呢！你以前可是从来都不关心这种问题的。"

叶藤感觉自己的脸快被她挤得变形了："所以是谁？"

"当然是他啦！"许苗苗一副要给她开展恋爱教育的神情，"你听我跟你说，女孩不能太主动了，男生都喜欢矜持的。"

"是吗？"叶藤觉得自己可能找到陶也不喜欢自己的原因了，"如果你喜欢一个人，他不喜欢你，那你怎么办？"

"那要看他有多帅。"

"很帅。"叶藤在脑海里回忆起陶也的脸，"就是一见难忘的那种。"

许苗苗似乎看出了点什么，双臂抱在胸前："那就撩啊，不可以主动追，但可以勾引嘛！"

"可是他真的不喜欢你，就只当你是个认识的妹妹。"叶藤有点失落地趴了回去，"就算对你好也不过是一种同情。"

"叶子，你有没有听过一句话？"许苗苗神秘兮兮地说，"同情和依赖本身就是爱情的附属品。或许他只是没有意识到自己对你的喜欢，不然你长得这么漂亮，只要是个男的都不会无动于衷。不过,还有一种可能……"

"什么？"叶藤抬起头来看着许苗苗。

"他是弯的。"

"……"

"你想想,他有没有一个男性朋友,和他的关系很亲密?"许苗苗坐在她旁边的椅子上,"我不是腐眼看人基,他有没有那种好朋友,就是为了他默默做很多事情,他干什么都宠着,还可以为了他低声下气地求人帮忙?"

好朋友?顾逸尘!

宠着?叶藤莫名想起顾逸尘无论多么跳脱他都在一旁看着……

求人帮忙?当初让她帮忙拍照算吗?

"不会吧……"叶藤觉得自己不能再胡思乱想了,她快要被许苗苗的神逻辑给带跑了。

许苗苗打了个哈欠:"所以,你喜欢的那个人是谁啊?"

叶藤站起来:"我先去洗个澡……"

叶藤躺在床上,拿着手机翻出顾逸尘的微信盯着看了一会儿,他的头像跟陶也的头像是一种风格的,越看越诡异。

她点开陶也的对话框,上一次的对话还停留在那个句号上。

她说到家发一条消息,如果不想说话就打个句号。

时光就停在那个对话框里,背景是他的脸,在阳光里几乎能看到他脸上的汗毛,是她偷拍的。

别想了吧,都过去了。

她烦躁地把手机放在枕边闭上眼睛,一分钟之后手机振动起来。她不耐烦地推开眼罩,打开手机,那个对话框里跳出来一条新消息:明天赢了,叫上小初和小末一起吃顿饭。

叶藤眨了眨眼:如果输了呢?

他发了条语音过来,叶藤把手机贴在耳边,听见他一贯慵懒的声音透过手机传进耳朵里:"输了啊?你请我。"

或许是叶藤自己的错觉,总觉得她变成了陶也的"前女友"后,李哥对她的态度差了不少。前几天见到她的时候,他总是会很热情地帮忙介绍,遇见她不太清楚的事也总是会主动帮忙解释,可现在就只剩下公事公办的态度了。不过这样倒也挺好。

中午,她吃过午饭就在餐厅里休息,坐了一会儿后溜达到大厅,坐在沙发上等着。她先去搜了一下陶也的比赛日程,然后掏出耳机,坐在沙发上看直播。

对于赛车,她了解的还只是皮毛。曾经为了了解这个比赛项目,她混迹于各大相关论坛版面,潜水潜了很久。那段日子好像已经过去很久,后来的日子里,她只是偶尔看一些消息,也会有意避开,除非是避无可避。

"喜欢赛车?"

叶藤听见头顶传来声音,下意识地抬头看了看,一张清秀白皙的脸落入她的视线。这个人看起来有点眼熟,可是她又想不起在哪里见过。

他自顾自地坐在叶藤的对面:"这场比赛不好看。"

"你怎么知道?"叶藤觉得他看起来不像是个狂妄的人,但说起话来倒挺武断的。

"你看看7号,你经常看比赛的,应该认识他吧?"他笑着弯腰,双臂撑在自己的膝盖上。

叶藤看了看视频上一闪而过的陶也的头盔,耳机线跟着她的下巴动了动,她点了点头:"认识。"

"风神什么时候输过?不然怎么能称为神呢?"他放松地往后靠了靠沙发,感觉那些荣誉像是属于自己的一样,"他是我的偶像,国内赛车界的大魔王。"

叶藤看着他伸出一只手掌在脖子上做了一个封喉的手势,嘴角微微上扬:"你不信的话,我跟你打个赌好不好?"

"赌什么?"

"要是他赢了,我们能加个微信吗?"他轻巧地挑了挑眉。

就是这个动作一下子让叶藤想起来在哪里见过他——十八岁生日那次她去找陶也,在电梯里碰见过这个人,那时她还在因为陶也介绍自己是他的妹妹而耿耿于怀。

后来她也在网络上见过这个人,他应该算是陶也的朋友,两个人一起出现过很多次。这个人叫李元清,她有印象。

叶藤把一只耳机放进耳朵:"这种搭讪方式有点老套了吧?"

对面的人没料到这个一眼看起来就是个女大学生的单纯小姑娘竟然这么直白,一下子有点下不来台,整个人僵在那儿。他看了看四周,除了前台那个女孩似乎在笑,其他人好像没注意到。

这丫头看着长得柔柔弱弱的，谁知道还是一块硬石头。其实他原本也没有什么别的想法，不过是感冒好不容易好了，陶也又有比赛，他就一个人出来透透气。

看见漂亮小姑娘也喜欢赛车，他本来想着交个朋友也好。但这么一被拒绝，他反而来劲了。他想了想，自嘲地笑了笑："其实我也是赛车手，风神就是我朋友。你想不想去见他本人？我可以带你去。"

叶藤抬头看他一眼："谢谢，不过不用了，下午我还有工作。"

李元清觉得这种感觉很熟悉，他每次被陶也呛声的时候就会是这种感觉。这个世界上长得好看的人是不是都这么讨厌？

叶藤盯着视频里的比赛结果，和李元清说的一样，这种等级的比赛或许对于陶也来说并没有多少挑战性。

她很快便收了耳机，看见李元清竟然还坐在自己对面。

"怎么样？"李元清很笃定的眼神，带着笑。

"赢了。"叶藤的双眸透出清亮的光，突然绽放一个甜美的微笑，"不过我一直很好奇一个问题，你能不能告诉我？既然你也是很厉害的赛车手，那你肯定知道！"

"说吧。"小姑娘崇拜的眼神让人失去抵抗力，刚刚被怼的那点不爽感也消失殆尽，"你今天碰见我真是运气不错。"

"风神这次去参加这个比赛到底是为什么呀？是不是有其他原因？"

陶也参加这个比赛从一开始就有很多人不能理解，甚至还有人在网上趁机黑了他一把，说他复出之后越来越浮夸，相较之前的低调，现在几乎不挑比赛，到处打压新人。可叶藤知道他不是这样的人，总觉得这背后有什么特殊的原因。但她对于赛车圈子里的事情并不是很了解，网上的说法也大多是猜测，看起来并不太可靠。

"这个……"李元清可能没想到她会问这个问题，有点出乎意料，为难地双手交握，"要不你换个别的问题？"

叶藤的眼尾微微下垂。

"不是我不知道，是我不能告诉你，这个是风神自己私人的问题。"李元清虽然喜欢跟漂亮妹妹开玩笑，但这种隐私，尤其是有关他们圈子里的一些私人恩怨的秘辛，总归也不好轻易告诉外人，说不定一不小心就会满网飞。

陶也和秦君之间的矛盾虽然在圈子里已经是尽人皆知，但其中的具体原因没有人清楚，他也不过是猜测陶也参加这个比赛完全就是冲着秦君来的。

此刻的比赛现场，陶也摘下头盔接受记者的采访，不远处就站着秦君。

很多车迷最感兴趣的就是今年陶也会不会参加 F1。他复出之后虽然经常在大大小小的比赛中露面，但好像这两年刻意避开了这个顶级赛事。官方给出的说法是他还在适应期，等状态更好的时候才会参加，而今年和去年的 F1 秦君均取得了亮眼的成绩。

"明年的 F1 刚好是我们做东道主，不知道风神会不会选择重回 F1 赛场呢？"

陶也看了一眼不远处的秦君，微笑着点了点头："或许，目前还要看车队的状态。"

"我们都知道风神前段时间经历了很长时间的国外训练，不知道回到国内以后最不一样的感受是什么呢？"有个女记者费力地举着话筒，问出粉丝比较关注的非专业问题。

微风吹动他额前的碎发，男人想到了一个人，眼中不自觉地闪过一丝笑意："认识的小朋友长大了。"

脾气还是很坏，但仍然很努力地在生活。那个小鬼身上总带着一种别扭又有趣的劲头，有时候又让人觉得放心不下。顾逸尘老说他像是在养孩子。

"那这次比赛后有没有什么庆祝活动呢？"

"庆祝啊？"陶也摸了摸鼻梁，"要请小朋友吃东西。"

这段采访从粉丝群体里流传出去，视频里的陶也看起来和往日赛场上的他很不一样，说话的时候好像连表情都柔和了很多。

粉丝都快疯了，纷纷在视频下留言——

"我姓小，名朋友，谢谢！"

"啊啊啊——啊啊啊——我们大魔王长大了，好温柔啊！"

"我酸了，我也想被风神请吃饭。"

"十年老粉落泪了，我们的大魔王竟会有这样温柔的时候。这次回来也哥真的变了很多，我最闪亮的少年啊。"

"妈呀，我有个很危险的想法……我们风神不会是……有孩子了吧……"

然后猜测有孩子的那一楼很快就被推到了顶峰，下面说什么的都有。粉丝在里面撕了起来，很多人说可能是亲戚家的孩子之类的，也有人猜是之前认识的小赛车手。

突然，有个人评了一句：

"你们有没有想过'小朋友'可能是个昵称……"

下面立马刷了好多条——

"你闭嘴！"

"我们也哥不是明星，请关注比赛，不要过多地关注私生活。谢谢。"

"细思极恐，不过想想年纪，好像女朋友的可能性更大……"

"纯路人，莫名觉得甜。"

"好甜啊，大魔王和小朋友，这是什么神仙爱情！"

……

叶藤看到这些的时候正走在和林末、林初一起被请去吃饭的路上。

"藤藤，这会儿有人在网上骂你。"林末一边刷着微博，一边给她现场直播，"说，'昵称小朋友？一听就是很作一女的。'这些人真是很奇怪。"

"为什么是我？"他认识的小朋友，还可以是林末、林初、冯天，反正对他来说，是谁都没有什么差别吧？她反驳道，"搞不好人家说的是林初呢？还有你呢？你也认识啊。"

林末无力反驳，但作为神婆，她的第六感告诉她，这个"小朋友"绝对是特指而不是泛指。

林初淡定地看着他的kindle，一针见血地补充："他从来没有这么称呼过我。"

林末举起手："同上。"

这锅她不得不背，想反驳都没法反驳。

下了车，陶也已经在约好的地方等着他们。都是熟人，大家吃饭本来应该很和谐，但林末本身话就不多，林初就更不用说了。叶藤兢兢业业地装着失忆，不会主动提及任何以前的事。就这样，她发现没什么其他可说的，她和他的生活甚至没有其他交集，只剩下那个孤零零的，唯一的，现在甚至不能提及的交点。

陶也时不时地问他们几句，之后林初和他聊了一些她听不太懂的话题，关于机械和动能之类的。

叶藤想到这里，差点被嘴里的鱼刺给卡着。林末拍了拍她的背，她喝了几口水才好一点儿，脸颊上飞了一层红晕，抬头看见陶也在对面正看着她，又低下头："没事。"

在那之后，她面前就再没出现过那盘鱼。每次到了她的面前都被人转走，她甚至怀疑是有人故意跟她过不去，她分明最喜欢吃鱼的。

怀着没吃到鱼的怨念，饭局结束之后，叶藤准备叫车。

"等等，吃饭之后不宜久坐，我们可以去对面的广场走走，你们觉得呢？"

叶藤听见林初提出这个建议，开始怀疑自己的眼睛和耳朵了。她伸手去摸了摸他的额头："你被人下毒了？你不是走个路都觉得浪费时间吗？"

林初面无表情："从科学的层面来讲，保护身体健康不算是浪费时间。"

林初看了林末一眼，双胞胎的默契似乎从未如此灵验过。她立即帮腔："我也觉得有点儿撑，要不我们走一走？陶也哥，你有时间和我们一起走吗？"

"嗯，这边晚上有夜市，你们有没有去过？"陶也在 S 市待的时间比他们长得多，所以比较熟悉。

"真的？那我们去看看吧。"林末抱着叶藤的胳膊说道。

四个人，她和林末走在前面，林初和陶也跟在后面。夜市才刚开始，很多小贩都在规划好的区域里摆好了自己的商品，有些小吃摊前已经排上了长队。

"刚刚不该吃那么多的，好后悔。"叶藤在满是香气的街上穿梭，感觉自己心有余而力不足。

林末突然在一个卖毛绒玩具的摊位前停了下来，盯着里面一个粉红色的小象玩具愣神："好像我小时候的那个呀。"

"那个你后来是不是丢了？"叶藤还记得，她之前在林末的房间里见过，"你想不想要？"

"嗯，但是……"林末附在她的耳边低语，"有点贵吧？感觉这里挺坑的。"

"是有一点儿。"

后面两个人不知道在聊什么,走得很慢,距离她们俩还有一段距离。叶藤回头看了看,又看了看那只小象。

"老板,这个能不能便宜一点儿?"

"不行啊小妹,我们这儿都是一口价。我们这里的款式你在外面是很难买到的,都是手工做的。"

"可这个有点贵了,我们都是学生,要不你给我们算便宜一点儿?我们还可以介绍给同学。阿姨你人这么美,又心灵手巧,这些玩具都做得好可爱,她们肯定也会喜欢的。"叶藤蹲在地上,小心翼翼地看着那个阿姨,干脆使出撒手锏,嗲着嗓子撒娇,"好不好吗?阿姨,就五十块好不好?"

蹲在她身边的林末因为她的死亡撒娇而现场僵化。

身后刚刚走过来的林初也同款僵化,陶也站在一旁饶有兴致地看着努力撒娇的叶藤,低头没忍住笑。

"好啦好啦,你拿去好了!我真的不赚钱,原来都卖一百八的。"那个阿姨笑得合不拢嘴,"小姑娘可真会讲话。"

林末欢天喜地地以五十块的价格抱得小象归,心里充满了杀价成功后的快感:"哇,藤藤你真的是太厉害了!"

叶藤想起刚刚那一幕被陶也看见了就觉得后背发凉,她水润的眸子偷偷瞄了他一眼,看见他笑就觉得想死:"刚刚那个不是我本人,我失忆了。"

林末抱着粉红小象笑得开心:"嗯,不是你!"

"你这小脑袋里安了开关吧?"陶也伸手拍了拍她的头顶。

叶藤感觉自己头顶上可能有个按钮,怎么他一碰,她就觉得浑身不自在?她不自在道:"你才有开关呢……"

林初默默补刀:"你这是间歇性失忆症,建议去医院就诊。"

这件不起眼的小事好像化解了大家之间的生疏和尴尬,几个人一路开着玩笑,很快就走完了这条街。陶也去路边拦出租车,一转头看见叶藤像个小财迷一样伸手到林初面前:"我突然记起来,你上学期十二月三号借我的饭卡吃了一顿午饭,十二块五,记得还。"

林初最后上车,顺便问了一句陶也:"也哥,刚刚托你帮我联系学校的事情能尽快吗?叶藤这个人有点可怕。"

陶也轻笑:"是吗?我倒是觉得挺可爱的。"

翻译兼职的最后一天,下午詹姆斯的所有私人活动就结束了。中午李哥找了一家餐厅,叶藤和他们一起吃最后一顿饭。

"陶也一会儿也会过来,小叶你不介意吧?"李哥笑着拿过菜单递给她。

"不介意。"她的确是不怎么介意,又不是真的前男友。

叶藤没有料到来的不仅仅是陶也,还有跟他一起的李元清。他一进门就认出了叶藤,眼前一亮,等到李哥介绍完叶藤,他立马接话:"原来你叫叶藤啊。"

"你好。"叶藤礼貌地回应。

李哥笑着说:"元清,你以前就见过她啊?陶先生藏得真够紧的,我可是一点儿风声都没听过。"

"什么风声?"李元清一脸蒙。

陶也看了站在桌子那边的小姑娘几秒,眼神瞟到另一边:"都是过去的事了。"

李哥看着有点尴尬,又笑着打圆场:"怪我怪我,前任其实也可以做朋友的嘛,我不该老提这件事。来来来,都坐。"

李元清顺势坐在陶也旁边,看了看坐在自己旁边的两个人,似乎明白了什么,小声嘀咕:"这么一说,我还真觉得有点脸熟。"

喝完第二杯酒,李元清一拍大腿:"哦!我记起来了!"

"记起来什么?"李哥刚刚还在长篇大论地谈着现在赛车界的发展趋势,突然被他一句话打乱了节奏,半晌不记得自己说到哪儿了。

"那年冬天!电梯!是不是你?是不是?"李元清激动地指了指陶也,又指了指叶藤。

叶藤的眼睛滴溜溜地转了两圈,轻声咳嗽。

"是,吃你的。"陶也塞了一个肉丸子到李元清嘴里。

李元清的眉毛皱得跟蚯蚓一样,在心里算了好半天,看了两人一眼又一眼,总觉得这个关系有点理不清。

饭局结束之后往外走,李哥跟叶藤走在前头,李元清在后面跟陶也小声嘀咕:"妹妹?前任?"

"都不是。"陶也看着前面的女孩,掐腰的素色裙子很适合她,清清爽爽，一点多余的都没有。她对于自己而言，似乎更像是一个朋友，他在她身上能看到很多对他而言可望而不可即的东西。比如生命力和乐观的态度，她似乎总是那么鲜活又有趣。

"真没看出来，你还是个禽兽……"李元清手摸着下巴，"我记得那年小姑娘瞧着也就十六七岁的样子？你可真下得去手……"

叶藤大概听到了一些，提高音量和李哥聊了一些有的没的，生怕被李哥听见什么不该听见的。

陶也也没解释，眼神晦暗地看了李元清一眼："说了是误会，不是你想的那样。虽然我不介意，但事实就是事实，更何况她还小，不像我们。"

陶也当初随口那么一说，不过是想帮她打发掉李哥的骚扰，那个李哥人品不太好，叶藤一个小姑娘不清楚，但他知道。他不想因为自己的一句玩笑让大家对叶藤产生什么误会，她还是个小姑娘。

"我们怎么了？我们也不到三十岁，风华正茂好不好？你说误会就误会吧……"李元清一脸的不相信，回想起来，好像又恍然大悟一般，"上次我还看见她看你比赛的直播呢！"

"什么时候？"

"就前两天啊！哦……你说请吃饭的小朋友就是她吧？你这只老狐狸，还念念不忘呢？"李元清压低了嗓音开玩笑，"怪不得也没见你谈恋爱。"

陶也觉得跟他越解释越麻烦，就皱了皱眉，没再多说什么。

"小叶刚喝了两杯，这么晚了，一个人打车也不安全，陶也你去送送吧，我跟李哥坐一辆车走好了。"李元清冲陶也眨了眨眼，自以为是地卖了一个人情。

"不用，不用。"叶藤慌忙摆手，"不用麻烦，我自己坐地铁回去就行，不打车。"

李元清已经扶着李哥坐上了出租车，他朝着外面挥了挥手："别客气，你也哥很热心的。"

出租车扬尘而去，叶藤回头看了看身后的人："我自己可以回去。"

"我送你。"陶也看着她略带醉意的眼睛，刚刚他还帮着挡了两杯。她的酒量是真烂，脖子上还起了红疹。

"可我要坐地铁。"叶藤不想让他送。

"我陪你。"

叶藤也没再执拗，跟在他身边朝着地铁站走过去。晚风吹起她的裙摆，她把包移到自己的腿侧，柔顺的布料顺着她光洁纤细的腿垂下去。

她垂着脑袋走，跟在他旁边，一言不发。

"在想什么？"

他长得比她要高很多，说话的时候叶藤总觉得声音是从头顶传来的，不自觉地就抬头望向他，对上他平静如水的双眸。她说："我在努力回忆你以前什么样。"

"想起来了？"

"没有，可能是因为你太不重要了。"叶藤避开他的视线。

陶也轻轻地点了点头："抬头看我。"

叶藤缓缓抬头："干吗要看你？"

他的眉梢添了些许笑意："多看看，以后就记得住了。"

她最见不得他这副样子。这个男人，没事长这么帅干什么？冷着脸的时候让人感觉怕怕的，笑起来又要人命。她感觉自己刚刚喝下去的酒有点上头，后知后觉地开始难受起来。脖子上前几天刚好了一点的疹子也变得有点痒，她伸手去抓，却被人抓住了手腕。

"不能抓。"

"知道了。"叶藤收回手。

"不能喝酒就不要喝了，你这可能是酒精过敏的症状，有空去医院做一下皮试。"

"不去。"叶藤想起之前做皮试的经历，"要扎针的。"

"都多大了，还怕打针？"陶也觉得她兴许是有点醉了，说话也迷迷糊糊的，倒是比平时要乖许多，便道，"你自己出去实习也要注意，有什么事情联系我。"

"你不走吗？"叶藤那天看比赛被李元清打断，没看到后面的采访，他提到过今年应该都会在国内，大部分时间就在 S 市的训练基地训练。

"嗯。"陶也伸手拦了她一下，"红灯，等等。"

"哦。"叶藤抬头才看见对面是红灯。她感觉自己脑袋里有一团糨糊。她一喝醉了就想睡觉，眼皮打架，好想睡觉，只是在强撑着。

也不知道是怎么走到地铁站的,一切都是听着他指挥。陶也让她找地铁卡的时候,她摸了摸自己的包,翻出地铁卡后递给他。

陶也见她的眼神已经开始迷离,笑道:"给我干吗?自己刷卡过来,小迷糊。"

"哦哦。"叶藤强行打起精神,看见他已经到闸机对面去了,于是也跟了过去。

地铁上人很多,没座位,只能站着。

叶藤看着面前穿着白衬衫的人,突然觉得这种感觉很熟悉。他翻出一个口罩戴上,进了地铁后找了一个靠车厢过道的隐蔽位置。他的知名度还算高,虽然被认出来的概率不高,但为了避免麻烦,他一般不会选择地铁这种公共交通工具。

叶藤挤过去跟他站在一起,她没地方抓,陶也就把自己的位置让给她:"你靠着车厢。"

叶藤站过去,两个人就莫名面对面了。地铁开动的时候他没站稳,手臂撑着车厢,就莫名变成了"壁咚"。

叶藤眨了眨强撑的眼睛,侧过身去站着,脸对着他撑着车厢的胳膊,留给他一个侧身,假装低头玩手机。

陶也看见她小巧圆润的耳尖沁出一点红色,像只迷迷糊糊的小狐狸,喝醉了才收敛起爪子。她低着头乖乖玩手机的模样很难看见。

他单手拿手机翻着新闻,后背时不时地被人碰到,但他也没有往前挪动半步。叶藤待在那个小空间里,看手机的眼睛都要花了,没忍住差点把手机给掉了。她揉了揉眼睛,干脆把手机收起来,看着车上的人,眼神放空。

陶也正看着手机入神,时不时地滑动一下拇指,看起来是在看什么很长的文章,叶藤看了他一眼又转过头去。

过了一会儿,他把手机屏幕拉到最底部,感觉手臂一重,抬头看见叶藤不知什么时候站着就睡着了,下巴挂在他的胳膊上,小脑袋侧了侧,脸颊枕在他手臂内侧的皮肤上,呼吸均匀。

两条手臂就那么垂着,高度倒是刚好,只不过姿势过于搞笑。他口罩上方露出的眼睛里闪烁着笑意,忍着没出声,另外一只手没忍住举起手机偷拍了一张。

167

旁边有个妈妈带着一个小女孩，就站在他们身边，那个小姑娘挤在人群中仰头看着睡姿奇怪的叶藤，伸出小手指着叶藤问妈妈："妈妈，你看那个姐姐怎么了？"

那个小姑娘的妈妈这才注意到，也被逗笑了："姐姐太困了，睡着了。"

小姑娘奶声奶气地问："姐姐怎么站着睡觉啊？"

陶也轻轻晃了晃脑袋："嘘。"

地铁报站，叶藤一下子被惊醒，迷茫地转了转头："到了吗？"

"还有两站。"陶也佯装无事发生，潇洒地把手机塞进了口袋里。

"我刚刚是不是睡着了？"叶藤感觉自己可能撑不到宿舍了，早知道就坐出租车了，非要作死坐地铁。

陶也点了点头，指了指她的嘴边。

"不是吧？还流口水了？"叶藤伸手摸了摸，"没有啊。"

抬头看见眼睛里满是笑意的人，叶藤感觉自己也没那么困了："虽然老师教我们要尊老爱幼，但你这样是会挨打的。"

陶也缓缓地甩了甩有点酸的手臂："你打得过？"

"无赖……"

第 14 章
醉酒之后……

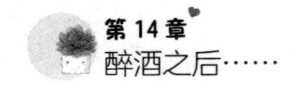

第二天清晨醉酒醒来的，叶藤脑子突然像空了一样……

只记得后来陶也说要送她回学校，然后两个人一起坐地铁，她很困，然后下地铁，然后呢？！

她爬起来抓起手机看了看，微信对话框里没有新内容，应该没出什么洋相吧？她的酒量虽然很差，但酒品挺好的，除了很容易昏睡过去，就没别的毛病，应该也没干什么别的吧……

"叶子，你醒啦？"许苗苗已经在收拾东西了，她今天就要去实习的地方入职，顺便搬去男朋友的公寓。

"嗯。"叶藤打了个哈欠又躺了回去，"你今天就走啊？"

"嗯。"许苗苗搬了把凳子坐在她的床边，"老实交代，昨天晚上送你回学校的帅哥是谁？"

叶藤不记得当时看见了许苗苗，实际上她什么都不记得了："你在哪儿看见的？"

"我男朋友送我回来，我们俩在门口站了一会儿。然后我就看见一个帅哥站在门口跟楼妈说话，身上背着你。我当时还以为你受伤了，吓得赶紧过去，结果你猜怎么着？你在人家背上睡得跟死猪一样……"

"啊？"叶藤感觉自己整个人都要崩溃了。

等等，背着？叶藤努力想了想，脑子里的确没有这一幕，她那个时候应该是已经昏睡过去了。她模模糊糊记得自己坐在一张椅子上，陶也蹲在她的面前说话，至于说了什么，她也记不清了。

"然后呢？"叶藤一把掀开蚊帐。

"然后我就跟楼妈解释了,是那个帅哥送你回的寝室,然后还给我留了电话号码,说有什么情况就直接给他打电话。我当时慌里慌张的,连他的名字都忘了问。你怎么醉成那样?"这时,许苗苗的手机响了,是她的男朋友说已经到了楼下。

叶藤还蒙着。他来寝室了?她下意识地看了一眼自己床头放着的文胸,貌似之前是被她随手扔在枕头上的,现在正老老实实地放在枕头旁边的角落里……

"疯了!"叶藤伸手抓了一把自己乱七八糟的头发,"疯了疯了……"

"你偷偷交男朋友不告诉我们?"许苗苗挂断电话又接着收拾,酸溜溜地说了一句,"唉,不过这么帅的男朋友是得藏着。"

"不是男朋友。"叶藤无法想象自己喝了个酒就昏睡过去的情形。怪就怪自己在地铁上拖的时间太长,要是早点打车回来,在寝室睡一觉就好了。她满心后悔地又躺了下去,"他就是我跟你说过的,那个拿我当妹妹的狗男人。"

"啊?"许苗苗把手里的东西一扔,专心致志地过来打听八卦,"我昨天都没敢看。他长得好高啊,太帅了,感觉看一眼都会刺瞎双眼那种,看起来就像明星一样,总觉得在哪儿见过……"

可能是在热搜上吧……

叶藤有气无力:"长得帅也没用,我们是不可能的。"

"为什么啊?那叶子你还喜欢他吗?"

叶藤在床上躺平,感觉自己是条咸鱼。虽然很想说不喜欢,但还是说不出违心的话。良久,她才从嗓子里挤出来一个含糊的"嗯"字。

"我是不是特别傻?自顾自地喜欢了他这么久,可人家只拿我当个认识的妹妹。"

许苗苗伸手把她拉起来,给了她一个拥抱:"不为狗男人伤心了,是他有眼无珠!天涯何处无芳草,明天就给你安排。"

"安排什么?"叶藤知道许苗苗的性子,她一向是个雷厉风行的人。这不是最可怕的,最可怕的是她是一个实打实的脑子有洞的"中二少女",经常不按套路出牌。

"派对啊!我男朋友的生日派对,你一定要来,他们学校帅哥特多!"

叶藤缩了回去:"我不想去。"

"不行!就这么说定了啊!我先走了,我男朋友在楼下等着我。明天晚上,我来接你。"

许苗苗风风火火地拖着拉杆箱走了,寝室里空荡荡的,只剩叶藤一个人。风扇"呼呼"地转着,空调没开,屋子里有点闷热。

她在床上打了两个滚,手挨着枕头的时候脑子里突然闪过一个画面,她昨天好像咬了陶也一口……

他蹲下来要背她的时候,她咬了一口他的背。

她闭上眼睛就听见脑子里立体环绕着陶也那声无奈的笑:"嘶——你是小狗吗?"

或许她当时是在做梦,还嘟囔了一声:"大浑蛋。"

第二天晚上,许苗苗当真来接她了。她回寝室的时候,叶藤还穿着睡衣在晃悠。

"给你半个小时,化个妆,再换条裙子。"许苗苗拉着她进了卫生间,"赶快!赶快!我男朋友说今天有个系草,超帅,到时候我让他给你介绍。"

"什么系的?"叶藤对许苗苗男朋友所在的那所学校不是很了解,只听说因为是理工类学校,男生超多。

"好像是信息工程,这不重要,人很帅,而且听说没交过女朋友,眼光挺高的,我觉得你可以担此重任。"许苗苗看着镜子里的叶藤,笑容逐渐有些变态,"我发现你最近身材越来越有料了啊,看着触感也不错。"

"我发现你最近越来越流氓了啊。"

"女人不坏,男人不爱嘛。"许苗苗催促着她化妆、换衣服,还亲自给她找了条淡黄色连衣裙,"你穿上这条裙子绝对是绝杀,我们806出去的颜值代表必须秒杀全场!"

"差不多得了啊。"叶藤笑着伸手捞过裙子换上。

他们是在学校附近找的别墅轰趴,地方挺大,看起来还很高级,有超大的欧式客厅和旋转楼梯。叶藤和许苗苗一进来,里面坐着的人齐齐转头。来了怕是有四五十个人,其中大部分都是男生。许苗苗男朋友是他们学校的学生会主席,在学校里也是叱咤风云的人物,认识的人很多。

许苗苗笑着在叶藤耳边低声说了一句:"哇哦,群狼环伺,你晚上要有得忙了。"

许苗苗的男朋友接过叶藤递过来的生日礼物:"谢谢啦。"

"也不介绍一下?"他旁边的男生催促道。

"麻烦我们家苗苗帮忙介绍一下吧。"许苗苗的男朋友笑着说,自动到女朋友身边待着,揽过她的肩膀。

"喀喀,这是我的好朋友叶藤,大家今天都玩得开心啊!"

吃的、喝的都有,大家很快就玩嗨了。许苗苗跑到叶藤身边,拉着她往旁边看:"看见了吗?那个靠在钢琴旁边的,就是我跟你说的那个系草。我都帮你打听好了,叫李元朗。听说他哥是个赛车手,家里超有钱的。"

"李元朗?"叶藤一听名字就大概知道了,"他哥是不是叫李元清?"

"你怎么知道?可以啊,你该不会已经认识了吧?"许苗苗笑着推了推她的肩膀。

"不认识,但我认识他哥,还真是冤家路窄……"叶藤没想到出来玩还能碰见李元清的弟弟。不过想来也很正常,李元清本来就是S市本地人,弟弟在这里上学也挺正常的。

"朗哥!"有人冲着那边喊了一声,"朗哥过来玩游戏!"

那个人回头,和叶藤的视线对上。从他的长相上的确能看出李元清的影子,但他看起来性格更内向。他笑着应声过去,看起来很腼腆,和他哥的气质完全相反。

"走,我们也过去玩。"许苗苗拉着叶藤往那边走,他们正在玩积木塔。抽到的积木上写着各种惩罚,要是谁抽到,就要按照上面的要求完成任务。如果塔倒了,就得在真心话和大冒险里选一个。

"抱一个!抱一个!抱一个!"

有个男生抽到了现场找一名异性公主抱的任务,大家就开始起哄。

刚好叶藤过来,那个男生试探性地看了她一眼,大家又开始各种起哄。那个男生就过来问她可以不可以,叶藤觉得很尴尬,却又不好直接拒绝。她正为难,李元朗突然过来说了句:"我可以。"

大家突然开始哄笑,许苗苗立刻帮忙解围:"那你去抱朗哥好了。"

"抱朗哥!抱朗哥!"

叶藤松了一口气,趁机偷偷溜到钢琴旁边坐下。

过一会儿李元朗也过来了,看见叶藤伸出手指在钢琴键上戳来戳去就问:"你会弹吗?"

"不太会,"叶藤笑了笑,"刚才谢谢你。"

"没事,这群男生平常就没轻没重的,看见漂亮女孩总喜欢起哄,你别介意啊。"李元朗看起来是个清爽腼腆的男孩,但说起话来又让人觉得稳重得体。

"没什么。"叶藤从小和男孩接触得多,倒也不是很在意。不过是她今天穿的是裙子,的确不是很方便。

"你以前学过钢琴?"他看着叶藤在上面比画着指法,看起来像是学过的样子。

"嗯,学了没几天,后来因为一些事情就没坚持下去。"

曾经,她为了想要给一个人弹一首曲子努力了很久。从S市回去的第二天她就让方淑珍把那个钢琴老师辞退了。因为喜欢一个人而燃起的兴趣,也因为同一个人被消磨殆尽。

多年没有试着弹过琴了,叶藤几乎连指法都记不太清了。她试着弹了几下,又无奈地笑道:"真不行,都忘得差不多了。"

"我可以坐吗?"李元朗了看那张很长的钢琴凳。

"可以啊。"叶藤往旁边挪了挪。

他顺势坐下,修长的手指滑过琴键,看起来熟练又自然:"你想听什么?"

"你随意。"

他随便弹了一段,叶藤跟着后面那群人一起鼓掌。

这群人玩疯了,说要在别墅玩通宵。叶藤第二天就要去实习,所以想先走,许苗苗送她。

"刚刚看见你和李元朗两人坐在钢琴旁边我才知道什么叫郎才女貌,那画面让我想流泪。"

"你看见两棵草长在一起都想流泪。"叶藤毫不客气地反驳她。

"随便你怎么说,反正帅哥美女待在一起就是养眼!"许苗苗毫不介意,"要不你考虑一下吧,李元朗,人家一个谦谦公子,哪点比你那个暗恋对象差了?"

说曹操,曹操到,李元朗从里面走出来,说是也要回去,可以顺便送送叶藤。

许苗苗使劲对着叶藤使眼色:"考虑一下。"

他们俩的学校是对门,其实时间还早,倒也不着急回去。两人就顺着马路往回溜达,没打车。

叶藤其实对他不反感,就像许苗苗说的,李元朗这个人就第一印象而言,的确给人一种谦谦君子的感觉。和他在一起很舒服,好像永远也不用担心没话题,也不用担心会尴尬,他总是能很合时机地找到合适的新话题。尤其是李元朗发现两人竟然还有那么微妙的联系,很是开心。

两个人一路走到校门口,就看见了林初,以及他旁边的陶也。

陶也今天穿的运动风格,和一群比他小七八岁的大学生站在一起似乎也丝毫没有违和感。他微微上扬的眼尾垂下来,看着那个身穿淡黄色小裙子的女孩,继而才看见她身边的李元朗。

"也哥,刚才我们还聊到你呢。"李元朗先过来打招呼,"我听我哥说你也一起回来了,前两天的比赛我也看了,恭喜你啊。"

"谢谢。"陶也微微勾起嘴角。

林初还不认识李元朗,一脸迷茫地看着他。叶藤帮忙介绍:"李元朗,对门学校的。"

"你好,你应该就是林初吧?久仰大名。"李元朗笑着开了个玩笑,"你在我们学校也很出名的。"

林初一向不擅长说这些客套话,只是点了点头,说了句:"你好。"

叶藤发愁地看着他:"他这个人就这样,你别介意啊。"

"没事我就先走了,你们聊。"李元朗很合时宜地告辞,"也哥,我先走了啊。"

陶也散漫地点点头:"去吧。"

叶藤扭头看了看身边的陶也,他一扭头对上她的视线,不咸不淡地问了一句:"出去玩了?"

"室友的男朋友过生日,很多人。"不知道为什么,她就是不知不觉地解释了,不愿意陶也误会自己是和李元朗单独在一起,"你怎么来我们学校了?"

"我叫的,刚准备联系你。"

"你主动叫的他?"叶藤一脸的不敢相信,"林初,你老实告诉我,你最近是不是遇见了什么困难?是不是谁欺负你了?我替你收拾他。"

林初一脸看智障的表情看着她。

"你现在竟然还会约人了。"叶藤拿出手机,"我要告诉末末和冯天这个振奋人心的消息,我们有生之年看见你约女生的梦想说不定就要实现了。"

陶也笑着拍了拍林初的肩膀,手臂上抬的时候,林初注意到他衣领上方露出来的肩颈皮肤上有一块紫红色瘀伤。

"你受伤了?"他顺口一问。

叶藤听见这句也下意识地抬头,看见他肩颈那儿有一小块压印,紫红色的,看起来是一片瘀青……她捧着手机讪讪地看了他一眼,真没想到自己竟然咬得那么重……

陶也拉了一下衣领:"不要紧,不小心弄的。"

林初带着他们往学校里走,叶藤心知肚明,有点心虚地跟过去,低声问:"不疼吧?我不是故意的。"

她的影子在陶也的眼睛里变成一簇小小的淡黄色火苗,明明已经没感觉了,他看着那双眼睛,总想逗逗她,不由自主地说了一句:"疼的话你要怎么办?"

叶藤也不知道要怎么办。喝醉了把人给咬了,这种事在她身上还是头一次发生,她伸出白生生的胳膊:"要不你也咬我一口?"

放暑假,学校里什么都没有,他们三个人在外面找了一家店喝饮料。被叫到号的时候,坐在外面的陶也去前台端饮料。

"我有件事情要跟你讲。"

"怎么了?"叶藤看林初的表情就觉得不对劲,他最近好像一直都挺反常的。

"我下学期出国的事情可能要取消了。"

"为什么?"叶藤很清楚林初为了这次交换花了很多心思。交换的学校里有他最喜欢的老师,所以他一直充满期待。刚好陶也之前在那边训练过一段时间,林初上次还找他打听过一些学校的情况,顺便还有一些生活上的安排。

"老师的意思是先让学姐他们去,我可能要缓一缓,后面还有机会。"

林初是个埋头学习的人，在学校里很多事情却不像初高中那样单纯简单，机会对于每一个人而言都很难得，所以大家都是想尽办法。

"可当初不是说通过考试来选择吗？既然这样的话，就应该公平且公开啊！否则一开始就不要用这种选拔方式啊。"叶藤真的是一肚子火，虽然这种事情也不是第一次了，其中的原因她不能笃定，但十有八九是有人在背后动了什么手脚。

"他们的意思是，成绩只是一个参考，主要还是综合考虑。"

"无语了……"叶藤对于数学系的事情不是很了解，但这种出尔反尔又不公开透明的事情，难保她不会多想，"你们老师是不是在实验室？我去找他！"

叶藤正要拍案而起，感觉自己的脑袋被人按住："怒气冲冲地要去找谁啊？"

林初就怕她这样，所以才把陶也叫了过来。叶藤的脾气他很清楚，没人能拦得住，林初无奈地看着陶也："也哥，抱歉，上次跟你说联系学校的事情，现在不用了，我的那个名额被取消了。"

"我要去找你们老师谈谈。"叶藤又想起来，被陶也拉住了胳膊。

"你找他谈什么？"

"既然是综合考虑，总要有一个参考的因素吧，这个过程要公开才可以，不能就这么不明不白吧？而且这件事情下学期才会公布，我们现在还有机会。我现在就去！"

"叶藤。"

他很少这么连名带姓地叫她，这种感觉很陌生，叶藤恍然间愣了一下。

"这件事我来办。"他们两个学生跟老师起正面冲突多多少少有些不太好，更何况叶藤和林初的性子都直，到时候说不定会是火上浇油。

"可是……"叶藤有些担心地皱眉。

"信不过我？"

手臂上传来他手心的温热，叶藤轻轻地摇了摇头："我不是这个意思，会不会太麻烦你？"

陶也把刚刚点的青柠水放在她面前，顺手帮她插了根吸管："我是帮小初，不是帮你。"

叶藤低头咬着吸管,安安静静地听他在一旁嘱咐林初这件事先放一放,不要跟老师起正面冲突之类的,他会想办法去问清楚情况,到时候再做打算。

叶藤看着对面的人在柔和的灯光下,认真的样子像谆谆嘱咐的家长。但看着他就让人觉得很安心,好像有陶也在,什么都不用担心,这种感觉真的很让人依恋。

陶也转过头来看了她一眼:"尤其是她,别让她捣乱。"

"我知道轻重的好不好?我都这么大个人了。"叶藤吞下青柠水,不满地嘟囔。

林初一一记着,说有事要先回去,叶藤看着林初离开的背影叹了口气:"林初一个人在国外真的能行吗?"

"这么担心?"陶也无聊地玩着手机。

"他是我最好的朋友之一,我当然担心了。而且他这个人你又不是不知道,从小到大就特别不会说话,只有智商,没有情商。"叶藤的脚在凳子边晃悠,不小心踢到了对面的人,才老老实实坐好,"对不起。"

"叶藤!"一个男生进了店就过来打招呼,"刚刚在外面我就看着像你,你暑假也没回家?"

"嗯,在实习。你呢?"

"我也是。这位同学是?"那个男生看起来和叶藤还算熟络,看了一眼坐在她对面的陶也。

同学……

"我是她的同学。"

叶藤笑眯眯地点头,那个男生客套了两句就走了,她低头咬着吸管含含糊糊地说:"厚脸皮……我可没有你这么老的同学。"

"我老吗?"陶也俯身过去,脸几乎要凑到她面前,"好好说。"

他的皮肤很白,是男生里很少见的牛奶肌,天生的优势挡都挡不住,穿着运动服的确会被错认为是同学。

叶藤避开他的视线,埋头咬着吸管说:"老。"

陶也笑着坐回去:"说谎要长长鼻子的。"

"我没说谎。"

"我听小初说你实习是明天?"

"嗯,明天第一天。"其实叶藤心里有点紧张,这是她的第一份实习工作,在网上查了很多攻略,心里还是没什么底。她问:"怎么?你有什么经验要传授给我?"

陶也想了想,伸手把吸管在杯子里搅了搅:"不要喝酒,不要咬人。"

饮料见底,外面突然下起了暴雨。"哗啦"一声,大雨像从天上泼下来的一样。街上的人一哄而散,女生带了太阳伞的都拿出来撑着,大部分人都挤到街旁的店铺廊下,仰头看着黑压压的天空。

"下雨了。"

叶藤转头去看陶也,他单手托着下巴,侧着脸看着窗外的雨势,右手手背上的伤疤肆无忌惮地暴露在叶藤眼前。她想起了他以前的那副手套,以及初见他的那个雨夜。

"你在这儿等一会儿,我去买把伞。"

陶也也算是一回生二回熟了,很快就从miniso买了把伞回来。隔着玻璃对着她招了招手,叶藤这才出去。

兴许是为了避免浪费,他还真就买了一把。叶藤挤到伞下:"这雨也下得太突然了。"

陶也将手伸到伞外,雨水滴在他的指尖上,她说:"头一次见你的时候就下这么大的雨。"

他收了手,低头拖着尾音补了一句:"哦,你不记得了。"

这种无聊的游戏他好像也不会厌烦。叶藤莫名地笑了:"你告诉我。"

两个人并肩走在雨里,站在车灯闪烁的街道边缘,等着红灯变绿。她的肩膀偶尔碰到他的胳膊,衣服相互摩擦发出细微的响声。叶藤偷偷往旁边挪了挪,他也没说什么,只是把伞跟着往她那边挪了挪。

"你想知道什么?"

"你的手是怎么受伤的?"叶藤看着他捏着伞柄的右手。

上一次问的时候他是怎么回答的来着?他说:"这不是小孩子该问的问题。"

叶藤屏息凝神,甚至有点紧张,害怕他又会用这种话敷衍自己,更害怕自己在他心目中永远是一个不懂事的小孩。

雨滴打在伞面上发出声响，半响才听见他说："几年前我出过车祸，我妈和一个好朋友在那场车祸里去世了，伤疤就是那个时候留下的。"

听了他云淡风轻的几句话，叶藤的心却像被人用手揪着一样。她知道家人的离去是个什么滋味，所以她遇见他的时候，他是因为不想面对现实，才把自己封闭起来，而不是什么度假？

她突然觉得自己真的是太幼稚了："对不起。"

"没事，都过去了。"陶也略去了关于叶藤父亲的那部分。不知道从什么时候开始，他甚至开始恐惧这件事会被叶藤知道，他感觉自己心里像是有一颗种子在慢慢发芽，这种感觉很奇怪，也很微妙。

"如果能早点认识你就好了。"她说。

"嗯？"陶也听见她小声地说了句什么，却没怎么听清。

"我……"叶藤停下来，仰着头看他。她想说，如果早点认识他，就可以陪着他度过那段最艰难的时间。那时候她却因为他不理解自己的心而纠结难过，她真的太幼稚了。可转念一想，她凭什么陪着他呢？就连陪着他都没有资格。她心疼他，同时也心疼自己，鼻子一酸，眼圈就红了。

"怎么了？"她看着有点想哭，陶也以为她不舒服，"怎么说哭就哭了？还跟小孩一样。"

"我不是小孩。"叶藤真的憋不住，每次见了他就觉得自己的情绪像不受控制一样。她平时明明沉着冷静，每次一到他这儿，就变成了委屈的小媳妇。她也知道自己不争气，但就是忍不住。

"好，不是小孩。"陶也只得耐心地哄着，"你这眼泪来得比下雨还快，以后要给眼睛也买把伞。"

"你还说……"叶藤真不想在他面前掉眼泪，总觉得自己成了个爱哭鬼，她反驳道，"我是觉得你可怜。我这个人没有别的优点，就是太善良。"

"嗯。"陶也憋着笑，她总会让人觉得好笑又心疼。

到寝室的时候雨已经停了，楼妈八卦地从窗户看着门口的两个人。

"我先回去了。"

"嗯。"

也没有什么别的好说了，叶藤转身就要进宿舍楼大门。

陶也看着她单薄的背影，想起她红着眼睛的样子，她是第一个听说他受伤而哭的人。只有他自己知道那段时间他有多么崩溃，她能够体会到他的痛苦，即使是跨越了这么长的时光，她的感同身受也可以温暖到他。

他甚至在那一瞬间觉得，如果能够早点认识她就好了，说不定那段难熬的时间会结束得早一些。

"叶藤。"

她听见他喊她，转身看过来："干吗？"

陶也看着她小鹿一样乖乖地跑到他面前，第一次有一种奇异的感受，感觉像是有一阵电流从心里流淌过去，混着雨后泥土的味道，还有清冷的空气，一切都是那么新鲜。

他刚刚是下意识地叫了她的名字，半晌也不知道自己该说什么。

"干吗？"叶藤觉得有点莫名其妙，"叫我又不说话……"

"以后对别人不要这么善良。"

实习的第一周，叶藤逐渐适应了公司里的工作，每天忙得晕头转向。好不容易熬到了周五，叶藤收拾完东西准备下班。许苗苗打来电话慰问她最近的实习情况，对面的同事笑着指了指外面，示意她自己要走了。

"拜拜。"叶藤一边举着电话，一边往包里塞东西，"嗯，一会儿直接回学校，最近超累。"

"我听我男朋友说李元朗最近好像经常去找你啊？"许苗苗充满八卦的声音传过来。

"没有，在校门口偶遇了几次而已，他好像也在这边实习。"叶藤本来也没有把这件事放在心上，经她这么一提，回想起来好像是见过几次。

"就只是偶遇吗？"许苗苗笑着问，"没有吃吃饭之类的？"

叶藤无奈地笑道："真没有，你是有多想让我赶紧脱单啊？"

"也没有，就觉得他这个人不错，如果有可能的话，你可别错过了。"许苗苗也是好意，她对寝室里的几个人一向都很关心，也不是只对叶藤这样。

"上大一的时候，你劝我跟林初在一起的时候也是这么说的……"叶藤收完东西就去坐电梯，一路跟许苗苗聊天到楼下。刚要挂电话的时候，她看见门口的来人，愣了一下。

"怎么了？"电话里的许苗苗见她没声音了，很是疑惑。

"看到李元朗了。"

"上次总不是偶遇了吧?"许苗苗笃定地说,"我挂咯。"

叶藤的身边不乏追求者,她一向直白,所以很多人连靠近的机会都没有,例如……李元清。

"好巧,你要回学校吗?"叶藤不想大家尴尬,或多或少以后可能还会见面,不管两个人的关系怎么样,总要尽量避免尴尬。

"不是,我是来接你的。"

给他铺好了台阶,他并不愿意下,叶藤只好无奈地笑了笑:"接我?"

"上次看你对赛车好像挺感兴趣的,今天我正好要去找我哥,我说带个朋友过去参观,他答应了。一起去吗?"

叶藤想起来,上次是跟他提过。实际上,她算是个伪车迷,因为她感兴趣的不是赛车这项运动,而是陶也喜欢的所有东西。

"你跟他说了是我吗?"叶藤觉得如果李元清知道的话应该不会答应。

"嗯。"李元朗笑得不太自然,"也哥也知道,他前两天伤了腿。"

"不严重吧?"

他注意看她的表情,似乎没有多少异常,又放下心来,很体贴地帮她开车门。叶藤坐在副驾驶座上,也不知道自己这样是不是有些坏,总之就是想去看看陶也。

车上放着慢悠悠的音乐,听起来像是二十世纪的民谣。

"不太严重,听说是体能训练的时候不小心拉伤了。我听我哥说了你和也哥的事情。"李元朗试探性地打听,"你们早先就认识了对吧?"

"嗯,认识有几年了。"叶藤不知道他听说了多少,笑着半开玩笑地问,"你对我们的事情很感兴趣?"

"不是,"李元朗转头看她一眼,"我是对你的事感兴趣。"

话说到这里,大家也都明白了。叶藤没有想到他的示好来得这么直接,让她有点猝不及防,况且他们又是这种关系,多少有点尴尬。

车里流淌着柔和的音乐,气氛却变得不一样起来。叶藤的脸在晚霞的映衬下有点泛红,李元朗侧头看得出了神。

"你……看路。"叶藤指了指前面。

两人又尴尬地笑笑,各自没再说话。李元朗看着她尴尬又可爱的脸庞,偷偷笑了。

到了地方，叶藤下车，想到上一次来这里的情形。那还是冬天，天气冷得让人束手束脚，也像那时的自己。

李元清在门口等着他们，像是招待老朋友一样，明明他也没见过几次叶藤。

"哥！"

两兄弟站在一起的时候，叶藤才觉得他们俩的眉眼原来这么像。

"来啦？小叶，欢迎你来参观啊。"

"怎么弄得跟领导视察一样？"李元朗笑着说。

"你小子头一次带女孩来见我吧？还挺巧的，竟然是小叶。"

叶藤听着这话，其实挺尴尬的。不知道李元清怎么想，他可能真的误会自己是陶也的前女友了，不知道陶也怎么跟他说的。

"我们一会儿去练卡丁车，要不一起去看看？"李元清带着他们俩往里面走，叶藤没有任何意见，他们兄弟二人说着话，时不时地会给她介绍。

路过公寓楼的时候，叶藤不自觉地抬头看了一眼——陶也受伤了，在公寓休息。

卡丁车的赛道上有车队的其他赛车手，叶藤都在电视上见过。李元清戴着他们上前打了个招呼，说带着俩小孩过来见见世面。大家都笑着问李元朗这是不是女朋友，他笑着解释是同学。

叶藤没想到第一次来现场竟然是这种情形，不知道陶也知不知道她会来，为什么连面都不露？

她心里还在担心他，有点郁结，抱着矿泉水坐在赛道边的观众席上当看客。

李元清找了个借口把李元朗拉到一旁，看了一眼乖乖坐在那边的叶藤："你没看出来这姑娘心里有人啊？你小子是不是脑子里有泡啊？我跟你说了不要带来。"

"哥，你知道我的，我不试试是不会放弃的，更何况那都是以前的事情了吧？"李元朗表面上看起来挺好说话，实际上性格比李元清更执拗。

"你是真看不出来还是假看不出来？人家摆明了是来看陶也的。"李元清无奈地看着自己的弟弟，"不过咱们老李家还真的是同一种审美啊。那天我碰见她，看着你们的年纪差不多，也想着帮你联系一下来着。没想到你自己倒认识了，也算是你们的缘分。"

李元朗笑："听说了，你还跟人要微信没要到。"

李元清毫不客气地捶了他一拳："别不识好歹啊！哥那可是替你要的。你也长大了，自己的事情自己拿主意，我话就说到这儿，你也不要为难人家姑娘。"

"知道了。"李元朗递头盔给他。

叶藤看过很多比赛的视频，但没有想过到现场看感觉真的不太一样，那种速度是她想象不到的，视觉的冲击力也更大。

她突发奇想，想要亲眼看他摘下头盔的样子。

"一会儿我们去看看也哥吧？"李元朗知道她今天为什么来，也知道她根本无心看这些。她以为自己掩盖得很好，其实对于旁观者而言，却是欲盖弥彰。

"好。"叶藤一口答应下来。

陶也不知道她会来，他腿部的韧带有轻微拉伤，不能走路，不知道从哪儿找了辆轮椅坐着，这回她倒是能居高临下地看着他了。

他没刮胡子，看起来有点颓废，可能是一个人待在家的缘故。

"这俩小孩说你受伤了，要来看看。"

陶也似乎有点不太高兴，但还是让他们进来了。屋子里有点乱，叶藤来过这儿一次，印象中他的屋子里干干净净的，不像住过人的样子，今天看起来倒挺有生活气息的。

"你们喝什么？"陶也转着轮椅要去厨房。

"我来我来，也哥您歇着。"李元清笑着起身，进厨房去给他们倒水。

叶藤注意到阳台的小桌子上放着泡面盒，皱了皱眉。

"也哥，你的腿没事吧？"

"没事，就是韧带有点拉伤，休息一段时间就好了。"

"也没个人照顾，挺不方便的吧？"李元朗接过李元清端来的水杯，看了一眼叶藤，她不知道看什么看得正出神。

"小叶，喝水。"李元清把杯子放到她面前。

"谢谢。"叶藤收回视线。她这么坐着，刚好能对上陶也的眼睛。

李元朗顺着她刚刚的视线看过去，看见房间的角落里放着一盆多肉，看起来长得还挺旺盛:"也哥还喜欢养植物啊?"

"朋友送的。"

叶藤不自觉地看了他一眼。没人照顾他,生活肯定不便,他下巴上有胡楂,头发也是乱的,估计洗漱什么的都不方便,否则他不会这么邋遢。

"这个我记得,出国的时候没法带走,你还找地方寄养了。现在竟然还活着。"李元清摸了摸翠绿的多肉的叶子。

叶藤低头喝水没说话。

几个人待了一会儿就走了,李元清看着两人上电梯的背影还在感叹:"年轻真好。"

陶也把轮椅往回推:"你弟这是什么意思?"

"什么什么意思?窈窕淑女,君子好逑啊。"李元清双手交叠放在胸前,"怎么着?这你都要管?"

"我不管,但这里不是约会的地方。"

李元清看着他一张臭脸笑了:"你这是嫉妒小孩谈恋爱啊?"

陶也把门"哐当"一声关上,然后去收拾刚刚用过的水杯,里面的水还是温热的。叶藤的那杯上沾了一点点口红印,他盯着看了一会儿,莫名自嘲地笑了。

可能李元清说得对,单身久了吧,看别人谈恋爱也会不爽。他把水倒了,将水杯扔进垃圾箱,再看着有点乱的屋子,莫名感觉有点烦躁。

他没想到第二天叶藤会来。周末的一大早,大家都还在睡觉,他也才刚醒,她就来敲门了。

她手里拎着两个袋子,一个袋子里是刚买的早餐,另一个袋子里是从超市买的菜。

"别太感动,你照顾了我很多次,现在算是半个残障人士,我不能坐视不理。"叶藤自顾自地走进来,看着他放在餐桌上的外卖盒子,把早餐放在桌子上,"你嫌麻烦不做饭,但你现在生病了,不能总吃这些。"

"我先去洗漱。"陶也转着轮椅往洗手间走,不小心撞到墙角。

"小心!"叶藤过来帮他把轮椅推到洗手间门口,"站着还是坐着?"

"站着。"陶也没想过还会有被她照顾的一天,似乎有点不太习惯。

"那你搭着我的肩膀。"叶藤拍了拍自己的肩膀,"你把我当拐杖使,反正我也跟拐杖差不多高。"

陶也看着她一脸认真地说自己跟拐杖差不多高，忍不住笑了："我只是韧带拉伤，不能受力，要休养，又不是瘸了。我自己可以站起来的。"

"哦……"叶藤侧身，感觉自己有点多余，"你不早说……"

陶也站在那儿看着她，半晌没动："你能不能先出去？"

"我在这儿帮你吧。"叶藤怕他有什么不方便又不好意思说。

"这你恐怕帮不了。我刚起床，要先解决一下生理问题。"

叶藤疾速退出卫生间，顺手帮他关上了门。这人可真是……她想了想，又觉得好笑，上厕所就上厕所嘛，干吗讲这么少儿不宜的话……

第 15 章
我的心上人

陶也看着面前的人在自己家来来去去忙活,这种感觉很陌生又很奇怪。但不可否认,有人照顾的感觉还真不错。

她笨手笨脚地在屋子里打转,陶也被她推到餐桌旁边,安排着吃早餐。

叶藤在厨房里转了一圈,然后把买来的东西塞进冰箱。他的厨房干净得像是样板间,柜子上只有一些基本的油盐酱醋,看起来都是新的,连瓶子都没有打开过:"你这些东西该不会都过期了吧?"

"你自己看一下,我也不太清楚。"软糯的糯米粥有点甜,其实他平常不怎么吃甜的,但还是把那碗粥尽数喝下。

"还好,大部分都是没过期的。"叶藤检查了一遍日期,柜子里有一盒新筷子,看起来是不久前买的,"借用一根筷子可以吗?"

"你随意。"

她出来的时候头上的长发用筷子随意地盘了起来,还像模像样地围上了围裙。陶也自己都不记得这围裙是什么时候买的了,或许是以前隔壁的队友拿过来的,不过她围着很合适。

叶藤看了一眼散落的衣服,都收起来放进洗衣篮。茶几上摆着投影仪,叶藤也帮忙收好:"这个放哪里?"

"电视柜下面。"

她蹲下去打开柜子,看见里面放着好多以前的电影碟片。她想起上一次来这里,和他一起看电影,那次她不小心睡着了。她收了心思,把碟片一张一张码好,听见他推动轮椅到自己身后。

"这个是什么?"叶藤抽出来一张刻录的光盘,盒子上写着一个日期。

"我第一次出国比赛拿奖,教练送的录像。"

"十六岁?"叶藤露出好奇的眼神。

"嗯。"他点了点头,"想不想看?"

"嗯嗯。"叶藤想要起来,可能是蹲得太久,眼前发黑,起来的时候没站稳,差点摔着。他伸手扶住她的手。

"谢谢。"

影片放进影碟机里,开场是几个男孩兴奋的叫声。其中有顾逸尘,那时的他还留着杀马特的发型,脸上满满的胶原蛋白。叶藤坐在旁边的沙发上笑:"我要拍一张逸尘哥的照片发给他,哈哈哈——这个比我在网上看见的还要搞笑。"

"你在网上看过了?"这是很久以前的比赛视频了,不是粉丝的话应该不会去扒出来看。

叶藤含糊地应了一声:"偶然看见的。"

陶也那时留着清爽的短发,看起来干干净净的,像是学校里会被人暗恋的学长,脸总是臭臭的,似乎永远不会笑。他只有在比赛得奖或是跟朋友玩闹的时候才会笑,那种笑很张扬,和现在很不一样。

叶藤看看视频,又看看他:"你年轻的时候真的超Ａ。"

"Ａ?什么意思?"陶也平常不怎么上网,不太了解现在的网络语言。

叶藤看着他一脸蒙的表情,笑道:"就是成绩很好的意思。"

"那我没你Ａ。"

叶藤差点没绷住笑,莫名觉得乖乖坐着的他这个样子比平时要可爱多了。她转过头去看视频。

这里面四个人叶藤都认识,顾逸尘、陶也、秦君,除此之外还有一个高高瘦瘦的男生,看起来性格很活泼,她没有见过真人,似乎在网上也被讨论得很少。叶藤以前不知道,现在想起来,应该是之前的车祸中跟陶也妈妈一起去世的他的那个朋友。

镜头转向他的时候,叶藤偷偷看了一眼陶也。他的眼神似乎有些黯淡,叶藤有点后悔让他陪自己看这个。

叶藤正想着怎么找个理由关了视频,她的手机突然响了,就像是来了救星。她顺手把电视给关了:"不好意思,我接个电话。"

她低头一看,是李元朗,不自觉地抬头看了一眼旁边的陶也,按下接听键:"喂?"

陶也坐在轮椅上像个大爷,端起桌子上的水杯悠哉游哉地抿着白开水,一杯白开水被他喝出了拉菲的感觉。

"我没在学校。

"嗯,不好意思啊。

"我?我现在……在朋友这里。"

陶也突然把水杯放下,杯子和玻璃茶几发出清脆的响声。他像是被水呛着了,咳嗽了两声。叶藤把手机挪开,轻声问:"没事吧?"

陶也安静地摇了摇头,听到从她的手机里传出一个男生的声音。

"没事,哦哦,明天可以,那明天见。"

见叶藤挂断电话,他无意地问了一句:"最近很忙?"

叶藤点了点头:"也没有,是李元朗。你觉得他这个人怎么样?"

"挺好的。"

叶藤缓缓点了点头:"嗯,我也这么觉得。"

陶也似乎想说什么,却又咽了回去,操控着轮椅去房间拿东西。叶藤则去厨房洗菜,准备给他做点可以存放的饭菜,到时候只要用微波炉热一下就可以吃。

陶也从房间出来的时候,叶藤的手机闹钟响了,她在厨房探头出来喊:"你帮我关一下闹钟好吗?"

他点了点屏幕,刚好看到有人给她发消息,便叫道:"你有微信消息。"

"谁的?"

"萱姐。"

"啊,是我老板,你帮我看一下是不是有急事。"叶藤慌里慌张的,手上的西红柿还没切完。

"手机密码?"陶也看着她粉色的屏保上跳出密码键。

"003941。"第一次和他坐地铁记下来的车厢号码,随手设置成手机密码,这么多年都没换。

"003941。"陶也跟着默念了一遍,锁屏打开,切入微信的时候在置顶里看到了自己的微信头像,备注是他看不懂的塞巴斯蒂安。他随口问道:"你的生日?"

"不是。"叶藤的心紧了一下,捏着西红柿的手往前挪了挪,"我们家狗狗的身份证号……"

"你老板说让你周一提前一个小时过去。"

"哦。"叶藤心不在焉,不小心切到了手,"嘶"了一声,把手放在水龙头下冲了冲。

"怎么了?"陶也听见动静,来到厨房。

"切到手了。"叶藤脸上带着点小朋友做错事的表情,"不小心弄的。"

"跟我来。"陶也带她到自己的房间,创可贴放在他床头的柜子里,他拿了一个撕开,"把手伸过来。"

叶藤把手伸过去,少女白嫩的指尖沁出一点点血,被他用创可贴包裹得严严实实:"别弄了,我不差你这一顿。"

"也是,从我认识你那时候开始,你好像就没怎么好好吃过饭。"叶藤惋惜的是自己的食材,"其实我也不太会做饭,但我东西都洗好了,总不能就这么浪费了吧?我还是把这顿做完吧。"

"我来做。"陶也拗不过她,只好叹气,"你的手不能沾水。"

"你会做饭?"

陶也已经自顾自地往厨房那边去,他的轮椅用得挺熟练的,根本不需要人推,就像是他一直都在用一样:"我没说过我不会吧?"

也对,他只是说嫌麻烦……

叶藤乖乖站在厨房门口,看着他站在那儿,为了让那条受伤的腿少受点力,身子倚靠着料理桌,尽量把重心放在另一条腿上。他随手磕开两个鸡蛋,然后用筷子迅速搅拌起来,看起来尤其熟练。

他低头看了看被叶藤切得一塌糊涂的西红柿,无奈地抬头看了她一眼。

"我刀工不太好。"叶藤为自己刚刚在他面前还抢着要做饭的勇气感到脸红,这简直就是关公面前舞大刀……

他捡了一块切得太大的西红柿扔进嘴里,笑着说:"是不太好,还差个十万八千里。"

"喂!我好歹也是一片好心,我是来照顾你……"

"现在好像是我在照顾你吧。"

叶藤看着他费力地挪动着脚步找锅铲，主动过去帮忙："你别动，我来找，我来找。"

陶也就靠在边上等着她找，叶藤在桌子上找了半晌都没有看见炒菜用的铲子。陶也微微抬头，看见上面的柜子里露出来一个木质的柄，径直往前挪了挪，伸手去够。

叶藤的后背靠到了他的胸膛，听见他的声音就在耳边："我找到了。"

接下来就没叶藤什么事了，感觉他炒菜的时候悠然自得，不管做什么都游刃有余。

"我是不是特别没用？"叶藤觉得有点气馁。她分明是来照顾他的，结果没想到反倒给他添了麻烦。她懊恼地说，"感觉我从开始就一直在给你添麻烦。"

陶也翻炒着西红柿，锅里散发出酸酸甜甜的味道，听着她在一旁喃喃。

他本来是很怕麻烦的人，尤其是怕被人打乱自己的生活节奏，这会给他带来不安和紧张感。但自打叶藤出现的那一刻开始，她就一直在不停地打乱他的生活节奏，可他自始至终都没有觉得烦躁。

"你老实说，是不是有点烦我？"叶藤很真诚地看着他。她知道自己今天不应该过来，但她不由自主，所以不断地告诫自己，仅此一次，下不为例。

"没有。"陶也把炒好的西红柿炒蛋装盘。

"真的没有？"

"真的没有。"他双手撑在料理桌上，眼神温柔而坚定，"本来就是我欠你的。"

"你欠我？欠我什么？"自始至终，就算是欠，也是她欠他的吧？叶藤满脑子记得的都是他的好，不知道算不算情人眼里出西施。

"欠你……"陶也想了想，嘴角挂着一抹不易发觉的笑，"以前我甩了你，所以我欠你。"

又是这个梗，怕是过不去了，叶藤默默地翻白眼。

陶也看着她端着盘子走出去的背影，低头擦干净她刚才不小心滴在料理台上的血迹。

叶藤走的时候指了指冰箱："里面的食材你都要吃完，不能浪费粮食。"

他点头应下："嗯，好。"

"那我走了。"

"以后不要再来了。"陶也抬头看着她，神色不明。

"我给你添麻烦了是吧？"叶藤听着这话有点生气，她一向是个直来直去的人，不会那么多弯弯绕绕。如果他不想让自己来，那她以后就再也不会做这种傻事了。

"我不是这个意思。"陶也对她这种直接的问题一向无力招架，但自己心里的答案还不够清晰，所以也不知道该如何回答她，只好说，"如果你一直出现，我感觉自己没办法思考，最近好像总有一种错觉。"

"什么错觉？"叶藤背着包，站在玄关那里换鞋，柔顺的头发垂在一边的肩膀上，另一边露出好看的脖颈线条。

不知道从什么时候开始会不由自主地注意到这些，陶也不自觉地避开视线，不去看她："不太好的错觉。"

下午陶也去厨房的冰箱里拿水喝，看见冰箱上贴了一张小字条，并且是很体贴地贴在下面的冰箱门上，上面写着：不要浪费，要吃完！！

陶也看着那凶巴巴的感叹号，低头笑了笑。

下午，顾逸尘听说他受伤了，也打电话过来慰问。说是来慰问，却花了十几分钟来吐槽自己的女朋友最近跟他闹矛盾的事情，陶也把手机开了免提扔在茶几上。

"你说女人是不是都这样？怎么什么都要管？我长这么大谁管过我？"顾逸尘这话倒是没说错，他从小就是嚣张跋扈的大少爷，只有他管别人的份儿，从来没有谁能把他管得服服帖帖，"你有没有在听？"

"听着呢。"陶也摸起桌子上的烟盒，又没打开。

"算了，我跟你一个光棍说这些干什么？你又不懂。"顾逸尘说了半天又落到这句上，"你怎么样？最近有没有喜欢的女孩？要不要我给你介绍？"

陶也犹犹豫豫没说话，顾逸尘一下子听出了猫腻："你犹豫了！你这只老狐狸是不是有目标了？啊？跟哥们儿说说，什么样的女孩？我认不认识？"

"别一惊一乍的。"陶也自己也不是很确定，淡淡地说道，"还没谱。"

"真的啊？你？陶也？要谈恋爱了？难以相信。"顾逸尘感觉像做梦一样，"人活久了还真的什么都能遇见啊！"

"你小子最近是不是欠揍？"陶也要是这会儿在他跟前，估计已经上手了。

"我不是欠揍，我这是替你高兴。你这二十七岁的老处男，终于要开荤了……"顾逸尘仗着电话里够不着他，可劲儿地说了个够，"你谈恋爱是什么样子？我可真好奇，哈哈哈！哈哈哈！"

"还没到那一步。"

"要不要我教教你？女孩都要哄，你看看我这儿，一天天跟哄大爷一样，让干吗干吗，乖乖听话就对了。说你错了你就认错，别怼人家。"顾逸尘想了想，"我还真好奇，到底是什么样的女孩能让你动心？"

"漂亮的。"陶也懒得跟他啰唆，随便几句就打发了他。他的确是心动了，突如其来的。但仔细想想，似乎也不是无缘无故。人和人之间，真的说不好。

"这我信，男人嘛。"顾逸尘"嘿嘿"地笑，"我要跟我们家小祖宗请安去了，你自己好自为之吧。以后有苦有泪就跟哥们儿说，哥们儿挺你。"

"快滚。"陶也快被他气笑了，电话里传来顾逸尘爽朗的笑声，那头过一会儿便挂了电话。

陶也双手枕在脖子后面，躺在沙发上，捡起他刚刚随手扔在桌上的小纸条，盯着那两个圆润的感叹号，忍不住嘴角上扬。

他的确有乖乖听话，晚上自己做了饭。在家里待着无聊，翻了一部电影出来看，看完就睡了，一夜无梦。

第二天一早，他是在雨声中醒来的。按开遥控窗帘，就看见外面一片阴沉。雨下得很大，间或有雷声，看来是下起了暴雨。

他翻身摸到手机，刷了刷朋友圈，看见叶藤十分钟前发了一条动态，吐槽今天下午的行程泡汤，只能在寝室睡觉。

他打了个哈欠，感觉心情大好。洗漱完之后，他在冰箱里找到面条，开始煮面。小公寓里放着音乐，他转身找铲子的时候又想起叶藤，抓起手机想给她发消息，想了想又没发。

这太不像他了，明明是自己不让她来，想要冷静一下，可越是看不到她,就似乎越容易想起她。

叶藤早上接到李元朗的电话后又躺着睡着了,再醒来已经是中午,外面的雨似乎停了。她洗漱好,随便套上短裤和T恤想去食堂买点东西吃。一出门她发现雨还在下,只是因为下得不太大,所以看不太出来。

她懒得上去拿伞,便把双手遮在脑袋上往寝室楼门口冲。才刚跑过去就被楼妈喊了过来:"小叶,有人给你留了东西!"

"谁?"叶藤跑去值班室,看见楼妈的桌上放了一个袋子。

"一个姓李的男孩,早上过来的,是追求你的人吧?"楼妈一脸"见多了"的表情,"小伙子在这儿等了一会儿,雨没停,就给你打了电话,说是给你带的吃的。"

原来李元朗一早就过来接她了,可能是雨太大,便又走了……

"谢谢啊。"叶藤抱着袋子回到寝室,里面竟然还有便当。本来李元朗说他实习的公司刚好周末在附近有个宣传活动,所以让叶藤去帮忙凑个人数,她也没想那么多就答应了。

不过看现在的情况,活动似乎只是一个幌子。叶藤翻了翻里面的东西,发了条微信跟李元朗道谢。

林末看见她的朋友圈,一早留言说下午过来找她,晚上一起去逛街吃饭。她来的时候眼尖地看见叶藤桌子上的大袋子:"这又是谁送的呀?"

"李元朗,就是上次我跟你说的那个。"

林末秒懂:"哦,也哥队友的弟弟啊?他在追你?"

"也不算吧……"叶藤看着那一堆东西,"好像有点像,但这种关系其实有点尴尬,而且……他人挺好的,我不太好意思拒绝。"

"不是说长得很帅吗?人还这么体贴,你要不就考虑一下?"林末笑着拿了一盒蔓越莓饼干打开,"就连你的喜好都打听清楚了吧?"

"嗯,估计是许苗苗告诉他的。"买的那一堆东西都是她喜欢吃的。

"我哥那件事,我听说是也哥帮的忙。他说学院那边说开学要重新进行一次公开选拔,也哥真的好厉害啊。"林末一边吃着饼干,一边星星眼地说,"叶子,你要是真的忘不了,不如……"

"打住。"叶藤对着镜子涂上薄薄的一层口红,"我是真的放弃了。"

"那你昨天还去照顾人家?那你怎么不接受李元朗?"林末了解她,

她很勇敢，但十八岁的叶藤已经透支了她的勇敢，"你是不是担心现在再提起，你们就真的连朋友都做不成了？"

叶藤握着口红的手微微用力，抿唇点头："嗯，毕竟早就不是童言无忌的年纪了。"

她已经明白了，对于一个不喜欢自己的人，所有的勇敢都只是白费力气。或许他对自己很好，但那种温柔不会成为她的专属品，她只想把那份悸动藏在心底。

"那你不如试试？"林末心疼她，也比任何人都要理解她的想法。

"试什么？"叶藤明知故问。

"和李元朗啊！你总不能一辈子都这样吧，你总要接受别的人。"

叶藤也想有个人能带着她走出去，她现在已经可以平常心和陶也相处，真的就像朋友一样。她觉得自己可以试着认识别的男生，或许就真的可以放下了。

"走吧，这件事以后再说。"

陶也不让她去，叶藤也就没再过去。从李元朗那里听说他的腿休养得差不多了。最近大家都很忙，像是不同的线，四散在不同的空间里。

叶藤的实习还算顺利，只是公司业务太忙，所以常常加班。她一个小实习生，上司不走，她也不能走，而带她的那个师父又是个地地道道的工作狂。她趴在电脑前赶一份材料，听见微信提示才抬头看外面，天都黑了。

她打了个哈欠，看了一眼师父的办公桌，人不见了……

微信"叮"的一声，她点开语音："小叶啊，突然想起我还有点事要先走，你把材料弄好了发我邮箱，我今晚急用啊。"

叶藤咬着后槽牙发过去一个"好哒"，甩了甩手腕接着干活。

公司最后留下的几个人也要走了，路过她工位的时候对她的遭遇表示同情，却无能为力："你师父真的是太狠了。要不你带回去弄？"

叶藤看了看时间："算了，我弄完再回去吧，不然又要换电脑，麻烦。"

"那我们先走咯！辛苦啦！"

"嗯，拜拜。"叶藤收敛了笑意，生无可恋地扭了扭僵硬的脖子。过了将近十分钟，冯天丧心病狂地开始在群里发他美味的早餐图片，然后林末也发了夜宵的图片。

叶藤的鼠标移到烧烤盘子上,拉大,然后看见油滋滋、香喷喷的烤串,感觉自己的肚子开始"咕咕"叫……

"啊,我也好饿……"叶藤化食欲为动力,噼里啪啦地开始在键盘上打字,一边打一边考虑自己一会儿要去点点儿什么吃的。她脚上踩着节奏,跟着打字的声音唱出了一首rap,"香肠、鸡翅、掌中宝、蘑菇,再加上金针菇,yeah。还要一份烤冷面,要孜然,再加一份玉米好了。对对对,烤玉米不能少。"

伴随着美食精神激励法,叶藤忙了大概有半个小时,总算都做好了。她埋头认真检查了一遍后,豪气地说了句:"Yes!"

公司里已经没人了,她干脆站起来活动了一下身体,扭着腰点下邮件的发送键,又开心地转了个圈,顺手捞上包套在脖子上,对着手机发语音:"我刚结束,你们一群丧心病狂的人,一会儿我半夜发图到群里,馋死你们。"

话刚说完,一转头,她就看见陶也站在公司门口,手里拎着两个袋子,看起来应该是……烧烤。

"你什么时候来的?"叶藤瞪大眼睛,刚刚她工作时似乎太认真了,脑子里又在想着烧烤的事情,压根儿没发现公司外面有人。同时她也忘了自己现在离他老远,还隔着玻璃门,所以他根本没有听清她说什么。

"哦,等等啊,我关了灯就出来。"

"慢点儿。"陶也看着她顺着走廊一路关灯走过来。

"你什么时候来的?"叶藤一边锁门一边问。

"你刚刚点菜的时候。"

叶藤回想起自己刚刚唱的那首烧烤rap:"突然想咬舌自尽。"

陶也把袋子往上提了提,喷香的味道溢出来:"你确定?"

"不确定。"叶藤笑着接过袋子,"吃完再说。你怎么知道我在这儿?"

"听小初说过。今天刚好有个活动路过这边,就想着上来看一眼。"

"哦。"原来是路过,叶藤点了点头。她是真饿了,管他是不是路过,总之带着吃的来的就是好人。她开心地问,"咱们去哪儿吃?"

"这附近我不熟。"

"我知道了!去楼顶,这边夜景还不错!"叶藤看了看时间,"不过这个点好像锁门了,我去跟保安大叔借楼上的钥匙,你在这儿等我。"

她往前跑了一段，又折回来把烧烤袋子递给他："你先拿着。"

"看来你是真饿了。"

"我晚饭都没吃！"叶藤也没时间跟他装矜持。

楼顶有风，比下面凉快得多。因为楼层高，连蚊子都没有，一上来就觉得神清气爽。叶藤把袋子一个个打开，都是她刚刚点的："有没有喝的？"

陶也食指上挂着的袋子里装着两三瓶易拉罐装的饮料："雪碧和可乐。"

"你腿好点了吗？"叶藤百忙之中抽空瞄了他一眼。

"嗯。"陶也把易拉罐都翻出来摆放在旁边，"你还是不要喝酒了，一会儿又要咬人。"

叶藤白他一眼："我酒品很好的，你不要污蔑我。"

陶也倚着栏杆，单手抠开易拉罐拉环，自己喝了一口雪碧，语气里充满百分之一百二的不相信："哦。"

"你想好了？"

"什么？"陶也看着两只手都拿着肉串的姑娘问。

"错觉什么的，不是说不让我去找你吗？"

"哦，那个……"陶也看着她真诚又纯真的眼睛，微微点了点头，"大概清楚了。"

"那就好，"叶藤尝了一口，"哇哇哇！这个……绝了！你在哪家买的？"

"烧烤要少吃点，不健康。"

"抽烟健康？也没见你少抽点。"叶藤自顾自地吃着，眼睛看了看他又看了看雪碧罐，挑了挑下巴，"我也要。"

"可乐？"陶也故意拿起红罐可乐。

"不是，我也要冰雪碧。"

陶也把手上的雪碧放在一旁，最后还是给她开了可乐，又把剩下的雪碧挂在自己的手腕上："为了我自己的安全，我是不会让你沾一滴酒的。"

叶藤把吃完的竹签放在旁边，露出一个假笑，转了转眼珠子，突然摆出一副惊讶的表情："对面……对面是不是着火了？"

陶也转头去看，对面楼一片灯光，什么都没有。再一转头，她已经抢过他的雪碧罐喝了一口，还冲着他笑："这个是我的了。"

陶也抬手在她的额头上弹了一下："乖乖给我。"

"疼，"叶藤双手捂着自己的眉心，"我都喝过了，你再开一罐不行啊？"

他笑着从桌子上摸过那瓶雪碧，冰凉的手感透过手心传到心里。他转过身去看星光闪闪的夜空："我喜欢这瓶。"

叶藤对于陶也这种故意和她抢雪碧的幼稚行径表示鄙夷，独享了三根肉串之后感觉心情舒畅了不少，挑了一根掌中宝给他："你要不要吃一根？"

"你吃吧，我吃过饭了。"陶也转身靠着栏杆，看着她伸直了腿搭在旁边的台阶上，裙子有点短，包包压着腿，可能是高跟鞋还穿得不是很习惯，脚踝有点发红。他问："脚疼不疼？"

叶藤看了看自己的脚："有点。这双鞋是新买的，有点磨脚，明天出去不穿了。"

"明天去哪儿？"陶也垂眸，风掠过他额前的头发，背景的夜色刚好和他的衣服融为一体。

"和李元朗他们吃饭。"明天是周末，许苗苗说约了大家一起吃饭。她喜欢攒这种局，也不知道是不是李元朗的主意。

"还有谁？"

"你怎么突然对这个这么感兴趣？"叶藤有点莫名其妙地抬头看他，"还有我室友和她男朋友。"

"吃完了呢？"陶也捏着易拉罐的手微微用力，罐子发出轻微的响声。

"吃完了？不知道，"叶藤小口小口地吃着最后几口烤玉米，"或许去唱歌，或许去看电影之类的吧。"

"哦。"

"你找我有事？"叶藤伸了个懒腰，开始收拾垃圾。

陶也把手里的空易拉罐扔进她递过来的袋子里："冰箱里的东西吃完了。"

所以是要她去给他买吗？叶藤圆圆的眼睛瞪着他："我就这么点工资，你还要压榨我？"

陶也看着她那心疼的眼神，从裤口袋里掏出钱包，再从里面抽出一张卡递给她："密码六个六，里面还有十万块。"

叶藤看着他递过来的卡，完全摸不透他的想法："十万块？买菜？"

还有这么随意的密码？叶藤瞬间觉得是贫穷限制了自己的想象力。看着陶也没什么表情的样子,她觉得可能是这人脱离生活太久。他平常的生活的确很简单,吃饭都是买现成的,估计对物价没什么概念。她问:"你知不知道十万块如果光买菜的话,可以买多久?"

陶也顺势接过她手上的垃圾袋:"我不介意,越久越好。"

"你当然不介意。可我介意。"叶藤追过去,"为什么我要帮你当采购员呢?"

陶也顿住脚,转身看她:"因为我不会。"

他怎么能把"我不会"三个字说得这么坦然!!他一个饭做得那么好的人不会买菜?叶藤觉得他嘴里果然没有一句真话,但他胡说八道的时候表情特别认真,一脸童叟无欺的模样。

叶藤拉过他的手:"你自己去请个保姆吧,我很忙。"

陶也摊开手心接着那张卡,叶藤生怕被他抓到似的,转身就走。然后就听见他在身后幽幽地说了一句:"我没说免费,给你发劳务费,要不要做?就当兼职了。"

叶藤愤恨地说道:"我是那种会被金钱打动的人吗?"

"一个月三千。"

叶藤往前挪了两步。

"五千。"

她"噌"的一下转身,跑回去拿他手里的卡:"知道我什么专业吗?金融。"

她刚拿了卡,手腕就被他握住:"有一点,我对食材的要求比较高,所以你最好每隔两到三天就来一次,如果出差,我会发消息给你。"

叶藤比了个"OK"的手势。她倒不是缺钱,只是上了大学之后她就没怎么跟家里要钱,再加上她最近想要研究一下股市,需要一笔资金投进去。这种事情她也不太好意思跟家里伸手,正好借着这个机会,就算是先跟陶也借的,回头赚了钱再还给他。

陶也松开她,眼底有笑意:"小财迷。"

"我不是财迷,只有尊重金钱的人才会获得金钱的青睐。这是我的专业,也是我以后要做的事情。"叶藤举着那张卡,贼兮兮地问,"你的密码也太简单了吧!该不会所有卡都是这个密码吧?"

"想知道？"陶也从口袋里摸着什么东西。

"那倒不是。我只是好心提醒你，卡不要随便给人，密码也是。除非……"

"除非什么？"陶也从口袋里摸出一把钥匙递给她，"我新公寓的钥匙。我现在不住寝室了，前两天搬出了来，新公寓的地址我回头发给你。"

"怪不得突然过来，还请我吃夜宵……就知道你没这么好心，你这是有备而来，对吧？"叶藤愤恨地接过钥匙。他这分明是有备而来，叶藤一边碎碎念一边锁上顶楼的门，陶也站在她身后。

楼道里的灯坏了，到处黑黢黢的。她后面就是台阶，转身下来的时候没站稳，差点踩空，往扶手那边倒去。陶也一只手拎着垃圾，另一只手臂搂着她的腰微微用力，把她搂到自己怀里。

叶藤惊愕地仰头。借着门缝透出一点点光线可以看见他的脸。他刚喝了酒，带着酒气的呼吸就喷在她耳边。猛然间，她觉得脸有点发热。

陶也松开她："没事吧？"

"嗯，太黑了，我开个手电。"叶藤掏出手机，打出一束光，两个人一前一后走着。从楼梯间出去后，总算是有了光亮。

她下意识地回头，和他的视线相撞，突然有点尴尬。也不知道是因为自己刚刚很没良心地敲诈了他的钱，还是因为刚刚那个意外。

等电梯的时候，陶也突然问："你刚刚说除非什么？"

"嗯？"叶藤想了想，总算是想起来自己刚刚什么时候说了这句话。她刚刚是想说，交卡这种事情，对象一般是女朋友吧？可现在说这个，气氛好像有点尴尬，她就胡乱敷衍了一句，眼睫弯弯地看着他："我是说卡不要随便给人，除非是像我们这样的好朋友，嗯！"

电梯"叮"的一声到了，叶藤赶紧走进去，没听见身后的人笑着重复："好朋友。"

实际上陶也也不算是单纯去找她吃夜宵的，钱是本来就打算要给她的。听林初说了她最近努力攒钱的事，又看她工作那么累，有点心疼。可即使算是借给她的，估计她也不会要。让她买菜做饭也是一时兴起，没想到正好歪打正着。

备用钥匙也是因为最近刚好换了房子，钥匙带在身上，就顺手给了她一把，并不像叶藤想的那样是有备而来。说起来不过是突然想起她，就过来看看。

顾逸尘前两天传来消息说叶藤的那个舅舅叶晨出狱了,最近也不知道是在哪里闲晃。他听林初说叶藤最近经常加班,就想着过来看看,女孩晚上一个人回去总是让人不太放心。

他送叶藤回了学校,路上又给顾逸尘打了个电话,让他找人打听叶晨的下落。

"有消息我一定第一时间通知你,你这么着急干什么?"顾逸尘窝在沙发上搂着女朋友看电视,听见他那边有车的声音,"你这大晚上的还在外面啊?果然有了喜欢的女孩就不一样了啊,是不是晚上出去约会了?"

"也不算。"陶也坐在出租车后排,靠着靠背舒展了一下身体,不自觉地带着笑音。

"啧啧啧——"顾逸尘那头鸡皮疙瘩都快起来了,"我发现你一提到她就笑,是真喜欢她吧?"

"是吗?"陶也自己倒没觉得,经他这么一提醒,好像还真的是。

"是啊,你自己都没觉得吧?"顾逸尘调整了一下坐姿,"你现在进行到哪一步了?有没有表白?"

"再等等。"陶也按了按眉心,可能是刚刚喝了一罐冰雪碧,感觉有点不太舒服。

"还等啊?哥,你也是绝了。你不是十七,你是二十七了,请你对自己有个清醒的认知。"

陶也听见他身边有女生的笑声,然后顾逸尘就催着她去洗澡,之后那个女声就消失了。

"你再等等,黄花菜都要凉了。也哥,这么多年的朋友了,我跟你说句掏心窝子的话,人这辈子遇见喜欢的人真的不容易。你花了这么多年遇见了,不管她是谁,你都不能轻易放走了,听见了吗?"顾逸尘低声嘱咐。

在感情的事情上,他似乎一直后知后觉,年少轻狂的时候不是没有动过心,那会儿是什么感觉呢?陶也已经想不起来了,总之和现在不太一样。他做什么事情都认真,所以没想过随随便便就怎么样,毕竟叶藤还小,他甚至没有足够的勇气去给她承诺一个她想要的未来。

更何况他们这种关系,喜欢这句话不说也就罢了,一旦说了,那可就是覆水难收。这对他来说是一次只能赢不能输的比赛，要赢得的是那个小丫头的心。

"嗯，我看上的，什么时候放弃过？"陶也轻笑，"不过是要再慎重一些，所以要再等等。"

"'慎重'这个词都用上了！你什么时候慎重过？我可没见过你慎重的时候。"顾逸尘觉得他这次真的是认真了，"这姑娘是什么人啊？"

"什么人？"陶也假模假样地考虑了几秒钟，没皮没脸地说了句，"心上人。"

对面顾逸尘的手一抖，手机差点没砸着脸，他笑了半天："风神厉害，骚都骚不过你……"

第 16 章
不想放开你

夜里十二点，李元清收到了来自陶也的电话，差点以为是自己熬夜熬得老眼昏花，揉了揉眼睛确认了一下的确是陶也的名字，瑟瑟发抖地接通："怎么了？出什么大事了？"

"明天请你吃饭。"

"什么？"李元清这回怀疑自己的耳朵是不是出了什么问题，"你大半夜的不睡觉给我打电话，就是为了说这个？也哥，你玩我啊？"

陶也请吃饭，不太常见，尤其是大半夜特意打电话来说，更是亘古未有的事情。李元清不禁开始各种猜想他是不是跟人赌球输了还是其他什么原因，总之，不可能打电话过来只是为了约他吃饭。

"听说搬家都要请一顿乔迁宴，"陶也躺在沙发上，手里的遥控器无聊地在各卫视台之间漫无目的地来回切换着，漫不经心地说着他思考了将近五六个小时的结果，"择日不如撞日，就明天吧。"

"乔迁？"李元清这才反应过来，他之前说新房子已经找好了，他现在人已经住在新公寓那边了。他大声道，"那必须要去！不吃白不吃，咱们去哪儿吃？还叫了谁？"

"在我家。"陶也干脆把电视机关上，偌大的客厅瞬间安静下来，"叫上你弟，还有几个小孩都过来吧。"

李元清盘腿坐在床上，爽快地答应下来，挂断电话后愣了半天："这人没事吧？这也不是什么急事，怎么还半夜打上电话了？"

要是搁在平日，陶也可能也就是一条微信交代了，可能也就几个字：明天到我家吃饭。

他插上耳机接着打游戏，心里一直有些纳闷，握着手机脑子突然里蹦出"鸿门宴"一词来，只觉得后背发凉。

陶也挂断电话后去洗漱，花洒打开，雾气慢慢笼罩整个浴室，他映在镜子里的脸慢慢变得模糊起来。他脸上带着点自嘲的笑，他竟然也会这么幼稚地花那么大的心思去阻碍叶藤和李元朗约会，他用食指在镜子的雾气上画了两个字母——YT。

叶藤万万没想到，本来约好了的吃喝玩乐局临时取消了。一觉醒来，李元朗发消息说跟他们一起去陶也家吃饭，恭贺他乔迁之喜。

叶藤盯着手机看了看，又看了看陶也给她发的消息，早上六点半发的，让她今天就上岗，下午一起去超市买菜。

"还真是个'周扒皮'。"叶藤打了个哈欠，发了个表情包过去。

陶也那会儿已经在吃早餐了，盯着那个憨态可掬的"好的，老板"的小熊看了看。拖鞋晃晃悠悠地在他的脚尖跟着他腿晃动的幅度上下摆动着，他笑着把手机扣在一旁。

叶藤早上没事，好不容易休息，就使劲儿赖床赖到肚子饿了才起来吃了点东西。"周扒皮"说他下午一点到学校来接她，叶藤收拾好准时在校门口等着。他的车貌似也换了，开过来的时候叶藤还没认出来，看到那辆车在他们校门口一个特别窄的转角流畅地一个拐弯，莫名就被吸引了。

等车开过来，她立马笑着去敲了敲车窗玻璃。陶也摇下车窗，看见她咋咋呼呼地探了脑袋进来，满眼惊喜："你刚刚那个……那个转弯是怎么开的？哇，好酷，我都没见过别人走这边拐弯，都是绕着开进去的。"

"改天去训练基地教你？"

"还是别了。"叶藤坐到副驾驶座上，一边扣着安全带一边拒绝，"我的驾照自从拿回来就没用过。你是专业的，你肯定觉得容易，我们普通人不行的。"

"你们普通人头发上还挂着夹子出门的？"陶也说着伸手从她耳后的头发上摘下来一个粉红色的星星夹子，手不小心掠过她的耳垂。

"出门太匆忙，忘了。"叶藤把夹子攥在手心里，目视前方，"恭喜你乔迁新居。"

陶也侧头看了她一眼："怎么突然这么正经？"

"显得我郑重嘛。你再开一次刚刚那个像漂移一样的转弯好不好？"叶藤觉得坐在车里一定更好玩，"就从这边再开出去一次！"

"这边是单行道，不能开回去。"陶也打着方向盘，笑道，"你的驾照还是留着去游乐场开碰碰车比较好。"

叶藤觉得自己那驾照不拿着开碰碰车，用来推超市购物车也不错，在超市里推着购物车扫货的感觉就像是在蟠桃园里摘蟠桃，尤其是这蟠桃还是归"周扒皮"付钱。

陶也跟在她身后，感觉她像个上了发条的小人儿，推着车左转右转，完全不像是分不清单行道和双向道的人："你经常来这家超市吗？"

"没有啊，我没来过。"叶藤抬头看着食品区的标牌，到了生鲜区。

"那你怎么知道牛排在这儿？"

叶藤抬头指了指前上方的牌子："因为有标牌啊。而且超市的摆货都是有规律的，比如零食和饮料一般都挨着，调料、米面、干货之类的都在一起，我以前还去超市做过兼职。"

"什么时候？"

"大概……"叶藤也记不太清了，"不是初一就是初二吧，那会儿我爸还在，我怕他一个人太辛苦。"

"我爸"两个字就像是一根刺，陶也垂眸看着趴在玻璃柜前对比着各款牛排的叶藤，突然想要了解那个和她有着相同血缘的男人。

"你跟你爸，关系很好吗？"

"嗯，很好很好。"叶藤重重地点头。

陶也从她手里接过手推车："我们去那边看看蔬菜。"

突然提到家人，叶藤很好奇，因为陶也似乎从来没有提及过自己的家人。她追过去，试探性地问了一句："你呢？他们都说男生和爸爸的关系比较好。"

"我小时候我爸就不在了。"陶也翻拣着萝卜，突然想起自己是个不会买菜的人设，又装模作样地挑了一个不太好的，刚拿起来就被叶藤抢了去。

"这个不行。"

"这个？"他随手拿了一个圆滚滚的。

"这个也不行。"叶藤端详着那个萝卜,"长得太可爱了,不太舍得吃。"

旁边的人嘴角带着笑意地看着她认真的侧脸,也不知道是在说萝卜还是在说人:"嗯。"

采购好一大堆东西,叶藤的工作就算完成了,剩下的就是等吃饭了。她跟着陶也的车一起回到他家,没想到今天一下午都耗在他这儿了。

开门的时候,叶藤的手机突然振动起来。她手上提着袋子,看了看手边没有手机,一时忘了手机放在哪个口袋里。陶也顺手接过她手里的东西,她拿着包翻找了一下才找到放夹层里的手机。

"我是第一个来你的新家的人?"叶藤一边回复消息一边跟在他身后走进去,没留意包没拉上,一把钥匙从她的包里滑落下去。防盗门"哐当"一声关上,钥匙落地的声音他们俩都没听见。

"嗯,柜子里有拖鞋。"

叶藤换上拖鞋往里走。公寓是复式的,偏欧式风,是她喜欢的风格。厨房也是开放式的,料理台很大,他一打开双开门的冰箱就可以看到里面空空如也。

"要喝点什么吗?暂时只有苏打水和罐装咖啡。"陶也转头问她。

"苏打水吧。"

两人说话的工夫,有人按了门铃。叶藤主动去开门:"我去看看是谁。"

李元清先来,他离得最近,又有车,叶藤还没走到门口,他自己就进来了,手里拿着钥匙,一脸的不可思议:"你也太大意了吧!钥匙掉在门外面了!幸好是我捡到了,要是别人可就麻烦了。"

"钥匙?"陶也下意识地摸了摸口袋,"没掉啊。"

"那这把是谁的?我在门口的地上捡到的,刚刚也打开了你家的门啊!"李元清一脸见了鬼的表情,"难不成是有人想对你图谋不轨,偷偷配了一把你家的钥匙?"

旁边的叶藤下意识地看了看自己放在桌子上的包,果然没拉好拉链,但这个时候说是她的貌似也不太好解释,她猛然间不知该说什么,尴尬地看了一眼陶也。

他转身从冰箱里拿出苏打水递给她,话像是对李元清说的,眼睛却看着她,说了句模棱两可的话:"是吗?"

林初和林末比李元朗先到，叶藤正好从"钥匙事件"里抽身，去给他们俩开门。

陶也顺手从李元清手里拿过钥匙："应该是我掉的，备用钥匙。"

"你什么时候变得这么丢三落四了？"李元清扭头看了看客厅里那位，伸手要去陶也手边的菜板上拿切好的西红柿，却被他伸手拍了一巴掌，疼得直咧嘴，"不让吃算了，我去客厅。"

林末一进屋就开始东张西望："这装修也太好看了吧！我好喜欢这种风格，也哥怎么突然换房子了？"

"可能是钱太多，不知道该怎么花。"叶藤双手交叠在胸前叹气，"有钱人的快乐，我们体会不到。"

"是因为也哥以后打算长期在S市定居，之前在A市的旧房子也准备卖掉一套，只留下一套偶尔回去可以住住。"林初一边换拖鞋一边说。

"你怎么知道得这么清楚？你们俩的联系挺紧密啊？"

"我记得以前你们俩不怎么熟啊？哥，你最近真的不太像你了。"林末也跟着附和。

碰巧李元清过来和他们打招呼，这波关于林初和陶也的关系为什么突飞猛进的盘问也就告一段落，几个人到客厅，陶也给了他们一人一瓶苏打水："凑合一下。"

"陶也哥，厨房里有没有什么要帮忙的？"林末乖巧地跟去厨房看了看。他围着围裙的样子还真是不太常见，穿着白T恤感觉很居家，和平时的感觉不太一样。

"没什么，你去客厅坐吧。"陶也手起刀落，快速处理手里的鱼。

林末吐了吐舌头，往客厅这边跑过来："我还真没看出来，原来陶也哥这么会做饭！"

"别说你们了，我也不知道。"李元清认识陶也是在他回来之后，以前的陶也他也只是有所耳闻。在他的认知当中，陶也这个人简直酷得没边，"洗手做羹汤"这种字眼和他放在一起都显得那么不和谐。要不是他今天亲眼所见，还是不怎么相信。

"我去厨房再拿瓶水。"叶藤找了个借口一溜烟去了厨房，看见陶也正打开锅盖查看刚刚熬的鱼汤。厨房的案头上摆着各种切好的食材，五颜六色的被整齐地摆放在盘子里，煞是好看。

"有什么要我帮忙的吗？"叶藤打开冰箱门找苏打水。

"钥匙收好。"陶也转过身来把刚刚从李元清那里拿过来的钥匙递给她。

"嗯嗯。"叶藤把钥匙塞进裤口袋里，还小心地拍了拍，示意自己的确有小心地收好了，眼睛瞟到切好的西红柿，"我能吃一口西红柿吗？"

陶也看了看盘子里的西红柿，他没切多的，就顺手从冰箱又翻出来两颗放在水龙头下冲洗。

"我就吃一片，不用这么麻烦，不吃也行。"叶藤看着他那架势，感觉要给她切一盘一样。

陶也低头把西红柿去掉果蒂，飞快地切片："等会儿。"

叶藤看着他漂亮的手捏着刀柄，看他切菜也能看得出神："你要是做个做饭的博主，说不定也能火。"

陶也笑着把切好的西红柿片放进透明的玻璃碗里，从旁边的超市袋子里翻出新买的白糖撒上去。撒到一半他突然停下动作，看了看袋子："我好像拿成盐了。"

"啊？"叶藤隔着桌子探着脑袋过去看，发现袋子上根本写的就是糖。抬头刚巧对上他的眼睛，两个人猝不及防地凑到一起，叶藤下意识地往后退了一点，"又骗人。"

陶也垂眸微微勾了勾嘴角，把均匀撒好糖的西红柿推给她："可以了。"

"谢谢。"叶藤抱着那个玻璃碗转身离开了。

李元清眼睁睁看着她端来一碗糖拌西红柿来，眼珠子差点没掉到地上："你自己做的？"

叶藤夹了一块尝了一口，顺手递给旁边的林末："不是，陶大厨的作品。"

李元清随手拿了一块扔进嘴里："这差别，呵。"

李元朗来得最晚，说是路上堵车耽误了，来的时候那碗糖渍西红柿只剩下个碗底了，刚好在手边，叶藤也就推过去给他："给你留的。"

陶也听见动静出来，刚好看见这一幕——李元朗笑着弯下腰去乖乖尝了一块，半开玩笑地说："你做的啊？看不出来你还这么贤惠。"

"这种没什么技术含量的菜，和贤惠差了十万八千里。"陶也不知道什么时候站在了他身后。

叶藤默默地白他一眼，抬手指着陶也："也哥才是贤惠本人。"

"也哥，我带了瓶红酒，一会儿一起喝吧，祝贺你乔迁之喜。"李元朗吞下西红柿，笑着递上自己手上的盒子。

连说辞都和叶藤一样。陶也下意识地看她一眼，心里莫名不爽。他又低头看了看那红酒盒子，接过来随手放在一旁的柜子上："谢谢，今天的菜不太合适配红酒，还有火锅，你们就没口福了，改天我自己喝。"

"哼，真小气，谁抢你的似的。"李元清不动声色地往旁边挪了挪，叶藤旁边就空出了一个位子给他。李元朗顺势坐下，叶藤立马起身，拿起那个空碗跟着陶也进了厨房。

"跟来干吗？"

"洗碗。"叶藤打开水龙头冲着碗，两个人就安安分分地各自做着自己的事情。陶也从她身边路过的时候，两个人心照不宣地侧头瞄了一眼对方。

"听说最近你和小朗走得挺近的？"陶也在袋子里挑着调料。

"也没有，就是碰巧他实习的地方也不远，偶遇过几次。"叶藤也不知道自己在解释什么。

陶也就像是顺口一问，叶藤洗好碗出去，这件事到此为止。

吃饭的时候大家聊得火热，因为他们几个年龄也都相近，还算聊得来。令人意外的是，李元朗似乎对林初挺感兴趣的，两人一见如故。李元清则在和林末她们科普一些关于赛车比赛的知识，讲得唾沫横飞。

叶藤坐在陶也的对面，埋头吃着东西，时不时也会插几句。

可能是这张桌子的位置放得不太好，叶藤坐的那边有点挤。她起身舀汤的时候腿不小心碰到了桌腿，其他人正聊得火热，陶也不动声色地把桌子往自己那边拉了一下，大家的注意力都被吸引了。

"干吗突然拉桌子？"李元清挪了挪凳子。

"我觉得那边的菜离我太远了。"陶也若无其事地伸长胳膊夹了一筷子叶藤面前的爆炒肥牛。

叶藤舀好汤坐了下去，感觉比刚刚宽松了不少，腿也不会碰到桌腿了。她抬眼看了看陶也，觉得自己可能是过于自作多情了，低头尝了一口汤。

"叶藤，你尝尝这个卷饼，蘸酱很好吃的。"李元朗很绅士地把酱料也递过来,"也哥,这个酱你是在哪儿买的?"

"超市。不过里面似乎有羊肉末,不吃羊肉的话就蘸旁边那盘。"陶也的眼睛仍没从叶藤身上移开。

她一听见"羊肉"两个字,果然皱了皱眉,笑着推开了那盘酱料,换了旁边那盘:"我不吃羊肉,我吃这个好了。"

旁边的李元清正说得起劲,完全没有发现饭桌上的尴尬气氛。林末和林初对视一眼,很默契地假装不知道,气氛好在很快便又恢复了。

叶藤喜欢吃那个虾,最后就剩下一只,她也没好意思下手。旁边的人说话的时候她不经意间瞄了几次,手上捏着筷子的小动作都落入了陶也的眼里。

"还有一只虾,还有人吃吗?没人吃就归我了啊!"李元清举着筷子准备下手。

叶藤手里的筷子放了下去,跟着摇了摇头。

"哈哈哈——最后一只……归我了!"

李元清手里的筷子还没挨着虾,半路杀出个程咬金,那只虾在他的眼皮子底下被陶也夹了起来,放进了叶藤面前的盘子里。

"不是!你什么意思?"李元清觉得陶也今天很针对他。

"你一把年纪,也照顾照顾小孩,吃那么多,不怕得高血压?"

李元清被噎得说不出话来,反问道:"那你怎么不给其他孩子?"

陶也慢条斯理地夹着自己盘子里的蔬菜:"我按首字母排的。"

叶藤震惊了,这个人可真能胡扯。

"他们三个人的姓氏都是L开头,不好选。"

陶也自己说完都不知道自己刚刚说了什么,假意吃东西逃过去。他们几个人突然被这个理由说服,竟无法反驳,都笑了。

叶藤也笑了:"头一次觉得自己的姓氏这么特别。"

一顿饭吃完,大家都酒足饭饱。几个人争着去洗碗,陶也就坐在客厅的沙发上,李元清也在。

"看不出来你还真有两把刷子,我以后能来蹭饭吗?"

陶也突然想发个朋友圈,在手机里选着配图:"不能。"

他这条朋友圈发了将近十分钟,最后发了一个钟表的图,文案是:

纪念。

　　发完一刷新朋友圈，发现几分钟前叶藤也发了一张图，没有文案。两条朋友圈紧挨着，很巧合地截到了同一个时间点。

　　叶藤刚好从厨房里出来，她应该还没看见他的朋友圈，看到陶也看自己，一脸蒙："看什么？我脸上有东西？"

　　陶也摁灭手机，这个小小的偶然怦然心动的自己让他觉得很陌生，但是不排斥。他笑着逗她："看你可爱。"

　　日常的卡丁车训练，陶也从家里开车到训练基地，几个年轻车手见了他都过来打招呼，他点了点头，没看见李元清。

　　"李老板好像说家里有事，今天不来了。"李老板是大家平时给李元清取的外号。他这个人很讲究穿着，衣服、饰品什么的都是名牌，大家都觉得他整天穿得跟暴发户一样，所以开玩笑叫他李老板。

　　"你们知道什么事吗？怎么也没打声招呼就走了？"陶也知道李元清的个性，他一般不回家，说不定是家里出了什么急事。

　　"不知道，昨天他弟还来找他了呢，看样子连他都不知道。"大家也都觉得奇奇怪怪的，李元清这个人本来就是个"大嘴巴"，不是那种能瞒得住事的人，越是这样就越是让人觉得奇怪。

　　"小朗来过？"

　　"嗯，小朗这小子越长越帅了，我还开玩笑说给他介绍女朋友，结果你们猜怎么着？人家说已经有喜欢的姑娘，今天要去表白了。"

　　"今天？这小子可以啊，比哥哥们有出息！哈哈哈！"

　　李元朗因为李元清的关系，和这边的车手都挺熟的，大家对他都很照顾，都当他是自己弟弟一样，没把他当外人。

　　"你没给小朗出个主意什么的？"

　　"我还给他出主意？哥们儿自己都没追过妹子，我出个鬼的主意啊。走了走了，该训练了。"

　　"你们先去吧，我抽支烟。"陶也不自觉地蹙眉。

　　"那也哥我们先走了啊。"

　　陶也点点头，单手插兜，另一只手拿着手机，看了看叶藤的微信，手机屏幕摁亮又摁灭,最后还是没发消息问。

他结束一天的训练回到家,洗了个澡,坐在沙发上把朋友圈刷了一遍,好像没有相关的消息。上次李元朗带来的红酒还在柜子上摆放着,他找了红酒起子,打开给自己倒了一杯。

外面的云层很厚,有些阴沉,几只鸟儿在空中局促地盘旋,像极了他自己。

他站在阳台上抿了几口红酒,抬起手腕看了一眼表,叶藤下班的时间是六点,如果现在去,说不定还来得及。

叶藤自己也没有料到李元朗会跟她表白。她只是下班前和许苗苗约了去看电影,许苗苗说她男朋友最近都很忙,没有时间陪她,所以她只能找自己的好姐妹了。叶藤看了看时间,就剩下半个小时了,她伸了个懒腰接着干活。

过了一会儿,许苗苗发来微信定位,是在她公司附近的一个影城。

"这边有一家超好吃的餐厅,我已经订好位子了,你自己一会儿过来哈。"

叶藤随手敲了一个"好的"。

下班的时候,她看了看外面的天气,顺手带了一把公司的备用伞。从写字楼出来就已经开始下雨了,还好餐厅和影城都不远。

静谧的西餐厅里已经坐满了人,叶藤抬头在人群里找了找,很快就看见了许苗苗在冲着她招手。

"这边好像人很多啊。"叶藤坐下,"东西肯定很好吃吧?"

"那是肯定的,也不看看是谁挑的店。这边都要提前很久预约的,否则根本没有位子。"许苗苗笑着打开菜单递给她,"你看看喜欢吃什么,他们家的招牌都不错。"

"我看看。"叶藤翻了翻菜单,"你最近好像都很闲啊。"

"也没有,这不是帮人家的忙吗?"许苗苗笑了笑。

叶藤的菜单还没看完,突然听见一阵小提琴弹奏的声音,然后一个服务员推着上菜的小车经过,上面放了一只小熊和一枝玫瑰花。那男孩笑着站起来,从怀里掏出戒指盒,单膝下跪的时候激动得差点摔倒,旁边的看客都笑了。

"好浪漫啊。"许苗苗一脸的羡慕,"今天是什么好日子?"

叶藤笑着回头接着看菜单。

"你怎么一点儿感觉都没有啊？"许苗苗拉过她的手，"我问你，如果李元朗现在跟你表白，你会答应吗？"

叶藤紧张地看了看附近："在这儿啊？"

"不是，我就是说假如。"

"不知道。"叶藤自己也不清楚，对李元朗，喜欢说不上，却也不反感。爱情这种东西过于虚无缥缈，她现在甚至不确定自己是不是还喜欢陶也。好像人长大了，感情也变得模糊起来，不像小时候那样爱憎分明。

"不知道？"许苗苗觉得有戏，"那就是有可能呗。你这样想就对了，人总不能在一棵树上吊死吧。"

叶藤不知道，这时候许苗苗已经给李元朗那边通风报信了，给了他很大的信心。

吃过饭后，外面的雨幕重重，天色也晚了。

她们撑着伞去影城，检票进场，进去坐了一会儿，叶藤觉得有些不太对劲："我们是不是走错了地方？为什么广告都快放完了还没人进来？"

"可能是来看的人少呗。"许苗苗左顾右盼地敷衍着。

"不会吧？这部片子貌似口碑和票房都不错，这个点应该是爆场的。"叶藤不相信地在网上搜了搜电影票，看见后面的场次的确都是爆满，就觉得更奇怪了。

"哎呀，你别管了，就快开始了。"许苗苗拉着她指了指大屏幕。

屏幕上的广告这时已经播完了，开始倒计时。倒计时结束之后，屏幕竟然黑了，然后便开始播放一段音乐，浪漫的钢琴曲响起的时候，李元朗从外面走了进来。

叶藤瞬间知道是怎么一回事了，扭头看了一眼旁边的许苗苗。

"我出去，我出去，你们自己聊。"许苗苗任务已经达成，功成身退，赶紧一溜烟儿跑了。她带上门的时候没关好，留下了一条小缝。

她准备回头去偷看，却被自己的男朋友强行拉走："咱们能帮的都帮了，感情的事不能勉强，就交给他们自己吧。"

许苗苗这才不情不愿地离开了。

叶藤一个人坐在空荡荡的电影院里，突然有点紧张。

"这是什么意思?"

"这首曲子是我自己弹的,为了送给你。当然我也很想现场弹给你听,以后,如果有机会的话,你能给我这个机会吗?"李元朗在她身边的座位坐下来,"你现在不用着急回答我,我还准备了一个小视频,我们可以一起看看。"

视频是他从网上找的电影表白的合辑,各色的男男女女用不同的方式表达着同样的心事。

末了是拍的他自己,镜头下的大男孩还有一点点局促,笑得温柔:"我以前一直觉得喜欢一个人是一件很难的事,可遇见你的那一瞬间,我觉得那可能是我这辈子做过最简单的事情。叶藤,能给我们彼此一个机会吗?"

屏幕闪了闪,叶藤扭头看了一眼旁边的李元朗。

"如果你需要时间,就跟我说,我愿意等。"

叶藤满脑子都是乱的,氛围很好,李元朗很好,一切都很好,她就是想找个借口都找不到。

他们没有注意到,放映厅门口,一位工作人员走过来,对着一个浑身湿透的男人说:"先生,麻烦您配合一下,您要先购票才可以进来。"

陶也抬手示意她不要说了:"抱歉,我这就走。"

外面的雨越下越大,他就这么走进了夜晚的雨幕里。

"里面的是不是他女朋友啊?"门口检票的小姑娘和小伙子开始聊天,"这看着像是抓到了啊,这么刺激的吗?"

"不会吧,我看里面那两人挺登对的,可能是前女友?"

"我的天,这妹子也太令人羡慕了吧!前任、现任都这么帅,酸了酸了。"那小姑娘一脸八卦,"你没觉得刚刚那个帅哥长得有点眼熟吗?太帅了吧!浑身都淋湿了还那么帅。我羡慕死了,有这样的男朋友还分手啊……可真的是旱旱死,涝的涝死……"

"我也觉得,明明刚刚那个更帅,要是我就选他。"

"我更喜欢里面那个。"

"你们俩歇会儿不行吗?有你们俩啥事儿?"旁边的男生笑着戳穿,最后挨了俩姑娘一顿揍。

叶藤出来的时候,他们立马停止了打闹,一路目送她离开电影院,又扭头看了看后面。李元朗没有跟出来,大家互相交换了一个眼神,真是酸了。

叶藤是打车回的学校,一路上脑子里还是乱糟糟的。如果不是李元朗的这次表白,可能她还没有意识到,自己心里的那个人其实一直都没有变过。所以她跟许苗苗说是那么说,当真的面对李元朗的表白时,她甚至连一秒都没有犹豫就说出了"对不起"。

她现在甚至有点想念陶也。

手机的呼吸灯在闪,她打开手机,是陶也发给她的消息,说他最近要去外地,这周不用去他家了。

她本来想说点什么的,可觉得他应该也不会关心李元朗和自己怎么样了,最后只是发了一句:好,那你一路顺风。

陶也淋雨之后就发烧了,他本来体质也不至于那么差,只是因为回来后没有冲个热水澡,而是在沙发上躺了太久。他关了手机待在家里,从里到外都难受到不想动弹,仿佛回到了几年前,那个最难熬的时候。

怪他自己,把她给弄丢了。

周末不用去陶也家,叶藤突然觉得少了点什么一样。习惯的力量太强大,又因为李元朗把她的心思也给搅乱了。

她打电话找林初和林末,结果这两人关键时刻都有事,一个也找不到。

她烦闷地在寝室待了一天,第二天再也待不住了,摸着陶也家的钥匙发呆。

"他不在家,我偷偷去待一会儿可以吗?"

叶藤从床上弹起来,又觉得这样似乎不太好,然后在床上滚了两圈,给自己找了一个完美的理由:"下周太忙了,所以提前给他买点东西放着。"

她给陶也发了一条简短的微信征求他的意见,他没回。

"那我去咯。"

叶藤也不知道是和他商量还是和自己商量,换了条裙子,头发随手绾了个丸子头就去了超市,买了点东西,转车去陶也家。

她完全没料到他家里会有人,进门看见散落的衣服和鞋子,还吐槽了一句:"东西都不收拾就走了。"

进了大厅,她才看见沙发上背对着她躺着一个人,身上裹着毯子。她吓了一跳,手上的袋子都掉落在地上:"你是谁?你怎么在陶也家里?"

陶也烧得迷迷糊糊,睡得昏天黑地,移动身子转过去,看见叶藤的时候以为是自己烧糊涂了,没吭声。

"你怎么在家里?"叶藤这才看清是他,走过去,低头看着他,觉得他有点不太对劲,"你病了?"

陶也还是一声不吭。

"说话啊!"叶藤看他这样子有点慌,不知道他又出了什么事,"你怎么了?"

她的手腕被他用力抓住,强行拉到自己怀里。她的脸贴着他,感觉到他一身滚烫,她想挣扎起来:"你发烧了,吃药了吗?"

"不是跟你说了不要来吗?"真实的触感让他意识到这不是幻觉,她的皮肤凉凉的,软软的,让人舍不得离开。

"我给你发微信了,你没看呀?"

"不想看。"

"你怎么了?你先放开我。"叶藤觉得手腕被他捏得有点疼,就这么挨着也难受,他身上太烫了。

陶也的下巴抵着她的肩胛骨,闭了闭眼:"也不想。"

第 17 章
空调与遥控器

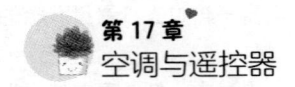

偏偏发烧到绵软没有力气的人她也挣脱不开，依稀能闻到他身上淡淡的烟草味。叶藤顺势看了一眼茶几上的烟灰缸，底层铺满一层烟灰，几个烟头散落了出去。他平常不是这样的人，这种状态很不寻常。

叶藤记得自己小时候生病就跟他现在一个样，每次老爸要出去工作的时候总缠着要抱抱。一个人待着真的很难受，尤其是生病的时候，那是她少见的撒娇时刻。她低头看了看陶也迷迷糊糊又闭上的眼睛，就不跟他计较了。

他的手松开一点儿，叶藤抽出手来，顺手摸了摸他的额头："都可以煮鸡蛋了。"

叶藤想着他东西还没全搬过来，家里应该也没有药，所以只能先去卫生间弄了湿毛巾搭在他的额头上，自己下楼去药店买退烧药。

陶也听见门"砰"的一声关上，努力睁开眼睛，发现身边的人消失了，以为刚刚真的是自己的幻觉，又迷迷糊糊闭上眼。

叶藤很快定位到附近的药店，叫了辆车，在等车的空隙给顾逸尘打了个电话。

"逸尘哥，最近陶也哥是出什么事了吗？"

顾逸尘接到她突如其来的电话，猛地愣住："怎么了？"

"他发烧了，一个人在家，整个人看起来有点颓废，我就是不知道出了什么事，所以才打电话问问你。"叶藤对着开过来的车招了招手，"我现在去给他买点药，感觉烧得挺严重的。"

叶藤伸手拉开出租车门坐了进去，听见电话那边犹豫了一会儿，传来一个不太确定的声音："该不会是因为……那个吧？"

"因为什么？"

"最近他好像喜欢上了一个女孩。"顾逸尘回想了一下，最近陶也的生活里也没有其他可以让他这么颓废的事了，"你没听说？"

叶藤抿了一下嘴唇，心里猝不及防地"咯噔"一下，一种难以言喻的感觉充斥心头："没有。"

"该不会是失恋了吧？或者是追求没成功？"顾逸尘猜测着，"可能就是这个原因。最近他好像也没有其他不正常的地方了，麻烦你照顾一下。他这个人你别看他平常跩得跟二五八万似的，其实他挺敏感的。而且他没谈过恋爱，所以可能要麻烦你安慰一下。这几天我也没空，实在不行，过几天我再去看看他。"

叶藤听到他说的那些，脑子里"嗡"了一下。本来她以为自己已经不会有什么情绪波动了，可听说陶也喜欢上别人的那一瞬间的真实感觉仍然是藏不住地难受，她匆忙挂断电话。

陶也喜欢的女孩会是什么样子呢？所以他刚刚是因为把自己错认成了她，才会那样抱着自己吗？

叶藤突然感觉自己像个傻瓜，她笑着扭过头去看着车窗外。当她从药店回来的时候，兴许是陶也头上的湿毛巾起了作用，他感觉比刚刚要好了一点儿。

"起来喝药。"他家里没有水，叶藤拿了瓶矿泉水过来，手心里躺着两粒退烧药。

"刚刚来过的人是你？"陶也的嗓子有点哑，他开始怀疑刚刚不是幻觉，也不是做梦。

"你希望是谁？"叶藤莫名觉得有些生气，但看着他一副病恹恹的样子又气不起来，她连不管他都鼓不起勇气，"不就是失恋了吗？不至于这样要死要活的吧？"

陶也拿过她掌心的药吃掉，起身坐了起来，扯掉了额头上的毛巾，抓起矿泉水瓶子，眼睛没看她："原来你知道了。"

"刚刚知道。"叶藤顺势坐在他旁边，虽然心里有一百分难过，但看见他难过时心里更难过，"你会找到更好的。"

这是发好人卡吗？

陶也无奈地笑笑，没想到自己也会有被发好人卡的一天："所以你现在是来安慰我还是表示同情？"

叶藤听见这句话有点坐不住了，她好心好意来照顾他，他竟然还一副不需要她安慰的表情。她看着他吃完药，从沙发上起身："你是不是觉得我很无聊，也不该出现在这儿？你要是想让我走，可以直接说。你去找你想看见的人去吧。"

陶也听着她这话有点奇怪，看见她生气的模样也觉得奇怪，掀了掀眼皮，懒洋洋地问："我想看见谁？"

叶藤简直要被他气死："我都听逸尘哥说了，你至于瞒着我吗？都这个时候了，不是你喜欢人家，人家不喜欢你吗？你一个大男人，为了这么点事就把自己弄成这样，不觉得丢脸吗？还对来照顾你的朋友发脾气！我觉得你现在真的很奇怪！"

陶也看着她站在那儿笃定地胡言乱语一通，突然绷不住笑了："顾逸尘这么跟你说的？"

叶藤一副"我都知道了，你就别装酷了"的表情。

陶也缓缓靠着沙发："他说得也对，你呢？不去跟男朋友约会，大周末的来关心……失恋的朋友？"

"我哪儿来的男朋友？"这对话越来越诡异，叶藤开始怀疑他的脑子是不是被烧坏了。

"你不是……"陶也本来想说自己在电影院看见李元朗拉着她的手腕，转念一想又换了种说法，"我听说有人跟你表白了。"

叶藤难以理解这个传言是怎么流传得这么快的，难不成李元朗这个人表个白还要到处宣扬？她无奈道："恋爱是两个人的事。"

陶也的眼睛突然一亮，感觉自己仿佛是个傻子。别人表白了也不一定会答应。他的心情突然莫名澎湃起来，喉结不自觉地滚动了一下。他不自在地垂下眼帘，心里却是说不出的熨帖："你……没答应？"

"嗯。"叶藤也不知是怎么了，感觉他再抬头时看着自己的眼神有点怪，过于……热切了。

他竟然紧张起来，紧张到心都揪着，但他觉得不能再等了。

"药我给你放这儿了,既然你不想看到我,我就先走了,记得自己吃药。"叶藤看了一眼放在厨房的袋子,"对了,我给你买了点东西。下周可能会很忙,我晚点再过来,你有什么事就微信联系我吧。"

"等等。"陶也又拉住她的手腕,"我没有不想见你,我是说……你能不能留下来?"

他还没想好要怎么告诉她,脑子里也乱糟糟的,发烧让他整个人轻飘飘的,头昏脑涨,可能还需要一点儿时间。

叶藤的眼神里透着惊讶,她正色道:"你要不是病号我就动手了,你知不知道你这个样子叫什么?你真当自己是中央空调啊?你放开我。"

她挣脱开他的手往门口走,陶也挫败地摸了摸自己的额头,起身追了过去。

叶藤被他拉回来,按着手臂贴在门旁边的墙上。他似乎有点着急,他是那种什么时候都游刃有余的人,这种有些焦急的神情难得出现在他的脸上。

"你干吗?真要动手啊?"

陶也的声音里透着一点无奈,想要狠狠地把她搂进怀里,又不想伤着她,最终也只是软下嗓音耐心地解释:"你怎么那么相信别人的话?我跟你说,你好好听着,也不要生气。顾逸尘没告诉你的,我现在告诉你。我喜欢的人不是别人,就是你;我想见的也不是别人,是你。"

叶藤本来要从他的怀里挣脱的,突然僵在原地。她的第一反应是不相信,或者他又是在诓人。她笑道:"我不是小孩了,别开这种玩笑可以吗?"

"那你要我怎么说你才信呢?"他的耐心快要耗尽,他现在真的比以前要温柔一百倍。

"你说是我,那我又没把你怎么样,你怎么就成了现在这样?"叶藤看了他一眼,这也太不合逻辑了。她不是什么傻白甜的女孩,不会被人一两句话就骗了。

陶也垂下头笑了,一脸"拿你没办法"的表情,又有点不好意思地维护着男人的自尊心:"那天在电影院,我也去了,去的时候没打伞,回来就这样了。"

实际上还有更多原因,他回来之后在沙发上躺到浑身发冷。不知道过了多久,他也没睡,起来抽了几支烟,洗了个澡,可还是怎么也睡不着,脑子里全是她。

得知真相的叶藤没忍住，"扑哧"一声笑了。这种深情得有点傻的事情和眼前这个人真的一点都不契合。可一想到这些都是因为自己，她心里突然像是被灌了糖，说不清那种感觉，她其实没想开心的，但就是忍不住。

他们俩彼此看了一眼，眼神撞到一起的时候又觉得不太好意思，忙转移开来。陶也放开她的手，不自在地把手插到口袋里，低头又抬头，两个人一对视就忍不住笑了。

"我还是中央空调吗？"

"是。"叶藤推开他，怕自己过于喜形于色。她可不是那种说两句好话就会乖乖过去的女孩，她绷着脸往客厅里走去。

陶也并不在意她这种习惯性的口是心非，悠闲地迈着步子跟上她，侧腰歪头，在她耳边带着笑意不正经地问："那你想不想做遥控器？"

叶藤咬唇，脸颊弥漫起粉色，陶也这个人什么时候这么会……

她板着脸，坚定地摇了摇头："不……要。"

叶藤说到底还是不忍心把他一个病号扔在家里不管，看他那样子，估计都没有吃过东西。

她决定给他熬点粥，反正发烧也不能吃太油腻的东西。更何况她实在是厨艺不精，上一次准备给他做点吃的，最后还是他自力更生。她觉得自己熬个粥应该还可以。

"我去熬粥，你回房间去躺着吧，别胡言乱语了。"

陶也无奈地舔了舔有些发干的嘴唇，知道自己这个样子突然表白可能对她来说的确难以接受。不过只要她还在这里就好，就表示还有机会。

他的头特别晕，可能是吃了退烧药的缘故，整个人困得眼皮都掀不开，只好回房间去躺着。

叶藤进了厨房，捂着自己狂跳的心脏后知后觉地紧张起来。她掏出手机想要给林末打电话，想了想后还是发的微信。

"YT"：啊啊啊——啊啊啊——你绝对想不到刚刚发生了什么？

林末一脸蒙地看着她发的那行字，叶藤这个人一般都很淡定，除非实在忍不住地问：什么？

"YT"：陶也说他喜欢我！

"YT"：你说他不会是哄我玩的吧？

"YT"：他怎么会喜欢我呢？

林末看着她噼里啪啦打过来一堆有的没的，也跟着蒙了，问道：他怎么表白的！！

"YT"：他说他喜欢的是我，然后还因为我把自己弄病了。你知道吗？就是前两天……

叶藤还没打完字，突然听见一阵拖鞋的响动，陶也很不合时宜地出现在了厨房里。他太渴了，出来倒杯水，看见叶藤满面红光地站在料理台前，锅就放在她的面前，还是空的。

叶藤面无表情地摁灭了手机，丢进自己的裤口袋里，然后假装到处找米的样子。

"你是在找这个吗？"陶也喝了一口水，指了指放在她脚边的米袋。

"对，我刚刚没注意。"她蹲下去，用里面的量杯往电饭煲内胆里装着米。陶也跟着蹲下来，就和她面对面，她抬头看着他不怀好意的笑容，"怎么了？"

"你是不是又做了什么见不得人的坏事？"

叶藤低头舀米，耳边的头发垂落下来："没有。"

陶也抬手帮她把头发别在耳后，轻巧地起身，像什么事都没有发生一样地回房间睡觉去了。

叶藤待在厨房里，按照网上的食谱放了水，然后又看好时间。接着，她跟林末从以前讨论到现在，结论就是，林末反复警告她：还是要谨慎。无论是对你还是对陶也，无论他是真的喜欢你还是一时兴起，感情的事情急不来。更何况你刚刚准备收起来的心又被他这么轻易地搅乱了，真的让人觉得很气，也该他努力努力了。你不能那么没出息，招之即来，挥之即去，知道了吗？

可是依着她的性格，喜欢就是喜欢，什么也不管了，姑且听林末的吧。

她胡思乱想的工夫，不小心错过了时间，闻见了一阵奇怪的味道。一转头，她才发现粥似乎煳了！

她赶紧急匆匆地关火，看了看锅底，兴许是水和米都放得太少，锅底有点黏,有一点点焦煳的味道……

叶藤正盯着那锅有点煳的粥不知该怎么办,想倒掉,却又觉得实在是浪费,但给病人吃煮煳了的东西似乎又不太好。

陶也不知什么时候起来的,换了身衣服从房间里出来,闻见屋子里弥漫着一股焦煳味,去厨房正好看见叶藤对着那个锅发愁。

叶藤看见他进来,不好意思地抬头:"有点煳了……"

"烫不烫?"陶也看她手捏着锅的边,赶紧说,"你先放下。"

叶藤把锅放到桌子上,看着他翻出来一个碗,找了把汤勺舀了半碗,小心地尝了一口。

"这个有点煳了,你还是别吃了!"叶藤看着他的表情,似乎也没有很难吃,但总归是煳了。她抓着他手中的碗,"真的不能吃,你别吃了。"

陶也慢悠悠地又从手中的碗里舀了一勺:"其实还挺好吃的。"

最后的最后,还是病号和她一起做了两碗香喷喷的肉丝面。两个人抱着面碗在餐厅的餐桌上坐着,总觉得气氛怪怪的。叶藤提议去客厅看电视,于是两个人又转移到了客厅。

叶藤慢条斯理地吃着面条,比平常要斯文很多,时不时地偷瞄他一眼。电视机里播着什么,两个人谁也不知道。

吃完面,叶藤主动包揽了洗碗的活,陶也也跟着一起,两个人默默地在厨房里洗碗,"哗哗"的流水声里都透着尴尬。

"我一会儿也该回去了,明天还要上班。"

"我明天开车送你?"陶也递了一块干净的干抹布给她擦手。

"不用了,你好好养病吧,我平时搭地铁挺好的,你从这里过去太麻烦了。"

"也有个不麻烦的办法。"陶也一脸认真地看着她,"你留在我家。"

"我……干吗要留在你家?"这也太快了吧?他们还没怎么样呢。

陶也一本正经地摆出理由:"我现在还在发高烧,万一晚上晕倒了,没有人帮我叫救护车,很有可能会引发严重的并发症,甚至是立即送命。"

叶藤信了他的邪:"你明明好得差不多了。"

"没有。"陶也干脆一不做,二不休,拉着她的手搭在自己的脑门上,"你摸摸。"

叶藤讪讪地挣脱开手,再这么下去就该她发烧了:"好吧,那我就留一个晚上。"

陶也低头看着她挪动脚尖的小动作发笑:"嗯,明天我一定会好。"

第二次和他在夜晚共处一室。他家房子挺大的,可东西都没买齐,就一个整理好的房间。叶藤先洗完澡,穿着他的大T恤和宽大的短裤出来。因为裤腰太大,她只好找了根鞋带绑着,像个偷穿大人衣服的小孩。

陶也抱着换洗衣服从她身边路过的时候摸了摸她的头:"吹风机放在我的床头,去吹吹头发,我一会儿就好。"

这话怎么听着有点怪怪的……

叶藤站在他的床边吹头发,考虑到很多人不太喜欢别人碰他们的床,她就没坐。她的头发比较厚,吹了挺久。陶也都洗完出来了,看见她光着脚站在床边,乖乖地垂着头,忍不住笑道:"怎么不坐?"

"没椅子。"叶藤看了看周边,她刚刚也找过了,房间里没有,她也就懒得去外面搬了。

陶也顺势坐在床边,正对着她,拍了拍自己身边:"坐床上就好,怕什么?"

"怕你嫌弃我。"叶藤总觉得他的言辞之间有点什么别的意思,可是又没有证据……

"睡都睡过了,还嫌弃?"

这糟糕的对话……

"你别胡说行不行?"叶藤莫名觉得自己以前可能对陶也有什么误解。

"我指的是你睡过我的床。"陶也大大咧咧地坐着,叶藤莫名地站在他的双腿内侧,位置也很奇怪。他看着叶藤那满脸是戏的小表情,伸出手在她的脑门上轻弹:"坏丫头,在想什么呢?"

"我怎么知道!我失忆了……"

这个借口可真好用……

下一秒,叶藤才意识到自己把自己推到火坑里去了。

他似笑非笑地盯着她节节败退的眸子看:"那我帮你回忆回忆,说不定睡的不只是床。"

叶藤赶紧后退:"我去客厅睡。"

陶也抓住她的胳膊拉她回来："你睡我的床，我去睡沙发。"

"这样不太好吧？你还是个病号呢。"叶藤觉得自己完全就是来折磨他的，而不是来照顾他的，"我没关系的，你睡房间会比较暖和，客厅那边靠近阳台有风。"

"那我也睡房间里。"陶也顿了顿，"打地铺。"

叶藤担心他的病情，又知道他这个人执拗，只好作罢。他找来被子和毯子，睡在离床不远处的地板上。叶藤侧着身子躺在床上，没敢对着他那边。陶也看着她蜷在被子里的样子，顺手关了落地的床头灯。

房间里全黑了，过了将近半个小时，她才悄悄侧过身来。谁知道陶也也没睡着，两个人蓦地借着月光对上了视线。

"睡不着？"陶也的手臂枕在脸侧，看着她白皙的脸微微挪了挪。

"那是不是你的手机？"叶藤注意到那边的地板上有个亮亮的东西，像是手机屏幕。可能是他故意扔在那里的，不太容易看见，"好像有电话进来。"

陶也摸过被自己扔了一两天的手机，他差点都忘了手机这回事了。电话是教练打过来的，一接通就劈头盖脸地责备，叶藤全听见了。

"叫你给我回个电话就这么难？！"

"抱歉，我最近有一件很重要的事情，暂时可能脱不开身。"陶也的声音沉稳且淡定，他摸了摸额头，"忘了跟您打招呼，我错了。"

教练似乎有点迟疑："你真的是陶也？你小子什么时候会道歉了？别唬我，老实交代啊。"

教练几乎是看着他长大的，了解陶也，他如果不是有很重要的事，别说是不去训练了，就连迟到都不常见。

叶藤听着他们俩通话也觉得有意思，还有能训陶也的人，挺新鲜的。

过了一会儿，她听见他用极其正经的语气说："最近喜欢上一个小姑娘，要花点时间告诉她。"

她在黑暗里突然红了脸。

叶藤实习所在的公司对实习生的要求比较严格，刚开始的时候招了大概有十个实习生进来，一周要对实习生进行一轮考核，熬过一个月才能留下来。公司对实习生的考核标准也很复杂，但主要是看工作量和工作质量。

好在叶藤有那个没人性的工作狂师父带着，一个月之后，她的打分表上排名赫然写的是第一名。叶藤在心里刚刚感激了魔鬼师父一会儿，立马就被他指派出去送材料。

外面天气很热，要去的地方不是特别远，附近也有直达的公交车，叶藤也就没想着打车，打着伞去了附近的公交车站。太阳很大，她等了一会儿就感觉整个人晒得不行，刚要放弃的时候，车来了。

叶藤收了伞上车，车上人很多，空调也不怎么给力，一挤到人群里就感觉整个人闷得难受。她穿了件小一字肩的短袖，下面是一条宽松的黑色短裤，脚上穿着小高跟的凉鞋。车子启动，她往后倾了一些，碰到后面一个人的肩膀。她回头看了一眼，是一个个子高高的男人，看起来大概有四五十岁的样子，冲着她笑了笑。

"不好意思。"叶藤拉着吊环往前挪了一步，拿出手机和公司那边联系说自己已经出发了。

过了一会儿，车子转了个弯，后面的人靠了过来，在她的背后挨了一下又离开了，她也没多想。车子再启动的时候，车上的人更多了，她感觉身后那个人几乎是贴了上来……

叶藤低头，脚后跟对着他的脚尖踩了一下，那个人突然吃痛地大叫，旁边的人都看了过来。叶藤回头看了他一眼，那个人假装什么都没发生一样，还大声斥责她来掩饰自己的尴尬："你这个人怎么回事？踩着我的脚了。"

"你说是怎么回事？！"

他可能看叶藤不像是个胆小的，所以也就没再纠缠，烦躁地推开旁边的人："让一让啊，我下了。"

旁边的人都开始议论，叶藤提了一下自己的包带。她觉得这个人有点眼熟，一定是那种每天专门到处坐公交车的猥琐男，可不能就这么算了，于是一边跟着他下了车，一边用手机搜了搜最近同城的新闻，果然找到了。

那个人看见她也下了车，有点惊讶。

叶藤准备报警，那个人一看她举起手机就要跑。叶藤眼明手快地把手机塞进包里，从后面踢了他的腿一脚。那个人吃痛地喊着："打人了啊，打人了！"

"网上被曝光的人就是你吧？跟我去一趟派出所。"

来往的车窗里有人探出头来看,叶藤抓着他的手腕不让他动弹。但这个人长得挺高也挺胖的,他一用力,竟然从叶藤的手里挣脱出来。叶藤一边报警,一边脱下自己的高跟鞋,远远地朝着他用力地扔了过去。高跟鞋正中他的膝盖后弯,那个人一下就跪在了地上。

旁边的路人一脸震惊,那个人一边骂着娘,一边想爬起来。叶藤的鞋掉在地上,鞋跟竟然被砸掉了。很快旁边的人就围了过来,警车也很快就到了。

叶藤先打电话回公司,找了同事过来帮忙送资料。同事一来,看见这场面都蒙了:"这是怎么回事啊?"

"回去再跟你细说,我现在要去一趟派出所。"叶藤自己也没有料到会发生这样的事情,一个下午就被这件事给搅乱了。

"行,那我先走了,你也不用回公司那边了,我帮你说一下。"资料比较着急用,同事也就先拿着东西走了。

叶藤上警车的时候还光着一只脚,高跟鞋又坏了一双,还是前不久刚买的……

"你挺厉害的啊,姑娘!"旁边一个警察笑着把她摔断了鞋跟的鞋递给她,"这个人碰见你可算是倒霉了,你这是练家子吧?"

"谢谢。"叶藤笑着接过鞋,"这个人是惯犯吧?我能不能起诉他?"

"起诉啊?可能要调取车上的监控看一看,而且你考虑好了吗?"旁边的一位女警好心提醒,毕竟这种事情对于一个女孩来说似乎难以启齿。也正因为如此,很多骚扰女性的罪犯轻易地就被受害者放过了。为了名声,很多人选择私了或是不再追究,尤其是像叶藤这种没有受到什么实质性伤害的,大多都是不了了之。

"没关系。"叶藤知道这位姐姐是好意。

叶藤先去派出所做了一个简单的笔录,坐在外面的椅子上休息的时候,那位警察姐姐给她倒了杯热水,在她身边坐了下来:"小妹妹,你的家人呢?不用打电话联系一下他们吗?你是外地在这里上学的吧?"

叶藤点了点头:"嗯,不过我已经联系了……朋友,他已经在路上了。"

警察姐姐爽朗地笑着冲着她眨了眨眼:"男朋友?"

这么漂亮又厉害的小姑娘会找个什么样的男朋友还挺让人期待的,叶藤还没来得及回答，就看见一个急匆匆的身影往这边过来。警察姐姐也顺着她的视线看过去："你男朋友挺帅啊。"

叶藤没否认，椅子下光着的脚晃了晃。

陶也走进来，像是没有看见旁边的人一样，先是从头到脚检查了一下她有没有受伤。

"我没事。"叶藤像是看出来他要说的话一样，自己先回答了。

"放心吧，这姑娘挺厉害的，那流氓被她揍了一顿。"旁边的警察姐姐笑着说。

"谢谢你们。"陶也这才放下心来，向她道谢。

"不客气，那我就先走了，好好安慰一下吧。"警察姐姐一离开，这边走廊上就剩下他们俩了。

叶藤抬头看见他在笑，以为他是笑自己现在这个样子很狼狈，就佯装发怒："你还嘲笑我？"

"我是开心。"陶也蹲下去看了看她那双烂掉的高跟鞋。

"你还开心？我被人骚扰了啊，你这个人有没有一点儿良心？"叶藤觉得他这个人经常让人摸不着头脑，一会儿让人觉得温柔又体贴，一会儿又让人觉得想揍他。于是她伸手给了他一拳。

陶也抓住她的拳头，顺势往她面前挪了挪："你给我打电话，而不是别人，我开心。"

叶藤被他一句话说得心怦怦跳快。她自己也没有意识到，不知道从什么时候开始，她又恢复了以往对他的依赖，第一个想要打电话的人的确就是他。

"是别人都没车，你来得比较快。"

"哦，原来是这样啊。"陶也也不戳穿她，提起她的高跟鞋扔到旁边的垃圾桶里。

"喂，你干吗扔了？我还得穿回去呢。"叶藤新买不久的高跟鞋，上次也是见他坏了一双鞋，这次又是，他简直有毒……

"为了奖励你见义勇为，带你去买一双新的。"

"那我也得先从这儿出去吧？"叶藤看了看周围，估计只能光着脚出去了。她刚要伸脚，就感觉身子一轻，被人抱了起来。

227

旁边传来笑声，叶藤一扭头，才发现那边还有围观的人民警察，也不知道他们在那儿看了多久。她把脸侧过去："赶紧走。"

陶也笑着跟那些警察点了点头，把她抱上车，放在副驾驶座上："你真的打算起诉？"

叶藤调整了一下坐姿，看了看外面的确没人在看了，才抬头道："你也觉得我蠢？很多人可能都觉得我也没有被怎么样，所以不如大事化小，小事化了。但就是因为有太多人做出这样的选择，那些坏人才会每一次都得逞，即使不得逞也不会受到惩罚。"

陶也看着她认认真真地解释着，抬手捏了捏她的脸颊："你是挺蠢的。"

见叶藤瞪着眼睛看着他，他淡淡地说："小朋友，我是为你感到骄傲。"那表情就像是看见自家小孩在幼儿园得了最多的小红花，眼里满是宠溺。

叶藤感觉自己的心也跟着软得一塌糊涂。

陶也带上车门，趴在车窗上，一脸轻松的表情："我免费帮你联系律师，不过……"

"不过什么？"叶藤很开心他能理解自己。

"律师问是我什么人的时候，我该怎么说？"陶也觉得自己的意思已经够明显了。

叶藤眨巴着眼睛装听不懂："你就说，一个朋友？"

陶也刚才还笑着的嘴角慢慢拉直，叶藤笑了起来："或者你说妹妹也可以。"

他听见这句话，猛地往她面前探过去。叶藤下意识地往后，整个人贴在座椅的靠背上。身后没地方可躲，她眼看着他的眸子垂下来看着自己的嘴唇，然后一点一点逐渐靠近，近到几乎能够感受到他清浅的呼吸。

就在她的心跳都快要停止的那一瞬间，他停下了，盯着她的眸子，慢悠悠地问："原来我们藤藤见哥哥的时候也会这么紧张？"

228

第 18 章
喜欢得要命

林末学校的女生寝室区正好在装修,寝室里一片混乱不说,还经常有噪音。叶藤就跟许苗苗商量了一下,让林末住到她们寝室来。本来阿姨是不让的,但叶藤费了九牛二虎之力,总算是跟阿姨谈妥了。过了一两天,林末便带着东西搬了过来。

她带了一个超大的箱子,一打开门就累得坐在凳子上。猛然看见叶藤的桌子上放着一个新鞋盒,她伸手拿了过来:"新鞋?"

叶藤一边帮她收拾许苗苗没带走的东西,一边"嗯"了一声。

"哇!这也太好看了吧?"林末打开盒子惊呆了,"等等,这不是那个很小众的品牌吗?超贵的吧?你最近不是在攒钱吗?"

"别人送的。"实际上叶藤也不知道这双鞋多少钱,是陶也自己买来的,她在车上等着,"很贵吗?"

"也哥送的?"林末觉得这品味看着不像是一般的小男孩,而且这大几千的价钱也不是一般人能拿得出手的。再加上叶藤从来不接受其他追求者的东西,想来想去也就只有他了。

叶藤点了点头:"出了点意外,我的鞋子坏了。"

"啧啧!"林末满脸羡慕,"也哥可真是厉害了,哪个女生能拒绝这样的礼物啊?"

"他跟我说随便在商场里拿的,我当时还纳闷他的审美可真不错。"叶藤低头看了看鞋盒里躺着的那双凉鞋,优雅又低调的设计搭配上皮粉色,看起来十分有质感又透出少女感,的确是她的风格。上班穿不会太幼稚,在学校穿也很活泼。

"啊，我死了。"林末佯装倒在桌子上，"请你忘了我上次在电话里说的话，立即和他谈恋爱吧！这种男人是真实存在的吗？"

叶藤被她的模样逗笑："你又不是不认识他。"

林末摇了摇食指："我认识的和你认识的应该不是同一个人。也哥这个人表面看起来酷酷的，实际上很温柔，这我知道。但男人陷入恋爱的时候就和平时很不一样了。"

"你现在不算塔罗了？改行做恋爱分析师了？"

"说起来，"林末想到前几年的事情，"记不记得我之前给你们算过塔罗牌？那时候我就算到你的真命天子了，就是也哥啊。你们俩一定是命中注定要在一起的，不然这么兜兜转转，他怎么还是喜欢上你了呢？"

"我也不知道。"其实叶藤自己也很好奇这个问题，于是坐下来趴在林末的对面，"实话跟你说吧，其实我特没有真实感。"

林末伸手戳了戳她的脸："现在有真实感了吗？"

叶藤笑着去拍她的手，林末笑起叹了口气："喜欢的人也喜欢你，真的是很让人开心的事情。但我也替你担心，你的家人会同意吗？方阿姨他们会不会觉得……"

"你是说年龄还是职业？"

"都有。"林末这个人打小胆子就小，她总喜欢思虑很多，做事情也总是犹犹豫豫的。看着自己的好朋友幸福是一件开心的事情，但现实的问题也不能忽视。

"可是，"叶藤双手搁在下巴下面垫着，"你说得对，所以我应该早点和他在一起，不然他不就越来越老了吗？"

林末无语。

陶也最近有个国外的比赛，要出去一段时间，最近训练比较紧张，车队里的事情也多，他就没有回公寓，就待在基地那边的寝室里。叶藤这边实习的公司走了几个实习生后，她也比以前要忙一些。

叶藤中午在公司，不回学校，吃过午饭后去茶水间泡咖啡休息，摸出手机看了一眼，不知道什么时候收到了陶也发过来的消息。陶也不是那种会在微信上经常联络的人，了解他的朋友都知道，他难得发一次朋友圈，微信对话也一向简洁。他和叶藤之间的对话也不多,往上翻翻差不多就能到头。

叶藤打开看了看,端着咖啡的手禁不住抖了一下,差点洒出来,脸上是憋不住的笑。不知道他在哪儿拍的一家卖宝宝衣服的店,装修得很粉嫩。一开始看她还没看出什么亮点,以为他这是在暗示什么,仔细一看才发现店面的大招牌上写着"藤藤宝贝"四个大字……

"看什么呢?这么开心?"一起实习的同事走了进来,看见叶藤满脸的笑,笑里还带着点羞涩,很不像她平时的样子。

"没什么,我在刷微博。"叶藤把那张图关了,随手给陶也回了个表情。

"哎哎哎,你看微博那个热搜了吗?我老公的绝美舞台!帅炸了!"同事一边倒着咖啡一边换上花痴脸。

"你哪个老公?"叶藤翻了翻热搜,顺位第一的就是最近很火的一个选秀比赛。

"啧,你看你这话说得,我现在只爱我们家老公一人!"同事凑过来跟她一起看那个热搜表演,显然她已经看了八百遍了,但每看一遍都忍不住眼含泪水,"这么优秀又这么帅的小鲜肉,真是太令人感动了。"

叶藤笑着看了她一眼:"你不觉得这种小鲜肉什么的,差了点味道吗?"

"差了什么?你喜欢大叔型的吗?"同事搅拌着杯子里的咖啡,"你不觉得这些小鲜肉、小奶狗特别纯情、特别可爱吗?男人年纪大了多半都是老司机了。"

叶藤盯着手机屏幕上的那些男孩看了看:"可爱是可爱,但也不能说所有年纪大的都不纯情吧……"

"那你举个例子!"同事实施捍卫着小奶狗的可爱属性。

叶藤脑子里蹦出来的其实是陶也,她分明觉得他虽然算不上小鲜肉,却也很纯情,甚至偶尔也会可爱。但她想了想,还是算了。

"你看看,你说不出来吧。年纪小的小男生那是纯情小奶狗,如果年纪大的男人还纯情的话,也只能是纯情老男人了。"同事一脸"我早已全然看透男人"的表情,"他们往往看着一本正经,甚至有些冷淡,实际上都是老狐狸。"

叶藤的手机上收到陶也发来的消息,他说明天要走,晚上约她出去吃饭。

"他们往往看着特别靠谱,实际上套路特别深,最好骗你这种喜欢成熟稳重的小姑娘了。实际上他们都是一套一套的,啥宝贝啊,甜心啊,都不在话下。"

叶藤看着刚刚那个"藤藤宝贝"的店名,瞬间感觉后背中箭。

赴约之前,叶藤还特意回寝室去换了衣服,再化了个妆。林末在寝室看剧看得正开心,看着她风风火火地冲进来,然后就开始换衣服,洗脸化妆,还以为出了什么大事:"你要干吗去?"

"吃饭。"

"和陶也?"林末一眼看穿,又扭过头去继续看剧,"今天要正式在一起了吗?"

叶藤勾了一条内眼线:"嗯。"

"恭喜你脱单。"林末笑着站起来,满脸的感动,"你有没有听说过一句话:每个女孩都需要一双好鞋,因为它会带你去你想去的地方。你穿着也哥给你买的新鞋去见他吧,就像偶像剧里的女主那样。"

叶藤看了一眼那双鞋,还是拿过来换上了:"末末,其实有一件事我一直很想问你。"

"什么?"林末伸手扶着她,方便她弯腰换鞋。

"你是不是……"叶藤穿好鞋,站好后对上她的眼睛,"喜欢冯天?"

林末瞬间沉默了,半晌又笑着点了点头:"你早就知道了吧?"

"嗯。你还记得那次我们去烧烤,我和冯天都想买那条黑曜石的开运项链,你偷偷把自己的给了他,从那个时候我就知道了。而且毕业的时候我们在KTV,冯天把那条项链放在桌子上,后来我们走的时候忘了带走。我昨天在你的首饰盒里看到了,你自己一个人偷偷回去拿的对吧?"

这么突然地被戳中心事,林末有点忍不住自己的泪水。她从小到大都是懦弱的女孩,胆子极小,不够漂亮,也不够优秀。她说:"我也想有一天像你一样勇敢。"

叶藤伸手抱住她。她知道对于林末而言,说出那句话要鼓起多大的勇气:"鞋子我给你买,你也要去好地方。"

叶藤折腾了一会儿才从学校出来,到得比约定的时间要早,陶也还没到。她站在路边看着路灯发了一会儿呆，突然看见一个有些佝偻的人朝着这边走过来，走路的姿势看起来有点熟悉。

叶藤的脑海里一闪而过的是一张让人恶心的脸，时那个好几年没有见过的人，她的舅舅叶晨。没想到有朝一日，竟然会在这里又见到他。

叶藤愣在原地，看着他一步一步朝着这边走过来，手紧紧地抓着自己的背包带子。这种习惯性的恐惧和紧张来源于心底，成了一种生理反应，她分明知道自己没有什么好怕的……

叶藤习惯性地抿唇，这是她紧张时的小动作。她缓缓闭了闭眼，让自己的心神镇定下来。不管他说什么，叶藤觉得自己都已经可以面对了。

不管是过世的爸爸妈妈，还是自己。

一辆车从那人的身边擦过，在她旁边的马路上停了下来。陶也从车上下来，他竟然还穿了西装。这是她第三次见他穿西装的样子，不过这也算是一种天然的默契。他们心知肚明，今天的约会是不同于以往的一次，所以两个人穿得都很隆重，他们都是对感情很认真的人。

叶藤的裙摆被风轻轻地扬起，她站在那儿冲着他恬静地笑，刚刚还紧绷着的心瞬间放松下来。有他在的话，她就什么都不怕了。

叶晨好像腿瘸了，往这边走的时候一拐一拐的，动作缓慢，又显得凝重。

"要不要我带你走？"陶也知道，对于她而言，叶晨一直都是一根刺，他的每一次出现总是能伤她最深。以前他可以帮她的，也只有让她看不见这个人，如今她如果说不想看见这个人，那他就再也不让她看到。

"没关系，总要面对的。"叶藤知道自己已经躲了很久，可是想要消灭恐惧的唯一方法就只有战胜它。实际上她害怕的不是叶晨，而是自己内心的自责和不甘，"不管他一会儿要说什么，我都可以面对，反正他现在也打不过我。"

陶也看着她故作轻松地开着玩笑的样子，翻过手掌递给她："牵着我。"

"我真的不害怕。"叶藤反复强调。

"我害怕行了吧？"陶也伸手抓住她小小的手掌，摸到她的手心有濡湿的汗水，还说不害怕……

"还有一件事……"陶也想到总会有这么一天，实际上今天晚上他本来也是要告诉叶藤的，关于她爸爸车祸的事情和他之间的关联。他也不知道叶藤能不能接受，会不会因为这件事情离开自己，但无论如何，他现在牵着她的手，也无条件地尊重她的选择。认真地说："答应我不管今天晚上发生什么，你都给我一个解释的机会。"

叶藤来不及问他到底怎么了，叶晨已经走到了他们面前。他先是看了叶藤一眼，然后冷哼一声。看得出，他这几年过得并不好，老了很多，腿也伤了，但眼神还是一如既往的贪婪和不知满足。

"总算让我找到你了！你那对新爹妈和你一样不是个东西！"

"你去找他们了？"叶藤没有听方淑珍他们说过这件事，可能他们是怕自己担心。怪不得前两天爸爸还一直叮嘱她自己在外面要小心，晚上不要随便出门之类的。她以为只是寻常的嘱咐，也就没放在心上。

"我不能去找他们吗？我可是你亲舅舅！"

叶藤听到他的话简直想笑："舅舅？不好意思，我不记得我有个什么舅舅。"

"你这丫头！"他似乎要发火，但碍于旁边有陶也在，又换了一个路数，"我最近手头有点紧，借点钱给我还债。"

他现在已经不屑于什么遮羞布了，一上来就直接谈钱。实际上，他因为欠了赌债，已经被人追得无处可去了。

叶藤无奈地看了一眼陶也："算了，我们还是走吧。"

"等等！"叶晨伸手来抓她的手臂，被陶也一掌打开，吃痛地缩了回去，低声骂娘，"你这个没良心的丫头！你知不知道这个人是谁啊？你还跟他在一起鬼混！"

陶也的眼中露出异样的眼神，那个稍显年迈的男人眼神躲闪。他是有点怕陶也的，上次坐牢的事情他知道是有人在背后出手，他出去之后就查了，后来是从一个朋友那边知道陶也这个人的。

"你胡说八道些什么？你以为我还会相信你的鬼话？我已经不是小时候的我了，不是被你一两句话就唬住的傻子。"

他这次竟然敢来，是因为他手里也捏着陶也的把柄。他看唬不住叶藤，只得转过头去要挟陶也："你叫陶也对吧？我晓得你，我今天来找你们就是想借点钱。大家都是亲戚，我拿了钱就走人，我知道你有钱。叶藤爸爸出事的时候我在现场，她不记得了，我可还记得。你就当给我一笔封口费，咱们好聚好散。"

叶藤简直想上去给他一巴掌,他怎么能这么不要脸?她的动作被陶也拦了下来,他轻拍了两下她的手背:"没事的,我来跟他说。"

"你这样的无赖我见多了。"陶也比他高出很多,说话要略低着头,他敛起了刚刚安慰叶藤的温柔语气,浑身戾气。他很少这样子,至少叶藤就见过那么一次,还是初遇那天。

"我上次能送你进去,这次照样能。我知道的只会比你知道的更多。"陶也说话时候的语气淡淡的,但带着让人不寒而栗的陌生感。

叶藤听着有点蒙,什么进去?什么上次?还有刚刚叶晨威胁他时,为什么要提到爸爸?

叶晨一副破罐子破摔的样子,后退一步,点了点头:"行,你们一个个都这样是吧?反正我活不下去你们也别想好过。"

他从怀里扯出来一张照片,甩给叶藤:"你自己看,当年撞死你爸的凶手就在这儿,你还跟他混在一起。你看看这张照片里的人是不是你的男朋友!你爸在天上估计现在都在哭吧!"

"你胡说!"叶藤想象过一万种情形,却没有想到他会说出这种话来。她低头看了看照片,那是当时车祸现场的处理照片,当时被人抬着上救护车的人就是陶也,她一眼就认了出来。

当初听说发生车祸时,她当场昏了过去,后面的事情几乎都是冯叔处理的。她只是听说了,那场车祸死了三个人,有一个重伤昏迷。当时她不关心那是谁,也不关心整件事情,她只知道自己的爸爸走了,永远地离开了她。

可如今想来,这件事的确和陶也口中他所经历的车祸吻合。他跟自己说的时候明显是略过了那个死在他们车下的可怜的环卫工人,所以他分明知道,是故意没有告诉自己……

陶也站在夜色里,像一座雕塑。他觉得自己像是被人生生撕裂开,但语气仍旧淡淡的:"不是这样的,你信我吗?"

叶藤把照片递给他:"这是你吗?"

"是我,但你听我解释。"

叶藤感觉脑子"嗡"的一声炸了。这件事情太复杂了,她觉得自己下一秒就会晕过去。她强撑着,红红的眼睛瞪了一眼在旁边等着看笑话的叶晨:"你滚!有多远给我滚多远!"

叶晨笑着挥了挥手,一瘸一拐地往夜色里走。陶也几乎忍不住要动手,可他手握成拳没有动,伸手要去抱她,却被她推开。

她踩着那双凉鞋往学校里面走去:"我先回学校了,我们都彼此冷静一下吧。"

他伸在半空中的手顿了顿,最终还是没跟上去。他靠着车门不知道待了多久,指间的烟没抽,生生烧成了灰才离开。

叶藤回了寝室倒在床上躺了很久,以前种种画面在她的脑子里回放,爸爸的音容笑貌仿佛还在眼前。她请了假在寝室待了两三天,被林末死活拉着出去走了走。再这么下去,她整个人都要萎靡不振了。其间陶也来了好几次,都没见着人,在寝室门口磨蹭了一会儿后不得不离开。他刚好最近要集训,里里外外焦躁不已。

叶藤跟着林末出去转了转,顺便吃点东西。她最近胃口也不好,整个人瞧着都瘦了一圈。等着上菜的工夫,林末看了对面的人半晌,道:"其实这件事也不怪也哥,他跟我说了个大概,当初他也不知道。"

叶藤默默垂眸,她也不是不知道这一重,但就是心里过不去那道坎。想到这里,她又觉得当初他们之间的一切都是因为他内心愧疚,或许他对她的这点喜欢和怜爱也是。

"对了,他上次过来说他最近有个集训,可能要出国一阵子,如果你愿意见见他……"

林末的话还没说完就被叶藤给打断:"不要。"

林末无奈地点了点头:"嗯,那我去跟他说。但他总不能因为个人的事情拖累整个车队,你也是了解他的为人的。"

叶藤没有回应。她只是最近不想见他,或许缓一缓就会好,又或者不会,她自己也说不好。不过他出国了也好,可以让彼此都冷静一段时间。

吃饭的时候,林末破天荒地要了一杯梅酒,两个满腹心事的姑娘就着酸甜的梅酒品尝了一把借酒消愁的滋味。吃完饭叶藤想出去走走,林末便跟着她一起。因为是暑假,晚上学校附近也没什么人,她们走到背光处,叶藤感觉身后有脚步声,不自觉地回头看了一眼。

"怎么了？"林末见她回头，也有些害怕。

"你有没有觉得有人跟着我们？"叶藤觉得可能是自己喝多了头晕，揉了揉眼睛看了看后面的确没有人才放下心来，"可能是我看错了。"

"你别吓我。"林末紧张地抓着她的胳膊，往后看了看，身后空空如也。

过了大概几分钟，林末再次听到背后真的有脚步声，一回头就看见一个凶神恶煞的人手里拿着一根粗大的木棒对着叶藤的后脑砸了下去……

"啊！"林末尖叫着晕了过去，等再醒过来时，叶藤已经不见了。她立马拨打了报警电话，同时联系了陶也。她一边哭一边打电话，跑了一路，跑到校门口的灯光下时几乎喘不过气来。

叶藤头昏脑涨，只觉得脑袋后面隐隐作痛，感觉有人把她扛在肩头一路小跑着。而她在那个人的肩头颠簸着，胃里一阵泛酸，有点想吐。

她脑海里有个画面一闪而过：小时候，一个穿着短裤的小姑娘，扎着歪歪扭扭的羊角辫，坐在一个男人的肩头。她伸手抓着他的耳朵，那个男人有点跛，但走的每一步都那么稳。

"爸爸……"她几乎要落下泪来，感觉后脑的疼痛蔓延至全身，连五脏六腑都是疼的。她太疼了，心里像塞了棉絮，喘不上气。

过了一会儿，她迷迷糊糊地睁开眼。那是一间很破旧的出租屋，只有一盏白炽灯，晃得眼睛疼。她被绑在凳子上，手脚都施展不开，半响才看清楚自己面前站着的那个人是叶晨。

"死丫头，还嘴硬？现在看你怎么嚣张！"

这个男人的丑恶嘴脸在她的面前无限放大，她只觉得一阵恶心。她闭上眼睛，不想再跟他多说一句话。

"怎么不说话了？跟我装死是吧？"叶晨气急败坏地抓着她的头发，牵扯到她后脑的伤口。叶藤不自觉地发出"嘶"的一声，一双眼睛就那么瞪着他，眼里带着厌恶和恨意。

"你到底要做什么？"叶藤不怕他，如果不是他乘人之危，她肯定不会被他抓住。

"我要什么？哈哈哈——哈哈哈——很简单，我要钱啊。你那个死鬼老爸，你知道他当初是怎么死的吗？"叶晨的脸上有一道伤疤，整个人看起来有些癫狂又可怕，在明晃晃的白炽灯下显得异常可怖。他凑近了一些，身上的恶臭要把叶藤熏得直皱眉,"是我,是我!是我把他推出去的!这是他欠我的,是你们父女俩欠我们叶家的!!"

叶藤只觉得喉头一阵腥甜,又气又恼又悔:"叶晨,你还是个人吗?"

"我不是人?你说得对,我不是人!我当时就想啊,他一个废物,死了也就死了!"叶晨瞪大眼睛看她,几乎要陷入癫狂,"他要是被车撞死了,我还能拿一大笔赔偿金,哈哈哈——哈哈哈!"

他笑着笑着,突然又停住,像是自嘲一样,在旁边摔东西:"可是他们都死了!都死了!!我一分钱也没有拿到!都怪你!都怪你这个死丫头!"

他伸手掐住叶藤的脖子,她感觉有那么一瞬间,仿佛自己要死了,窒息感让她第一次觉得自己离死亡那么近。

那一瞬间,她有点想念一个人。

叶晨还没有完全丧失理智,他被一个电话拉了回来,松开了叶藤。她疾速地咳嗽了几声,脸涨得通红。

电话里的男声压抑又急切:"她人在哪儿?"

叶晨看了叶藤一眼,像是故意让她听见声音似的,打开了外放。

"拿五十万,一手交钱,一手交人。"叶晨恶狠狠地回复。

"好,你别碰她,你要是敢碰她一根汗毛,我让你死!"

叶藤浑身起了一身的鸡皮疙瘩,陶也的声音让人不寒而栗。她清了清嗓子,让自己尽量镇定下来,快速地扫了一眼这间屋子。靠近屋顶的地方有一扇小窗,可以看见外面有桥柱,偶尔还有人路过。

这里是一间地下室,应该离学校不远,附近有天桥,还有人行道……

"陶也,对不起,我不该不理你,上个周末我们还……"

她话还没说完就被叶晨捂住了嘴,陶也焦急的询问声消失在嘟嘟嘟的断线声里……

她的眸光一凛,狠狠地咬了他一口。叶晨反手扇了她一巴掌,她白皙的脸颊上瞬间起了红印。他骂道:"贱人!"

叶藤从鼻子里发出一声冷哼,尽量保存体力。她相信陶也会想到的,上个周末他们俩一起来过这里,她还笑着说这边的天桥太长,如果有人背着就好了。

她好想好想陶也啊。

她昏昏沉沉得不知道过了多久，叶晨在她面前的椅子上坐着，一支接着一支地抽烟，不断地用手机给陶也发短信，他一如既往地愚蠢。

过了将近半个小时，叶藤被套上麻袋推上了一辆车。一路很颠簸，车上又多了一个叶晨的同伙。这次是在哪里，叶藤就真的不知道了。

过了一会儿，有人来了。陶也走路的脚步声很重，她能判断得出来。即使她眼睛看不见，只听见他的声音也觉得很安心。

她的嘴被堵了起来，只能晃动自己的身体来吸引他的注意力。

"我要先看人。"

叶晨示意，另一个人把叶藤头上套着的麻袋给摘了下来。她看见陶也的那一刻，眼泪忍不住往下流，看得他心里一阵疼，把手里的那个布袋往地上一摔，先冲过去抱她。

那两个人捡起袋子就跑，出了门刚要上车，却发现已经被警察给包围了。

"没事了，没事了。"他手忙脚乱地帮她解开绳子，单膝跪在她的脚边，捧着她的脸确认她身上的伤势，"他怎么你了？"

叶藤只是一直摇头，什么都说不出，手脚被放开的瞬间扑到他的怀里失声痛哭。他的手摸到她头发上的血已经凝固了，让人看得触目惊心。

"我送你去医院，现在就去。"陶也把她打横抱起来，她像只可怜兮兮的小猫，蜷缩在他怀里，一刻也不想离开。

叶藤受了伤，陶也的集训也耽误了，这是他头一次因为私事耽误训练。他在医院的走廊里抽了一支烟，连声跟队长说抱歉。

还好她伤得不重，都是些皮外伤，但因为惊吓过度，需要住院观察几天。陶也寸步不离地守在她的床边。

她醒来的时候，伸手去握他的手掌，嗓子有些沙哑，想说话，又觉得累，就那么看了他一眼。

"我都明白。"他垂眸，在她的额头上落下一个吻，"你不用说话，我来说。"

"我当时在车上，这是一个意外，车祸是车子故障导致的。"实际上他根本不知情，知道这件事也不过是几年前，并不比叶藤早多少，"我很抱歉，在知道这件事后没有立马告诉你。"

叶藤觉得心里有点苦涩："你一直对我这么好，是不是都因为这个？"

陶也勾了勾嘴角，没想到她在意的竟然是这个："我还分得清同情和爱情。"

叶藤太累了，只想睡觉，眼皮缓缓合上。陶也在她的床头坐了一宿，她一夜无梦。

住院的两三天，她的状态渐渐稳定，脑袋上的绷带也拆了。他们没有再讨论这件事，像是互相之间无言的默契，也不谈感情，给彼此一点时间。

出院那天，叶藤主动说要去他家，陶也只是淡淡地说了一声"好"。

叶藤不知道自己是怎么了，喜欢一个人喜欢到完全没有自信，一点点的怀疑都会让她崩溃。她总觉得他不会喜欢自己，尤其是如今知道这件事以后。她理解，车祸是意外，他也是受害者，从某种程度上来说，他们是同病相怜。

可是她害怕，害怕陶也对自己好不过是因为同情和愧疚。他那样好的一个人，不管喜不喜欢自己，都会照顾自己一辈子的，她太了解他了。可如果是这样的牺牲和同情，她不想要。

"想吃什么？我去厨房看看。"陶也摸了摸她的头，去厨房给她弄吃的。

叶藤看着他的背影，又觉得难受，去洗手间躲着哭。水龙头里的水"哗哗"地往下流，她感觉特别伤心。她讨厌自己的不自信，她从来都没有这样过。

陶也关上冰箱门，叹了一口气，在客厅了来回转了两圈，还是走过去敲了敲洗手间的门。

她抽了纸巾擦了擦哭花的妆，给他开了门，猝不及防就被拦腰抱起来放在洗手台上坐着。他敞开的西装外套下的领带也松了，他无可奈何地看着她："叶藤，你给我听好了，下面这些话我就说一次。"

她吓得愣在那儿，像是在听教导主任教训的小孩，裙子被弄得皱巴巴的，不知道他要说什么。

"我承认，我以前是心疼你，可怜你的处境，但不知道从什么时候开始，我发现我会控制不住地想你。一想到你我就会笑，看见你和别人在一起我就会不开心，甚至看到你……"他的目光在她的锁骨上逡巡，往上看见水汪汪的眼睛和殷红的唇，低头吻了上去。

叶藤没料到他会这么直接，他以往都是绅士而温柔的，偶尔会开玩笑，也都是逗逗她。她不自觉地搂着他的脖子，感受着他想要表达的热切。

她的后腰碰到水龙头，又开始"哗哗"地流水，掩盖了其他声音。

他微微俯身，伸手关上后面的水龙头。水声停了，他带着喘息的声音在耳边响起："现在够明白了吗？我对你不是同情，我喜欢你，喜欢得要命。"

他这辈子好像还没跟人说过这么直白的话，两个人从洗手间出来后的气氛就十分尴尬。

坐在沙发上的两个人中间隔了一个手掌的距离，陶也往她身边挪了挪，叶藤吞了口口水，也跟着往旁边挪了挪。

陶也又跟着挪了挪，叶藤也跟着挪，一直挪到她挨着沙发扶手，再无路可逃……

然后就看见陶也从桌子上拿起水杯给她倒水："你胆子什么时候变得这么小了？"

"我不是胆子小，我是怕你……"

陶也把手里的水杯递给她，她刚刚哭得眼睛红红的，可怜兮兮地望着他："怕我什么？"

"怕你像刚才那样。"叶藤语速飞快地小声说了这么一句，然后接过水杯"咕咚咕咚"灌了半杯，果然是有点口干舌燥。对于初吻来说，她觉得刚刚他有点让自己手足无措了。

陶也往旁边坐了一点儿，和她保持安全距离，让她放松了喝水。

叶藤看他一眼，又放弃似的转移话题："你明天几点的飞机？"

陶也抬手看了看表："凌晨，距离现在大概还有五个小时。"

"这么早。"

"舍不得我？"陶也伸手摸了摸她的脑袋。

"不是，那我们现在要做点什么？"叶藤话一出口，又觉得有点奇怪，自己补了一句，"我的意思是还有五个小时，你先睡一会儿吧。"

"我不累，到飞机上再睡。"陶也悠闲地说道。

"如果那个人没来，你本来打算带我去哪儿？"叶藤觉得他穿得一本正经的，看样子是要有什么大动作。

"本来……"刚刚那么一阵折腾，他们两个人衣服都没换，穿着正装坐在沙发上聊天感觉也挺奇怪的,"本来定了餐厅吃饭,买了花。"

"还有花?"叶藤没看见花,便问,"在哪儿?"

"后备厢。"

第一次收他的花,竟然就这么错过了。叶藤撇撇嘴:"那等你回来再重新来一次,这次不算。"

陶也笑着答应她:"好。"

叶藤看着他,也情不自禁地笑出来。这种感觉很奇妙,你一直以来都觉得遥不可及的人,现在就在你的眼前,可以看得见,也摸得着,而且他还说他喜欢你喜欢得要命。就像是被什么东西猛然击中心脏,半边心脏都跟着麻痹,却又觉得不知该如何是好。毕竟是第一次谈恋爱,不知道两个人在一起该做点什么。

陶也坐在那儿倒是很放松,他不愧是见过大风大浪的人。叶藤心里想着,把双脚收到沙发上,抱着膝盖坐在那儿,低头抿了一口水。她这才发现杯子里已经空了,水不知道什么时候喝完的。她真的是有点尿,还紧张。

陶也侧身过来,对着她张开手臂:"过来。"

她放下手里的杯子,从沙发上爬过去,双臂拢着他的脖子,又觉得猛然靠得这么近有点不太习惯,便把脸藏在他的脖子旁边,任由他这么抱着自己。

"紧张?"陶也觉得她的表情很不自然,身子有些僵硬。实际上他也跟她一样兴奋又僵硬,但这个拥抱让他觉得好了很多。她小小的身体很柔软,带着洗衣液的清香,细软的发丝钻进他的衣领,蹭得有点痒。

"嗯,有一点儿。"叶藤一向坦诚而直白,她对感情永远真诚而直接,"你呢?我觉得你好像很有经验的样子。"

陶也的身体随着他摇头的动作微微晃动了一下,他推着她的肩膀让她看着自己:"放轻松,和以前一样。"

"那怎么可能?"原来突然拉近距离的感觉是这样的,甜蜜又紧张,空气里好像弥漫着某种花香,又像是自己的错觉,"你真的不睡觉吗?会不会困?你要不要休息一会儿?"

"不会。"他现在出去跑十圈都不会觉得累,别说是睡觉了,他什么都不想做,就想这么陪她坐着。

她转身坐在他怀里，他抓着她的手，十指相扣。叶藤盯着他手上的伤疤看，好像自从习惯了这个伤疤的存在后，她就没再仔细注意过它。她伸出另外一只手，用手指轻轻地描摹着伤疤的轮廓。虽然已经过去很多年，但看见那个巨大的伤疤依稀可以猜想当初他受伤的严重性："你好像还没仔细跟我说过。跟我说说吧，关于车祸的事情。你当时肯定很疼吧？"

"已经记不清了。实际上那个时候我的意识很模糊。"陶也看着她细细的手指缓缓掠过自己的手臂，有一种奇妙的触感，"如果你同意的话，下次我们回去，我能不能去看看他？"

他没说是谁，但叶藤明白，他是想去看自己的爸爸。她点了点头。也许只有他亲自去看了，他才能完全放下。她不想他们之间因为这件事有什么隔阂，他们两个人都需要完全放下。

"饿不饿？"陶也想着她还没吃饭，准备起身去厨房做点吃的。

叶藤抓住他松开的手，拉着他回来："我不饿。"

陶也看了看表："还有三四个小时，总是会饿的。"

叶藤就跟着他一起去了厨房，帮着打下手。他翻了翻冰箱，叶藤最近买了牛排，一直没做，家里也还有红酒。

叶藤看着他忙活："其实我一直很好奇，你怎么这么会做饭？"

"我妈嘴很挑。"陶也系上围裙，"她工作特别忙，只有我做的她才会吃完。"

"你跟你妈妈的感情真好。"叶藤甚至有点小小的嫉妒，却又为他感到难过。自己最爱的人离开自己的感觉，因为她感同身受。

"嗯，算是吧。"陶也很少和别人提及以前的事情，尤其是他的家庭，在外人面前更少提及，只有很少一部分朋友知道。他说："我是单亲家庭，我妈挺厉害的，那时候玩赛车，她不同意。"

"后来呢？"叶藤很想听他说说他的家人、他小时候的事情，好奇他会不会和自己以前认识的男孩一样调皮任性，错过了太多他生命中的过程似乎也成了一件让人觉得遗憾的事情。

他指了指旁边的盘子，伸了伸手，叶藤随手冲了一个盘子递给他。

"后来，第一次邀请她去看我比赛，她那天刚好没工作，就答应了。"陶也把切好的配菜放在盘子里，顿了顿，似乎不太愿意想起那个时候，"就是意外发生的那天。"

他抬头看见叶藤的眼圈又红了,她不是那种动不动就会哭的人,好像每次哭都是因为他或是因为家人,反而她自己的事情她似乎都不那么在意。陶也伸手挨着她的脸颊:"鼻涕虫。"

叶藤也是第一次感受到爱一个人比爱自己更甚,想到他难受,自己就心疼到无以复加。她伸手环住他的腰,吸了吸鼻子,瓮声瓮气地问:"能不能抱一会儿?"

能在他面前肆无忌惮地笑,也可以随随便便地哭,真是一件幸福的事情。

陶也放下手里的东西,拍了拍她的后背,感觉自己胸前的衬衫被濡湿。过了一会儿,她感觉好多了才松开。陶也拿起旁边的一罐甜面酱:"科学研究表明,吃点甜的,心情会好很多。"

她知道他是在跟自己开玩笑,但还是笑着伸出手指蘸了一点儿尝了一口,还故意递过去给他:"你要不要也尝一口?"

他竟然真的低头,叶藤赶紧把手拿开:"开玩笑的,很脏的。"

但手猝不及防地被他抓到,她就动弹不得了。

他眼皮掀起来的时候可以看见浅浅的褶皱,盯着她的时候,眼神里似乎又带着点不可言说的旖旎风光。叶藤感觉到自己的指尖一阵温热,脸开始爆红。她还不太习惯这种情人之间才会有的亲密举动,她平常跟人来往都中规中矩,看起来大大咧咧,但涉及感情,似乎还是过于稚嫩。

他吃完了,还故意舔了舔嘴唇:"嗯,味道不错。"

叶藤盯着自己的手看了看,面红耳赤地转身,把手放在水龙头下冲了冲:"你不是有洁癖吗?"

"现在没有。"陶也拧好甜面酱的盖子后把罐子放回原来的地方,拉过她湿漉漉的手放在自己腰后。

"你的衣服都湿了!"她皱眉道。

叶藤张开手掌,他就那么拉着她的手腕,盯着她看了两秒:"我还有三个小时就要走了,我想……"

"想什么?"叶藤笑道。陶也这只老狐狸一套一套的,她可得防着点。

他低头尝了一口她嘴唇上残留的甜面酱:"想吃点甜的。"

夜已经深了,窗外月色正好,窗内的情人打闹嬉笑,开始慢慢习惯这些甜蜜又陌生的相处模式，在彼此面前露出自己最真实可爱的模样。

缘分有时候是一种残酷又奇妙的东西，这个世界每天都在发生着数以千亿计的事情，没有人知道什么时候，什么地点，一个微妙的交叉点会蔓延出什么。有时候走着走着似乎就会遇见的人，说不定早就被命运的线牵扯到了一起，只是他们还不知道……

说是不睡，但吃过东西之后，碳水化合物充斥大脑，她又不是常熬夜的人，不一会儿就靠在沙发上睡着了。这场景和几年前她孤身一人冒着严寒来告诉自己她成年了的场景重叠在一起，少女柔美的肌肤在灯光下闪烁着光泽。他下意识地伸手想要去触碰她的脸颊，又怕吵醒她，手指在半空中顿住，迟迟没有落下。

只有他自己知道，他有多感谢这个勇敢又充满朝气的女孩能够义无反顾地告诉自己她的喜欢，有多感谢她一直没有放弃喜欢自己，在原地等了他那么久。

他把人打横抱起来，抱到卧室的床上。叶藤不太舒服地翻了个身，哼了一声又睡了过去。她一向睡得熟，被人挪了地方也没有什么知觉。

陶也撑着手臂低头看她的睫毛微微闪了两下，没醒，他放心地靠着床坐在地毯上。还有一个小时他就要走了，想要抽支烟，下意识地想到每次她看见自己抽烟总会说吸烟有害健康，又把烟盒扔在床头柜上，起身去衣柜里简单地拿了几套衣服去了客厅。

东西都收拾得差不多了，他又回到卧室。床头灯还亮着，叶藤裹着毯子睡得正熟。他笑着低头在她的额头轻轻吻了一下才走。

凌晨的夜空中挂着疏朗的星，他感觉心情是前所未有的舒畅，甚至在车上难得地开了音乐。他一路开车去机场，上飞机之前竟然接到了叶藤的电话。她带着浓浓的鼻音埋怨："你怎么偷偷走了？我还想去送你呢。"

"你要送，我就舍不得走了。"陶也那边正在办托运，前台托运的小哥哥听到这话抬头看了他一眼，接着麻木地让他出示身份证和登机牌。

"那我现在去还来得及吗？"

他听见叶藤下床的动静道："来不及了，还有半小时就登机了。"

叶藤失望地叹了口气："以后不许偷偷摸摸走。"

"好。"陶也笑着应了，转身从托运的地方离开，对着那边一起去的人挥了挥手,"你再睡会儿,回来的时候一定告诉你。"

"嗯,比赛加油,我会看直播的。"叶藤抱着膝盖坐回床上,看见他扔在床头柜上的烟盒,"还有,少抽点烟。"

"我打算戒了。"陶也似乎有先见之明,她每次看见了都会提醒。

"什么时候打算的?"

"就刚刚,看夜色太美,觉得还是要惜命一些。"

叶藤捧着手机笑:"你又胡说八道。"

"想听真的?"

叶藤听见那边有人叫他:"也哥,别打了!什么电话啊?一会儿都要上飞机了。"

"那你快说,说完我就挂了。"

"在一起刚刚五个小时就开始嫌弃我了?"

叶藤真是无奈。他这个人嘴巴不饶人,她平时说话也挺厉害的,只是一碰见陶也,就说不赢他了:"没有,那你慢慢说。"

让他慢慢说,他干脆不走了,站在离那群队友不远的地方,一字一字慢慢地说:"因为怕死,想陪你更久一些。"

叶藤感觉心里什么地方被戳了一下。他以前的每一个采访她都看过。他曾经说过,赛车是离死亡很近的一个行业,速度和死亡常常相伴而行。记者问他有没有怕过,当时他笑着说,赛车手恐惧死亡就像在说赛车手恐惧速度,那是赛车手毕生都在追求的东西。

而今他说他怕死,是因为她。叶藤很难形容心里的感觉。她的确每次看他比赛都胆战心惊的,但这是他热爱的事情,如果单纯是因为自己便让他放弃他喜欢的东西,叶藤不会那么做。可是作为女朋友,她没有办法看着他每次都和死神擦肩而过。

陶也挂断电话,上飞机的时候旁边的队友打着哈欠道:"也哥,你今天还有粉丝要来送机,真的绝了。"

"来了?"陶也和教练坐在他们前面。

教练翻看着飞机上的杂志,说了一句:"我改了航班,没告诉她们,太晚了。"

"以后也别让她们来了,又不是明星。"陶也靠着椅背,调整了一个舒服的姿势。

"现在网络这么发达,你一个比赛视频都能出圈,分分钟上热搜,我们拦也拦不住啊。"后排的李元清跟着说。

教练没说什么,飞机起飞后,才偷偷摸摸地问了一句:"那个姑娘追到了?"

陶也本来要睡了,教练问得太突然,他愣了一会儿才点头。

"我猜也是。"教练笃定地说,"还好是在比赛前,不然你是不是还得弃赛啊?"

"那不会,"陶也套上颈枕,"说不定会直接退役。"

教练"噌"一下转头瞪他,见这小子坏笑着说:"开玩笑的。"

"要退役也要拿到F1的冠军之后,我不拦着你。"教练知道干他们这行的,体力、技术、心态,少了一样都不行。对于很多人来说,交个女朋友可能不是什么大事,但他太了解陶也了。他这个人没什么弱点,唯一的软肋就是太重感情。况且他的年纪的确不小了,他回来就是为了拿冠军的。准备了这么久,今年或许是陶也最合适,也是最有把握的一年,他不想消耗陶也,想让陶也完成梦想之后再退役,也算是对得起所有人。

"我会好好考虑的。"陶也缓缓闭上眼睛,争分夺秒地休息。

第 19 章
养了个植物

叶藤在陶也家睡到早上七点多，从冰箱里拿出牛奶和面包简单地吃了点就回了学校，换件衣服便上班去了。刚到门口，同事就冲她热情地打招呼："叶子！叶子！我最近发现了一个宝藏。"

"又是哪位帅哥得到了你的宠幸啊？"叶藤太了解她了，一语中的。

"给你看！给你看！"她掏出手机递给叶藤，"今天本来说弟弟凌晨有飞机的，然后就有姐妹在机场蹲着。结果发现一个路人，超帅。然后发到微博上，被人扒出来是个赛车手小哥哥，又酷又帅。我去补了比赛视频的剪辑，我死了！我单方面宣布，这就是我男朋友了！"

叶藤看见那几张随手拍的照片，果不其然是陶也本人。他早上走的时候头发都没梳，不过还是很好看，挺立的鼻梁勾勒出好看的轮廓，手斜插在裤口袋里，整个人显得懒散而优雅。叶藤放大了看了看他手里的手机，笑了，那会儿他应该是在和自己打电话。

"是不是超帅！你看看这侧脸！你看看这张，图么糊都掩盖不住他的帅气。你看你这花痴笑！你这回不觉得我喜欢的人没内涵了吧？听说这个小哥哥叫陶也，是国内挺厉害的赛车手。我还看了他十六七岁时比赛的视频，我的天，真是小狼狗，比现在的流量小鲜肉也不差。"同事激动得噼里啪啦说了一堆，叶藤也没怎么听进去，翻来覆去地看那几张照片。

"嗯，你的眼光不错。"叶藤把手机递给她，假装很随意地说，"把这个转发给我。"

"好的！好的！我就知道你这回肯定不会嫌弃我。不过不知道这么帅的小哥哥有没有女朋友。千万不要扒出他已经有对象了，不然我会心碎的。"

同事一边转发一边碎碎念。

叶藤默默存图没说话。陶也一向低调，网上关于他的消息也就是一些比赛和采访的片段，还有一些零散的粉丝拍的照片，其他私人生活方面的东西很少。毕竟赛车在国内也还算是小众圈子，所以尽管他有一两次出圈的经历，知名度也没有那么高。

叶藤查好了他比赛当地和国内的时差，中午休息的时候抽空和他视频通话。叶藤找了间空会议室，穿着职业装，端端正正地坐着。

陶也躺在床上，手枕在脑后："你这样子好像在开会。"

"那感谢陶先生抽空与我进行友好会面了。"叶藤笑了笑，"在飞机上休息了吗？"

"嗯，什么时候下班？"

"六点，回学校大概七点。"叶藤趴在桌子上，鼻尖几乎要戳到屏幕，把手机往前挪了挪，"你早上在机场被人偷拍了，你知道吗？"

"是吗？"陶也调整了一下坐姿，似乎已经习惯了，"拍得好看吗？"

"我没细看，我的午休时间到了，你再睡一会儿吧，明天你有空了再联系。"叶藤看了看时间，她想让他多睡一会儿。

"那……等你下班。"他往下滑了一段，斜着身子在桌子上摸矿泉水。

"我下班的时候很晚了，你那边是半夜。"叶藤不想影响他的状态，虽然她很想时时刻刻都看着他，但晚上熬夜，是会影响白天他训练的。

"晚点儿更好。"他刚刚落地之后补了一会儿觉，现在说话还沙哑着嗓子，有点迷迷糊糊。屋子里的灯也不亮，脸也看不清晰。

叶藤眨着眼睛，一脸无辜地盯着视频里的人看："为什么晚点儿更好？"

陶也看着她认真发问的模样，像一个在课堂上举手提问的学生，那模样让他觉得自己不该跟小姑娘开这种没头没脑的玩笑。他一时没绷住，嘴角荡漾开一抹浅浅的笑意："想知道？以后告诉你。"

当叶藤得知他们要在国外待三个月的时候，内心是崩溃的。刚刚在一起就要忍受这么长时间的分别，对于他们来说，的确是有点残忍了。但彼此都有自己要做的工作和不是随随便便就能放手的责任。

林末和林初是两个人苦逼异国恋的见证人，周末仨人在学校附近小店吃饭的时候叶藤还在抱着手机发微信。对面两人你看看我，我看看你，然后很有默契地叹了一口气。他们俩的双胞胎气质只有在这种时候才会显现出来,光看平时的话,林末和林初真的像八竿子打不着似的。

"怎么一副这样的表情看着我?"叶藤放下手机,看他们俩面前的饭菜都没动,"这家店的东西不好吃吗?"

两人齐齐摇头,然后又同时叹气。

"你们……怎么了?"叶藤不明白他们这副样子是什么意思,感觉奇奇怪怪的。

"藤藤,你有没有听说过一句话?异地恋就像在手机里养了一只电子宠物,只能看,不能摸。"林末说得头头是道,"我室友和她男朋友就是这样的,异地大概有一年了吧。你现在的状态就跟她差不多,有事没事都看着手机,恨不得住到手机里。"

"爱情果然是让人意志消沉的东西。"林初发表总结性言论。

"我现在很消沉吗?"叶藤并不觉得自己消沉,她工作认真积极,除了不像以前那样经常出去社交,大部分的剩余时间都用来和陶也聊天……

这么一想,她好像是挺消沉的。

"你要不要买张机票去一趟?三个多月时间是有点长了。"林末觉得这么下去也不是一回事。她虽然没有谈过恋爱,但看别人谈恋爱也看出经验来了,对于刚刚在一起的情侣来说,分开三个月似乎难以想象。

"不。"叶藤义正词严地纠正她,"已经过去一个多月了,现在还剩下一个月零二十三天。"

……

对面两人以一种无可救药的眼神看了她一眼,默默地吃自己的饭。

叶藤虽然嘴上说着自己这边的实习的确是丢不开,又不想去那边影响他比赛,但心里还是很想直接买张机票飞过去的。她觉得自己现在连个粉丝都不如,有些粉丝都准备到时候直接翘班买票去看比赛了。

叶藤晚上回去跟陶也告状,把林末那番关于电子宠物的话跟他说了一遍,然后很乖巧、懂事地安慰他:"我觉得三个月其实还好,我平时很忙的,也没什么时间想你。"

陶也从来不把她这种话当真,他几乎是看着叶藤长大的,她总是习惯性地懂事,生活中的困难都努力自己克服,这样好像已经成了一种习惯。

她总是用最不经意的话语，表达着自己的想念和关心。

"我也不想你。"

两人默契地说着反话，然后闲聊了两句就道了晚安。睡之前陶也给她发了一段视频，他手里拿着一枚小小的别针，细细的银制藤蔓上点缀着小小的叶子："看到这个的时候想起你，就顺手买了，下次给你。"

叶藤看着他手举着那枚小小的别针，发了个"嗯"字，然后就准备睡了。可躺下半晌也没睡着，她又拿出手机开始查明天的机票……

她突然有个大胆的想法，如果明天下了班，赶最早的飞机过去的话，应该还来得及。但最近陶也似乎没有时间，她又怕去了会给他添麻烦，想了想只好作罢，烦躁地滚了两下，然后就睡着了。

第二天下班，她在公司门口纠结了好一会儿，最后还是没去往地铁的方向，直接打了个车到机场，近乎疯狂。她什么都没拿，身上就只有一个随身的小包。她到了机场才突然想起来自己没签证，走不了。

她捧着手机坐在机场的椅子上，觉得前所未有地委屈。

"你猜我在哪儿？"叶藤拍了张照片发给他。

她本来是想跟他开个玩笑的，结果手机振动，她拿起来一看："你怎么知道我回来了？"

叶藤下意识地转头看了看周边，心想："这个人是在我身边装了摄像头吗？"

"你真回来了？"叶藤当然不相信他的鬼话，陶也整天逗她，没一句正经的。

"嗯，你不是来接我的？"陶也很快回复。

叶藤这回是真蒙了，从椅子上站起来，朝着出站口那边走。她特别期待他是真的回来了，而不是跟自己开了个无伤大雅的玩笑，不然她真的会很失望。

"我不是，我是来见网恋对象的。"叶藤气呼呼地发过去一行字。恋爱谈了一个多月了，她也逐渐习惯了两个人之间的相处。她之前预想的尴尬过渡期似乎因为两个人分处两地没有发生，反而很快就习惯了身份的转变，而且相处得非常和谐。唯一不太好的就是，她总觉得自己是在网恋……

她虽然心里觉得不太可能，但还是努力找了一圈，可看了半天也没看见人。她低头看着手机,他打来语音电话:"什么时候学会脚踏两条船了?"

"你没回来。"她虽然知道自己不应该这么孩子气,但刚刚听见他说回来了的那一瞬间,她是真的很开心。最难过的就是期望落空,即使知道自己的期望本来就有点过分,语气里还是掩盖不住的失落。

"你看见机场一楼大厅有一只很大的熊本熊了吗?"陶也知道她这个时候来机场是为了什么,他们真的是心有灵犀。

叶藤跑到栏杆旁边,低头看见一楼真的有个熊本熊,喜出望外的语气简直抑制不住:"你真的回来了?"

熊本熊旁边有个穿着黑色连帽衫的人,戴着白色鸭舌帽,朝着上面挥了挥手。他不知道叶藤在哪儿,所以看起来目光有些茫然:"你在哪儿?我过去?"

"不用,你站在那儿等着我,我看见你了。"叶藤挂断电话,从楼上飞奔下去。

陶也在二楼到一楼的扶梯旁边等着,叶藤一下来就看见了他,冲他挥了挥手。她下了两级阶梯,很快就从电梯上下来,飞扑到他身上,给了他一个熊抱。那种结实的触觉告诉她,眼前这个人真的回来了。

陶也笑着低头看她的眼睛:"不是说没空想我吗?来机场参观来了?"

"你不也说不想我吗?回国旅游来了?"叶藤毫不示弱。

陶也伸手兜住她的腿:"回来看看我们家小朋友有没有听话。"

"有。"叶藤举手回答,"好好工作,好好吃饭,好好学习。"

她突然意识到自己这样会不会太引人注目,毕竟有个这么帅的男朋友,很难不引人注目。她伸手捂住他的侧脸:"放我下来,我们先换个地方再说,这里人太多了,说不定还有偷拍的。"

"拍就拍吧。"陶也不是很在乎这些。

"不行,我不想让他们看见。"叶藤落地站好,仍旧举着手掌挡着他的脸。

他抓着她的手腕,把她的手往下拉,他也跟着垂下头去。两个人的手挡在脸侧,像两个小孩偷偷摸摸玩着"别人都看不见我"的幼稚游戏:"现在他们看不见了。"

看不见就看不见吧,凑这么近干吗?

"亲我一下。"

叶藤笑着说他不要脸,但还是配合地吻了一下他的嘴唇。他明天还有安排,回来的时间很短,可能坐飞机来回的时间都要比留下来的时间长,可是他竟然就这么跑回来了。叶藤说不感动,那是不可能的。

想亲一下就跑的某人被紧扣着腰,进一步拉近距离,陶也顺势加深了这个蜻蜓点水的吻,还全程抓着她的手挡着,有些欲盖弥彰。

本来时间就不早了,陶也还得回去,就准备顺便去把凌晨回去的飞机票给买了。他刚要起身,还没来得及说要去干什么,就被叶藤给拉住了。

她看着他疲惫的眼睛,觉得心疼又心酸,眨着可怜巴巴的大眼睛看着他问:"你去哪儿?你还回来吗?回来还爱我吗?"

陶也一下被她逗笑,她总有办法让他消除全身的疲惫,然后开开心心的。她也总会在看见他的时候立刻飞奔过来给他一个拥抱,他的小姑娘是谁也不能代替的宝藏。

叶藤拉着他的手没放开。

"然后呢?"对他而言,这句话似乎很难开口,即使他在内心已经确认过很多遍。但他本身不是很外向的人,如果不是以开玩笑的口吻,他不太能坦然地说出那三个字。

叶藤满怀期待地看着他。

"回来之后再告诉你。"

叶藤看着他有点别扭的背影,觉得心里酸酸甜甜的,翻来翻去瞅着自己的手,等着他。

时间不早了,他们为了节约时间,就在机场附近买了吃的。陶也走之前将车停在了机场的停车场,他去开了车,决定带叶藤去露天的汽车影院。

路上叶藤精神饱满,忘了自己刚刚问他的事了。

"你刚刚问我的话,再问一遍。"陶也握着方向盘的手微微收紧。

"什么话?"叶藤的眼神有点迷茫,想了想又故意使坏,"你去哪儿?还回来吗?"

陶也看她一眼,她讪讪地问完:"回来还爱我吗?"

然后就听见某人故作轻松地回答了一个字:"嗯。"

她见过他很多种样子,生气的、温柔的、冷酷的、不正经的,可他害羞的样子,叶藤还是第一次见。他一脸真诚的模样,即使是一个字也让她觉得心动不已。

八九点钟的汽车影院,人很多,大大小小的车位都被占满了。他们开车进来停在靠后的地方,说实话,电影屏幕都看得不是特别清楚。前面有人坐在车顶,挡住了视线,附近环境也不太好。但没人在意这些细节,只要是和彼此在一起,干什么都好。

电影是国外的爱情片,近期才上映的,口碑不太好,但演员长得挺帅。叶藤一边咬着薯片一边感叹:"你快看,男主有点帅啊。"

"后悔了。"陶也把打开的饮料递给她,"应该看别的。"

叶藤笑着看他:"没你帅。"

"撒谎要长长鼻子的。"他顺手捏了捏她的鼻梁。

"真的!"叶藤丢下手里的薯片袋子,伸胳膊来搂他的脖子,姿势不怎么舒服,却也将就着,"也哥,以前我为什么没有发觉你原来这么可爱?"

"以前你觉得我什么样?"

"嗯……就挺凶的。"叶藤回忆着,"不过也挺暖的,人很好,就是有点闷。"

陶也一开始也不是那种很凶的人,他挺喜欢开玩笑的,只不过心情不好的时候会比较凶。大家也都知道,看见他脸色不好就不去招惹他,他认真做事的时候也没人敢去打扰。

他攀着她的后背和手臂往自己这边拉了一把,叶藤长得瘦,可以侧身落在他的腿上。但这样一来,空间就变得异常拥挤。他把座椅往后滑到底,她坐在他怀里像坐滑梯一样跟着一起移动,驾驶室瞬间变得宽敞起来。她笑着问:"不嫌热吗?"

"空调开着呢。"他一脸淡然,"你说我凶,我什么时候凶过你?"

"那倒没有,我听末末说你还打过人。"叶藤想起以前听林末提过一次,就是那一次,让林末有了心理阴影。听说他还掐着人家的脖子说要弄死人家,这样的画面叶藤实在是想象不出来。

"嗯,就一次。"陶也像是老实交代自己的错误一样低声喃喃,"那人是秦君,还是因为那件事。那会儿我脾气不行,不像现在。要是搁在现在,我就不会了。"

"你回去继续参加比赛是不是因为他？"叶藤表示理解，当年的事情到现在也没有一个确切的答案。到底是不是因为秦君在车上动了手脚才出的车祸，除了秦君本人，谁也不知道。

"是，也不是。"陶也的手摩挲着她的小手指，"你知道有句话吗？萨冈说的，生命是一场飙车，我有权自毁。当年出事之后，我脑子里充斥的都是恐惧和自责，这种感觉让我没有办法回到赛场上。那时候我就想，干什么都好，反正再也不碰车了。可那个玩意儿好像长在了我的身体里，割舍不掉。"

"所以还不如回来，把该做的事情都做了，再坦坦荡荡地离开。人这一辈子可以做很多事情，但有些事一旦错过了，就没有下一次。"

这些话他没有跟任何人说过，即使是在最难熬的岁月。他似乎已经习惯性沉默。现在他觉得有个人在旁边听着也不错，比一个人憋着要好得多。

叶藤伸手摸了摸他的头发，在他的额头上落下一个轻轻的吻，跟小大人一样安慰道："没事了，你做什么都可以，以后有叶姐宠着！"

陶也几乎要被她逗笑，手掌贴着她的后背，看着她如水的眸子愣神。两人靠得太近，空间又小，密闭的空间总让人浮想联翩。大屏幕上的男女正在热吻，气氛烘托到位，似乎一切都是顺其自然。

她今天穿的是衬衫和衬裙，上班的装扮，所以和平常的学生样子不太一样，衣料摩擦的声音难以言喻。亲了一会儿，他还是很适时地停了下来。再这么下去要出事，他知道自己该停下了。

"你是不是最近又偷偷抽烟了？"

"没糖，没法戒。"他帮她整理了一下有点乱的头发，眼神瞟向她有点红的唇瓣。

"无赖。"她低声说道，爬回自己的座位上去。

陶也从口袋里拿出一样东西来给她，是视频里他买的那枚别针。实物要比视频里漂亮，镶的钻石很好看。

"帮我戴上。"叶藤撩开自己的头发，示意他别在自己的胸前。

陶也看着她领口那颗散开的扣子，顺手帮她扣上："衣服要穿好。"

"这么扣很傻，跟个小学生一样。"叶藤又解开，本来也不低，非要扣到领口，感觉像个穿 polo 衫的小学生。

陶也帮她别好别针，勾着她的后脖颈，在领口留下一个吻痕。

"你……"叶藤愣了半晌，被他这骚操作震惊了。

陶也若无其事地欣赏着那枚别针："好看。"

叶藤无奈地看着自己的领口，只好扣上那颗扣子挡着。碰见陶也她才知道什么叫一山更比一山高。这个人爱面子，但私下不要脸到了极致。

电影放完，开始散场，他们俩并不急着走。越洋约会真的是太难了，叶藤开始佩服那些异地恋的人，他们是怎么经受得住经年累月不在一起的折磨的？

分明一天都不想分开，随便聊点什么都能开心一整天，不睡觉一直说话也不会困。

"去吃个夜宵？"

"我不饿。你怎么总想让我吃东西？"叶藤看了看时间，已经是晚上十点多了，"女孩晚上吃太多会发胖。"

"怕你饿。"陶也调整好座椅，准备把车开出去，一直赖在这儿也是不可能的，"我开车送你回我家，你明天自己打车去上班，可以吗？"

"我不想回去，我想送你上飞机。"叶藤不想他一会儿又趁自己睡着了偷偷溜走。

陶也没跟她争，车子转向的时候问了一句："身份证带了吗？"

"带身份证没用，我没护照。"叶藤以为他要带自己走，语气显得颇为无奈。

"去宾馆不要护照。"

叶藤鸦雀无声。

陶也扭头看她一眼："你又不愿意回去，总要睡一会儿吧，还要不要命了？"

她真的很累，上了一天的班其实已经筋疲力尽，又折腾了这么半宿，就算是个铁人也扛不住，更何况她还是个不熬夜的。

他们在机场附近找了一家酒店，前台小姐姐表情微妙地帮他们开了一间房。晚上十点多来住酒店，尤其是她还穿着一身傻里傻气的职业装，为了避免麻烦，陶也还戴着口罩和帽子……

叶藤牵着他的手往房间走的时候小声说："总觉得我们俩像下班来约

会的……"

他开了房门拉着她就往里走,顺势把人带着压在门后,随手摘下口罩扔在一旁:"那得抓紧一点,我一会儿还得上班。"

叶藤"扑哧"一声笑了,笑声被他的吻吞没。两人从门口亲到房间里,坐下,躺着,面对面。

人怎么会对另一个人的身体如此痴迷?他们的经验都为零,所以更显得新奇又兴奋,就是一种单纯的渴望。他亲她的鼻尖、唇、额头、脸颊,她觉得有点痒,笑着躲开:"说好的休息呢?"

"嗯。"他拉她过来,抱在怀里睡,下巴抵着她的头顶,"睡吧。"

她听着耳边的呼吸声,感觉根本睡不着。她睡觉不习惯有人在身边,更何况还是他。心里像有一万只鼓在擂,但她觉得他一定很累了,便尝试着闭上眼睛没再吭声。灯从进门起就没开,两人匆忙得连房卡都只是随手扔在了门口的桌子上……

不知道过了多久,叶藤想换个姿势,背后的人沙哑的声音响起:"睡不着?"

"嗯。"这声"嗯"轻轻浅浅的,带着女生的娇羞,莫名有一种撒娇的意味,像羽毛挠得人心里一阵酥麻。

鼻腔里也都是她的味道,牛奶味的沐浴乳,她最喜欢的,低头就能碰到她的头发,细密又柔软的。他转移自己的思绪,让自己保持镇定,却也没舍得撒手:"跟我聊点什么?"

"你训练的时候小心点儿。"她低声说。

"好。"他一个二十七八岁正常的男人,非要把自己逼到这个份儿上。明明她不说话还挺好的,一听见她在黑暗里软下来的嗓音,身体里的每一个细胞都在叫嚣,却只能强忍着。

叶藤迷迷糊糊翻过身来,手臂搭在他的腰上,两人的视线在黑暗里对上,就像一簇火。她突然感觉到对方身体微妙的变化,脸"唰"的一下红到了耳根。

陶也翻身下床,把电通上,又打开空调:"洗个澡。"

"嗯。"叶藤虽然没谈过恋爱,但许苗苗这位"老司机"为寝室的姐妹们上过各种科普公开课,自然而然地也就受到熏陶了。

这一晚最后还是没睡成。他洗过澡后,叶藤就很体贴地试着和他隔开一段距离,佯装一副要睡了的样子侧过身去,结果他自己靠了过来。

"干吗离这么远?害怕了?"他注意到叶藤这个疏远的举动,伸手过来搂着她入怀,"别怕,不做。"

他怎么能这么大大咧咧地说出这种话还面不改色心不跳?

"你……能忍得住吗?"

他笑:"我尽量。"

短暂相聚,陶也回去之后,两个人又开始了漫长的异地恋。好在两个人都够忙,消磨了一些想念彼此的时间。叶藤的实习做到八月中下旬就结束了,给自己预留了将近一周的时间休息。她还没想好去哪儿,本来自己一个人随便去哪里都可以,就是回家看看也不错。但现在有了陶也,她可能需要好好计划一下。

周五中午,她吃完午饭,习惯性地联系了一下陶也,可微信发了半小时都没人回复。不过这也是常有的事情,他或许正在忙。叶藤放下手机,休息了大概一个小时之后,他那边还是没消息。她心里有点着急,打了个电话过去,仍旧没反应。

她翻了翻手机,突然开始后悔当初没有加李元清的微信,现在他那边的人,她竟然一个联系方式都没有……

她只能一遍一遍地给陶也打电话,打了几十通后,她坐不住了,买来的东西一口也没吃。她想到了车队的官微,还有各种贴吧和论坛,一打开微博,就看见超话里有人说陶也出意外受伤了……

她一下子慌了神。这两天她一直有种心神不宁的感觉,原以为只是没休息好,没想到会听到这种消息。官微没有发布任何关于队员受伤的消息,有人说伤得挺重的,还有人说是轮胎出了问题,训练的时候直接爆胎了……

这对于专业的车队来说简直是天方夜谭,所以很多人坚持说不可能出现这种事情。

叶藤的脑子里一团乱,只得不停地一遍一遍拨着陶也的电话号码。过了约莫十几分钟,电话终于通了,听见他的声音叶藤才放下心来。最起码他还能说话,即使受伤了也应该不太严重。

"你怎么样？是不是受伤了？"叶藤想着他回来那天自己分明还嘱咐了他训练一定要小心。

"没有。你是不是看到网上的消息了？"出事的不是他，是国外一个车队的选手。他们是封闭式训练，但很多消息会通过工作人员传出去，还有一些特别的粉丝甚至会跟过来。他们无法得到确切的消息，有时候听风就是雨。他说："我当时是在赛道上，但事故离我很远，我没事。"

"吓死我了。"叶藤现在还觉得惊魂未定，这种感觉她真的不想再经历第二次了，"那个人没事吧？"

"刚把人送上救护车，还不知道。"这种事情虽然不常发生，但他也见过，所以对于他们而言，遇见这种事故自然要比叶藤冷静得多，"吓坏了吧？"

"嗯，"叶藤莫名有些难受，"你都不接我电话，我也没有他们的电话。"

她委屈的声音听起来让人的心也跟着软了。陶也以前没有这种顾虑，即使受伤的那个人是他，似乎也不是什么了不得的事情。他找了个位子坐下来："万一，那个人真的是……"

"你还说？"叶藤听不得这种话。

"我是说万一。"

"不可以有万一。"以前看他的比赛视频，虽然已经是过去的事情，她还是会跟着害怕。她开始理解为什么陶也的母亲生前不愿意去看他比赛了，她说，"你把教练和元清哥他们的电话号码都给我一份，万一下次出现这种情况，我要知道你在哪儿，怎么样了。"

"嗯。"陶也觉得心里莫名有了一种前所未有的压力，但还是笑着开了个不痛不痒的玩笑，"我花了重金买保险，受益人填的是你。"

"所以，万一你要是出事了，我就拿着你的保险金买豪宅，包养小鲜肉。"叶藤的心情跟着放松下来。

"那可不行。"陶也把沾了血渍的手垂在一旁，是刚刚帮忙的时候沾到的。

李元清和其他两个队友走过来，看他在打电话就没打扰，只在旁边站着。

"也哥最近也太那啥了吧！谈个恋爱感觉世界都变了。"

李元清一脸淡然:"没见过陶也给叶藤打电话,就不知道什么叫温柔。"

比赛那天是周末,叶藤在寝室里看直播,一颗心从头到尾揪着,直到他最后站上领奖台,心才落了地。

林末坐在旁边啃着炸鸡:"也哥穿赛车服的样子好帅啊!"

她扭头一看,叶藤竟然眼含热泪。她慌了:"你……哭什么?"

"激动。"叶藤抽了张纸假装擦了擦眼睛,"这是我的偶像,你不懂。"

比赛之后的采访照常是大家最关注的八卦时间,车队在比赛期间有什么有趣的事,大家都会在采访中说一说。所以大家心里除了看完比赛的激动外,就等着看看车手的采访,尤其是长得帅的车手了。

采访的时候,记者捧着话筒用英文问:"我们可以看到刚刚最关键的时刻,是你选择了擦枪走线的外内外走线法超过了前面的K,过程非常惊险,非常精彩!这个对于大家来说,都是没有料想到的,请问这是临时想出来的策略还是定好的战略呢?"

陶也单手抱着头盔,纯正的美式发音听起来很舒服:"在赛场上是无法预料的,我想,每一位赛车手都不应该单纯地只追求速度。换句话说,不要因为追求速度而限制了自己的思想,传统的过弯方式和其他方式没有好坏。于我而言,最重要的是突破自己。"

"太苏了吧。"林末的英语虽然不太好,但大概能听懂他的意思。尤其是他英语说得很流利,发音很好听。

记者问了两个问题后,他们就说因为赶时间要先走了。考虑到陶也的急切心情,教练特地给他们订了最早的机票回国。这群大老爷们儿也都乐得成人之美,就是略微有点酸,所以在飞机上时死乞白赖地非要让陶也请吃饭。

陶也本来也挺高兴,就随口答应下来,就当庆功宴。择日不如撞日,就当天。下飞机刚好吃个晚饭就各自散了,可以回家休息两天。

飞机从空中降落,叶藤早已经在机场等着了。怕接机的人多,叶藤先前跟他商量了直接去停车场等。她靠着车子刷了一会儿微博,每来一个人就抬头看一次。看到陶也的时候,她兴奋地小跑过去,搂着他的脖子在他的脸上印下一个吻。

陶也回应着她,但好像没有平时那么热情。

"你变了,是不是在外面有别的狗了?"叶藤踮着的脚落地。

陶也略一侧身,她这才看见他身后一帮准备跟着蹭饭的男人。李元清笑着说:"这个我可以作证,他还真没有。"

叶藤的手臂尴尬地从陶也的脖子上滑落,有点不太自然地垂在身体两边。

陶也按了一下车钥匙:"上车。"

叶藤逃也似的坐到副驾驶座上,那帮大老爷们儿笑着跟了过去。

李元清没正经地调侃:"小叶是想用狗粮直接把我们喂饱,一会儿可以少点几个菜吧?也哥,你媳妇儿可真会帮你省钱。"

"注意称谓,叫嫂子。"

李元清一愣:"行,嫂子,行了吧?"

身后那帮哥们儿也跟着凑热闹,一起喊了一声"嫂子"。

叶藤也没觉得不好意思,趴在车窗上笑:"倒也不用这么客气。"

李元清的车停在另一边,其他人三三两两地往他们俩的车上坐。李元清回头看了一眼:"你们俩还真是天生一对。"

陶也看了一眼趴在车窗上开心的小姑娘,自己说了评语:"天造地设。"

后座上挤坐着的几个人团团抱在一起,又齐齐嫌弃地"咦"了一声。

这顿饭吃得还算开心。这帮男人在一起的时候各种玩笑开个不停,还说了好多车队里有趣的事情,各种车队的八卦都是信手拈来。叶藤一直笑个没停,顺便打听了一堆以前自己好奇的事情。她本来就是个"好奇宝宝",感觉非常满足。

末了,几个老烟枪准备出去抽烟,李元清回头一看陶也没动,"真打算戒了?"

陶也点点头:"嗯。"

"想抽的时候怎么办?也教教我。"

陶也的视线落在叶藤的嘴唇上,目光晦暗:"吃糖。"

一帮人:"糖有什么好吃的……"

知道他什么意思的叶藤默默埋头吃水果。

聚餐结束后,大家很识相地各自结伴走了,陶也自然要送叶藤回学校去。车子开到一半,外面突然下起雨来。夏末的雨淅淅沥沥地敲打着车窗,雨刷不停地摇摆着,外面的霓虹变得模糊不清。

"过几天我的实习就结束了，我们一起去度假吧？"叶藤主动提出邀约，还要考虑他最近的安排。

"你想去哪儿？"

"你上次不是说想去看看我爸爸吗？"叶藤本来想两个人一起去一个人少的地方待一阵子，两人分离太久，要补回来。但最近家里打来电话，她心软，想回去看看方淑珍他们。另外，她也好久没有见冯叔一家了。更何况她交了男朋友，也是要跟爸爸说一声的。

"嗯。"

叶藤笑着回头看他："你紧张吗？"

"你什么时候见我紧张过？"

无论什么场合，他似乎都挺淡定自在的，叶藤还真没见过他紧张的样子。可见家长这种事情，如果放在她的身上，可能真的会紧张。

"你有没有想要介绍给我认识的朋友，或者家人？"

"我们家没什么人。"

叶藤这才想起他家也在Ａ市，上次听林初说他把之前的房子卖了一套，还留着那套带院子的："你回去是住以前的房子还是别的地方？"

"房子我这两天找人打扫一下，还回去住。"

"我跟你说过吗？我特别喜欢你那套带院子的房子。"叶藤想起以前每天路过时的那种心情，就对那个地方有种特别的感情。

"喜欢就送你。"陶也扭头看她。

叶藤笑了："房子说送就送的啊？"

"原本打算卖掉的，这边的公寓也没打算买。"路上堵车，走得缓慢，不耽误他们俩坐在车里聊这些略显实际的话题，"毕竟我就一个人。"

叶藤靠在椅背上听着他以前的人生规划。

买房、结婚、生孩子，这些离他都很遥远，他想都没有想过。但是现在，他倒是对余生充满了向往。

车子半晌才往前挪了一点点："你知道赛道为什么是环形的吗？"

"不知道。"叶藤很喜欢听他说话，他平时话不多，难得打开话匣子。

"因为赛车手的人生没有终点。"他单手握着方向盘，"本来打算退役之后出去到处走走，累了就……"

他没再说下去,他甚至想过找一片海,把自己埋在广阔的波涛里。
"不过现在养了棵植物,有牵挂就走不远。"
陶也忽然想到她送自己的多肉,仿佛是一种预兆。

第 20 章
想去无人岛

第二天一早,林末睡得迷迷糊糊的,听见有动静,睁眼看原来是叶藤一早就爬了起来。她揉了揉眼睛问:"今天不是周六吗?"

"有个东西要送去给那个一起实习的妹子,你见过的,她一会儿会到寝室楼下来找我。"

"那也不用化妆吧?"林末坐起身子,看她正在涂口红。

"顺便去约会。"叶藤起身,到她的床前转了一圈,"你觉得我穿这个可以吗?"

林末懵懂地点了点头,又躺下。半响,她突然想起来:"这是你们第一次正式出去约会吧?"

"嗯。"叶藤想了想,谈了三个月恋爱两个人才第一次以情侣的身份出去约会,也是有点儿奇怪,"你说我们今天去干什么比较好?"

"一般约会都是吃饭、看电影之类的,或者去游乐园?"

"游乐园?"叶藤觉得这个主意不错,像陶也那样的人八成没有去过游乐园,吃饭、看电影对他们来说,都已经是日常了。她想要做一些没做过的事情,就是别的情侣都做过的那些。以前没有谈恋爱的时候会觉得这些事情很俗,很无聊,真正有了喜欢的人后却是真的想要和他一起做一些无聊的事。

叶藤补好口红,拿着包下楼,一起实习的女生已经等在寝室楼门口了。叶藤上次从公司回来的时候帮她带了一个东西回来,一直放着没拿走,今天总算有时间过来拿了。

"谢谢你。"那个女生拉着她的胳膊往旁边看,"刚刚那边来了一个帅哥,是不是来这边等女朋友的啊?你认识吗?"

"隔那么远你都能知道他是帅哥?"叶藤瞟了一眼,陶也侧身站在那边的台阶上,因为戴着帽子,所以脸看不太清楚。因为这个妹子认识他,叶藤特地嘱咐他不要在门口等着,要离远一点。

"我这双慧眼,自带帅哥识别雷达的好不好!你认不认识?"

"不认识。要不我去搭个讪?"叶藤笑着开玩笑,"我去约他吃个午饭,要是约上了,我可就直接走了啊。"

"真的?这么'赤鸡'?!"这妹子都跟着激动起来,故意大着舌头说话。

"真的。"叶藤笑着走过去,半路还冲她挥了挥手。等了一会儿,那个女生就看见叶藤跟男生说了两句话,然后那个男生就去开车了。

她激动地跑过去,一脸震惊地问叶藤:"这就成了?你是怎么说的?"

"我就说,我好饿,能跟你谈个恋爱吗?"

妹子下巴都快吓掉了,一脸"还有这种操作"的表情:"这么直接?"

叶藤看着她的表情,和她平时一样可爱又逗趣,没忍住笑:"骗你的。他是我男朋友,有机会再跟你细说,我走啦!"

妹子一脸羡慕地看着她上了车,然后晃了晃脑袋:"长得好看真是好啊。"

陶也从后视镜看见那个愣在原地的姑娘,一看就是被叶藤忽悠了,笑着问:"你跟她说什么了?"

"我跟她说你是企图包养我的暴发户。"叶藤冲他眨巴了一下眼睛。

陶也的手指在方向盘上敲了两下,打了个转:"那直接回我的别墅?"

"干吗啊?还没吃饭呢,我饿。我们一会儿吃完饭去游乐园吧,你是不是还没去过?"

陶也笑得意味深长:"暴发户可不喜欢游乐园。"

叶藤拿着"陶暴发户"的卡在游乐园里随便刷,周末人挺多的,很多项目都要排队。她抱着饮料杯子,看见路上有卖那种可爱的动物发箍的,也拉着陶也过去买。

"我不戴这种东西。"

"没说一定要你戴,我自己戴。"叶藤在小熊和小兔子之间挑选着,然后举起来放在自己头上比画了一下,"哪个比较好看?"

陶也指了指小熊。

叶藤朝他挥了挥手："你蹲下来一点儿,我看看好不好看。"

陶也一脸的不情愿,没动弹。一个快三十岁的男人戴这种幼稚的发箍,他可没干过这么羞耻的事。

"我就比画一下!"叶藤笑眯眯地拉着他的手臂,让他弯腰,然后在他头上比画了一下,"嗯,就这个吧。"

卖发箍的大叔问:"买一个还是两个?"

叶藤:"两个。"

陶也:"一个。"

"到底是一个还是两个?"大叔看着他们俩。

"就戴着拍张照,我保证!我连一张你的照片都没有。"叶藤拿出撒娇的撒手锏。

陶也喝了一口冰沙,垂眸看了一眼叶藤,对大叔道:"听她的。"

大叔很高兴能一次性卖出去两个,喜滋滋地把两个小熊的发箍递过去。叶藤找了个地方坐着歇一会儿,按着他的肩膀让他坐好:"把帽子摘了。"

"不摘。"

"那就不摘吧。"叶藤亲手帮他戴上发箍,明明快要笑死了却硬憋着,然后自己也戴上发箍,拿出手机来拍照,"一二三,笑。"

她坐在那儿欣赏着自己刚刚拍的照片:"你都没笑。"

"等等。"陶也看见她划拉手机的时候有一张他的照片,是整张被放大的正面的脸,带着笑的,很清晰。他伸出手把照片返回去,"交代一下。"

刚刚还说自己一张他的照片都没有,现在立马被抓包,叶藤觉得这打脸也来得太快了:"就两张。"

"什么时候拍的?"陶也不记得有过这回事。

叶藤小口小口地吸着冰沙,拿眼角的余光瞟他:"暗恋你的时候。"

他伸手出指抬起她的下巴,把她的头转过来,在她的嘴唇上吮吸了几下。叶藤有点慌张地看着路人,他从不喜欢在大庭广众之下做出这种举动,今天显得有点异常,她问:"干吗突然这样?"

陶也松开手,帮她擦了擦嘴角的口红:"不好意思啊,烟瘾突然犯了。"

每次都拿这个理由出来说,叶藤笑着听他胡说八道,喃喃道:"瞎说。"

他起身拉着她的手往外走:"走,晚上带你去看星星。"

"看星星,去哪儿?"叶藤觉得 S 市应该没有什么地方好看星星,都是高楼大厦,有没有星星都不好说。

"到了你就知道了。"

他们是开车过去的,到了地方大概也有六七点了,天还没黑透。那个地方不是本地人还真找不到,算是一个小型的新型度假村。房子都装修得很漂亮,还都是独栋的小院,日式的木房子。

陶也对着手机上的密码开了大门,屋子里没有人,很安静。门廊的感应灯亮了,照着院子里的石子路。

"你是怎么找到这个地方的?"叶藤很喜欢这个地方,尤其是昨天下过雨,这里的夏夜特别清新,抬头真的能看见稀疏的星星。

"感谢李元清的不务正业,是他推荐的地方。"陶也把车钥匙扔在门口,转身坐在宽敞的木质长廊上,顺势躺了下来。

叶藤充满好奇地打开屋里的灯,发现陈设都很漂亮,温馨又简洁:"也对,他是本地人,这种地方估计别人真的找不到。"

陶也拍了拍自己身边的空位:"过来。"

叶藤走过去坐下,被他拉着手臂躺下,头枕在他结实的胳膊上,仰头看着天上的新月。

"喜欢吗?"

"嗯。"叶藤点点头,她白天玩得有点累了,现在能这么躺着,真的很舒服,"要是能这么一直躺着也很好。"

"那不行。"

她有点不满地盯着他。

"手臂会酸。"

叶藤趁机掐了他一把,没想到他腰上的肌肉很结实,都没怎么掐得动。

"你这是石头吧?"

他掀开 T 恤给她看,完美的肌肉线条往下延伸是他裤子的边缘,叶藤用手挡着眼睛:"要长针眼的。"

他笑着把衣服放下去:"胆小鬼。"

叶藤把手从眼前拿下来,仰起头正好对上他垂眸盯着她的眼睛。她眼明手快地用手背挡住自己的嘴唇,那个吻就落在她的掌心里:"你怎么这么喜欢亲我?"

"不知道。"他闻到她的手心有一阵香草冰激凌的香味,把她的手拉过去,平躺下来,"就是想。"

他决定克制一下,不然这个小姑娘还以为自己是个什么人呢!

叶藤静静地躺在他的怀里,实际上她不是不乐意,就是好奇。她偷看了他两眼,感觉他应该没有生气,也就乖乖躺好,不去招惹他。

她想到自己的旅行计划,虽然因为要回家,所以暂时不能两个人单独出去旅行,但以后有的是机会。她想了一会儿问:"以后有机会我们去无人岛度假好不好?"

"怎么想去无人岛?"陶也一直觉得她不是那种性子里喜欢孤独和安静的人,她是鲜活的,热闹的,生机勃勃的。

"你不想去?"叶藤转过头来看着他,她是觉得陶也会喜欢才问的,"是不是觉得只和我在一起有点无聊?"

他盯着逐渐变得漆黑的夜空,星星越来越多,月亮附近有淡淡的云在缓缓飘动。他放缓语调:"无人岛,能做的事情那么多,为什么会无聊?"

多吗?叶藤想了想,好像是挺多的。那种专门的度假小岛可能可以浮潜之类的,他应该是会游泳的。

"如果真的去了,那你想做什么?"她问。

身边的男人和她想的压根儿不是一回事儿:"什么都想做。"

不久后,有关叶藤的骚扰案开庭了。她从法院门口出来,有一些记者等在门口。没有想到那个骚扰案还有人关心。因为之前有人在微博上挂了她之后,很多人一直都在等事情的后续进展。有些媒体得知这个惯犯被抓,而且还被起诉了,就在开庭这天等在门口。

"请问一下叶小姐,能不能告诉我们一下具体的判决结果以及为什么您会做出起诉的决定?"

叶藤四处看了一眼,她特意没有让林末他们跟着过来,就连陶也她也没让他来,主要是觉得当着男朋友和朋友的面说被骚扰的过程的确是有些尴尬。虽说他们都不会介意,但她一直秉承人与人不管关系怎样亲密,总要保持一些美感。

她很满意陶也没有突然跑出来,不然被媒体拍到也很麻烦。她放下心来,接过话筒先问了一句:"你们记得给我打码吗?"

旁边的记者都笑了:"那是当然,我们会尽量保护您的隐私。"

"是受害者的隐私。"叶藤强调了一句,"首先他会得到应有的判决,一切都是按照法律的规定。至于我为什么要起诉,这是理所应当的事情。大家要问的应该是,我们为什么不去起诉?我只是在维护自己的权利,我也希望所有女性都能勇敢地用法律来保护自己。"

她说完就把话筒递了回去,后面的问题都没有回答,道着歉一路从记者堆里挤出来。跟着律师一路走到停车场,她一眼就看到陶也的车停在最里面,他果然还是来了。

"叶小姐,你要去哪儿?我可以送你。"

"谢谢,不用麻烦了。"

陶也此刻已经下车走了过来,律师也看到了,笑着说:"原来是护花使者到了啊。"

这位律师算是陶也的朋友,陶也跟他打了个招呼,道了谢,看着他走了才回头看叶藤:"自己一个人还好吗?"

"挺好的啊。"她原地转了个圈,"这种小流氓我见多了。"

"判了多久?"陶也知道她的性格,对于外界的伤害,她一向不放在心上,碰上自己的家人和爱人,心就格外软。或许是因为她这辈子总是在失去,所以她对自己所拥有的,都格外珍惜。

"六个月。"

"太短了。"陶也帮她打开车门。

"我也觉得,这种惯犯,就应该判他个三五年。"

"十年还差不多。"

叶藤知道他是真的生气,笑着安慰:"我真没事,你这是徇私。"

陶也不以为意:"我不仅徇私,还要以暴制暴。"

叶藤被他逗笑:"那你以后会不会生气就打我?我可打不过你。"

"故意气我?"陶也的车从某个隐蔽的镜头中驶出,最后的笑脸被镜头捕捉到。

叶藤的实习就要结束了,大家都很舍不得他们这群小朋友走。她师父平常是一个工作狂人,竟然抽了半天时间和她聊了以后的人生规划。对于积极向上,能够认真对待工作的小朋友,他一向喜欢。

结束之后,一起坐地铁回去的同校妹子说她准备拿着实习工资去云南一趟,正愁没人陪,就想约上叶藤一起:"我攻略都做好了,你去不去?"

"抱歉,我已经有安排了,要回家一趟。"

"回家?"拿妹子抱着她的手臂追问,"该不会是和男朋友一起回吧?见家长?"

叶藤低着头笑:"差不多。"

"你该不会要结婚了吧!你还这么年轻!"

"暂时还没有这个打算。"叶藤只是想要把他介绍给自己的家人,至于结婚这件事,她的确还没有想过。可是经过她这么一提醒,她突然开始怀疑陶也会不会有这种想法。

"也是,你们还这么年轻。你男朋友是哪所学校的啊?他今天怎么没来接你?"

"他工作了。"叶藤说得含糊,"他临时有点事。"

"哦,比你大个两三岁也刚好,是他追的你还是你追的他?"

叶藤看着她一脸好奇的表情,开始陷入沉思:"应该是我吧,我从十七岁就喜欢他了。"

"天哪,追到男神的感觉!"女孩一脸的羡慕,"我什么时候才能追到我的新男神啊!我风神!"

叶藤握着手机的手猛地顿住,突然有点好奇地问:"如果,我是说如果,你知道他有女朋友了,你会是什么心情?"

"不可能,你不了解他,他对女生特别冷淡,以前他还把女队员骂哭过你知道吗?注孤生,哈哈哈!"

叶藤见她那反应,不自在地舔了舔嘴唇:"总有那么一天吧,他都快三十了。"

"有就有吧,我换个墙头就是了。可是他的那些铁粉什么的,应该会比较在乎吧。但肯定大部分粉丝都会祝福,毕竟又不是什么偶像明星,这是他私人的事情。我们虽然口头上说着玩,但作为粉丝,其实还是希望自己喜欢的人一切都好。"

叶藤点了点头,她能够理解这种心情,她也认认真真地喜欢过一个人。无论最后陪着他的那个人是不是自己,都希望他幸福的心情她能理解。她只是很幸运的那一个。

回到寝室,叶藤躺在床上给陶也发了一大堆爱心表情包。

他发语音通话过来,开口就问:"怎么了?"

"有点想你了。"明明早上才见过。

叶藤听见电波那头传过来他的低笑:"东西收拾好了?"

"没,不是还早吗?明天才走。"

"早点收拾,晚上我去接你。"

"提前走?"叶藤从床上坐起来。

他的语气里带着邀请的语气:"今晚住我那儿?"

他一句话就让她浮想联翩,叶藤感觉自己最近被他带坏了,愣了半晌没说话,直到对面又追问了一句:"行吗?"

叶藤快速说了句"好",就赶紧把语音给挂了。像是心照不宣的邀约,电话两头的两个人都不由自主地笑了。

她立马从床上跳下来收拾东西。林末前两天已经搬走了,现在寝室里就她一个人。她随手绾起头发,哼着歌开始在衣柜里挑衣服。想到晚上,她觉得紧张又期待,还有点小兴奋。

她拉开自己的睡衣领子,看了一眼自己的内衣,然后从头到脚都换了一套。收拾好东西后她便开始化妆,忙活了两三个小时才总算是收拾完毕。

陶也那边的事情都处理好后,打好招呼就开车过来了。她今天穿的是一条他没见过的裙子,墨绿色的吊带裙,衬得她皮肤更白,让人想起"明眸皓齿"几个字来,她甚至还难得地喷了点香水。

"你这么看着我干吗?这条裙子很奇怪?"叶藤看他的神色和平常不太一样,觉得自己是不是有点太夸张了。但她就是想让他看最漂亮的自己,没有什么别的想法。

陶也接过她手里的箱子放进后备厢:"我要是说不好看,你以后是不是就不穿了?"

"真不好看?"

后备厢的阴影下,他伸手搂过她的腰,在她耳边说:"只许穿给我看。"

叶藤笑着点头:"嗯。"

到了他家,叶藤打开冰箱找喝的,突然想起之前他给卡让她买东西的事情:"你那时是故意的吧?又给钥匙又给卡的?还说什么不会买菜。你从那时候起就喜欢我,对不对?"

陶也喝了一口冰水:"你呢?为什么答应?"

"当然……"叶藤的眼神飘到别的地方,"反正不是为了钱。"

他把她拉过来,手垫在桌子上,她的腰就贴在他的手背上,眼睛盯着他那双热切的眼睛。他似乎在闹着玩似的用手指钩了一下她裙子的肩带:"真的?"

"有百分之三十是为了钱吧……"叶藤笑着看他。

"所以我只占百分之七十?"男人的手指粗糙,触到她线条分明的肩胛骨时有种特别的磨砺感。

"有点痒。"叶藤笑着想要躲开,他硬是要凑过来。她弯腰往后躲,还好柔韧性不错,身子都快弯成九十度了。她笑道:"你知不知道你的粉丝说你对女生特别冷淡,注孤生啊?"

"是吗?"

叶藤的目光闪了闪:"嗯。"

天知道她们要是知道陶也私底下是这样会有什么想法……

他显然已经没什么耐心了,把她抱到沙发上,随手拿了个软枕垫在她的腰后。他没有从一贯喜欢的嘴唇开始,而是极其温柔地吻了吻她的眉心,然后是脸颊,循序渐进。她闭着眼睛回应他,两个人逐渐默契。

她感觉裙摆被推起,浑身有种异样的感觉。她忽然睁开眼,轻轻推了他一下:"等一下。"

"怎么了?"

叶藤有点不好意思地撩了一下自己的头发,也不知道感觉对不对,她觉得自己可能倒霉了:"我好像有点不太舒服,我去一下卫生间。"

陶也笑着往后退到一旁坐在沙发上,看着她一路小跑去了卫生间。

过了一会儿,他靠在卫生间门口,听见她在里面低声埋怨了一句:"怎么这么不巧啊……"

她本来还要过几天才生理期的，也不知道今天是太激动，激发了身体里的什么激素还是怎么一回事，例假竟突然提前了……

"要我帮忙吗？"

叶藤听见门外的声音，双手捂着脸，无奈地说道："你打开我的箱子看看，夹层里面有那什么，你帮我拿一下……"

"那什么？"他明知故问。

"陶也！"

叶藤竖起耳朵听他穿着拖鞋走路的声音，长叹一口气。

叶藤的身体素质从小到大都还算不错，虽然长得瘦，但小时候爱运动，体质一直比其他孩子要优秀。但每次来例假，刚开始几小时还是会觉得有点酸胀的感觉，就先去房间里躺着。

陶也家只有冰水，因为他没有喝热水的习惯，所以家里连个热水器都没有。他在厨房里找出电饭煲，烧了热水倒在杯子里递给她。

"不舒服就睡一会儿。"陶也轻抚着她的后背。

"我去换件衣服。"叶藤从箱子里翻出自己的睡衣和洗漱用品，抱着去了卫生间。她卸掉了自己花几个小时化的妆，然后简单地冲了个热水澡，再换上睡衣，顺手找了个盆把自己的内衣洗一洗。

陶也见她半晌没出来，过去看了一眼。她正挽着袖子在洗衣服，头发垂下来，她用胳膊往上抚了一下，一抬头就看见陶也证靠着门框看着自己。

"看什么？没见过美女洗衣服？"

"没见过这么美的。"

叶藤抿着嘴唇笑，顺手把泡沫甩到他的身上："快走吧。"

陶也非但没走，还伸手帮她试了试水温，又把水龙头往旁边扭了点，放了点热水兑进去。

"你去帮我拿两个衣架过来吧。"叶藤其实还有点不太好意思，本来想在他面前美美的，结果弄成了这副样子。她抬头看了看镜子里的自己，跟在寝室里宅着的时候一模一样……生活过于真实了。

她快速洗好衣服，挂在阳台的晒衣竿上。上面有几件他的衬衫和短袖，她的两件内衣挂在中间，总觉得有一种很奇妙的感觉，就像是他们真的就这样生活在一起了一样。

他看着她杵着晒衣竿晾衣服也觉得很有意思,从她的背后去抱她。

"干吗?"叶藤放下手里的晒衣竿,她往前走,身后的人便跟着,两个人跟连体婴一样从阳台往屋里走。

"你都穿整套的吗?"

叶藤用自己的手肘怼他,被他抓住,双手捧着她的脸揉了揉:"恼羞成怒了?"

"我今天跟你没完!"叶藤拍了一下他的手臂,准备新账、旧账一起算,只因他总喜欢逗她。刚准备动手,她忽然皱了皱眉,用手捂住自己的肚子,"疼。"

陶也看她难受,跟着着急,一把将她抱起来:"回去躺着。"

叶藤顺手搂着他的脖子来了一个锁喉,他有点吃惊地低头看她得意的笑脸,双手微微用力把她抱起来一些:"小骗子。"

第二天一早,他们开车准备先回叶藤的老家,然后再转去 A 市,全程大概六七天的时间。路上要耽误挺长时间的,不过自驾回去也算是一次短途旅行了。他们刚出发不久,李元清就打来电话,一开口就说:"不好了!"

车里开着免提,叶藤也能听见李元清慌里慌张的喊叫声。

"你们快看网上,有人拍到你们俩在停车场约会,虽然打了码,但那个人可能是跟着拍叶子的。法院那件事他也知道,一并爆料了,现在网上正吵得不行。"

叶藤立刻拿手机出来看,微博上果真已经吵了起来。等消息的人占了一大部分,但有一小部人分关注的是性骚扰的案件,关注点完全歪了——

"不会吧,说不定是家人呢。"

"天哪,妹妹很勇敢,但和我风神……还是别了吧……"

"这种事情还要张扬出来,是有多不要脸,说不定是倒贴我们哥哥!"

"长得一看就……"

她就纳闷了,他们是怎么从打了码的照片里看出长相的……

十分钟后,陶也除了官方转发几乎一言不发的微博突然上线了,两分钟后发了一条微博:谢谢大家关心,是女朋友。

然后评论就炸了,议论什么的都有。本来这种很私人的事情,陶也没想过要在网络上分享,但事情已经闹到这种地步,与其让他们猜来猜去赚足眼球,倒不如直白一些。

叶藤的微博也关注了他,为了不让大家跟到她的微博上去,她没让陶也关注自己。这个时候她就混入其中大概看了一眼,大部分粉丝都是祝福他们的,还有一些夸她正能量的。

陶也收了手机启动车子:"抱歉。"

"突然跟我道什么歉?"叶藤翻了翻评论,"夸我的人也很多啊!你应该开心他们给我打了码,不然大家都该说你配不上我了。"

陶也笑着将车子掉头:"我是配不上。"

"偷着乐吧。"叶藤觉得心里放松了不少,不管别人怎么说,他们之间似乎总是有一种不用说明的默契,面对任何事都对彼此坦诚、宽容、信任。

叶藤的手机振动,是之前那个同事发过来的一大堆惊叹号:"是你对不对!!我说那天看着你的男朋友怎么有点眼熟呢!!"

叶藤发过去一个抱歉的表情包。

"没事没事,我理解!嘘!我不会告诉别人的!"

叶藤几乎能想象出她的那个可爱的表情,脸上不自觉地浮现笑意。

"又在傻笑什么?"陶也开车时会不时地扭头过来看她一眼,看见她抱着手机一边聊天一边笑。

"有人说你配不上我。"叶藤举起手机很是骄傲。

陶也也不反驳,反倒点头附和:"那她挺有眼光的。"

叶藤"喊"了一声,接着跟那个妹子聊了一会儿,被她的甜言蜜语迷惑答应了搞几张陶也的签名照给她。谁都知道陶也从来不给别人签名的,叶藤觉得自己还得使使美人计才行。

到叶藤老家时天刚擦黑,他们直接到了乔叔家。她自己家的房子早些年就被拆了,原来地方也不大,补偿的一套小房子也一直没装修,就放在那儿了。

一下车,乔叔一家三口就围了过来。乔婶特别热情地招呼两人,妹妹长大了,比小时候要腼腆一些。

"叶子,也不介绍一下!"

"哦哦,这是我爸的好朋友乔叔。这是乔婶,还有妹妹。"叶藤挽着陶也的手臂,"这是我的男朋友,陶也。"

"乔叔好,乔婶好,妹妹好。"

叶藤看着他一脸乖巧的样子,觉得有点不太习惯。不得不承认,他这个人正经起来还真有一种挺靠谱的感觉。

叶藤看着陶也从后备厢里拿出给乔叔他们带的礼物时简直震惊了:"你什么时候买的?"

陶也挑了挑眉没说话,她偷偷比了个大拇指。

进了屋,乔叔先是咳嗽了一声,然后端坐在沙发上,一脸严肃,叶藤都没怎么见过他这副样子。乔婶笑着去厨房端水果,妹妹则跟着叶藤一起坐在一旁。

叶藤难得看见陶也不自在的表情,想起前两天自己问他的时候他还特别嘚瑟地说"你什么时候见我紧张过",忍不住低头偷笑。

"叫陶也是吧?多大年纪了?家住哪儿啊?参加工作了吗?"

乔叔端着茶杯,这一串问题甩过来,把叶藤都给问蒙了,抢着回答:"他比我大了一点,已经工作了。"

"没问你,我问小陶。"

小陶……

叶藤默默闭嘴,平常乔叔都特别和蔼可亲,怎么感觉今天他跟变了个人一样?叶藤和妹妹相视一笑。

陶也倒还算得体,问什么答什么。实际上他们家的关系十分简单,从小到大,他的性子也偏孤僻,和为数不多的亲戚也没怎么接触。至亲如今都走了,好久没有这种面对长辈的感觉,还真的有点不适应。

"赛车?"乔婶端了水果出来,他们刚好聊到职业这一块,"是不是把车给开得跟飞机一样的那个?"

"妈,那是游戏,赛车手不是这样的。"妹妹显然是提前做过功课的人,还低头跟叶藤说,"藤藤姐,我还看了姐夫比赛的视频,特帅。"

叶藤听见"姐夫"这两个字,有点不好意思地笑了笑:"你觉得真人帅还是视频里帅?"

陶也也是没见过有人当着自己的面讨论自己的颜值的,看了一眼聊得热火朝天的两姐妹,又转过头去跟乔叔解释自己的职业,顺便把各种问题都回答了一遍。末了,乔叔点了点头:"这样啊。"

叶藤都佩服陶也竟然能耐得住性子陪着乔叔聊了那么久。

"吃饭吧,我们。"

这轮盘问总算是结束了,氛围要和谐了不少。尤其是在饭桌上陶也陪着乔叔喝了两杯后,两人的关系产生了质的飞跃。

乔叔一喝酒就上头,不一会儿脸都红了,拉着陶也的手说:"叶子这孩子从小就跟我的孩子是一样的,所以你也跟我的女婿一样。"

"乔叔,还早呢。"叶藤不好意思地把他的手从陶也身上拉下来。

"你小孩子不懂。"乔叔又搭了上去,"叶子这孩子从小就好强,好奇心也特别重。我记得有一次,她在上学路上碰见一只死耗子……"

"乔叔!乔叔,您多吃点菜,我婶子最近厨艺又提升了!特别好吃!"叶藤开始阻拦他跟陶也说这些有的没的。

"你别打岔!"乔叔显然是喝高了,举着酒杯愣了一会儿,突然问,"我刚刚讲到哪儿了?"

旁边的几个人都笑了,陶也好心提醒:"死耗子。"

"对对对,她在放学的路上碰见一只死耗子……"

叶藤拦都拦不住,只好任由他们俩从自己小时候的死耗子一直聊到结婚的时候应该在哪儿办婚礼。饭后乔叔照例喝晕了去睡了,陶也和叶藤帮忙收拾碗筷。乔婶笑着说:"你们去玩吧,两个人出去走走也行,外面凉快。"

"我也想去!"妹妹突然跳了出来。

乔婶笑着拉她:"你这孩子瞎凑什么热闹?你跟我一起洗碗!"

"可是我不想洗碗。"

"要不,我们不出去了,外面蚊子挺多的,我们看一会儿电视好了。"叶藤出来解围。

"要不我们玩游戏吧?我想跟姐夫一起玩'跑跑卡丁车'!"

"要不明天再玩?"叶藤感觉陶也开了一天车本来就很累了,又喝了点酒,还要陪小孩子玩,的确是太累了。

"没关系。"

"噢!"妹妹开心地去打开电视游戏。

玩了大概一个多小时,这个小孩总算是被乔婶拉回房间里写作业去了。

他们也准备洗漱一下就去休息了。作为客人，陶也被安排在第一个洗澡。他拿着自己的洗漱用品和衣服刚进卫生间，乔婶就拍了一下腿："哎哟，你看我这个记性，洗发露没了，我刚买的新的还放在厨房里呢。"

　　她赶紧跑去厨房，从购物袋里翻出一瓶洗发露，下意识地就往卫生间去。中途她又想起来是陶也在里面，于是折回来塞到叶藤手里："你去送。"

　　叶藤过去敲了敲门："里面的洗发露好像没了，我给你换一下。"

　　门开了，她从门缝里递进去，刚要抽手却被拉了进去。他的上衣甩在旁边的洗手池上，身上还有一股酒气。

　　叶藤把洗发露放在旁边，有点不太敢直视他。虽然已经亲亲抱抱过，但在这么明亮的房间里，这么直接地看他还是第一次："辛苦你了，今天，那个……我先出去了。"

　　"就这样？"他两手撑着洗手池的边缘不让她走，"没有奖励？"

　　叶藤怕自己好一会儿不出去让乔婶看见了不好，所以格外乖巧地亲了一下他的嘴唇。他很快反客为主，一分钟后才放开她："剩下的先欠着。"

　　叶藤赶紧抿着嘴唇溜了，"哐当"一声关上门，回到沙发上假装没事发生。

　　乔婶刚刚在探头看，一见她出来立马坐好。过了一会儿，她又作势在空气里闻了闻："这酒气可真的是挺重的哈？到现在也没散。"

　　叶藤刚用牙签扎着的一块西瓜差点掉下来，尴尬地说："是啊。"

第 21 章
与君初相识

第二天，乔叔带着叶藤和陶也两个人去墓地看叶藤的爸爸妈妈，手上拎着酒。上午的公墓里人不多，叶藤每年都是年节时候来，还未见过这么冷清的墓园，心里不由得觉得有些难受。陶也伸手和她十指相扣，虽然什么也没说，却让她觉得心里有无限的安慰。

"我这两年身体不太好，你婶子不让我喝酒，偶尔也就是跟你爸喝两杯。"

"这几年多亏您一直帮忙照料着我爸妈。"叶藤笑着说，"您也听话，少喝点。"

"知道了，你这丫头一回来就要唠叨我。"

走到墓碑前，乔叔把酒倒在酒杯里，站直，然后看了看身边两个孩子，哽咽道："老东西，孩子回来了，你们家叶子都有男朋友了。"

她爸爸妈妈的墓地特地安排在了一块，小小的黑白照片上是两张笑得很甜的脸。那是他们年轻时候的模样，从他们的眉目间可以看出几分叶藤的影子。

乔叔把酒洒在地上，自己也喝了一杯："你们聊一会儿，我去找看门的老李说几句话。"

陶也恭敬地点头，看着他慢慢悠悠地离开这边。

"我还没给你介绍过我爸吧？我爸小时候挺浑的，学习成绩不好，后来去当了兵，还没退役就在训练的时候把腿给弄坏了。那时候退伍军人回来的福利待遇还没有现在这么好，他没什么钱，腿又不好，工作你也知道，不体面。我妈还是毅然决然地嫁给他，他们俩是从小一起长大的，感情很好。"

陶也静静地听她讲这些旧事，可以猜测到叶藤古灵精怪的性子是随了谁。

"结婚之后我爸很疼我妈，但家里条件不好，过得十分辛苦。他对叶晨也很好，算是爱屋及乌吧。"这些都是后来叶藤从爸爸和乔叔那里听说的，她那会儿还没出生，"后来我妈怀上了我，叶晨那会儿天天赌博，输了钱就跑到我们家来要钱，我妈经常因为这个跟他动气，后来就动了胎气。我那会儿还是早产，差点两个人都没活下来。从那以后，我爸就没理过叶晨了。"

她小时候学散打，也是为了强身健体。

"你们出事那天，是因为叶晨去找他，他们两个人在马路边推拉。"叶藤知道，他心里或许一直有个结，这个结要在这里打开才可以，"所以你不要觉得内疚，实际上很多事情都很难说，就像我爸说的，兴许是我们一家人欠了他的。"

她抬手摸了摸粗糙的墓碑："有时候我又在想，说不定我爸走的时候也不是很难过。他很想我妈，应该只是有些放不下我。不过我现在过得很好，以后也会很好。"

她蹲在那儿，抬头看着他，将手上的捧花放在两块墓碑前面："你有没有什么想说的？"

"谢谢，以及对不起。"

叶藤笑着伸手，他一把将她拉起来，两个人在那儿静静地站了一会儿。很多话其实不必说，感谢他们能够把叶藤带到这个世界上，对不起是因为那场事故，让她一个人独孤了那么久。不过缘分是很奇妙的东西，他的出现无论是一种弥补还是别的什么，对于两个人而言都是刚刚好，刚好抚慰彼此心里的那道伤疤。

回Ａ市的路上，顾逸尘的电话打了过来，问他们怎么这么慢，还没到。从网上看到消息后，顾逸尘就打电话过来慰问过了。对于他们俩在一起的事，当初顾逸尘知道以后可是花了好长时间才接受，之后还自己给自己安了一个媒人的头衔，动不动就说："当初要不是我看上咱们小叶的美貌，你们俩早就没啥联系了吧！"

这话听着有点别扭，但一想还真是那么回事。当初如果不是他请叶藤帮忙拍那套照片，或许他们就不会再有联系了。

"你们俩现在到哪儿了？饭店我都订好了。"

陶也十分警惕地问了一句："哪家饭店？"

"你放心，是很正常的饭店，我带着女朋友呢。"顾逸尘那边已经进入点菜环节了。他旁边坐着一个个子高挑的女孩，短发，身上还穿着和他一样款式的情侣装。听见他这话，冲他笑了笑。

"地址发给我，马上到。"

这回是一家很正常的饭店，环境清幽，看起来还不错。

"这肯定是逸尘哥的女朋友找的，不像是他的品位。"

陶也听见她管顾逸尘叫哥，怎么算怎么觉得这辈分有点奇怪。但是想着她一直都是这么叫的，再改口也麻烦，也就随她去了。

顾逸尘这几年也是一点都没变，说起话来仍旧停不下来。不过他现在还知道先介绍一下自己的女朋友，显然是"家教有方"啊。

"小叶子，你现在真的是越长越漂亮了，可惜便宜了这只老狐狸。"顾逸尘脑子一转，"不对啊，陶也你以后得跟着叶子叫我哥。"

陶也碍于他的女朋友在，给他面子，一直没开口，只远远地看了他一眼。

"也哥你别理他，他现在可欠了，可能是活腻歪了。"顾逸尘的女朋友笑着说。

"哎，你们在家待多久？你那房子我找人给你打扫了，今晚就能住。"顾逸尘开玩笑归开玩笑，办事还是挺利索的。

"就两三天吧。"陶也自然而然地给旁边的人夹菜，全程落在对面两人的眼里，都是心照不宣地笑笑。

吃过饭后，考虑到他们今天赶路有点累了，就各自先回家休息。陶也把叶藤送到她家附近。

"我挺麻烦的吧？还得再见一次家长。"叶藤笑着看他。

"熟能生巧。"

"什么鬼啊！"叶藤被他用词给逗笑，"你早点回去休息吧，我跟他们说好了，今天太晚了，你明天再过来。"

"嗯。"最近几天连着赶路又是各种事情，他倒是不觉得疲倦，只是感觉人生突然变得具体而真实了起来。生活其实就是各种不起眼的小事堆叠在一起，他以前的生活显然是空荡荡的。

叶藤下车，从他的手里接过箱子："那我先回去了。"

"明天见。"

"嗯,明天见。"

他看着叶藤拖着箱子的背影,突然觉得如果自己再年轻个几岁,或许上学的时候就能和她来个早恋什么的,骑着自行车送她回家,似乎那种感觉也不错。想了想他又觉得是自己贪心了,他以前可不是这么贪心的人。

叶藤因为不知道自己具体几点能到,就没跟方淑珍说自己什么时候会回家。没想到一进小区大门,就看见他俩在楼下的长椅上坐着,也不知道在聊些什么,看到她后齐齐地从椅子上站起来。

"怎么不打个电话让爸爸去接你呢?"方淑珍一向喜欢唠叨,她现在差不多也要退休了,唠叨起来好像比以前更甚。

"有男朋友送了,不用我接。"

叶藤听他这话酸溜溜的,觉得好笑,伸手挽住他的胳膊:"爸,您这话我听着怎么像不太高兴呢?"

方淑珍也笑着拍了一下老头儿的肩:"你爸这是吃醋了。"

他们笑着进了电梯,碰见邻居,方淑珍又开始高兴地跟人家介绍自己女儿回来了。

叶藤看着他们的笑脸,有那么一瞬间的恍惚。

她真的很幸运,此生能够碰见那么多温柔的人。或许一开始彼此之间有隔阂和误解,但温暖的人最终还是会用爱化解掉那些隔阂。无论是乔叔、养父母、乔天、林初、林末,还是陶也,因为有了他们,她的人生才能变成现在这样。

第二天陶也在叶藤家吃过午饭,下午无事,两个人便打算一起出去转转。

这样悠闲的日子对两个人来说都难得,这里不像S市,生活节奏慢,就连车都开得要比在那里时慢一些。

"我们去哪儿?"

"等会儿你就知道了。"陶也还要卖个关子。

叶藤也不问,等车停下,才看见是个文身馆。地方不大,里面有几个男的,身上应该都是彼此的作品。

一个长得五大三粗的汉子看见他们俩进来就问:"你们俩是谁要文身?"

"你们老板呢?"陶也直接问。

楼上有人听见动静，懒懒地问了一句："谁啊？"

是个女声，听起来年纪不大。

叶藤小声问："你怎么谁都认识啊？"

陶也笑着捏了一把她的脸："吃醋了？"

"谁吃醋……"叶藤白他一眼。

那女孩看起来也不过二十五六岁的样子，皮肤很白，长得不算漂亮，但打眼一看就觉得很特别。尤其是她锁骨上的那圈蝴蝶文身，很美。

"学长！"她看见陶也的时候一脸惊喜，然后才看见他身边的叶藤，笑问道，"这位就是叶小姐吧。"

"你好。"叶藤虽然嘴上不承认，但对于这种略带些攻击性的美人，说不吃醋是假的。

"到楼上来坐吧。好多年没见了，学长你还是那么帅！"

陶也看着叶藤的脸色，笑了笑没说话。

"以前在学校，学长可是风云人物呢！"

他咳嗽两声，叶藤看了他一眼，笑着问："他早恋吗？"

那女孩被她这一问给逗得哈哈大笑，抱了笔记本过来给他们俩看："早恋没早恋我就不知道了，反正即使早恋也不是和我。"

他这个学妹也是故意挑事的类型，陶也干脆自己交代："没有。"

"哈哈哈——"学妹看着这个画面似乎觉得格外有意思，示意陶也道，"图是我赶了两个晚上修的，你们看行不行。"

"什么图？"叶藤还不知道陶也在来之前就联系了这个学妹，找她帮忙设计一个文身图案。

叶藤扭头看见电脑上的那个图，立刻明白了。

那个形状她很熟悉，他手背上的伤疤就是那样的轮廓，但很巧妙地将那道伤疤化成一根藤茎，旁边挂上了零星的叶子，巧妙又不失设计感。

"怎么样？"学妹看起来信心十足。

"可以。"

"很漂亮。"叶藤考虑着是不是自己也文一个同款，她问，"你什么时候决定的？"

"挺久了。"陶也一直没跟她说过这件事，为的是给她一个惊喜，"喜欢吗？"

叶藤点点头："我也可以文吗？"

"可以啊，我可以帮你……"学妹打量着她，"文在脚踝上吧，环绕的那种。不过我先跟你们说好啊，每天到我们这儿文文身的情侣太多了，以后分手了要洗的话也挺麻烦的，所以你们都想过吗？"

他们俩同款"你是不是在找事儿"的表情，异口同声地道："没想过。"

他们在文身店里泡了一下午，末了，那学妹笑着送他们离开："过两三个小时拆了纱布，晚上洗澡拿温水冲一冲是可以的，不要用刺激性的沐浴露，然后用干纸巾擦干就可以了，记得保持干燥。"

叶藤上车的时候还追问了他一句："刚刚人家说的你记住了吗？"

"没。"

"可以洗澡，但不能用沐浴露，用干纸巾擦干。"叶藤耐心地大致总结了一下重点，"记住了？感染了可就麻烦了。"

"没。"他低声说，"要不你过来看着？"

"谁要看你洗澡？"叶藤双手在车前轻轻地拍了拍，随手打开了车载广播，轻快的电台音乐瞬间充斥着整个空间。

叶藤在家还是老规矩，每天按着门禁的时间回家，白天和顾逸尘他们一起在A市周边玩玩。她来这里比较晚，还算不上本地人，很多地方都没去过。所以也不会觉得没有新鲜感。

要回去的前一天，叶藤特地空出一整天时间，一大早就到了陶也家。回来之后她路过这边几次，进来看看就走了。楼上原来林初他们家租的房子卖给了一对年轻夫妇，估计也是看中了这边学区房的优势。

"客厅的老空调坏了，一直没换。"陶也打开门，院子里的野草已经被清理过了，显得干净又整洁。

"原来这边的藤椅呢？"叶藤笑着问，"跟我同名的那个。"

"屋里。"

虽然是一楼，但八月底的天气到底还是闷热，客厅里待不住。陶也的房间里装了挂式小空调，两个人只能待在房间里。

他很久没回来，之前整理好的东西都放在箱子里，都没拿出来，只是简单地整理了一下床铺，其他东西也都还是放在地上。叶藤蹲在地上看了看那个箱子，上面贴着"旧物"的标签。

"这个我能看看吗？"

陶也躺在床上，双手枕在脑后："嗯，看吧。"

叶藤打开箱子，里面有一些他小时候的玩具，无非是男孩喜欢的那些，看起来很有年代感。还有一本旧相册，叶藤翻开，第一页是他父母的结婚照。

"我们家照片不多。"

"你小时候就好酷的样子。"叶藤翻到一张他小时候的照片，看起来只有三四岁的样子，穿着一件小小的皮夹克，看着有点现在的影子。她笑道，"感觉是个小朋克。"

"我爸喜欢这种风格。"他冲着她挥挥手，"过来。"

叶藤蹲得头有点晕，站起来，拿着相册过去，躺在他身边，随手往后翻了翻："我小时候就特别不喜欢照相，每次照相表情都特别嫌弃，所以我小时候的照片也很少。"

"那很可惜。"

"可惜什么？"

"你小时候肯定也可爱。"

叶藤笑着往后翻，果然如他所说，他们家的照片是真的不多。她翻到最后，没想到最后一张是自己的照片。她穿着裙子，而他蹲在她的脚边为她穿鞋。看起来应该是抓拍的，那时是在顾逸尘那儿。

她抽出来仔细看了看，有点惊喜地问："这是什么时候拍的？我怎么没有这张？"

之前拍的那些照片顾逸尘都给过她，但都是最后的成片，这张她还真没有。这应该算是花絮，说不定是顾逸尘故意拍的，毕竟陶也给人穿鞋的画面不常见，的确值得纪念。

"我去他那儿的时候要来的。"

"不行，我也得拍一张存下来。"叶藤拿出手机，对着那张照片拍了一张存在手机里，"我得发给他们看看，以此来证明我的家庭地位。"

陶也拉她，她就猝不及防地趴在他的身上，感觉他的声音透过胸腔有一种震动感。

"你要什么地位？"他用力把她往上拉了拉，叶藤就趴在他的胸膛上和他面对面了,"在上面还是下面?"

"你……"叶藤的耳郭都红了,"流氓。"

因为这个姿势,叶藤浑身使不上力气,整个人就那么贴着他。所谓的温香软玉在怀应该就是这样,所以他也乐得承认:"嗯,我就是。"

叶藤干脆挂在他的脖子上,感觉从刚刚还挺温馨的童年故事一下子转换到了成人话题。既然都已经聊到这儿了,她就想问一个特别好奇的问题:"我一直很好奇一件事。"

他喜欢捏她的手指和胳膊,软软的。尤其是胳膊,可能是皮肤太白的缘故,他就算不怎么用力都会留下粉色的印记,再看着它慢慢消掉,恢复一片白皙:"什么?"

"你们男生为什么接吻的时候喜欢到处那什么?"叶藤的脸皮还有点薄,不太好意思说得太直白,就给了他一个"你懂的"眼神。

"那什么是什么?"

"就……"叶藤就知道他这个人总是喜欢故意为难她,"算了……"

他笑着双手环住她的后背,低头吻了一下她泛红的耳朵,然后顺势滑到耳垂。

叶藤不由自主地感觉一阵战栗,耳垂这种地方,平时有人在耳边说句话都会难受半天。她的脸迅速跟着涨红,尤其是感觉到他用实际行动告诉了自己那什么是什么以后……

"这个?"他不光做了,还要问。

叶藤平时看着挺瘦的,但曲线一向不错,尤其是穿裙子的时候。因为现在又是趴着,手感更加饱满。

叶藤点点头:"你别问了……"

"不是你先问的吗?"他低声笑着堵她的话。

"我现在不想知道了,你要再说,我就……"

"你就怎样?"他说话归说话,手倒是没闲着。

叶藤感觉他使了点劲,没忍住叫了一声:"轻点儿。"

本来他只是想逗逗她的,但他现在听见她轻声求饶就感觉有点不太对了:"真不想知道?"

叶藤看他今天是不会罢休了,怕他揪着这个话题跟她没完没了,干脆凑过去用一个吻堵住他的嘴："你再问我我就亲你。"

他似乎很满意这个惩罚，反倒更起劲了："那我可要多问几句。"

叶藤像只张牙舞爪的猫，想要挣脱开，但被他牢牢抱住，根本脱不了身。

"好了，说正经的。"陶也盯着她的眼睛，"喜欢一个人的时候会不由自主地想要靠近她的身体，这是一种本能。"

叶藤倒是比较认可这个观点，她偶尔也会有这种想法，只是不怎么好意思说。

"那现在换我问你了。"陶也耐着性子"循循善诱"，"你对我，有想法吗？"

"有吧。"

他开始得寸进尺，深沉的眸子看着她："什么时候？"

说没有是假的，以前叶藤以为自己还算个矜持的人，但面对他，她完全不想浪费时间，想要和他无限靠近，想要拥有他整个人，他的一举一动在她眼里都魅力十足。

她主动凑过去，用柔软的舌尖去撬他的牙关。他并不着急，顺着她的节奏，慢慢引领着她的感觉走。仿佛手里抱着的是他心爱的公主，要与他共赴一场爱的盛宴。

两个人都没什么经验，花了点时间，但并不妨碍。男人果然是无师自通的天才，她有点紧张，轻轻推了他一下："等等。"

陶也心领神会地拉开抽屉，叶藤看着紧闭的窗帘发笑："你早有预谋吧。"

"那天买的。"

叶藤知道是哪天，走之前那天，他收拾行李便顺手带上了。

大白天，真的是够了，叶藤心想。

刚开始她还有工夫胡思乱想，后来完全就只剩应接不暇了。有些事情不做则矣，陶也自认是个自律的人，也算得上清心寡欲。但是一旦不做人了，自控力就都见了鬼。

但想着她是第一次，还是收着点，怕她疼。她浑身都有了淡淡的粉色，他格外喜欢的部位到处都是斑驳的红印。

"疼不疼？"

"还好。"

就是有点累,说实话,第一次没什么特别的感觉,最起码和想象中不太一样,但也没有那么糟糕。后来本来是想放过她的,可没压住那股子邪火。

叶藤实在是累了,一觉醒来已经是下午了。她肚子也饿了,是闻着饭香醒过来的。陶也听见动静过来看了一眼:"去洗洗,一会儿吃点东西。"

"你做了什么?"

"炒饭,家里也没别的。"

她冲了个澡,顺便把房间里的东西也给收拾了,抱着床单、被罩扔去洗衣机里的时候路过客厅,和他对视了一眼,两人都笑了。

"有个东西给你。"吃饭的时候,陶也从口袋里拿出一个盒子。

"该不会是要……求婚吧?"说实话叶藤并没有做好结婚的准备,太快了,而且她还没毕业。

"别紧张,虽然我想,但这个不是求婚戒指。"

叶藤打开看了看,里面是一枚戒指,材质看起来很特别,金色的,外圈群镶小钻,显得很精巧。

"这是我十五岁那年拿到的第一个奖杯。"

叶藤有点受宠若惊——他把自己的第一个奖杯熔了,做成了戒指。

"以后还会有更好的,先别急着感动。"

他果然还是这种风格,叶藤又想哭又想笑,低头看见内圈刻着两个简单的英文字母——YT。

他们俩回 S 市那天,顾逸尘特意去送这二位。都要挥手告别的时候,他突然看见了陶也手上的戒指,他一把抓住陶也的手,又去看叶藤的手:"情侣文身、情侣戒指,幼不幼稚?"

陶也毫不留情地回怼:"情侣装不幼稚?"

几个月后,比赛邻近。在周五的练习赛上陶也和秦君再次相遇,虽然他们私下并没有说话,但在赛道上倒是差点来了一个亲密接触,当时叶藤的心差点都跳了出来。因为这次比赛有秦君在,叶藤一直很不放心,总怕几年前的事故会出现在比赛现场。但她又不敢说出来,怕让所有人有压力。

周六的排位赛开始之前,叶藤突然在官网上看到了秦君被强制退赛的消息，原因是他恶意损坏其他赛车手的车辆，导致赛车故障。经过调查之后，组委会决定永久取消其比赛资格，并严重地谴责了这种行为。

网上一片哗然，秦君这种重量级的赛车手竟然爆出这种丑闻，实在是让人不敢相信。他的粉丝大批量脱粉，纷纷表示自己当年一定是瞎了眼。

"他这是故技重施吗？"叶藤刷着手机，感叹着天网恢恢，疏而不漏，"都这个年代了，还用这种招数！也不知道是谁举报的，真是大快人心。"

刚好教练来休息室，看了叶藤一眼，神色晦暗地跟陶也说了一句："小也，你过来一下，我有事跟你说。"

陶也的手机也停留在新闻页面上："就在这儿说吧。"

"你应该已经猜到了吧？秦君的事是我举报的。"教练本来不打算在比赛前说这件事的，没想到秦君这次又被他撞了个正着，"本来打算比赛之后再告诉你，可能是天意弄人，没想到这么多年过去了，那个浑蛋还是一点长进都没有！"

教练的眼中有悔意，有些颓败地坐在陶也身边的椅子上："说到底，这件事还是我对不起你。"

叶藤不知道其中的细节，但陶也清楚。他太了解秦君，也太了解教练。就这么几句话，他大概已经能猜出事情的始末："所以当年的事情，是你帮他隐瞒的？"

他猜中了是有人帮秦君掩盖，否则不会查了那么久竟然没有一点儿线索。但他无论如何都不会想到，那个人是教练。即使事到如今他也不愿相信，那个人竟然是教练。他不带任何感情地又问了一遍："真的是你？"

教练的喉结滚动，感觉内心一阵难受，沉默地点了点头："对不起，当年他在车上动手脚，刚好被我车上的监控器拍到。只是当时肖扬走了，你又……那场比赛那么重要，我们车队就差那么一次机会，就差那么一次！"

"可你为什么这么多年才良心发现？"陶也的脸上挂着一抹冷笑。

叶藤伸手去握他的手，她能够理解被自己最信任的人隐瞒和欺骗的感觉。这件事是他心里的一根刺，让他痛苦了那么多年。而这个人竟然帮着恶人隐瞒了那么多年……

教练自己也控制不住老泪纵横，这几个孩子都是他一手带起来的，就像自己的亲生儿子一样："因为我在等你回来啊。"

这句话几乎让陶也崩溃，他的手背轻轻地碰了一下鼻尖又放下，尽量让自己保持冷静。

为了车队，为了让他重新走到今天这一步，为了怕他埋怨，眼前的这个男人瞒了他这么多年。

"那个录像我已经寄到了公安局，比赛之后我也会出庭作证，他一定会受到制裁。至于我，我知道你不会原谅我，但你不能放弃比赛。陶也，你是为赛车而生的人。"

陶也起身，没再多说什么，牵着叶藤的手离开了休息室。

所谓水落石出，好像隔了太久太久，连激动的感觉都早已消散了。他只是想起了肖扬的笑脸，还有妈妈温柔的眼神。

在楼梯口，他转身环抱住叶藤的腰，下巴磕在她的肩膀上，声音低沉："抱一会儿。"

"没事了，都过去了。"叶藤轻轻地拍着他的背。

他点了点头："嗯，真的过去了。"

比赛当日，F1 国际赛场。

林初和林末中午十一点多到的 VIP 间，叶藤在这边等着他们，李元朗也在。

"怎么样？也哥他们准备好了吗？"林末看起来比他们还要紧张，或许是第一次接触 F1 赛事，不知不觉就被这种气氛影响了。

"挺好的，一会儿我们可以去他们的维修间参观。"叶藤嘴里安慰她，实际上自己心里比她更紧张。因为怕影响到他们，所以才一直绷着。

林初显然是做了功课的，问了一些周五的练习赛和周六排位赛的情况。李元朗自觉地跟林初走在一起，两人聊了聊这次比赛的一系列事情。林末对这些不了解，也不太感兴趣。

下午他们在各个车队的维修站参观，全程惊叹得合不拢嘴。

可以很明显地看出各个车队在资金和一些资源配备上的差距，不管是教练还是车队经理，对这次比赛都很看重。而对于车手来说，这是一次很重要的机会。

对于陶也更是如此，这次不仅是他复出后首次参加 F1，更特殊的是这次是在国内的赛场比赛，在自己的国土上拿到这个冠军对于所有人来说意义都非同一般。这次赛事受到了不同于往日的关注，对于国内的车迷来说也是一次难得的盛会。

"你看看也哥，粉丝真多。"林末看着那边被人围住的陶也。来现场看比赛的车迷抓住这个机会和自己喜欢的车手互动，这种赛前的互动机会十分难得。

陶也隔着一段距离看见叶藤朝着这边走过来，他穿了一身黑色的赛车服，上面有小块的红色修饰，新剪的头发很利落，朝着这边走来的时候，几个认识的车迷都兴奋得发出尖叫了。

"那边那个是他女朋友吧？我的天，好羡慕啊！！"

"他的女朋友也好漂亮，我真实地酸了。"

这几位简单地跟陶也打了个招呼，表达了一下自己的加油祝愿和美好祝福后就都很有眼力见地撤了。叶藤站在那儿，双手的食指在身后钩着，感觉自己比他还要紧张。

"害怕吗？"陶也伸手过去，她很自然地牵住，两个人往人少的地方走去。

"不是该我问你吗？"叶藤尽量让自己镇定些，"比赛的又不是我。"

"这次比完就退役吧？"

叶藤盯着他的眼睛，看了大概三秒，然后嘴角上扬："不用，我没有那么脆弱。"

他伸手捧着她的脸，确认一般地点了点头："小骗子。"

叶藤努力保持镇定的表情瞬间崩塌，顺势搂过他的腰，下巴挨着他的胸膛："好吧，我是有点害怕，毕竟昨天的排位赛上出了那样的事情。"

"早知道就不让你来了。"陶也叹了口气，伸手抚了抚她的背。

"虽然作为女朋友，我想让你早点退役，但我不能要求你因为我而放弃自己喜欢的事情，就像我也不希望你要求我放弃我以后的人生理想一样。我已经不是小孩子了，所以你不用担心。"

陶也笑着摸了摸她的头，仿佛那个潇洒不羁的少年重新回归了自己征战的沙场，眉眼里的温柔散去后，都是不羁和狂傲。他丝毫不介意附近还有一些在打量他们的车迷、朋友，甚至是媒体，低头在她的嘴唇上落下一个轻柔的吻。

旁边有人低呼，还有人在拍照。

叶藤听见他最后跟自己说了一句："不用看别人，只看着我。"

叶藤郑重地点了点头，看着他转身离去。她只看着自己的少年，不管是十五岁的他，还是二十八岁的他，在她眼里，永远都是那个发光的少年。

坐在车上的车手们都屏息凝神，听着耳机里传来的各种专业建议，车速的微妙变化都有可能影响他们的排位。机械师很快开始离场，信号灯一个个地亮起来。一阵轰鸣声响起，比赛就这么开始了。

叶藤盯着 VIP 室的屏幕，脚止不住地轻轻摇摆着，手心里全是汗水。她看过无数次比赛，但这一次来现场看的感觉真的很不一样。那些车手的家人，在心里默念的都是平安。

第二圈的时候，有的车进维修站之后出现了故障，兴许是车轮没有上紧，很快就停了下来，这也就意味着他的这次比赛就此告一段落。

出现这种情况，所有人的神经都紧绷起来。这不仅仅是对每一个赛车手的考验，对车队的整体配合也有着非常高的要求。争分夺秒的赛场，每个观众都那么焦灼……

终于到了最后一圈，叶藤闭上眼睛："末末，你一会儿告诉我……"

她的话还没说完，就听见耳边响起一阵欢呼声和尖叫声。林末的声音就在耳边，她还没见过林末这么兴奋地叫喊过："啊啊啊——啊啊啊——赢了！赢了！赢了！！"

叶藤睁开眼睛，感觉旁边的人都疯了。她本来以为自己不会哭，但感觉眼睛很酸，特别想落泪。

"藤藤，你现在啥感觉？"林末欣喜地看着她，"我怎么感觉你都傻了呢？"

"我……"叶藤不知道该怎么形容自己现在的感觉，"就像劫后余生，然后突然中了大奖。"

"你这种形容可真不怎么样……"林初吐槽道。

他们几个都没注意到,冯天一个人正在微信群里声嘶力竭地喊着。他熬着夜看比赛,结果连个讨论的人都没有,只能一个人刷屏。

林末突然想起来,拿出手机一看,冯天那个神经病在群里发了几十条消息,全是土拨鼠尖叫。她笑着一边回复一边说:"冯天现在真的是也哥的铁粉,熬夜看比赛,这么卖力。"

香槟、彩带、欢呼,胜利之后的喜悦在赛场上蔓延,大家都在欢呼。

关于比赛的报道就铺天盖地袭来,"国家之光""王者再临"等字眼不停地出现在各媒体报道之中。这种荣耀如同他十五岁初出茅庐,带给所有人惊艳的表现,甚至是更甚。

他以更好的姿态重新站在自己曾经梦想的领奖台上,举起奖杯的右手上的藤蔓文身格外显眼。

与此同时,秦君被捕的新闻就显得更讽刺,两个一同成长的少年,早在命运的开端就背道而驰,令人唏嘘。

拿奖之后,陶也首次在微博上发私博:"@明媚的叶子 人生是一场飙车,而你是我的终点。"

叶藤也首次在网络上回应:"@ Aeolus 我永远的少年,今天也为你心动。"

叶藤无聊的时候也会捧着手机刷各种报道,看那些软文看得不亦乐乎,还一边看一边笑。很多营销号趁着这波热度,编了两人的恋爱故事。也不知道都是从哪里听到的小道消息,一开始他们的恋情被公布出来的时候明明还有很多人恶语相向,现在又各种鼓吹两个人的神仙爱情。

陶也随手把水果盘放在她面前的茶几上:"看什么呢?"

叶藤走过去,靠着他的肩膀坐着:"你看这个写得特有意思,说我粉丝上位,睡到爱豆,梦想成真。"

"挺对的。"

"对什么对啊?我以前根本不认识你好不好?"叶藤拿了一颗葡萄吃,顺手喂给他一颗。

"那你想早点认识我吗?"陶也双手枕在脑后,垂眸看她的小脑袋摇得像拨浪鼓一样。

叶藤伸手去搂他的腰，耳朵枕在他的胸口："不用，这样就很好。"
　　曾经她想过无数次，如果早一点或是晚一点，或许他们就都不会是现在这样。他们遇见的时间那样完美，她一腔孤勇，而他刚学会温柔。
　　正如张爱玲在《爱》中写道："于千万人之中遇见你所遇见的人，于千万年之中，时间的无涯的荒野里，没有早一步，也没有晚一步。"
　　对叶藤来说，爱情是坦诚、主动、信赖，也是命中注定，要与他相逢。
　　（正文完）

♥ 番外

1. 发光的少年

曲折的赛道上,几十辆卡丁车争先恐后地往前奔驰,车座上基本都是十几岁的少年。车子一辆接着一辆,顺着 S 弯道往前走,每辆车之间只有微小的差距。一个弯道过后,原有的顺序就被尽数打乱。有一辆红黑夹杂的卡丁车过弯道的时候,一个漂亮的过弯飘逸令解说员大声惊呼。很快,刚刚还显得懒散的比赛形势就变得异常紧张起来。

"这次的卡丁车锦标赛真的可以称为惊喜了,很多车手都让人眼前一亮啊!"

"刚刚那个过弯真是很漂亮啊!"

"对啊!15 号陶也,今年不过才十五岁,十二岁那年就获得过少年组的冠军,今年更是表现亮眼,真的称得上是天才少年车手。这次的锦标赛冠军应该也是非他莫属了!"

"还有最后一圈!我们可以看到一直遥遥领先的 7 号现在已经和 15 号离得很近了!"

"最后一段车程最考验车手的心理素质……

"结束了!15 号!"

屏幕前的人和屏幕里的解说员一样激动,跳起来大喊的人是十二岁的顾逸尘。此刻的他还梳着杀马特的发型,脸上甚至还有些婴儿肥。

从不远处的沙发的另一端扔过来一个抱枕,正好砸在他的脑袋上。他假装吃痛地抱着抱枕往后倒下去:"陶也你这是想谋杀啊?我招你还是惹你了?"

295

"吵我睡觉。"少年窝在单人沙发上，掀起眼皮懒散地看了他一眼，不高兴地皱了皱眉。

"你要睡就去楼上睡呗，干吗非要在这儿睡？"顾逸尘大大咧咧地坐在沙发上，回头看见端了茶水过来的男孩："扬子！你来评评理，客厅又不是他的卧室。"

来人把茶杯放在他的面前："你少说两句不行？这视频你都看好几遍了，能不能别每次都这么激动？"

"这次能跟别的比赛比吗？这次可是你们俩一起拿奖！一个冠军、一个亚军，多牛啊！"顾逸尘往沙发前面挪了挪，"再说了，你没看陶也那过弯吗？真是太帅了！"

他说着，还起来用手比画，身体往左右侧了侧："那角度怎么找的？这个人可真是个天才！"

陶也看着他那模样，又对着肖扬无奈地笑了笑，起身朝顾逸尘摆了摆手："你都看三遍视频了还问我？我上楼睡觉去了，吃晚饭叫我。"

"扬子，你看懂了吗？"顾逸尘看陶也不理自己，只能拉着肖扬聊，"就那过弯，估计我这辈子都做不到。你说他这小子是不是缺德了一点儿？"

"怎么缺德了？"

"他这么厉害，让人家怎么活啊？不如趁早给自己找块好地埋了算了。"

肖扬伸手拍了拍他的肩膀："那你还坐着干吗？赶紧找呗，到时候要哥们儿给你填土就说句话。"

……

陶也一觉起来已是十一点多，这一觉补得很舒服。他伸了个懒腰，摸到床头的手机看了看，有几条未读消息——

"小也，有空给我回个电话。"

"关于你和扬子签约车队的事儿。"

"叫上扬子碰个面。"

他翻身从床上下来，从衣柜里翻出一件外套，一边下楼一边喊肖扬。

半个小时后，两人到了教练跟前。

关于签约的事情，实际上陶也自己早就有考虑。尤其是这次比赛过后，有很多车队来联系他。国内、国外的都有，甚至还有一些国外很著名的车队，他们看中的是这些年轻车手身上巨大的潜力。

"这就是我上次跟你们提过的Joseph，他现在是DER的车队经理。"

旁边一个金发碧眼的高个子外国人冲着这两个男孩点了点头，礼貌地笑了笑，然后介绍了一下自己。

两个初出茅庐的孩子哪里见过这种人物？DER现在是国际上有名的车队，里面的很多车手甚至是他们的偶像。上一个赛季的F1冠军，简直就是肖扬的男神。Mike和他握手的时候，感觉他的手都是颤抖的。

他们约了在饭店吃饭，在门口打好招呼，几个人进门去楼上的包间。教练和Joseph走在前面，他们两个人跟在后面。

陶也把手臂搭在肖扬的肩膀上："你能不能有点儿出息？你刚刚手抖得跟筛子一样。"

"你想想，那可是天天跟我男神打交道的人啊，四舍五入就等于我跟我男神握手了。"肖扬的脸上一片通红，看起来的确是很激动，他问陶也，"怎么一直没听说过你有什么偶像？你最喜欢的车手是谁啊？"

"舒马赫。"陶也挑眉，没正经地拍了拍他的肩膀，"也不是，其实是我自己。"

肖扬可真服了这个哥们儿："要点儿脸成吗？"

事实说明，肖扬刚刚激动早了。之后他才知道这次Joseph特地抽时间过来，就是为了签他们去DER。

"我没听错吧？"肖扬的脸上写满了吃惊与兴奋，"我能亲眼见我的男神了？还能和我的男神在一个车队？"

Joseph微笑着看着两个孩子，用英语说："你们这次的比赛表现得很好，DER很期待你们能够加入……"

肖扬的英文很烂，他戳了戳旁边的陶也："哎，他说什么啊？"

"他说很期待我们加入FDR，还说我们去了之后会有很好的福利。"

"还有呢？"肖扬感觉他不止说了这么两句。

"还有，他说……"陶也的表情突然变得凝重起来，"他比较建议我们去DER，因为国内目前还没有很好的车队，无论是赛车行业的完整度，对这项运动的重视程度，他们那边都比较好。如果我们去了DER，以后的职业道路一定会是一片光明。"

肖扬愣了愣,看了一眼旁边的教练。

教练虽然笑容尴尬,却也不得不承认 Joseph 说的确实是现在国内的现状:"他说得没错,就拿我自己的车队来说,虽然实力还算不错,但对于你们自己来说,肯定不如去 DER。"

Joseph 不懂中文,他笑着用英文说道:"我这次是路过中国,如果你们考虑好了的话,希望能尽早签约……"

"等等。"陶也突然打断他的话,"教练,我不想签 DER。"

肖扬有些震惊:"什么?你不是很想成为世界一流的赛车手吗?现在是多好的机会啊,你可不要错过了。"

"我想留在教练的车队。"

陶也虽然只有十五岁,但他一直都是一个很有想法的孩子,这是大家都知道的。所以教练选择尊重他的决定:"你真的考虑清楚了?"

"嗯。"

"那我也留下来。"肖扬大概知道陶也是什么意思,虽然他没有明说,但作为认识这么久的朋友,肖扬很了解他,刚刚 Joseph 的话或许刺到了他心里最柔软的地方。留在自己的国家,作为中国的赛车手站上领奖台,是他们所有人的理想。

教练简单地跟 Joseph 说了理由,Joseph 在表示了遗憾后,还是笑着接受了他们的决定。那顿饭吃得有些尴尬,临走的时候,Joseph 握着陶也的手,脸上似乎露出有些轻蔑的笑:"希望以后在赛场上能够遇见你和你的中国队友。"

十五岁的少年紧紧地握了一下他的手:"当然。"

Joseph 上车后,教练一条手臂搭着一个孩子的肩膀:"小鬼,晚上回去可别后悔哭鼻子啊。"

"哼,我们才不会呢。是不是,陶也?"肖扬嘴上虽然这么说,但心里多少会有一些失落,毕竟那是他梦寐以求的车队。

"行,不过你们现在想后悔也来不及了,臭小子们。"教练心里很高兴,总算是没白培养这两个孩子,他们都是和他有着同样理想的孩子。

陶也打了个哈欠,懒懒地推开教练搭在自己肩膀上的手:"我困了,早点回去睡觉吧。"

教练看着陶也走在前面的背影:"嘿嘿,这小子怎么天天睡觉?扬子,这件事你回去了别跟顾逸尘那个小王八蛋说,只你跟小也知道就成。"

"成,我心里有数。"

陶也插了一句:"你心里有质数还是有合数?你那个大嘴巴。"

"教练,你看他又损我!他这张嘴,以后八成是要找个比他厉害的,克一克他!"肖扬白他一眼。

教练双手环在胸前点头:"我看也是。"

一年后……

十六岁的陶也凭借一个F4的赛季总冠军,作为当年唯一一个中国车手,在国际汽车联合会最高规格的颁奖庆祝晚宴上再次遇见了Joseph。Joseph似乎很激动,表示自己一直都在关注他及很多中国车手的表现。

"这位小车手十分优秀,我们都是知道的。上次我给你们看的那个视频,里面的人就是他。"Joseph主动把他介绍给旁边的其他车手,这里面大多都是赛车界的前辈,也有几个很优秀的国外小车手,和他年龄相仿。

他们惊讶于这个来自中国的男孩身上的那种从容和自信,他的一举一动都透着青春洋溢的张扬和洒脱。

那年,他笑着在众人面前做自我介绍:"我是Aeolus,中文名叫陶也,我来自中国。"

2. 你的十二月

当满大街开始摆放各种圣诞老人和圣诞树的时候,大家就知道圣诞节又快到了。很多店家临近十二月中旬就开始准备圣诞节活动,走在街上已经可以感受到浓浓的节日氛围。

叶藤早上出门的时候裹着最厚的大衣,风一吹还是觉得凉飕飕的,就往围巾里缩了缩脖子,一鼓作气地蹿进陶也的车里,寒风被挡在门外。

"你明天有假吗?"陶也把车里的暖气打开,车内狭小的空间里全是热风。

"明天?"叶藤翻了翻日历,"明天是什么日子?"

日历上赫然写着两个"十二",是她的生日到了。每年的这个时候她总是会忘,这次倒是运气不错,竟然赶上了周末。

"刚好是周末。"准确来说是不用加班的周末,"你打算带我去哪儿?"

叶藤翻开自己在购物平台上的购物车,虽然方淑珍只是她的养母,谈不上什么母难日,但每年过生日的时候,她都会给方淑珍买点小礼物。这么多年了,方淑珍一直把她当成自己的亲生女儿一样疼爱,她都在心里记着。

"到时候你就知道了。"陶也打开车载广播,早晨的直播间里,一男一女两个主持人一边播报着路况和最新的新闻,一边插科打诨。他们俩也一路跟着讨论,基本是以叶藤吐槽为主,陶也只偶尔发表两句看法,或是跟着笑。

以前总觉得上班的路程很漫长,但和他在一起后,很多日常的事情都变得有趣起来。很多人说爱情会慢慢消磨,相爱的两个人会变得倦怠。可他们好像恰恰相反,时间长了以后,反而更加期待以后的日子,想着两个人在一起会不会有更多新鲜的体验。

万万没有想到的是,一个不加班的周六是以一个加班到十点的周五为代价的。第二天早上,叶藤睡得雷打不动,裹着被子在床上滚了三圈,差点儿掉到床底下,被人接住了抱回床上。她自己倒是没吓着,闻到他身上熟悉的味道,伸手搂住来人的脖子:"几点了?"

"八点半。"

"我们几点出发?"她还记得自己今天要出门,早就跟陶也约好了的。

"十点。"陶也跟着她躺下,亲了亲她的额头,"生日快乐。"

"谢谢。"她迷迷糊糊地摸着他的脸,在他的嘴唇上亲了亲,"我先去洗个澡。"

从充满暖气的家里出来,到了外面简直是两个天地。她大衣里面套的是毛衣和短裙,裤袜也很薄,现在已经冻得瑟瑟发抖,感叹道:"今年冬天真的好冷啊。"

陶也关上门,看了看她空荡荡的两只手:"你的手套呢?"

"忘了……"

他转身开门,按密码的时候突然想起来一个一直没有问出口的问题:"003941,到底是什么意思?"

她的各种密码都有这串神秘的数字,可怎么想都跟她没有什么关系,而且这里面也没有什么规律。

"就是……我爱你的意思。"叶藤伸出魔爪在他的衣服里暖了暖,贴着他进门,看见手套被她遗落在玄关的柜子上,正安安静静地躺着。

"伸手。"陶也拿过手套,把她的两只手装进去,牵着往外走,"老实说。"

"行行行,告诉你吧。你还记不记得我上高中的时候,有一次乔叔给我寄了酱鸭的事?"

"记得啊。"他肯定记得。他拿到那个酱鸭后按照叶藤说的用微波炉热了一下吃了,结果把肚子吃坏了,一天都没消停。不过,这件事现在已经不重要了。

"那会儿咱们俩不是一起坐地铁吗?每一节地铁车厢都有一个编号,你知道吗?"叶藤跟在他身后从单元楼出来,突然发现外面已经有了一层挺厚的积雪。惊喜叫道:"哇,昨天下雪了!"

"我不太清楚,我不怎么坐地铁的。"他的脚踩在雪地里,发出"嘎吱"的响声,叶藤则踩着他的脚印往前走。

"反正这些都不是重点,重点是我们当时坐的那节地铁车厢的编号是003941,我就记住了。其实我也不是特意的,因为关于你的事情我都能记住。"虽然在一起很长一段时间了,但突然说这种话,她还是觉得有些尴尬,低着头把话题岔开,"我们今天去哪儿呀?"

"一个音乐厅。"

"听演奏会?"叶藤打量了一眼他大衣里穿的西装,"怪不得你今天穿得这么正式呢。怎么不早告诉我?我这样穿会不会有点太随意了?"

"不会。"陶也笑了笑,"那个演奏的钢琴家不太在意这些的。"

"谁啊?"叶藤以前学过一段时间的钢琴,想起来还记忆犹新。第一次看电影的票还是那个钢琴老师送的,只是后来半途而废,也就再也没捡起来。

"我。"

"啊?"叶藤惊呆了。

直到她独自坐在空旷的音乐厅里,听着他流畅地弹奏完一整首《卡农》,

她才知道原来他真的不是在跟自己开玩笑。台上的男人穿一身西装，似乎比什么时候都要认真、严肃。他平常总给人一种慵懒的感觉，因为做什么都游刃有余，总让人觉得毫不费力。但今天一早起来，她就觉得他整个人的状态都有些紧绷，就连比赛的时候都没有见过他这样。

一曲毕，叶藤疯狂地鼓起了掌。当一个男人愿意为你认认真真地去做一件事，哪怕只是为你写一封情真意切的信也好，说不感动是假的，更何况那个人还是你深爱的人。

"你又是从哪儿知道的？"叶藤小跑着从座位上冲到台前，双手背在身后问他，"是末末告诉你的？"

她曾经花了很长时间练习这首曲子，只为弹给他听。那些青春里的暗恋心事，藏在这些黑白琴键下的音符中，在此刻得到了回应。

他伸手拉她上台，从口袋里摸出一个东西递给她，叶藤瞬间石化……

"这……谁给你的？"字条上歪歪斜斜地写了好多他的名字，还有一行小字：等我学会了《卡农》，一定要弹给你听。

陶也看着她红一阵白一阵的脸色，眼里有淡淡的笑意："这么喜欢我吗？"

"是不是我妈？她不会把那个盒子给我寄来了吧……"叶藤尴尬到爆炸，恨不得现场去世。那个小盒子里装的都是她以前收藏的东西，例如之前爸爸和她的合照，还有陶也送给她的纸巾，或是她偶尔想到他的时候写的一些东西。上次回去的时候她好像提过一次，让妈妈抽空寄过来。叶藤还特意给了她公司的地址，最后却还是寄到了家里……

"她说你给的地址不小心被水给洗了，怕你着急。"陶也像是会读心术一样，接着她的话说下去。

谁还没个"中二"的少年时光呢？只是这种东西现在拿来看，的确是有点羞耻。她把字条塞进口袋里，假装什么都没发生："我那些东西你都看了？"

"盒子寄过来的时候坏了。"

叶藤只好自认倒霉："那你干吗要学会这首曲子？你一定学了很长时间吧？这个很难的，你又是零基础，我当初都学了快两个月！多浪费时间啊！"

"大概两周吧。"

叶藤面如死灰，感觉跟这个人没法聊了，转身佯装要走："告辞了，陶先生。"

陶也笑着把她拉回来，抱着她坐在钢琴上。琴键发出奇怪的响声，她瞪大了眼睛，又笑了："你干吗？快让我下去，一会儿给弄坏了。"

"弄坏了我赔。"他双手撑在琴的两侧，低下头去吻她。叶藤瞄了一眼四周，战战兢兢地回应着他的吻，过了一会儿就全然忘了身在何处。

他说他专门弹这首曲子给她听，是想要告诉她，她的喜欢一直被他珍藏在心里。

后来她才知道，为了给她这个生日的惊喜，他花了三个月时间才学会，根本不是他说的两个星期。

不过，这些都不重要了。

她生日之后的第一场比赛，叶藤打算抽空去看。她平常要么是工作忙，要么是不敢去，每次去看比赛就像是得了一次脑出血加心脏病。

上飞机之前，她还在犹豫到底要不要去。李元清来晚了，看见她一个人坐在那儿用手机摇色子，过去拍了一下她的肩膀："叶子！"

叶藤吓了一跳，手捂着胸口："你干吗？吓死我了。"

"他们呢？"李元清看了看休息室里除了她就只剩下几个正在打游戏的小队员。

"吸烟室。"叶藤低头看了看自己摇色子的结果，双数，看来是上天一定要让她去经受一次考验，"陶也给我买水去了。"

"你怎么来了？不用上班吗？"他也有好久没有见过叶藤了，毕业之后她好像一直都挺忙的，偶尔说一起吃个饭，陶也还不让，藏得比宝贝还宝贝。

"请假。"叶藤大义凛然道。

"啧啧。"李元清过去把手搭上一个小队员的肩膀，"专程请假来虐狗，你们俩缺不缺德？"

"谁缺德？"陶也买水回来了。本来只是叶藤渴了，他却给每个人都买了一瓶，挑出单独给叶藤买的果汁后，把剩下的矿泉水扔给了李元清。

"风神，你这差别对待也太严重了吧……"

"就是！我们也想喝果汁！"

陶也连眼皮都没掀一下，随手帮叶藤拧开瓶盖："你们也找个男朋友啊。"

"我去……"李元清一边吐槽,一边分发着陶也的爱心矿泉水,"真够狠的。"

陶也跟叶藤一起坐,他们自觉地离他们好几排的距离。刚刚还在聚众打游戏的一群孩子一边喝水,一边看了几眼那边:"酸了。"

"你说他们俩怎么越来越腻歪了?"

"你们不懂。"李元清总结了一句,"男人就是这样,越老越有魅力。在一起时间久了,才知道老男人的好处。"

旁边一群半大的男孩都笑得暧昧不明。

"我们来打个赌吧!"有人突然提议。

"赌什么?"

"就赌嫂子这回会不会哭!"

"这有什么好赌的?每次嫂子都哭。"有个明白人立马跟上,"要不然我们赌嫂子什么时候哭?是比赛赢了的时候,还是颁奖的时候?怎么样?"

"我觉得行!来来来,下定离手。"

"我赌颁奖!"

"我觉得是冲刺的时候吧,好几次我都看见了。"

突然,一颗毛茸茸的脑袋凑到他们中间:"我也觉得。"

他们听见细声细气的女孩的声音,吓了一跳,都往旁边闪开:"嫂子……"

叶藤上飞机的时候还在跟陶也叨叨这件事:"那群人也太皮了,我这次一定不哭,我发誓。"

陶也无奈地摇摇头:"你哪次不是这么说的?"

她抓起膝盖上的毯子盖好,闭上眼睛。算了,跟这群没心没肺的人说话伤感情。她如果不是为他们担心,为他们激动,至于一把鼻涕一把泪吗?

陶也帮她关了头顶的阅读灯,她这一觉睡得很熟,醒来之后都快要下飞机了。

倒时差的时候是最痛苦的,她半夜睡不着,又害怕打扰到陶也休息,经常躺在床上数绵羊。他伸手过来搂她入怀:"睡不着?"

"嗯,你怎么还不睡?你明天还要训练呢。"叶藤就是怕自己跟过来会影响他,连大气都不敢出,结果还是没办法。

他睁开眼,低头含住她的嘴唇,迷迷糊糊地挤出一个字:"睡。"

是让你睡觉,不是让你睡……

事实证明,体力运动可以助眠。叶藤再醒来时已经是第二天中午了,房间里空荡荡的,他们应该已经走了。她准备这两天有空就自己去外面走一走。自从工作以后,能够出来走一走的时间不多,趁着这次机会休息一下也好。

这次的比赛分少年组和成年组,车队里那群小屁孩的比赛日期和陶也他们不是同一天,所以就跟叶藤一起坐在VIP区看比赛。有个男生看一下直播画面又看一下叶藤,他旁边的人推了他一把:"怎么样?"

"没哭。"

"嫂子这次是怎么回事?"

叶藤觉得自己不蒸馒头也要争口气,谁说她每次看比赛都会热泪盈眶?她现在已经是一个淡定从容的赛车手家属了,大大小小的比赛她都看过了,懂的东西跟他们比也不会少。并且她还是陶也的专职粉头,见多了大风大浪也就没之前那么情绪化了。

好几次她都激动得眼睛发酸,但还是忍住了。直到比赛结束,她骄傲地仰头看着那群小屁孩。

他们齐齐竖起大拇指:"不愧是嫂子。"

可惜的是,叶藤的骄傲并没撑多久。颁奖的时候,她去了现场。看着他身穿赛车服走出来的一刹那,眼眶就开始发热。满场香槟和彩带,即使是经历了无数次的场面,她还是忍不住想哭。因为她知道,在每一次比赛的背后都隐藏着这些车手怎样的希望,也知道他们的每一次比赛都是在和死神赛跑。

"哎!快看!"有人提醒了一句,他们扭头看了一眼叶藤,她正红着眼圈瞪着他们。

那个小男孩龇牙咧嘴地转过头去,搂着旁边男生的肩膀:"我赢了啊,你们待会儿记得把钱给我。"

陶也看到下面戴着鸭舌帽的小姑娘白净的小脸上那一双兔子眼,笑着走到她面前。他以往不会这么高调,好在国外的车手都不认识叶藤是哪号人物,现场有华人观众看到镜头里的这一幕都沸腾了。

本来流眼泪就够丢人的了,这下可好,全世界的观众都看见了,叶藤这辈子还没当着这么多人的面哭过。他温柔地用指腹帮她擦去眼泪,她则干脆着他挡着镜头,显得有点尴尬:"你下来干什么啊?"

他神情淡定,旁若无人地笑着亲了亲她的额头:"哄你。"

旁边的人都在起哄:"咦……"

叶藤破涕为笑。

"小朋友哭了,那可怎么办呢?"他若有所思地将手握拳伸到她的面前,然后翻过来,张开手,手心里躺着一颗钻石糖。

叶藤无奈地笑:"我都多大了?还吃糖?"

"那换一个。"他把手背到身后,再次摊开手掌的时候,掌心里的钻石糖变成了一枚真的钻戒。

"Wow!!"这次就算是国外友人们也都看懂了。

叶藤没有想到他会在这种时候、这个地点,以这种方式求婚。她觉得自己的心在狂跳,无论平时多么伶牙俐齿,在这一瞬间好像所有的语言功能都丧失了……

"等不及想让你嫁给我。"他看着她的表情,单膝跪地的一瞬间,现场又爆发出一阵尖叫。

叶藤愣在那儿,支支吾吾说不出话来。她又听到他用英文在全世界观众面前问了一遍:"Would you marry me? My queen."

叶藤疯狂地点头,将左手伸出来,看着他缓缓地往自己的手指上套上钻戒。那一刻,她心里五味杂陈,又哭了。

他笑着站起来搂她入怀:"不哭了。"

她踮起脚仰头吻上他的嘴唇,全世界的观众为他们献上欢呼和祝福。

刚刚还在看戏的小朋友推了推那个打赌获胜了的兄弟:"赢的钱刚好随份子吧?也哥可真牛!"

3. 无人岛蜜月

"女士们,先生们,你们好,欢迎乘坐本次航班,本次行程预计总时间为两小时三十二分钟。请您将手机关闭,或者调整到飞行模式……"

飞机升入平流层之后逐渐平稳下来,窗外的流云聚成一片海,一眼望不到头。

叶藤把座椅背后的毛毯拉出来垫在腿上,翻开随身带的口袋书。她安安静静地看了一会儿书,觉得有点累,侧头看了看身边的人,他正靠着椅背闭目养神。

隔一个过道的座位是一对年迈的夫妇,老爷爷准备要睡了,那个奶奶拿着毯子盖在他的身上,和叶藤对上视线,莞尔一笑。

叶藤伸手戳了戳陶也的胳膊:"你看那边的爷爷奶奶,我们老了会不会也像他们一样穿着情侣装去旅行?"

陶也看了看那边,回头握住她的手指,两个人手上的婚戒碰到一起:"你想去的地方,我都陪你。"

从飞机上下来,已经是中午。那对年迈的老夫妻出机场的时候就走在他们前面,老奶奶手上本来提着一个小袋子,换手的时候从里面掉出来一个小布包。

"奶奶,你的东西掉了。"叶藤上前去捡起那个小布包,快步走过去递给她。

"哎呀,真是,谢谢你哦。"奶奶笑着接过去,"谢谢你们啊。"

"不客气。"叶藤他们也跟着一起往外走。陶也推着行李,她一路跟爷爷奶奶聊天,"奶奶,你的那个小钱包好漂亮啊,看起来像是自己做的,是手工的吗?"

"我年轻的时候做的,现在老咯,眼睛看不见了,老头子也不让做了。"奶奶的手一直挽着爷爷的手臂,略显腼腆的爷爷笑了笑没说话。

"你们是到这里来玩的吧?"

"嗯嗯,我们是过来度蜜月的。奶奶,你们的口音听起来像是本地人哦。"

"度蜜月啊……"奶奶笑着凑到叶藤的耳边小声说,"小姑娘,那你可要看好你的老公哦,我们这边的漂亮小姑娘不少呢,像他这么帅的小伙子可是很吃香的呀。"

"哈哈哈——谢谢奶奶,我一定会的。"叶藤觉得这个老太太着实可爱,又看了看自己那位传说中很"吃香"的老公,觉得自己的确是该上点心了。

分别的时候,奶奶还拉着叶藤的手送她一份礼物,说很喜欢他们小两口,就把前段时间出去旅游时求的平安符送了一个给他们:"这个符很

307

灵验的,人家都说有了这个符啊,很快就能怀上可爱的宝宝。本来这是给我儿子、媳妇带的,现在也送一个给你们。"

叶藤和陶也面面相觑,笑着说了声"谢谢"。

在机场门口,爷爷奶奶口中的儿子和媳妇早已经过来等着接两位老人了。叶藤看着他们离开的背影,又看了看自己手心里那个红色的幸运符,笑着戴上自己的遮阳帽:"这个奶奶太可爱了,这东西要挂在哪儿啊?"

陶也伸手拿过去看了看,翻过一面来给她看,上面用红色的丝线绣着明晃晃的"生子"两个字。

叶藤把那个幸运符拿过来塞进背包里:"还是不要挂了。"

陶也推着箱子跟上她:"回家再挂。"

"挂哪儿啊?家里没地方挂这个。"

"挂床头。"陶也伸手搭她的肩,"说不定真的有什么激励作用呢。"

叶藤拍了一把他的手,娇嗔地瞪他一眼。

他们想着避开人多的地方,挑了一个不怎么知名的海边小镇。这里的生活简单,空气又清新。他们住在一家民宿里,民宿的主人是当地的渔民。现在经济发展得比以前好多了,很多渔民都有了自己的私家船。

经过第一天的修整,两个人都感觉神清气爽。

叶藤坐在木制地板上吃西瓜,穿着短裤和吊带衫,头顶的风铃叮当作响,抬头就是蓝天白云,这种日子真的很惬意。

她听见身后有声音,转头看了看,是陶也冲完澡出来,难得看他穿短裤、短袖的松散模样。他很少买这种衣服,这一套还是叶藤特意给他买的。满满的热带风情,穿在他身上总觉得有点奇怪,却又莫名好看。

叶藤忍不住笑了笑,舀了一勺西瓜塞到自己嘴里。

"怎么了?很奇怪?"陶也低头看了看自己的穿搭,是觉得不大适应。叶藤穿着明黄的吊带衫,微卷的头发扎成两条鱼骨辫,用缀着两个红灿灿的小樱桃的橡皮筋扎起来,看起来像个十八九岁的小女孩。

"没有,很帅。"叶藤伸出大拇指,比了个很赞的手势,"你以后可以多尝试一下其他风格,人生在于尝试。"

陶也在她身边坐下。一阵清风吹过,感觉通体舒畅。他问:"老板说明天带我们去无人岛,你想去吗?"

"无人岛？"叶藤记得自己之前跟他提过一次，但她其实并没有想过有一天真的会去无人岛，"岛上是真的一个人都没有吗？"

"是没开发的一个小岛屿，除了偶尔会路过的渔民，应该没有其他人。"陶也吃了她递过来的西瓜，"我们可以在那儿过夜。"

"就你和我？"

陶也挑眉："如果你想的话，也不是不可以。"

叶藤伸脚踢了一下他的小腿："说正经的呢，我们怎么过去？"

"是老板自己的快艇，明天一早就出发。"

实际上，等叶藤第二天带着基本生活用品和大家集合的时候才知道，一同出行的大人、小孩加起来有十个人左右。快艇停放在码头，他们直接坐车到码头，上了船，老板会给他们准备帐篷和食物等东西。

从海岸到岛屿坐快艇也就半个小时，登岛之后大家纷纷惊叹这里的海景。

"也太美了吧！"叶藤从来没有见过这么纯净的海，是和岸边的海域不太一样的碧蓝和清透，看着让人觉得心胸都开阔了很多。

"我们先去沙滩上看看好不好？"有人提议先不着急准备帐篷，而是去海滩上逛一逛。

"可以啊，你们先各自活动一下吧。"老板看了看时间，"我们一个小时后还在这棵树下集合。"

叶藤拉着陶也一起到了海滩上，这里的沙子很粗糙，叶藤光脚下去试了试，硌得厉害，忙又套上凉鞋。

"你看这里像不像韩剧里的那种地方！"叶藤拉着陶也的胳膊，显得格外激动，"就是那种男主、女主的船发生了事故，然后男主让女主坐在船上，自己拉着船一路到了这个小岛。这里的信号很差，他们只能等待路过的船只来帮他们脱困。而在这段时间里，两个人的感情肯定会升温！"

陶也从口袋里掏出手机给她看了一眼："这里信号挺好的。"

叶藤咬着牙看他一眼："你知不知道什么叫浪漫啊？"

陶也看着她脸上的表情，捏了捏她的脸，把她的草帽往下拍了拍："跟我来。"

一同来的人有的坐在海边钓鱼，有的带着孩子玩起了划桨板，几个小姑娘则跟着老板一起去抓鱼和小螃蟹。叶藤跟着陶也一路在海边走着,她身上的防晒服被海风吹得鼓鼓囊囊的,一双细白的腿露在外面,大老远看着像一根白里透着黄心的棒棒糖。

"你要干吗?"叶藤不知道他要做什么。

陶也从快艇上拿了一个救生圈,自己走进水里,让那个救生圈漂在海面上。他拍了拍救生圈:"坐上来。"

叶藤乖乖地坐上去,感觉漂在海面上的滋味还真不错。陶也拉着救生圈上的绳子往前面走了一段。

"你这是要跟我演偶像剧吗?"叶藤被他逗乐了,"我也就是随口一说。而且就用一个救生圈当船,你不觉得稍微有点简陋吗,陶先生?"

陶也半拉半推着救生圈往前走,叶藤张开双臂,感受漂在海里的感觉,像一叶孤舟。当人身处大自然中,才能切身感受到自己的渺小。但有他在身边,就好像什么都不害怕。

叶藤从后面用手舀水洒在他身上,他回头过来看了她一眼。她假装没做过,眼神却躲开了他的视线。

陶也把救生圈拉过来:"你要不要下来游一会儿?"

叶藤摇摇头:"你游吧,一会儿你把我拉回去就行。"

陶也松了手,一个猛子扎进海里,水花四溅,溅了叶藤一身。她甩了甩手臂上的水:"你故意的吧?"

过了一会儿,水下没有反应,他下去之后就没动静了……

"陶也?"叶藤低头看了看四周,没有人,"陶也?你别吓唬我!你在哪儿呢?"

还是没动静,抓着游泳圈的边缘准备下水去看看:"老公,你可别吓我!"

她刚在水里扑腾了两下,忽然感觉到身边有人靠近。只见陶也从游泳圈里露出头来,随手撩了一把额前的湿发,把刚刚还惊慌失措的叶藤都给看愣了:"你干吗故意吓我?"

他双手捉着她的手臂索吻,却被她躲开:"你不要这样我跟你说,我这次是真的生气了。"

"是吗?"陶也本来也没想要吓他,不过是想给她一个惊喜,逗她玩而已。不过看起来她现在似乎真的有点恼火,便死皮赖脸地用老法子,低头去吻她。叶藤开始还躲了几下,之后也就由着他去了。

碧海蓝天,叶藤借助着他手上的力量在海水里维持着自己的平衡。海水凉丝丝的,她却硬是被他撩出一阵燥热,气也全消了。

"每次都这样……"叶藤坐在游泳圈上,仍旧由他拉着自己往海滩边走。虽然和偶像剧差得不止一星半点儿,但总归这就是现实生活了。

"都哪样?"陶也笑着问她。

"你这叫倚老卖老。我是因为尊老爱幼才不跟你计较。"叶藤面对他的时候总占不了上风,他总是三言两语就能让她消气,要么就是直接行动。她说来说去也不过是在嘴上占个便宜,陶也就随着她说,从来不跟她计较。

"是谁说要演偶像剧的?"

"是我说的,但你这不是偶像剧啊。你这是惊悚片,好好的人突然就消失了!你当自己是美人鱼啊?"

陶也听着她利索地吐槽了一堆,似笑非笑地看了她一眼:"都接吻了还不算偶像剧?"

叶藤被他一句话堵死。行吧,他帅,他说了算。

不过话又说回来,刚刚他从水里出来的那一瞬间,还真的是……挺有型的。

那几个钓鱼的当地人已经弄了不少食材,男士们开始准备生火,女士们就跟着洗锅。这里真的是无人开发的小岛,上面没有丝毫人为留下的痕迹。所有东西都是他们自己带上岛的,钓上来的海鱼立马就会变成他们的午餐,想一想还真有点原始社会的感觉。

叶藤没有经历过这么有趣的野外生活,对一切都感觉新鲜。别人剖鱼的时候她跟着看,别人生火的时候她也好奇,"好奇宝宝"的属性展露无余。

陶也和一个小男孩的爸爸在一旁搭帐篷,那个人看起来三十多岁,已经中年发福,孩子才五岁上下,长得圆溜溜的,很可爱。

"那个漂亮小姑娘是你的女朋友?"这位大哥笑着跟陶也搭话,"你们年轻人可真好啊,看起来特别有活力。"

"是我夫人。"陶也跟叶藤在一起久了,好像话也比以前多了不少。

"都已经结婚了啊!现在的年轻人这么早就结婚的少啊,一般都要等一切都稳定下来后才结婚的。"大哥笑着擦了一把额头上的汗,"不过只要是找到了对的人,也就没那么多时间犹豫了,恨不得第二天就把人娶回家。"

两个男人看着在那边忙活的女孩们,露出了彼此都能理解的笑。

"爸爸,结婚是什么意思?"旁边的小男孩捏着小拳头问道。

那位大哥笑着蹲下来帮他擦了擦脏兮兮的小脸蛋,顺手点了点他的小鼻子:"结婚就是爸爸和妈妈在一起,然后就有了你。"

小孩儿"嗷"的一声哭起来:"我不要,那我是不是要跟哥哥姐姐走了?"

旁边的人都笑了,那位大哥无奈地跟他解释:"哥哥姐姐结婚之后也会有自己的宝宝,你不用跟哥哥姐姐走的。"

小孩眨巴着泪汪汪的眼睛看着陶也,似乎生怕他会把自己带走。

陶也蹲下来看着他,点了点头:"嗯,你爸爸说得对。"

叶藤百忙之中抽空看了自家老公一眼,结果看见他正蹲在那里和小朋友说话,脸上的表情温柔又有耐心。

旁边的姐姐用手肘撞了她一下:"是不是觉得心都要化了?自己也生一个呗。"

叶藤害羞地笑了笑,没吭声。

老板不愧是做海鲜的高手,就着那么简单的工具和食材也能做出很鲜美的味道。大家吃得开心,还喝了几罐雪碧助兴。

吃过饭,大家把东西收拾收拾就回帐篷里休息,或许是早上起得太早,叶藤竟然一觉睡到了下午四五点钟。她揉了揉眼睛看着手机上的时间,怀疑自己看错了。看见陶也进来,她翻了个身,瓮声瓮气地问:"你怎么不叫我呀?"

"叫你干吗?下午太热,不太适合在外面走动。"

他伸手过去,叶藤自然而然地借着他的力气坐起来,钻进他的怀里:"我是怕晚上会睡不着。"

"睡不着就干点儿别的。"

叶藤笑着咬了他的肩膀一口:"外面有落日吗?我想去看。"

"嗯,先吃点东西。"

晚饭大家都是各自解决的,他们吃了点随身带的东西。大部分人都去礁石上看海去了。海岸线边缘,一轮红日即将落下,碧蓝的海水被染成层层晕开的红色,整个画面看起来特别像语文书上的配图——半江瑟瑟半江红。

头顶有归家的海鸟,海水拍打着礁石,带起阵阵清凉的风。

陶也先爬上去,拉着她往上走。两个人找了块大礁石坐下,感觉还有余温。两个人安安静静地坐了一会儿,看着太阳渐渐没入海岸线。

"你说,如果那天晚上你要是犯个懒,不去便利店买便当,我们是不是就会错过了?"叶藤不知道怎么的突然想起了两个人初遇的时候。

"不会。"他很笃定地回答,"我们会换个时间和地点相遇。"

"嗯,你说得对。"叶藤正经不了三秒,"说不定是在洗脚城,我进去跟老板说:'让你们这儿最帅的洗脚小哥出来。'"

"为什么不是我去洗脚城呢?"

"那我不管。"

4. 真香的日子

叶藤最近一段时间爱上了"云养猫",每天一有空就抱着手机刷各种猫咪的视频,然后一脸姨母笑。各种小猫咪在屏幕里露出娇憨的模样,着实让她有种想要养一只属于自己的猫的冲动。

她趴在沙发上,抬头看了看坐在一旁看书的陶也:"也哥,要不咱们也养只猫吧?"

"掉毛。"

"你看看它们,多可爱啊。你看看这只英短,还有这只波斯,多漂亮!"叶藤把手机伸到他的眼前,伸出手指一张一张往下翻给他看,"你就看一眼嘛。"

"掉毛。"

"现在天气也不热了,你想想到了冬天,万一冷了还能抱着暖个手,你说是吧?"叶藤蹭到他的身边坐着,安利道,"而且啊,你心情不好的时候看看这种可爱的动物,很快就能恢复好心情了。"

"掉毛。"

"你能不能多说两个字！"叶藤佯装生气。

"猫会掉毛。"

……

叶藤气鼓鼓地坐到一旁去不理他，接着刷了几个视频后，抬头瞟了一眼陶也。他翻了一页书，似乎是有些不忍拒绝她的这个要求："我经常不在家，养了猫你会辛苦很多。"

叶藤扑过去，抱着他亲了一下："我不怕辛苦，你放心吧，我会好好照顾的。那我现在是可以养猫了吗？"

陶也把头侧过去，她忍着笑，捧着他的脸从额头到下巴都亲了一遍："现在我可以养猫了吗？"

陶某人得寸进尺："晚上再说。"

最后，叶藤还是如愿以偿地从"云吸猫"一族变成了一个拥有猫的人。她思来想去，还是决定去领养一只流浪猫，和流浪动物收容站约好了时间，便和陶也一起去了。

工作人员带着他们往里面走："这一只是前段时间一个小朋友送过来的，说是自己在公园里发现的，才刚出生不到五天。你们有养猫的经验吗？"

"没有。"叶藤很期待看见小猫，"没关系的，我最近看了许多养猫的书，大概都知道。"

"什么时候看的？"陶也没注意她还做了这个功课，看来她还真的是蓄谋已久了。

叶藤冲他眨了眨眼："在你不知道的时候。"

"哈哈哈——那行，这样，你要是有什么不懂的可以直接问我，我们加个微信吧。"那个工作人员应该是一个在这里兼职的大学生，看着年纪不大，比叶藤还要小上几岁的样子，个子高高的，皮肤也白净，"我是在这里兼职的学生，我学的是兽医。"

"这么厉害？"叶藤准备掏手机，却发现自己的包一直背在陶也身上，便唤道，"老公，帮我拿一下手机。"

"加我的吧。"陶也从口袋里摸出自己的手机递给那个男生。

叶藤若有所思地看着陶也，等到他们加上彼此的微信，再互换了姓名，那个男生去给他们抱小猫出来，她才开口问他："你吃醋了？"

"没有。"陶也把手机潇洒地塞进裤口袋里,丝毫不想承认自己在吃一个小屁孩的飞醋。

"哦,没有就没有吧。"她忽然把手伸向他背上的包,"那我自己加一个刚刚那个帅哥的微信好了!"

陶也嘴上不承认,抓住包带的手倒是挺快的:"猫来了。"

叶藤的注意力立马被刚抱出来的小猫吸引走了。这只小猫长得实在是太可爱了,圆溜溜的大眼睛看着这些陌生的"两足兽"。她伸手去摸了一下小猫身上柔软的绒毛,兴许是刚出生,小猫还比较怕人,就缩成一团,看起来只有巴掌大小。

"它吐舌头了。"叶藤伸手过去,小猫舔了舔她的手掌心,有点发痒。

陶也看着她满心欢喜的模样,也跟着笑了。他对于这些宠物、植物之类的东西一向不太喜欢,但叶藤和他相反,她喜欢和这个世界上所有美好的事物发生联系,不管是人还是物。

"也哥,我们就养这只小猫行吗?"

"嗯。"

叶藤用手指摸了摸它的头顶:"那你给它取个名字吧。"

"叫十二吧。"十二是叶藤的生日,十二月十二。

"嗯,好。"叶藤伸手戳了戳那个毛茸茸的小脑袋,"小家伙,以后你就叫十二了,你喜欢这个名字吗?"

"这个名字很可爱啊。"旁边的小哥笑着说,"大哥,你们要是有什么不懂的,可以直接在微信上联系我。"

听见"大哥"这个词,叶藤"扑哧"一声笑了:"谢谢你啊,小哥哥。"

他们用提前备好的猫咪背包把猫咪装好。开车回家要半个小时,叶藤的心情无比激动。她侧着身子,把背包放在靠近座位中间的位置拍了一张照片,照片里还可以看见陶也的手臂。

她在朋友圈昭告天下,她也是有猫的人了。文案是:我的猫和我的人。

很快就有一堆点赞的,大家都在评论下开始酸了。猫也酸,人也酸。叶藤看着一片惨叫的朋友圈,笑着一句一句地读给陶也听,两人一边读一边笑,一路回到家。

小猫到家两三天,叶藤真的几乎没有让陶也管,事事都亲力亲为,简直像是养了一个孩子。就算她不在家里，如果陶也在家，她也会常常发微信回来问猫咪怎么样了。这个时候她才明白为什么陶也说植物、宠物这种东西，只要你养了，就永远是一份牵挂。

  他对十二不太热情。刚回来的时候十二对环境还不熟悉，不常在家里走动，一般都窝在自己的小窝里不怎么动弹。它偶尔会到客厅里转一转，如果看见陶也，也会很识趣地走开。后来它的胆子大了些，也会去厨房或者卧室转转。渐渐熟悉以后，它看见叶藤回来会"喵喵"叫着去迎接。

  叶藤一进家门，就一边换鞋一边喊："十二？十二？"

  她听着里面没动静，一边取掉身上的包包，一边往客厅里走去。进去以后才发现客厅里没人，她便习惯性地看看阳台。陶也偶尔回来得早，会在阳台上坐一坐。

  果然，她看见陶也坐在阳台上，旁边的茶几上放着一杯咖啡。他的耳朵里塞着耳机在看视频，怪不得没听见她回来。

  十二难得和他离得那么近，趴在他的脚背上睡着了，毛茸茸的肚皮随着呼吸的动作微微起伏着，看起来睡得很熟，圆圆的头挨着陶也的裤腿。他似乎感受到了这个小家伙的重量，挪开手机低头看了看，没动。

  叶藤偷偷观察着，还在后面偷拍这个温馨的画面。结果在就要按下快门的那一刻，他突然回头，一个有些惊愕的表情落入她的镜头里。

  他摘了耳机："你什么时候回来的？"

  "就一会儿。"叶藤看着手机里的照片，"都怪你，把十二都给吵醒了。"

  小猫慵懒地打了个哈欠，像是伸懒腰一样略微伸展了一下爪子，欢快地朝着叶藤跑过去，用自己的小脑袋蹭了蹭她的裤腿。

  "今天在家有没有乖乖的？"叶藤随手拿了放在阳台上的猫粮逗它玩，"有没有想妈妈？爸爸有没有欺负你？"

  陶也看她蹲在地上和小猫说话，十二趴在她的膝盖上，圆溜溜的眼睛紧紧地盯着猫粮，"喵喵"叫着。

  "想了啊？"叶藤自言自语，把猫粮递给它，"真乖。"

  她抬头看了看坐在一旁的男人："你呢？有没有想我？"

  他弯下腰来，拿手指抬起她的下巴，在她的嘴唇上落下一个吻，起身端起咖啡杯就往厨房走去："晚饭想吃什么？"

叶藤抱着猫一路小跑着跟过去："你还没回答我刚才的问题呢，你不要逃避。"

再后来，十二终于跟他们混熟了，在家里成了一个小霸王，每天上蹿下跳，屋子里的柜子都成了它的跳板，一开始的斯文模样完全不复存在。尤其是做了绝育手术以后，它的性情大变，比以前要活泼很多。

叶藤的脾气暴，偶尔会跟它生闷气。比如当它从家里的储物柜上跳下来，撞倒了桌面上的摆件，把顾逸尘送的那个陶瓷娃娃摔得稀烂的时候。叶藤双手叉腰站在沙发上对着躲在柜顶的猫大喊大叫："十二！你给我下来！我今天要好好批评一下你！你知不知道这是你叔叔送给我们的礼物？这个可是很贵的。"

坐在旁边手拿着遥控器换台的陶也瞥了一眼地上的陶瓷碎片："倒也不是很贵，摔了就摔了吧。"

"你！都是你给惯的！"叶藤转头看着他，"以前我要养猫的时候是谁说掉毛不让养的？现在它都无法无天了你也不管。每次我说它两句你还护着！"

"还有，它有时候爬上床占了我的位子你也不管。"

陶也似笑非笑的眼神从电视机上挪到叶藤的身上："你该不会是吃醋了吧？"

"我？吃醋？"叶藤觉得他简直是不可理喻，"我会吃一只猫的醋？"

十二不知道什么时候从柜子上跳了下来，一下就钻进了陶也的怀里，一双圆溜溜的眼睛看着叶藤。他顺手帮它顺了顺毛，十二现在简直和一开始"胖若两猫"了。

"你看看！它还跟我示威！"

陶也笑着把十二从沙发那边放下去："乖，自己玩去。"

当初是谁死活不让养猫？结果现在他跟十二比跟自己还亲，真香……

陶也绕过地上那堆碎瓷片到另外一边去，站在沙发前面，朝她伸出双手："我不抱它了，抱你。"

叶藤又被他逗笑，感觉自己现在也不知道是怎么了，总喜欢小题大做。她扑到他怀里，双腿盘在他的腰间："我真的没吃醋，你这样惯着它，它以后都不听话了。"

"嗯。"他闻着她身上好闻的沐浴乳味,也不跟她争执,"你知道我为什么喜欢十二吗?"

"为什么?它那个小妖精长得比我好看?"

还说不是吃醋……

陶也无奈地笑了笑:"因为它跟你一样好看。"

叶藤得意地笑着搂紧他的脖子:"那当然,随妈。"

陶也抱着她回房间,十二跟在后面,在房门口"喵喵"地叫。它最近养成了一个坏习惯,每天晚上睡觉的时候总想进房间。

叶藤看着在地上撒娇卖萌的某猫,用"你看吧你说怎么办"的表情看了一眼陶也。

他果断地把门关上,把人放在床上,俯下身去吻她的额头。

叶藤突然想起什么似的:"等等!外面的碎瓷片还没扫!一会儿十二会不会伤着?"

"那开门让它进来?"

"也不好吧……少儿不宜……"

5. 1+1=4

叶藤这辈子都没这么胖过,她看着镜子里的自己,感觉像个被吹鼓了的气球。

怀孕之后,她整个人肿了好多,医生说她这是正常的水肿。但她盯着自己粗得跟猪蹄差不多的脚踝,有些怀疑人生。

陶也起来后看见她坐在客厅的沙发上发呆,穿着可爱的背带孕妇装,圆滚滚的,像一只发呆的熊猫。他伸了个懒腰坐过去,揽过她的肩膀:"怎么了?不舒服吗?怎么起来得这么早?"

叶藤看着他。她最近皮肤变得很好,水润嫩白,嘴唇也水润润的,眼睛亮亮的,只是偶尔会犯迷糊,整个人看起来有些萌。

她钻进他怀里,因为肚子太大,不能完全环住他的腰:"我做了一个噩梦,梦见我变成了一头猪,然后有人追着我,要把我做成糖醋肉。"

陶也憋着笑,摸了摸她的头发:"梦都是假的,不用怕。"

"但我早上洗漱的时候照镜子,感觉我实在是太胖了。"叶藤慢悠悠地说着话,"然后我坐下来看了看自己的腿,突然又有点儿想吃猪蹄。"

陶也笑着捧起她的脸,真的是被她的可爱打败了:"知道了,下午回来给你做。"

"那我们拉钩。"叶藤伸出小拇指道。她最近变得特别幼稚又黏人,也很情绪化,总喜欢各种怀念往昔。

陶也伸手跟她拉钩,顺便把她抱起来。她最近身子太沉,他抱着也有些费力:"乖,吃点东西,一会儿我们要去医院做孕检。"

他们俩开着车一路到医院,叶藤躺在B超床上,感觉医生把检测的仪器放在自己的肚皮上,冰凉的感觉。

"你们看,现在可以看见宝宝在肚子里动了。"医生笑着指了指机器,画面里的小生命正在努力地挥舞着小拳头。

"这孩子发育得很健康,而且还很活泼。你看看,好像一直都在动。"

看见自己的身体里孕育着另外一个生命,这种感觉很奇妙。自己的生命或许是短暂的,但宝宝的存在让叶藤感觉到了一种生命的延续,那一刻她有点想念自己的妈妈。

她扭头过去看了看站在一旁的陶也,他双手紧紧地抓着床沿,眼睛里是前所未有的期待和感动。他低头看了看叶藤,两个人相视一笑。

"不过孕妇的体重要控制一下了。"医生看了一眼叶藤的各项检查结果,"你最近的体重偏重,饮食上要注意稍微控制一下,尽量避免过于油腻的食物。"

"谢谢医生。"陶也扶着叶藤起来。

从医院出来,叶藤拿着宝宝的第一张照片看了又看,然后小心翼翼地收进自己的包里:"对了,我妈说她坐明天的飞机过来照顾我。"

"嗯,我明天过去接她。"陶也把车座调整好,再扶着她进去坐好。

"我跟她说了好几次,她还是非要来,我也没办法。"叶藤本来觉得方淑珍年纪大了,等到她临产的时候再来就好,再找个月嫂帮忙,"后来又想着她要过来就让她过来好了,到时候我妈帮忙做饭,你也能轻松些。"

"嗯,老婆,有件事要跟你商量一下。"

"什么事?"陶也很少这么叫她,一般都是在吵架求饶的时候,或是开玩笑的时候这么叫。突然听他这么一叫,叶藤感觉后脊梁骨都有些发凉。

"你晚上的红烧猪蹄被取消了。"

"啊？"叶藤的声音听起来有点悲恸欲绝的意思，"可是我想吃。"

"刚刚医生说的话你也听见了。"陶也耐心地跟她解释，"你的体重要稍微控制一下了，否则生产的时候会有危险。"

叶藤犹豫再三，只能点头："我问你，如果我被推进产房以后，医生突然出来问你保大还是保小，你怎么回答？"

"保你。"

叶藤双手抱胸，满意地点了点头。陶也看着她的表情，倒也乐意和她讨论这种没营养的话题。

方淑珍来了以后，家里的一应大小事情都被她承包了。叶藤以前心疼陶也太忙还会跟着干点活，就当活动一下。现在她被方淑珍管得死死的，别说是帮着干活了，就连起来走动一下，方淑珍都恨不得伸手扶着。

虽然她努力地控制饮食，还是比之前胖了几斤。

她的预产期在九月十号，但八月底的时候她坐在家里的沙发上看综艺节目，笑着笑着就觉得不对劲，结果产期就提前了。一阵忙乱过后，她被送上了去医院的车。进产房的时候，陶也的脸都白了，她还躺在被推得飞快的手术病床上跟他开玩笑："保大还是保小？"

被她这么一问，旁边的医生和护士都笑了。陶也本来特别紧张的心情好像一下子缓和了不少，笑着握了握她的手："保大。"

"嗯，你现在知道你每次去比赛时我是什么样的心情了吧？"叶藤的脸上挂着虚弱的笑。

"辛苦你了。"陶也知道她是怕自己太担心，都这个时候了还有心情开玩笑。

"丈夫要不要陪着进去？"她被推进了手术室，过了一会儿，护士着急忙慌地出来问了一句。

"小也啊，要不你进去陪着她吧？藤藤一个人在里面会不会害怕啊？"

方淑珍夫妻和乔叔一家人都来了，乔婶也跟着附和："对啊，对啊，要不你还是进去陪着吧？"

陶也刚要进去，就听见叶藤扯着嗓子在里面喊："不要！不要进来！"

"既然这样的话,那麻烦家属在外面等待一下。"护士小姐关上了手术室的门,门上"正在手术"的灯亮了起来,他们都被关在了门外。

林初他们几个迅速赶了过来,陶也车队里的朋友也接二连三地过来:"怎么样了?怎么样了?"

"刚进去。"

"你怎么也不进去陪着呢?"林末担心地皱着眉,她还是第一次这么跟陶也说话。虽然她平时对他客客气气的,但毕竟还是自己的姐妹最重要。

"藤藤死活不让小也进去,你说这孩子也真是……"方淑珍心疼叶藤,"从小到大都是一个人……"

"你们还不知道她?这丫头爱漂亮,生孩子的模样能乐意让老公看见?"乔婶一句话让所有人都愣住了,都不说话了。

大家都知道,八成就是这个原因……

"怎么样了?怎么样了?"顾逸尘刚刚赶到,一冲进来看见所有人都沉默地待着,还以为是出了什么大事,"怎么了?"

陶也一直在手术室门口来回踱步,一句话也没说,这场面看得他更紧张了。

"你们倒是说句话啊!到底是怎么回事?这不是让我着急吗?"顾逸尘性子本来就急,看他们都不说话,就更着急了。

李元清拍了拍他的肩膀:"没事,挺顺利的。不是我说你,别人老婆生孩子,你这么着急干什么?"

顾逸尘看了一眼陶也:"这是别人吗?叶子可是我妹妹。"

好在生产的过程很顺利,不过两个小时的工夫,听见一声婴儿的啼哭,所有人总算都松了一口气。

"生了!生了!"

"太好了。"

陶也放在嘴边的手背几乎被咬出血来,此刻总算是放松了下来。

"恭喜,母子平安。"医生出来,摘下口罩,看了看聚在门口的一大堆人,笑着说,"还没见过这么多人来陪产的。"

"谁让我们叶子人缘好呢!"乔叔笑着说,"哎呀,一眨眼小叶子都生孩子了。"

"好了，说这些干吗？"乔婶及时打住他的感时伤怀。

过了一会儿，叶藤就被推了出来。她不敢相信地看着围过来的人，感觉像是在开什么大会。各路亲朋好友都来了，不过她此时已经没什么力气再去管这些事了，只是任由陶也牵着自己的手。

宝宝要被送去洗澡，几个家长都跟着去看，还有几个说没见过小宝宝的也去凑热闹了。

"也哥可真行，孩子都不看一眼就跟着嫂子去病房了。"

"孩子哪有老婆重要？"

过了一会儿，宝宝被送到叶藤身边，陶也这才跟着大家一起看了一眼。孩子柔软的脸上一对大眼睛滴溜溜地转动，似在观察着这个略显陌生的世界。他挥舞着攥紧的小手，像是认出了眼前的人是自己的父母一样。

"你们看这个宝宝多可爱啊！"林末简直要被这个小家伙给萌晕了。他完美地继承了父母的优良基因，皮肤白得跟面团一样，眼睛、鼻子看着都像妈妈。

叶藤垂眸看了看那个小家伙，伸出一根手指。小家伙竟然知道伸手去抓，然后就想往嘴里送。

"小馋猫。"

小家伙好像知道自己的妈妈在跟自己说话，露出了甜甜的笑容。

"这个小孩可真是聪明，刚出生就会笑了。"

"是啊，真厉害。"

"以后这个孩子的学习我可以帮忙辅导。"林初一本正经地说。

旁边的人都笑了。

叶藤无奈地看他一眼："这才哪儿跟哪儿啊？你能不能休息一会儿？别天天学习学习的！"

为了不打扰叶藤休息，大家看过宝宝之后就都散了。宝宝的摇篮车就安置在她的床边，陶也坐在她的床边一直陪着。

她睡了一觉醒来，感觉他还是一动不动地坐着。

"你不累啊？"他一直坐在那儿都觉得累，她说，"我已经没事了，医生说我的体质好，很快就能恢复了。"

陶也伸手帮她理了理额头上的碎发："我不累。"

"不累也要休息，以后我们就是一家三口了，不对……"叶藤想起了家里那只皮得要命的猫，"一家四口，还有十二。"

"嗯。"陶也摩挲着她的手掌，看她的样子就心疼得不行。

"我们以后再换个大一点儿的房子，换个环境好的地方。每天吃完饭一家人就可以一起去散散步，早上起来我们一起送宝宝去幼儿园。"叶藤开始设想以后的生活，"对了，我们还没给宝宝取名字呢。我妈他们上次给的那一堆名单呢？"

陶也从手机里翻出来一张列表，这都是家里几个长辈绞尽脑汁想出来的，还说请了大师帮忙取的，男孩、女孩的都有："我念给你听。陶涛。"

叶藤看了他一眼。

"陶祺、陶轩、陶安安……"

叶藤想笑又不敢笑，她的伤口现在还没长好，一笑浑身都难受："你别念了，他们这都是取的什么名字啊？还是我们自己来吧，你觉得叫什么好？"

叶藤想起身，可使不上劲。陶也干脆坐到她的背后，让她靠着自己："以前我怀孕的时候还研究过，要不然我们就给宝宝取一个四个字的名字吧？这样比较特别，比如叶陶什么……怎么感觉这么熟？好像以前在课本上……"

"叶圣陶。"

"哦……"叶藤感觉自己还真的是一孕傻三年，现在记忆力就开始下降了，"那你想过吗？宝宝的名字。"

"想过。"他的下巴轻轻地磕着她的头顶，"就随你的姓，叫叶逢君。"

她莞尔一笑："好。"

6. 鸡毛蒜皮

两年后——

婚后的生活不像王子和公主的舞会，一直光鲜亮丽，觥筹交错，鸡毛蒜皮的小事才是生活的主体。

叶藤工作之后很忙，她这个人本身又要强，经常忙得忘乎所以。平常老公在家的时候管得严，得按时吃饭、睡觉。陶也是个很自律的人，有他管着也不用自己考虑。他出差几天，叶藤坚持了三天之后，生物钟就崩了。

陶也打来电话,她从沙发上惊醒,突然意识到自己昨天赶报告赶到凌晨,然后就在沙发上睡着了……

做错事的叶藤格外乖巧,对着电话说话都特别热情:"老公,你明天什么时候回来?我去接你。"

"我已经回来了。"

"啊?"叶藤下意识地揉了一把自己的头发,看了看放在桌上的泡面盒以及堆在桌上的各种资料和电脑,"哇,那太好了,我现在就去机场接你。"

她立马从沙发上跳下来,抱起桌上的资料和电脑,猫着腰,光着脚一路朝书房跑去。然后她就听见"嘀嘀嘀"的输密码的声音,再然后门就被打开了。她手里抱着一堆东西,穿着睡衣僵在那儿,头发都是乱的。

陶也把箱子推到一旁,抬头看了她一眼。可能是赶飞机的缘故,他看起来有点疲惫。每次他都会第一时间买机票赶回来,所以经常是坐凌晨的飞机。

叶藤站直身子,看他的脸色不太好,决定先下手为强,认错态度好一点,说不定还有得救:"老公,我特别想你。"

他貌似没什么反应,淡定地换鞋:"有多想?"

"就是想得睡不着的那种,你看,我的黑眼圈都出来了。"

嗯,很好,为自己的黑眼圈找了一个很合适的借口。

陶也挽起衬衫袖子,领口的扣子也松了一颗,趿着拖鞋朝着这边走过来:"又熬夜了?吃饭了吗?"

叶藤瞄了他两眼,把东西放下:"你别生气啊,我也是想努力把事情做完,等你回来就可以有更多的时间和你在一起。"

陶也不吭声,只是顺手帮她把乱糟糟的茶几给收拾了:"先去洗漱吧。"

"哦。"结婚之后,两个人无论是生活节奏还是各种观点都需要不断地磨合。人生里突然多了一个人,需要一个适应过程。即使是相爱的人,也避免不了争吵,偶尔也会闹闹小脾气。

叶藤一边刷牙洗脸,一边想着一会儿出去该怎么哄哄他。

陶也这人有个毛病,心情不好的时候总想着避开这个话题。虽然和她在一起后慢慢有所好转,但在一些小事上还是会有这种习惯。例如每次发生小矛盾,他总会很长时间不怎么说话,虽然不会生气,但这种氛围也会让人有些压抑。

叶藤理解他的性格一直如此，否则他也不会花三年时间把自己给封闭起来。所以她一直耐着性子，就像他也一直耐着性子陪她做很多幼稚的事情一样。

她洗漱完，换了件衣服出去。此时陶也已经做好了煎蛋和吐司，还热了牛奶，两个人坐在餐厅里安安静静地吃了顿早饭。

她一会儿还要去上班，明天才放假。她吃饭的时候偷瞄了陶也几眼，看看他的气消没消。但他一直没给她眼神，叶藤有点气馁，便也故意不说话。

快要走的时候，陶也跟着她走到门口。两个人都不说话，仿佛谁先说话谁就是猪一样。

叶藤弯腰换鞋，动作比平时要慢一倍，恨不得把鞋带都拉下来重新穿一遍……

最后他蹲了下去，帮她把鞋带系好："再忙也不能不睡觉、不吃饭。"

"我也不是故意的，我真的就是想早点赶完，那样明天就不用加班了。"叶藤觉得自己也委屈，明明就是为了抽更多时间陪他，他还要怪自己。

他抬头看着那个一脸丧气的小姑娘，气也不是，疼也不是，只好叹了口气把她抱到高高的鞋柜上坐好，突然盯着她那双不服输的眸子笑了："老婆，我错了。"

叶藤看着他眼下的乌青，又心疼："你去睡一会儿吧！都有黑眼圈了。"

他的一条腿弯着，脚尖在地板上敲了两下，又恢复了平常的模样："想你想的。"

叶藤忍不住笑了，被他捧着脸亲了几下。因为柜子太高，她自己不敢下来，手臂搭在他的肩上，回应着他的吻。一段时间没见，被他身上的气息包裹着的感觉真好。过了一会儿，她包里的手机闹钟响了，她的眼睛里起了一层氤氲的水雾，笑道："我该去上班了。"

陶也抵着她的额头点了点头，嗓子沙哑："嗯，老婆晚上见。"

过了一阵，是陶也换了新车队后参加的第一场比赛，他拿到了不错的成绩。赛后采访时，陶也心情不错就多聊了几句，这也是他首次在公众场合提及自己婚后的感情生活。

记者:"你和夫人吵架都是谁道歉?"

陶也:"谁也不道歉。"

记者:"哇,感情这么好,都是自然和好吗?"

陶也满脸无奈:"我们家有个很高的柜子,她每次踩着三角梯自己爬上去,然后跟我说下不来,没办法,我就得去抱她。"

众人都酸得脸变形了。旁边的李元清一秒戳穿他:"你们别听他胡说,上次我亲眼看见是他把人抱上去的。不仅卑微地道歉,他还捧着脸亲。"

叶藤当时就藏在观众席里,镜头四处扫着,像是在找她。她听见这句话赶紧把帽子往下拉,几乎快盖到下巴,赶紧趁乱溜了……

7. 水晶鞋

林末没想到自己真的可以鼓起勇气,把多年的暗恋心事告诉冯天。她更没有想到的是,等她涨红了脸跟蚊子一样小声地哼哼了一句"我喜欢你"后,冯天竟然不是很惊讶。

"其实我早就知道了。"冯天别别扭扭地不看她,跟这个丫头说话竟然头一次紧张起来,"傻瓜。"

"你……"林末没有料到会是这样的结果,"你什么时候知道的?"

"就……毕业那会儿吧。"冯天平时看着挺没心没肺的,其实心思挺细腻。林末把自己的黑曜石项链给他的时候他就有所察觉,不过那会儿他还一门心思扑在叶藤的身上,不想也不愿去承认林末喜欢自己的事实。

"那你怎么……怎么从来都不……"林末一紧张连说话都结巴了。她心里埋藏了那么久的秘密在他看来竟然早已经是明面上的事情,这让她有些接受不了。更何况冯天那么大大咧咧的一个人,怎么能这么多年一直都没有戳穿她?可能他是真的一点儿都不喜欢自己吧?否则怎么可能装傻这么多年?

"从来都不戳穿你?"冯天看了看眼前的小姑娘,她比小时候长开了不少,白白的,小小的,看起来可怜巴巴的样子。他叹息道,"因为你是个傻瓜啊,我就想看看你到底能憋多久。"

林末的眼神有点哀怨:"反正我也只是想告诉你而已,你不用放在心上。反正……反正你也从来都没有喜欢过我,没事的,我们还是好朋友。"

林末说着说着，自己都要哭了。虽然早就预料到了这个结果，但听见他亲口说出来，还是有点难受。她低着头，泪水滴在手背上。

冯天从口袋里摸出一包纸巾想要丢给她，又叹着气打开，亲自帮她擦了眼泪："还以为你跟叶藤在一起混久了真的学厉害了呢！怎么还是这么傻？我说什么了你就哭？"

"你……"林末啜泣着，她也不知道自己到底在哭什么。

冯天习惯性地摸了摸她的脑袋："你想想每年你过生日，是谁第一个给你送祝福？"

林末吸了吸鼻子，瓮声瓮气地说："你。"

回想起来，冯天真的每年都是第一个，比叶藤和林初都要早。以前她只当他是"时差党"，所以赶上了，没想到他每次都是掐着点送的祝福。

"那我再问你，我这么多年为什么没有谈恋爱？"

"因为你没碰上喜欢的。"林末红着眼睛回答。因为他每次都是这么说的。虽然他嘴上整天没个正经，但实际上真的没谈恋爱。

"不是。"冯天略弯腰，对上她的眼睛，"是因为我在等你。"

"因为不知道你能喜欢我多久，我也不知道你是不是早就把我给忘了。我们是朋友，我怕说出口后就连朋友也会做不成。"冯天说完，自嘲地笑了笑，"想不到吧？我竟然是这种人。"

"你……什么意思？"林末有点听不懂，抑或是不敢确信。

"就是我喜欢你的意思！"冯天像往常一样一把拉过她，不过这次不是像平常那样揽着她的肩膀，而是把她整个人都搂在了怀里。

怀中的女孩声音里带着点小雀跃："真的？"

冯天低声笑了："当然，我骗你干吗？你给我钱啊？"

"哼。"林末小声地笑了，心里却炸开了花。

和小时候对叶藤短暂的年少情怀不一样，对林末，是细水长流的那种喜欢。他一开始也以为是习惯了，习惯了看她个子小小的会忍不住想要保护她，看见她懦弱的时候会忍不住站出来。可是他后来发觉这种感情好像变了味，好像经常会想起她来，也想跟她说自己喜欢她。

他们经过了一整个年少时光，最终还是没有错过彼此。

在一起一百天的时候，他们两个人约着去爬当地一座很有名的山，据说山上有个瞭望台，上面可以挂情人锁，挂了情人锁的情侣就能一辈子在一起。

那天林末早早地出发了，结果冯天临时有点事情耽搁了，他没来得及跟林末打电话，来晚了二十分钟。林末在原地等了他好久，电话又打不通，心里十分着急。

等他到的时候看林末的脸色不对，伸手去拉她，她也不像往常那样高兴。

"对不起，我刚刚着急来见你，手机都忘了带。"

"嗯，没事。"她不是生气，只是担心他。之前说好了不管什么时候打电话最起码是要接的，就算是有事情也要提前告诉对方。像今天这样的事情，她觉得有点生气，却又不敢发脾气，就一个人憋着。

爬山的时候，她几次累得气喘吁吁。冯天说要背她，她也不肯。最后还有大概三层楼高的阶梯，她的脸涨得通红，连腿都迈不动了。冯天咬了咬牙，一把将她打横抱了起来。

"你干吗？"旁边还有很多人，林末把脸埋在他的胸前。

"我跟你说过多少次了，生气别自己憋着，憋坏了是想心疼死谁？"

林末被他突如其来的情话弄得脸红了，举起拳头在他的身上轻轻地捶了几下："每次都这样。"

冯天反正也不在意，笑道："你不喜欢这样？"

林末红着脸，口是心非地反驳："不喜欢。"

冯天似是而非地点头，她也舍不得他一直抱着自己爬楼梯，走了一半之后就闹着要下来。两个人一路牵着手走到山顶。瞭望台上全是一对一对的情侣，亲吻的，拥抱的，都是爱情最好的模样。

林末拿出一早准备好的锁，很认真地锁上，然后拉着冯天，让他跟自己一起把钥匙扔到山下的海里去。

"你们女孩就喜欢信这些。"冯天这张嘴没救了，总喜欢招惹她。

林末白了他一眼："你不信你自己下去。"

"我不信啊。"冯天嬉皮笑脸地去搂她，"但是我信你。"

"又来？"林末笑得不行，被他一句话就逗得十分开心，"我说了我不喜欢你油嘴滑舌的。"

冯天顺势拉了她一把，双手撑着她背后的栏杆，林末整个人被困在他的怀里动弹不得。天色渐晚，背后的天空铺满了晚霞，他低头吻了怀里的女孩。她紧张得睫毛抖动，听到他在耳边问："那你喜欢这个吗？"

林末臊得无地自容，但还是小声地"嗯"了一声。

冯天笑笑，低头注意到她那双漂亮的小皮鞋："这双鞋在你跟我表白的那天是不是穿过？很漂亮。"

"嗯。"林末点点头，轻轻搂着他的腰，"藤藤买的，她说女孩要穿好鞋，才能去好的地方。"

"她说得对。不过我的女朋友干吗要她买鞋？以后我给你买。"

林末看着他孩子气的脸直笑："那不一样。"

"怎么不一样？"

"这双是我的水晶鞋。"林末笃定地说，"因为我穿着它们走到了你的面前。"

面前的男人又动了情，看着她的眸子，心也跟着软了："那我永远都是你的王子。"

·QING CHUN·